꼭 성공하려고

Success Without Fail

꼭 성공하려고

Success Without Fail

배성문 Sung Moon Pae, Ph.D.

도서출판 답게

위하여(Dedicated to) :

정신적으로, 육체적으로 고통을 받으면서, 가난에서부터 역경과 도전을 받으면서 또 사회적으로 멸시를 당하면서도 포기하질 않고 최선을 다하여 성공하고자 노력하며 더 큰 희망과 꿈을 실현하고 있는 여러분에게 진심으로 격려를 드리며 이 책을 바치고자 합니다. 전자우편 환영합니다.

도와 주신분들 :

곽(김)명숙 : My sister-in-law in Seattle, Washington, 원고 교정

염인숙 : 미주 한인회 총연합회 여성국장과 현직 부회장, 서평

박경보 : 대학동문, 선교사, 글씨체 교정

신상영 : 대학동문, 경남고등학교 교감, 부산 대연중학교 교장,
　　　　원고 교정

William S. Pae (M.D.) : Member, Board of Directors,
　　　　Pae Investments, LLC, 출판도움

배(김)숙자 (MSW) (사회사업 석사) : 여러 차례에 걸쳐 또
　　　　최종적으로 원고를 검토해 준 것 감사드리며.
　　　　Member, Board of Directors, Pae Investments, LLC

가명 :

이 책에 나오는 여러분들의 이름은 사생활 보호법 (The Privacy Act)에 의거 가명으로 사용하였음.

우리 모두 나름대로 "꼭 성공하려고"

나는 누구인가?
어디에서부터 와서
어디로 가는 건가?
왜 살아야 하고
어떻게 살아야 하는가?

백만 장자의 아들이 부친의 돌연한 죽음과 함께 삶의 벼랑 끝으로 추락하여 겪어보지 못한 가난의 시련에 뼈아픈 나날을 몸부림치며 살았다. 그에게는 부친으로부터 영혼에 심어준 꿈이 있었다, 꿈을 이루려고 역경과 좌절을 이기고, "구하라, 찾아라, 문을 두드려라" 하는 말씀 믿고 최선을 다했다. 영어 사전책에 포함된 10,000 단어 모두 외우기, 초, 중, 고급 영어 회화책들 깡그리 외우기, 시편 23장도, 타머스 제펄슨의 미국 '독립 선언문'도, 에이브라함 링컨 대통령의 '게티스벌그 연설문'도 깊이 간직했다.

과연 대학교육을 받을 수 있을까 하고 국비 장학금을 위한 대학별

수석 입학생들 간의 경쟁시험을 치는 순간이 있었다, 삶과 죽음의 기로에 선 월남의 전쟁터에서 부상을 당한 해병들을 지옥의 전투지에서 의무부대로 한 명씩 한 명씩 모두 초를 다투어 후송시키는 순간이 있었고 과연 장학금을 받고 유학을 갈 수 있을까 하고 보낸 미국 대학의 입학 지망서와 장학금 신청 서류에 회답 편지를 받고 떨리는 손으로 열어 보는 순간이 있었다. 집중적인 질문을 통하여 박사학위 구두시험을 치를 때, 강렬한 심장의 고동 소리를 느끼는 자신의 모습을 보는 이런 모든 순간들은 우리 삶에서 추구하고 있는 목표의 성취를 위한 '꼭 성공하려고'의 출발지점이라 할 수 있다.

대학 도서관에서 7년 동안 자진 '죄수'처럼 감금되어 도서들을 탐독하여 학위를 받게 되고 또 교수가 되었다. 박사 학위를 주는 교수님들, 교수로 채용하는 그분들은 '성공하려고' 최선을 다하는 박사 후보자들을 더 많이 도와준다.

3명의 자녀를 미국에서 아니 세계에서 최고의 명문대학에 입학시키고 싶은 꿈, 나의 부친으로부터 받은 '영혼의 불'이 나에게서 사랑하는 자녀들에게로 전해졌다. 좌절과 실의을 이기고, 삶의목표를 세우고, 목표 달성을 위한 전략과 최선을 다한 실천이 요구되었다. 피나는 노력 끝엔 감격의 순간들이 이어졌다.

경제적으로 더 여유있게 살 수 있도록, 또 이웃과 나누는 여유를 더 가지도록 투자회사를 설립했다. 경험의 부족으로 속임을 당하기도 하고, 실패를 거울삼아 새로운 도전으로 시작하고 차압된 집들을 구매하여 개조하는 가운데 청소를 하며 먼지를 많이 마시고, 몸소 무거운 짐들을 나르고 노동일을 하다가 밤이면 허리가 아파 고통을 당하면서 이루어온 지 6년. 수고와 노력의 결실이 더욱 뚜렷하게 나타났다, 매년 연방정부 수입 보고서 작성 회계사는 '지금까지 대성공'이라고 한다.

우리 모두는 시시퍼스(Sisyphus)가 아닌가! 각자 희망의 정상을 향하여 한걸음씩 한걸음씩 더 높이 굴려올려야 하는 피할 수 없는 숙명의 바윗돌, 비지땀을 흘리며 숨가쁘게 굴려올려야지!

우리는 모두 "꼭 성공하려고" 산다.

'아름다운 전경'(La Bellevue)이란 뜻의 벨뷰도시에서
벨뷰 대학교 교수, 정치학 박사
배(裵) 투자회사
배성문 (裵成文 Sung Moon Pae)

목차(Table of Contents)

Ⅰ. 실낙원의 아침

II. 터널 속 햇살

Ⅲ. 꼭 성공하려고

IV. 낙원의 울타리

Ⅰ. 실낙원의 아침

갑자기 나의 부친 얼굴이 떠올랐고,

나는 그와 대화를 속삭이고 있었다.

"아버지, 아버지 등에 말을 태우고

온 동네를 한 바퀴 돌며

'저의 영혼에 지펴준 불' 아직 꺼지지 않았습니다."

1

옛 친구의 편지

옛 친구 정귀호 박사의 편지

친애하는 배성문 박사에게,

우리가 헤어진 지 30년이 흘렀소. 그 후 배 박사에 관한 소식을 전혀 들어보지 못한 채 까맣게 잊고 지냈었는데, Sung Moon Pae 라는 이름을 접하는 순간 이 사람이 바로 고등학교 시절의 그 배성문이라고 직감적으로 확인하였소.

정말 오랜 세월이 흘러갔소. 그러나 꿈 많던 소년시절 새롭게 만났다가 금방 헤어져 버린 한 친구를 영영 잊어버릴 수는 없었소. 내 기억으로는 우리가 같은 반이었는데, 동촌인가 어디서 통학했었고, 확실히 알수 없는 어떤 사정으로 불과 몇 달 만에 우리 곁을 떠나지 않았던가요? 그때는 모두 살기가 어려웠던 시절이기는 했지만, 옛 친구의 떠남은 조그마한 슬픈 기억으로 남아 있었소. 그 후 1962년인가 미국 공보원에서 잠깐 만난 일이 있었지요.

이렇게 오랜 세월이 지난 다음에 미국에서 성공하여 건재하고 있는 배 박사의 소식을 듣다니 정말 놀랍고 감격스럽소. 그동안 얼마나 각고의 노력을 했겠소. 정말 장합니다. 정말 훌륭합니다.

먼 곳에서 한국신문 지면의 한구석에 난 기사를 통하여 이렇게 소식을 전해오다니, 정말 반갑고 고맙구려. 나는 배 박사의 사전 허락을 받지도 않고 내 가족들에게 편지와 사진을 보게 하였소.

봉투 겉봉에 춘천으로 배달되지 않으면 대법원으로 전송해 달라는 특별주문까지 기재한 그 애틋한 심정을 내가 충분히 짐작하면서도, 이렇게 답장이 늦어지게 된 것을 진심으로 사과 드리오. 내 반갑고 감격스러웠던 마음으로는 그 즉각 펜을 들어서야 하지만, 새로 맡은 대법원에서의 업무부담이 너무 과중하여 도저히 정신적 시간적 여유를 만들어 낼 수 없었던 것이요. 배 박사는 아마 처음에는 답장을 기다리다가 그 다음에는 야속해 하고 지금쯤은 완전히 잊어버리고 계실 것이요. 어쩌면 이렇게 완전히 단념하고 있을 때 무슨 소식이 날아든다면 오히려 약간은 더 반가울 수도 있고, 용서하는 마음이 일어나지 않을까 기대하오.

나는 배박사의 편지를 받고 나서 우선 Atlas (지도)를 펴 벨뷰 (Bellevue)가 어디에 있는지를 찾아보았소. 법원에 있는 동안에는 그곳을 방문할 기회가 좀처럼 올 것 같지 않지만, 혹시 언젠가 기회가 온다면 한번 지나칠 수 있도록 위치라도 알아두는 것이 좋을 것 같기도 해서...나는 1974년 여름부터 1975년 여름까지 1년 동안 Washington, D. C.에서 미국 법과 대학 구경을 한 일이 있소. 그때 동부에 있는 몇몇 친구들을 방문 할 수 있었소.

나는 사법대학원을 마치고 군대를 다녀온 다음 1966년부터 지금까지 줄곧 판사로 일하고 있소. 지방에 한 4년간 근무한 것을 빼고는 서울에서만 죽 근무하고 있소. 지난번 고위공직자 재산 공개 때 재산이 적은 것으로 보도되어 친지들에게 걱정을 끼치게 되어 부끄럽게 되었지요. 신문에 따라서는 지나치게 미화되어 과장보도 된 감이 없지 않았소.

배 박사가 미국에서 사회적으로 성공한 것 말고도 자녀들을 모두 훌륭히 교육시킨 것이 더욱 성공이라고 생각하오. 보내준 사진에서도 느낄 수 있었지만, 가족이 화목한 가운데 모두 사랑과 믿음으로 뭉쳐 열심히 일 하고 열심히 공부하고 열심히 살아가고 있는 것이야말로 행복이요 성공이라고 믿소. 배 박사는 언제 한번 귀국 할 것인지?

얼마 전 우리 동창들이 모인 기회에 배 박사 이야기를 했더니 모두 반가워했고..내가 배 박사의 근황에 대해 좀 알려 주었었소.

나도 가족사진을 보내주어야겠는데, 최근에 찍은 사진이 없어 다음 기회로 미루겠소. 배 박사가 최근의 내 모습을 보게 된다면 흘러간 세월의 무상함을 다시 한번 실감할 것이요. 듬성듬성한 백발이 비록 관록의 상징이라고 하겠지만, 우리가 서서히 인생의 황혼기에 접어들고 있다는 징표가 아닌가하오.

지난번의 배 박사의 축하인사와 편지에 대하여 다시 한번 감사드리고 이제 30여 년만에 길을 다시 텄으니, 앞으로 자주 소식 전할 수 있을 것으로 믿고, 오늘은 이만 그치겠소. 부인과 자녀분들에게도 인사를 전해 주시오.

1993년 12월 25일 서울
정귀호

30년 간 생사를 모르고 서로 헤어져 있다가 받은 옛 친구의 이와 같은 회답 편지는 너무나 반가웠다. 보통 때에는 한글로 보내온 편지들은 내가 우편함에서 찾아 나의 사무실에 도착할 때까지는 열어보지 않았다. 그러나 이번에는 정귀호 친구의 편지를 받자마자 그 자리에서 편지봉투 한쪽 부분을 급히 뜯어 나의 사무실로 가는 복도(Hall)에서 걸어가며 단숨에 읽어내려가기 시작했다.

한 줄 한 줄 읽어가는 도중 발걸음이 멈추었고 편지 소식의 반가움은 사라지고 꿈 많던 소년 시절의 추억이 패노라마처럼 되살아 나서 나의 눈은 이미 눈물로 적셔 뺨에 흐르고, 가슴 속은 울음으로 흐느끼고 있었다.

동료 교수들과 학생들은 의아해하며,

"배 교수, 무슨 일이 생겼습니까?

"그 편지에 무슨 내용이 있었습니까?"

라는 질문에 아랑곳하지 않고 흐느끼고 있을 때에, 어느 금발의 한 여학생이,

"배 교수님, 여기 이 손수건을 사용하세요. 이것은 깨끗한 것이니까요," 라고 전하고 총총히 사라졌다.

운명의 수레바퀴

꿈 많은 소년시절, 발랄한 사춘기 시절 나의 친구들은 열심히 공부하고, 여행을 다니고, 한데 뭉쳐 공놀이하고, 데이트(Date)하고, 영화감상을 즐기고, 음악감상을 하고, 책가방을 메고 씩씩한 걸음으로 깨끗하게 맞춘 교복을 입고 등교하고, 학교대항 체육경기에 참여하여 목이 터지게 응원을 하고, 포장마차점에 들려 군밤, 고구마, 생선묵, 참새구이를 먹으며 웃고, 웃음을 터뜨리고,

"아, 나는 어제 퇴교하고 길에서 그이를 만나질 못했고, 오늘 아침 등교시에도 만나지 못해서 가슴 태우는데, 그래 너는 아침 7시35분이면 정확히 그 장소에서 마치 약속이나 한 것처럼 만나서 눈이 마주쳤을 때 얼굴이 붉어지고, 가슴 두근거렸다,"

고 불타는 열애의 대화를 나누고,

"비가 온 후 하늘에 비친 무지개를 잡을 수 있나, 아니면 천둥이 칠 때 일어나는 에너지(Energy)를 저장하면 천 년이고 에너지 걱정이 없을 텐데, 눈 깜작할 사이에 하늘을 요란하게 하며 집들을 흔드는 천둥에서 에너지를 어떻게 포착할 수 있을까?"

하며 마치 위대한 물리학자가 된 것처럼 공상의 세계를 그리고 과

학을 탐구하고 있을 때 나는 사망의 음침한 골짜기를 헤매고 있었다.

혹시 길을 가다가 학교 친구들을 멀리서 식별하기라도 하면, 나는 곧 죄를 지은 사람처럼 다른 길로 도망을 가거나 다른 길이 없을 땐 얼굴을 외면했었다. 왜 학교를 그만두게 되었는지 형편을 알리기 싫었고 또 동정을 받기도 싫었다.

그때 나에게 가장 중요한 것이 있었다면 그것은 간절히 간구하는 나의 기도였다.

"하나님, 하루에 세 끼니가 아니라 단 한 끼니를 푸짐하게 먹을 수 있게 해주시면 감사하겠습니다. 그 이상은 하나님께 아무것도 부탁하지 않겠습니다."

"하나님, 저희 가족을 긍휼히 보시고 하루 한 끼니를 먹을 수 있게 하여 주시옵소서."

"미군들이 쓰다 버린 깡통들을 펴고 붙여서 만든 양철 지붕의 전셋집 마저 쫓겨다닌 지 수십 차례입니다. 우리 네 형제와 어머님이 세 얻어있는 이 단칸방 방세를 올리지 않고, 우리들이 쫓겨나가지 않게 하여 주시옵소서,"

라고 간절히 기도했다. 그런가하면, 하나님께 원망을 하기도 했다.

"나와 나의 형제들은 이 지구상에 처음부터 태어나지 않았어야 했습니다. 왜 하나님께서 저희들에게 생명을 주셨습니까?"

하나님의 축복인지, 저주인지, 아니면 축복과 저주를 합친 것인지 알 수 없지만 아래와 같은 하나님의 섭리가, 아니 운명의 수레바퀴가, 내가 태어나기 전에 이미 굴러와 있었다.

나의 아버지는 일본 식민지 통치하에서 한국인으로 의과대학에 입학하였다. 재학중 할아버지와 할머니의 강요에 의해 서로 만나본 적도 없고, 얼굴도 모르면서, 연애를 해 본 적은 더더욱 없으면서 양 부모들에게 효도하는 것이 가장 큰 미덕으로 알고 있던 그 당시 나의 부친은 몇 차례에 걸쳐 반대를 했으나 결국 결혼을 강요받았다.

불행하게도 첫 부인은 일자무식이었다. 손님들을 초청하여 연회를 베풀 수도 없고, 부부동반으로 여러 행사에 참여하는 것은 더욱 어려운 일이었고, 서로 의사통화가 전혀 되질 않았다. 세월이 흐를수록 잘못된 결혼임을 알고, 적절한 생활대책을 마련해 주고 이혼을 하기로 결심했으나 처가집에서 식모처럼 부엌에서 일을 해도 좋으니 내보내지는 말아달라고 애걸복걸 해왔단다. 그 사이에 아들과 딸이 한 명씩 태어났고, 이혼을 법적으로 해결하여 끝맺음을 하지 못하고, 결혼한 지 2년 후부터 다른 건물에서 별거 생활을 해오다 두 번째 부인을 맞이하게 되었다. 그러나 그녀는 건강이 나빠져 아들 하나를 낳아 세 살이 되던 해에 별세했다.

나의 어머니는 처녀로 세 번째 부인이 되어 나의 아버지에게 시집을 왔다. 나이 차이는 무려 20세나 되었다. 이것도 운명이었나 보다. 나의 외할머니가 자주 아파서 의사인 나의 아버지가 외할머니 댁으로 진료를 다녔다. 자주 방문할수록 외동딸 저희 어머니가 옆에서 시중드는 것을 자세히 보게 되었다. 당시 고등학교를 다녔고, 합창반에서 노래를 부르고, 또 정구를 곧잘 쳤다고 한다. 무엇보다도 그 지역에서 가장 아름다운 처녀로 많은 친구들의 선망의 대상이었고, 많은 총각들이 데이트를 신청하곤 했다. 어머니보다 오히려 치료를 받고 회복이 되는 외할머니가 아버지를 더욱 좋아했다.

그때 저희 아버지는 이미 돈을 많이 번 부자가 되어있었다. 의과 대학을 졸업한 후 전원의 목가적인 생활을 원하여서인지 대구에서 약 십 리 떨어져 있는 동촌에서 개업을 했다. 병원 문을 열자마자 환자들이 물밀듯 들어닥쳤다. 동부의 높은 산에서부터 흘러내려오는 금호강은 청천, 금호, 하양, 반야월, 동촌으로 내려오면서 강물이 더 많아지고 깊었다.

여름이 되면 사오십 리 거리를 두고 비옥한 농토, 주택, 한국에서 자랑하는 대구사과의 명산지인 사과밭 일대는 속절없이 강물에 잠겨버려 농작물 피해, 사과 농사의 낭패, 주택의 파괴, 급기야 금호평야의 논과 밭이 물에 잠기고 소, 돼지, 닭이 떠내려가고, 홍수로 인한 식수의 오염과 인명의 피해가 극심하였다. 그 이상 방치할 수 없을 만큼 매 여름마다 수십 번 들어 닥치는 홍수의 위협은 급기야 일본 식민지 정부로 하여금 약 50리에 가까운 거리에 방둑을 쌓아올리는 대대적인 방축공사 작업이 시작되었다. 방둑의 한쪽 밑 기초지역에서 둑을 넘어 반대쪽 밑바닥까지는 30~50m의 넓이이었고, 높이는 강 수면에서부터 40~60m가 되었으며 방뚝 위로 자동차나 소달구지 두 대가 지나갈 수 있는 넓이의 거대한 공사였다.

지금처럼 현대식 공사 차량과 장비를 갖추지 못한 형편이어서 곡괭이와 삽으로 흙을 파서, 소달구지로 옮겨놓고, 돌을 운반하여 방축을 쌓아올리는 공사는 엄청나게 많은 인부들이 동원되어 여러 해 동안에 걸친 작업이었다. 공사를 하는 도중 겨울이 되면 중지해야 했고, 그 이듬해에 봄이 되어 얼어붙은 땅들이 풀어지면 다시 흙을 파서 옮기고, 돌을 운반하여 둑을 쌓아 올리고, 여름이 되어 장마가 오고 홍수가 나면 방둑의 일부가 다시 파괴되고, 이것을 막기 위해 인부들이 필사적으로 모래주머니를 옮겨 날랐다. 이와 같은 공사가 진행되는 기간 매일 같이 작업장에서 부상을 입고 치료를 받으러 오는 인부들이 줄을 이었다. 해 뜨는 시간부터 해 지는 시간까지 계속된 공사에서 처음으로 부상을 당하는 인부에다 이미 부상을 당한 인부들도 계속 치료를 받아야 했기 때문에 환자의 수는 기하급수적으로 증가해 나갔다. 나의 부친의 수입도 기하급수적으로 증가했다.

방둑이 세워지면서 동촌은 유원지로 변모해 나갔다. 강뚝 위에 올라가보면 강쪽의 뚝 경사지대와 반대쪽 뚝 경사지대는 잔디로 덮여 강뚝 위에서 강뚝 하위 부분에 도달하기까지 떼굴떼굴 굴러내려가는 아이들이 있는가 하면, 겨울에는 설매를 타고 얼어붙은 강 위에서 스케이트를 탔다. 하늘이 높고 말들이 살찐다는 천고마비의 계절에는 젊은 남녀들이 쌍쌍을 지어 강둑을 거닐고 남녀학생들은 합창을 소리높여 부르기도 했다. 맑은 공기를 마시며 대자연의 아름다움을 맛보고, 한번씩 지나가는 똥 마차의 똥 냄새에, 퇴비 냄새에, 시골 냄새의 향수를 달래기도 했다.

강가에는 보트들이 즐비하게 손님들을 기다리고 있었다. 쌍쌍이 보트들을 빌려 금호강 위에는 수십 개의 보트들이 노를 저어가며 뱃놀이를 즐기고, 큰 배들을 이용하여 강 이쪽에서 저쪽 유원지로 바쁘게 손님들을 나르고 있었다.

강 건너 쪽 유원지는 자갈돌이 즐비하게 늘어져 있으며 그곳을 지나가면 하늘이 보이지 않는 울창한 나무들이 하늘을 치솟고 있다. 여러 가지 야생 나무들, 곤충 벌레들을 구경할 수 있다. 막걸리를 파는

술집에선 니나노 노래판이 벌어지고, 청춘 남녀들에게 질세라 할머니와 할아버지 노인들도 한복을 깨끗이 차려입고 놀러 와서 시집살이 할 때의 학대받던 서러움도, 자식들 키우느라 손발이 다 닳도록 고생하던 회포를 풀며, 처녀총각 때 수줍고 부끄러워하며 가슴 두근거리던 그때의 기분과는 달리 꽹과리, 북과 장구를 들고 나와 한판 잔치가 벌어지기도 한다.

그리하여 평일 날에도, 평일 날 오후 늦게 또 저녁에, 특히 주말이면 대구에서부터 인파들이 몰려온다. 생각지 않게 다쳐서 치료를 받으러 오는 환자 수가 늘어나는 것은 당연했다.

방둑공사로 인한 환자들로부터 유원지로 변하여 늘어나는 환자수가 증가하여 성심껏 치료를 해주고, 새벽 한 시, 두 시에도 급한 환자가 문을 두드리면 거절하지 않고 즉시에 치료를 해 주었다. 부자가 되는 것은 당연한 일이었고, 부자가 된 것이 널리 알려졌다.

부친은 돈이 많은 부자만이 아니었다. 그는 키가 크고, 코가 우뚝 솟아 있고, 얼굴이 둥글지 아니하고, 갸름했고, 새마을 사람의 모습을 전혀 볼 수 없는 세련된 미남의 중년신사였다. 악어 뱀가죽으로 만든 구두에, 조끼를 겸한 신사복을 입었고, 조끼 주머니에서 단추에 이르기까지 시계 줄이 느리어져 있어서 금시계가 조끼 주머니에 있음을 말해주고 있다.

돈과 명예, 건강과 풍모를 지닌 저희 아버지에 대한 호감 때문인지 외할머니는 어느 날 저녁 느닷없이 그의 외동딸에게,

"옥조야, 너 배 의사 선생과 결혼하면 좋겠는데, 어떻게 생각하느냐?"

라고 물었다. 저희 어머님은 외할머니에게,

"어머님, 그분은 이미 결혼하여 아들과 딸이 있고, 부인이 있는 남편이 아닙니까? 또 나이 차이도 많구요. 그게 무슨 말씀이세요. 저와 나이가 비슷한 청년들이 얼마든지 많이 있질 않습니까,"

라고 거절했다. 외할머니는 딸에게 질세라 그 자리에서,

"애야, 어제 배 의사가 왕진와서 나에게 사실대로 이야기하더라."

"무슨 사실을 이야기했습니까? 아무 쓸데없는 이야기를 왜 들었습니까?"

외할머니는 저희 어머니에게 자초지종을 이야기했다.

"배 의사가 결혼하여 첫째 부인과는 2년간 같이 살고 아들과 딸을 낳은 후 지금까지 별거해 왔단다. 그래서, 그가 두 번째 결혼을 하려고 할 때, 첫째 부인과 이혼하도록 수속을 재차 진행했단다. 그런데 처갓집 가족들이 다시 찾아와서, 첫번째의 경우처럼, 울며불며 하소연 해왔단다. 제발 호적에서 이름을 파내어 가지 않도록 해달라는 것과 재혼을 해도 좋으니 첫 부인을 집에서 쫓아내지만 않도록 하면 '누룽지'를 먹고 식모처럼 살 것이며 밭에 농사짓는 일을 할 터이니 머물게 해 달라고 간청해 왔단다. 그리하여 결혼 2년 후, 또 재혼할 때에도 이혼을 못하게 되었단다. 불행하게도 둘째 부인은 얼마 살지 못하고 별세했다. 그래서 이번에는 결혼하기 전에 반드시 이혼을 한다고 약속했단다."

그리하여 저희 부친은 어머니와 데이트를 시작하게 되었다. 영화 구경도 같이 가고, 유원지에서 보트도 타고, 강뚝을 산보하고, 등산도 같이 다녔다. 이혼 수속을 시작하면서 결혼 일자를 정하고, 부친

은 길고 짧은 연미복을 각각 한 벌씩 따로 맞추고, 저희 어머니를 위해 흰색의 웨딩드레스를 맞추고, 온 동네 사람들과 친지들 앞에서 현대식 결혼식을 올렸다.

그러나 첫 부인의 친정집으로부터 비열하고, 집요하며, 완강한 반대에 부딪쳐 이혼을 완전히 마무리하지 못한 채 시간이 지나갔다. 더욱이 그 당시엔 이혼이란 있을 수 없는 일이었다. 이혼을 당하는 것은 사형 언도를 받는 거나 마찬가지로 수치스러운 일이었다. 한번 결혼하면 싫든 좋든, 사랑하든 안 하든, 별거 생활을 했던지 상관없이 서로 영원히 소속되어야 하는 것처럼 간주되는 완고한 유교사상의 사회였다. 이혼에 대한 법적 절차도 제대로 갖추어져 있었는 지도 의심스럽다. 이혼절차가 간소화되어 있질 않았던 것도 또 다른 이유였다. 저희 부친은 봉건적인 유교사회의 노예가 되어 끝내 이혼을 하지 못하고 말았다.

저희 어머님은 아들 두 명과 딸 두 명을 낳았다. 그러나 사전에 정식으로 이혼을 하지 않은 이유로 부친은 사랑채에서, 첫 부인은 가족 주택에서 각각 결혼 2년 후부터 별거 생활을 해왔지만 우리 네 형제들은 아버지와 첫 부인의 이름 아래에 이복형제들과 함께 법적으로 그들의 자녀들로 호적에 올라가게 되었다.

백만장자의 귀한 아들

　나의 부친이 경영하던 병원은 엄청나게 컸다. 건물들이 네모형 빌딩으로 지어졌다. 앞 도로를 마주하여 지은 건물은 병원 부속병동이었다. 진료실, 수술실, 약국, 약들을 보존하는 약국 지하실과 환자실이 건물의 절반을 차지했고, 나머지 절반은 부친이 사용하는 침실, 서재, 응접실, 목욕탕과 화장실이 있었다. 이 건물들은 창문을 제외하고는 완전히 담장이 덩굴로 덮여있었다.

　동쪽에 별도의 독채건물은 외부에서 방문오는 친지들을 위하여 마련한 공간이다. 이 건물 크기만큼 큰 곳간이 옆에 지어져있어 식량, 과일, 자전거 및 여러 도구들을 넣어둘 수 있었다. 그 반대쪽에는 여섯 개의 방과 부엌을 갖춘 입원실 건물이 있었고 뒤쪽에 위치한 건물은 가족 주택이었다. 이 건물의 서쪽 부분은 부엌과 식당이 있고, 큰 방 하나가 있었는데 여기는 할머니 방이었다. 나의 부친이 이 건물에 들어오면, 할머니는 항상 그의 아들인 아버지를 독차지하시고 그의 아들 하고만 음식상을 차려, 그의 아들을 마주 보면서 식사를 하곤 했다. 나머지 가족들은 별도로 상을 차려 따로 먹었다. 그 옆에는 이층 다락방이 있어 여러 가지 과일들과 음식들을 보관해 두었다. 이 건물 중간에는 큰 대청마루가 있어서 여기서 가족들이 모여 놀고, 추석이면 제사를 지내기 위해 20명 정도 모여 온 가족들이 충분히 여유있게 앉을 수 있었다. 이 건물의 절반이 되는 동쪽 부분은 첫 부인의 아들 부부가 거처하는 곳이었다.

네모형 건물들 중간에 커다란 타원형 정원과 장독대들이 놓여있고 또 도로를 끼고 세운 벽돌담과 병동 건물 사이에 출입구를 중심으로 동쪽과 서쪽에 큰 바위 돌로 각각 타원형으로 만든 두 개의 정원들이 있었다. 계절마다 상이한 꽃들이 만발하였고, 40~50성상이 흐른 지금도 기억에 생생한 것은, 늦가을이 되면 석류나무에서 새빨갛게 익은 석류들을 따서 우리 형제들은 눈물을 글썽이며, 얼굴이 찌푸려지게 하는 그 달고 쓴맛의 석류를 씹어먹었다. 석류 알들이 터져서 우리들이 입은 웃옷과 바지들을 마치 캔버스 인양 아름다운 그림의 수를 놓았다. 서로의 얼굴에 묻은 석류의 빨간 색깔이 입술에 연지를 바른 것처럼 또 뺨과 코에도 묻어 있었고, 우리는 빨간 그림의 옷을 쳐다보며 서로를 놀리고 깔깔대며 배가 아프도록 웃었고, 잔디 위를 떼굴떼굴 딩굴면서 재미있게 놀기도 했다.

이와 같은 네모 형의 건물들과 정원들 또 가족 주택 뒤의 채소밭을 합친 만큼 크기의 밭이 동쪽 편에 있었다. 사방으로 심어놓은 12개의 감나무에는 가을이 되면 수많은 감홍시가 열렸고, 여자 간호사, 남자 간호사, 가정부들이 총동원되어 이것들을 수확하면, 겨울 내내 온 가족들이 먹고도 남았다. 또 밭에는 고구마, 감자들을 심었다. 자연의 법칙은 거짓이 없나보다. 가을이 되어 땅을 파헤쳐 보면 어김없이 수많은 고구마, 감자, 무들이 쏟아져나왔다. 고추, 시금치, 상추

들은 여름부터 가을까지 푸짐하게 먹을 수 있었다.

추석 또는 음력설이 되면 며칠씩을 두고 저희 부친에게 찾아와서 인사하는 사람들과 세배하러 오는 분들로 붐볐다. 이들의 대부분은 그냥 빈손으로 찾아온 분들은 한 명도 없었다. 사과를 몇 상자씩 가져오는 분들도 있었고, 김장을 담도록 배추를 차에 실어 가져오는 이도 있었고, 어떤 분은 쌀을 15가마씩 가지고 왔다. 나는 너무 의아하여 이분들이 왜 이렇게 많은 선물들을 가지고 오는지 그 중 한 분에게 문의했다.

"아저씨, 왜 이와 같은 선물들을 저희 아버지에게 가지고 왔습니까? 우리 집에는 이런 선물이 없어도 창고가 가득 차 있습니다. 이렇게 많이 가져오면 우리 창고가 몇 배나 더 커져야 되겠습니다. 저희 아버지는 300마지기의 논이 있어서 소작들이 농사를 지어서 해마다 흉년이 들었다며 예상보다 훨씬 적은 수의 쌀 가마들을 갖다 주고 자기들이 60~70퍼센트 가져가나 봅니다. 그러나 가지고 오는 쌀 가마는 우리 가족들이 일 년간 충분히 먹을 수 있습니다. 우리는 또 큰 사과 밭이 있어서 사과농사를 짓는 사람들이 있습니다. 그냥 오셔도 될 터인데요," 라고 나는 말했다.

질문을 받은 중년의 기름진 얼굴을 가진 분은 웃으며 답했다.

"내가 10년 전에 병이 들어 이 병원을 찾아왔단다. 수술을 하고 3개월간 입원하여 있었지. 불행하게도 수술비와 입원비를 한 푼도 지불할 여유가 없었고, 더욱이 입원실에 있으면서 먹을것이 없어서 끼니를 때우지 못한 것을 배 박사님께서 알게 되셨단다. 그날부터 하루 세끼씩 꼭꼭 식사를 제공받았단다."

"그러면, 아저씨는 수술비도 입원비도 낼 수 없었고 또 하루 세 끼씩 3개월간 무료로 대접을 받았습니까?"

라고 나는 물었다. 그는 계면쩍게 이렇게 대답했다.

"혹을 떼는 것이 아니라 혹까지 붙여준 셈이지."

"그러면 퇴원하실 때 어떻게 했습니까?"

라고 나는 다시 물었다. 배 박사님께서 말씀하시기를,

"이제 당신은 수술을 하여 완쾌되고 있으니 항상 기쁜 마음으로 살고, 열심히 일을 하여 성공하거든 훗날 수술비와 입원비를 갚도록 하십시오."

그날부터 그분은 수술비와 입원비를 갚기 위하여 이를 악물고 열심히 노력하여 이제 큰 부자가 되었고, 치료비와 수술비를 모두 다 지불했다고 한다. 그래도 그때의 은혜를 잊을 수 없어 해마다 추석이 되면 저희 부친에게 선물을 들고 인사를 하러 찾아온다고 했다.

"무료로 수술과 치료를 받고 한 푼도 내지 않고 떠나간 많은 환자들의 숫자는 헤아릴 수가 없었단다. 무료로 치료를 해줄수록 더 가난해 지는 것이 아니라 오히려 더 부자가 되었단다."

라고 나의 부친은 대답했다. 나는 의아하여 다시 물었다,

"반비례의 원칙이 적용되는 이유는 무엇입니까?"

나의 부친은 다음과 같은 응답을 주었다.

"돈이 없는 환자들이 무료로 치료를 해준다는 소문이 퍼지고 퍼져서 무려 백 리 이상 떨어진 곳에서부터 더 많은 환자들이 찾아왔단다. 무료로 치료를 받은 환자들 중에는 아직까지 잘 못사는 사람들도 많이 있지만 그 중 많은 사람들이 큰 부자가 되어 열 배, 스무 배

로 갚아주었단다."

"성문아, 네가 알아야 하는 것은 네가 미국에 유학시킬 수 있는 충분한 돈을 아빠가 마련해 두었으니 원대한 포부와 꿈을 가지고 열심히 공부하겠나?"

"받는 것 보다 주는 것이 나를 몇 배나 기쁘게 한단다. 도움이 필요한 이들에게 힘이 자라는 한 도움을 주는 사람이 되도록 노력해라."

우리 네 명의 형제들과 어머니는 부친의 병원에서 불과 5분 정도 걸어서 갈 수 있는 집에서 별도로 살았다. 매일 저녁이면 아버지께서 오셔서 우리들과 함께 저녁식사를 나누고 즐겁고 화목한 나날을 보냈다. 낮에 병원 진찰실에서 느낄 수 있는 위엄은 전혀 찾아볼 수 없었다. 부친이 공부하던 학창시절 이야기도 들려주었고, 호랑이 담배 피우는 옛날 옛적의 이야기를 끝도 없이 꼭 같은 내용의 반복도 없이 우리들에게 흥미 진지하게 들려주셨다.

나를 강둑으로 데리고 가서 자전거 타는 연습도 시켜주셨고, 같이 보트를 타고 노를 저으며 같이 노래도 불렀고, 강 건너 등산을 가기도 했다. 여름 방학 동안에 숙제로 주어진 곤충채집이나 식물채집을 할 경우 나에게 자세한 설명도 해주셨고, 깨끗한 금호강을 같이 수영하여 건너가기도 했다. 해마다 여름방학이면 우리들을 데리고 기차를 타고 포항 해수욕장에 가서 즐겼다. 끝없는 모래사장에서 망망한 대해를 바라보며 씨름을 하고, 달리기를 하고, 바다 물에 뛰어 들어 수영을 하며 새까맣게 탄 얼굴로 기차를 타고 집에 오곤 했다. 나는 나의 그때 나의 생활이 이렇게 언제까지나 마냥 즐겁고 기쁨으로 충만하리라고 생각했었다.

부친의 사망

그러나 내가 중학교 1학년이었던 어느 토요일 아침, 간호사가 가쁜 숨을 쉬면서,

"배 선생님에게 큰 일이 났습니다. 빨리 부친에게로 가 보세요."

라고 했다.

단숨에 맨발로 잠옷 바람으로 우리 형제들과 어머님은 병원 내 부친의 사랑채로 뛰어갔다. 부친께서는 이미 별세하셨다. 얼굴색이 흙색으로 변하여 있음을 보았다.

한동안 통곡을 한 후 가족들이 모인 가운데 금고를 열어보았으나 아무런 유언장도 없었다. 그때부터 첫 아들 이복형과 형수, 첫 부인인 큰 엄마는 위세 당당해졌다. 그 많은 벽장에 굴러 있었던 십여 개의 가마니 크기의 큰 현찰 돈 뭉치도, 사과 밭과 논밭 문서도, 은행에 저축된 돈, 병원과 그에 따른 부동산 모두는 완전히 그들의 차지가 되었다. 우리 네 형제와 어머니에게는 한 푼도 돌아오지 않았다.

그날부터 당장 식사를 해결할 여유조차 없게 되었다. 이 지역에서 가장 부잣집의 아들로 선망의 대상이 되어온 나는 하루 아침에 가장 가난한 집 아들이 되고 말았다. 네 형제들의 손을 잡고 집으로 돌아

가는 길에 어머니는 우리에게, 특히 나에게 이렇게 말했다.

"성문아, 이제 우리가 어떻게 살아갈 수 있겠나? 내가 너희 아버지에게 여러 번 재산의 일부를 할당하여 우리에게 주도록 부탁했었다. 그 때마다 너희 아버지는, "때가 되면 적절이 알아서 나누어주겠다 하시며, 걱정하지 말라,"고만 말씀하셨단다."

"부탁할 때마다 걱정하지 말라면서 역정을 내었고, 말다툼을 하기 싫어서 그만 두었단다. 사람의 생명은 아무도 장담할 수 없고 내일 무슨 일이 일어날 지 예측을 할 수 없는 것이로구나,"

하고 나의 어머님은 눈물이 글썽하셨다. 나의 등록금은 고사하고 내일부터 끼니 걱정을 하게 되었다. 나이 어린 우리 형제들은 시간이 지나면서 점점 더 뼈저리게 가난이 무엇인지 알게되었다.

그 때 당시의 상속법은 첫 아들, 만약 첫 아들이 죽었으면, 첫째 손자에게로 상속이 넘어가고, 나머지 자식들에게는 상속이 전혀 되지 않는다고 했다.

"세상에 이와 같은 불공평한 법이 이 하늘 밑에 대한민국이란 사회 이외에 어디 있겠는가! 둘째, 셋째 아들들과 딸들은 자식들이 아니란 말인가! 이 따위 법을 국회의원이 됐다는 돈 있고 학식 있는 정치가들이 통과시켜 놓았단 말인가! 그 놈들 모두 '개새끼들이야.' 아니 사법부는 무엇을 하고 있었단 말인가? 지금까지 아무도 이와 같은 부당한 법에 희생이 된 자들이 고소하여 이 악법을 고치도록 시도 한 자가 없었단 말인가?"

나는 정치학도가 되어야 하겠다는 마음의 각오를 가지게 되었다. 사회의 부조리, 부모에 대한 효도란 이름으로 자식에 대한 결혼의 강요, 이혼법의 간소화, 이혼과 재혼에 대한 사회적, 문화적 개념과 가치관의 개혁, 상속법의 개정, 돈 없는 가난한자들을 위한 교육과 주택, 치료 혜택을 포함한 균등한 기회의 제공을 위해 최선의 노력을 다 하리라 각오를 했다.

나의 어머님은 외할머니로부터 받아 우리가 살고 있던 유일한 자산인 집을 팔아 조금씩 돈을 까먹게 되었고, 급기야 단칸 셋방으로 전전긍긍하면서 죄도 없이 형벌 중에서 제일 큰 가난의 고통에 끼니를 걱정하며, 고등학교 1학년에 입학하여 두 달 만에 학교를 중퇴하고, 괴로운 나날을 보내게 되었다. 나는 큰 엄마 댁에 가서 배가 고파서 왔다고 했더니, 밥은 한 끼도 주지 않고,

"왜 와서 귀찮게 구느냐? 빨리 돌아가라, 다시 오지 말라,"

고 하면서 냉대를 받았다.

고등학교를 계속 다니도록 등록금을 조금이라도 도와달라고 하면, 온갖 변명을 다 하면서 돈이 없다고 했다.

언제인가 한번 큰집에 들렸더니, 형수씨(이복 형의 부인)가,

"도련님 등록금을 도와주려고 계돈을 넣었는데 그만 계 주인이 돈을 모아 달아났다." 고 했다.

"아 그러세요. 돈을 떼먹히지 않았으면, 그것은 형수님이 갖고 안 줄 것이며, 돈을 떼어먹히고 난 후에는 그 돈을 저에게 주었으면 하는 생각이 혹시 있었겠지요. 형수씨가 주지 않아도 괜찮습니다. 고등학교에 다니는 것을 포기 할 수는 있지만 그러나 공부하는 것을 결코 포기하지 않을 것입니다. 형수님, 두고 보십시오. 나의 간절한 기도에 하나님이 들어주실 것입니다." 라고 대답했다.

그렇다. 이것은 입술발림의 이야기에 불과했다. 지금까지 단돈 십 원도 주질 않으려고 거절해 왔기 때문이다. 나는 너무 억울하여 나의 부친의 재산을 독점한 그들에게 복수를 하여 병원 건물들을 완전히 불태우고 싶은 충동이 수십 차례에 걸쳐서 일어났다. 그러나 그때마다 나의 마음을 달래며,

"불을 질러 내가 감옥에 가면 나를 믿고 살고 있는 어머님에게 너무나 실망을 시켜드리며, 또 나의 장래에 지장을 주리라. 용서해 주자. 참고 이 어려운 고난의 기간을 지혜롭게 이겨 나가며 성공을 할 때까지 최선을 다하자. 이제 미워하는 마음을 거두어 버리자,"

라고 내 자신에게 몇 번이나 다짐하곤 했다.

수제비 국을 먹던 일이 불현듯 나의 뇌리를 스치고 지나간다. 그날도 어머님은 밀가루를 사서 반죽을 하고 수제비 국을 끓여서 저녁을 먹기로 했다. 여느 때와 마찬가지로 중학교를 졸업한 이후 진학을 하지 못한 성보 형은 불구의 몸으로 자전거 페달을 360도로 밟지 못하고 오른 쪽 긴 다리로 일부 눌러서 왼쪽 발로 다시 눌러 오르기를 반복하며 자전거를 운전하여 하루 종일 양복 일을 하고 저녁 8시나 되어서 집에 돌아오기 때문에 어머님은 큰 그릇에 가득하게 수제비 국을 한 그릇 가득 담아 별도로 놓아두고,

"애들아, 이것은 성보의 저녁이다. 그것은 손대지 말고 나머지를 나누어 먹자,"

하시며 그릇의 절반도 안 되게 담아서 각각 하나씩 들고 와서 성보 형을 위한 한 그릇 가득히 채워진 것을 힐끔 힐끔 부러워 곁눈짓으로 보면서 우리들 그릇에 절반에도 채 올라오지 않은 수제비국을 눈 깜

짝할 사이에 먹어치웠다. 겨우 간에 기별이 갔다는 정도였다.

오후 8시가 되어서 양복일을 끝내고 돌아온 성보형도 무척이나 허기가 진 모양이었다.

"어머님, 빨리 저녁 식사 주세요."라고 하며 그는 앉았다.

어머니께서,

"여기 있다. 따뜻하니까 먹기 알맞다. 맛있게 먹어라. 우리는 한 그릇씩 가뜩 가뜩 먹어서 모두 배가 부르다."

라고 웃으며 말씀하셨다.

두 세 숟갈을 먹은 후, 성보 형은,

"어머님, 이 수제비국 안에 무엇이 있는 것 같습니다."

라고 말했다. 그리고는 곧 그릇 밑 부분까지 숟가락을 넣어 들어나오는 것을 본 어머님과 우리 형제들은 너무나 놀랐다.

"아니 이것은 행주가 아니냐? 어쩌다가 행주가 잘못되어 수제비국 안으로 빠져들어 갔나보다."

하시며 어머님은 너무 당황해하셨다.

"성보야, 미안하다. 엄마가 실수하여 행주를 수제비국에 빠트렸나보다. 그것도 모르고, 나는 너를 위하여 가장 큰 몫으로 그릇에 가득 담았다는 것이 그만 행주까지 같이 담았는 모양이구나."

하며 눈물을 글썽이었다.

나처럼 성미가 까다로우면 벌써 어머님에게 화를 내고 덤벼들었을 것이다. 그러나 성보형은 아무 말이 없었다.

더러운 행주가 수제비국에 있었으나 그것을 안 먹으면 다른 것을 줄 것이 없어 어머님은 큰 아들의 얼굴을 쳐다보고 울상이 되어 있었다. 한 그릇 가득 담아 두었던 수제비 국은 행주를 들어내고 보니 그릇의 삼분의 일도 되지 않았다.

허기가 진 이유인지, 다른 것을 먹을 것이 없는 것을 알았기 때문인지 혹은 어머님 마음을 아프지 않게 하고 싶은 때문인지는 알 수 없었지만 긴장하고 초조히 기다리는 우리 형제들과 어머님에게,

"염려 마세요. 저가 수제비 국을 다 먹겠습니다. 정말 맛있네요." 하면서 그는 먹기 시작했다

우리 가족은 드디어 서로 껴안고 울음을 터뜨리고 말았다.

너무나 부끄럽고 괴로웠던 그때, 일생을 두고 가장 꿈 많던 소년 시절에 겪은 깊은 상처를 나의 뇌리의 어느 한 부분에 영원히 나 혼자 새겨두고, 오늘까지 나의 사랑하는 아내, 아들과 두 딸에게조차 비밀에 부치고 이야기하질 않았건만, 지나간 이 상처를 정 박사의 편지로 인해 하나씩 하나씩 도려내어 다시 새롭게 나의 마음을 아프게 할 수 있겠는가.

아니다. 기쁜 일이 있을 때나, 슬픈 일이 있을 때마다 항상 생각하게 되고 그때마다 마음 아파했었지. 이 추억은 나를 항상 겸손한 쪽으로 걸어가게 하며 나를 반성케 하는 반추의 역할을 해오지 않았던가? 또 역경이 닥치고 새로운 도전이 올 때마다 더 큰 용기와 지혜를 준 반석이 되지 않았던가? 소중하게 간직하자. 하나님이 주신 이 운명의 추억을!!!

2

나의 영혼의 불

1994년 6월 9일 제 343회 하버드 대학 (Harvard University) 졸업식이 거행되었다. 별도로 거행된 법대 졸업식에 선배 동문이며 미국 대법원 판사인 해리 브랙먼 (Harry S. Blackmun '29, L.L.B. '32)씨가 졸업 연설에서 서두에 다음과 같은 질문을 던졌고 또 스스로 회답을 해주었다.

"여러분, 누가 여러분의 영웅입니까?"

"영웅이란 '어느 분야에서든지 가장 훌륭한 분,' (as 'a man of the highest class in every respect')을 의미합니다. 모든 사람들은 자기의 인생을 살아가면서 혹은 기억에 적어도 한 두 명의 영웅이 있을 것입니다. 영웅이란 반드시 전국적으로 혹은 국제적으로 명망이 있는 분들만을 의미하는 것이 아니고 우리가 살면서 횃불처럼 비쳐주고 좀 더 발전과 향상을 도모하도록 따뜻하고 의미있는 방향으로 우리의 삶에 감명을 주는 그런 분을 의미합니다. 그분들 또 그분들의 가치관을 본받아 살아 보십시오. 분명히 큰 도움이 될 것입니다. 실망과 좌절의 순간이 닥쳐올 때에 여러분을 구출하여 밝은 햇빛으로 안내할 것입니다."

(Harvard Magazine, July/August, 1994: 91)

나의 부친 배정우 의학박사

　나의 생애를 통하여 등대 불처럼 밝게 비추어 어두운 망망대해를 항해하면서 바다 속에 감추어진 암초들에 부딪치지 않게 해주고, 나의 영혼에 이상, 희망, 그리고 꿈의 불을 지펴 영구히 꺼지지 않게 해준 분들을 다 기억하고 소개할 수는 없다. 이분들 중에서 첫번째로 손꼽을 수 있는 분은 역시 나의 부친이다.

　나는 한 번도 부친에게로부터 매를 맞거나 꾸중을 들어 본 적이 전혀 없었다. 그는 무척이나 나에게 위엄이 있었고 무언중에 압도당하여 경솔한 행동이나 말을 함부로 할 수 없었다. 특히 그가 병원 진찰실 내에 그의 의자에 앉아서 책을 볼 때에나 신문을 읽을 때 위엄이 있게 보였다. 몇 권의 책을 사기 위해 혹은 용돈이 필요하여 부친의 병원 진찰실에 들어가면 그의 얼굴을 세심히 읽으면서 기분이 좋으신지 아닌지를 관찰부터 하였다.

　몇 차례나 기회가 오는지 기다렸다가 어떤 경우엔 한 시간 이상 그의 옆에 앉아 있기만 하다가 기분이 좋을 때라고 판단하면 나는,

　"아부지, 돈 얼마를 주세요."

　라고 말을 건내면 부친은 항상 주저하지 않고,

"여기 있다."

하시면서 주셨고 한번도 거절하는 경험을 가져 본적이 없었다.

일과가 끝나고 저녁에 집에 오시면 그의 위엄은 어디로 사라졌는지 찾을 수 없고 우리 형제들과 같이 재미있게 시간을 보내느라 친구처럼 느껴지곤 했다.

나에게 지금도 기억에 생생한 것은 초등학교 5학년이 끝나는 시기였다. 여느 때나 마찬가지로 5학년 말에도 성적표와 60명 학생 중 5명에게 주는 우등상장을 받아 나의 아버지에게 가지고 갔다. 우등상을 처음 받은 것도 아니었다. 그런데 의사 가운(Gown)을 입은 아버지께서 그의 등 위에 말을 타라고 했다. 그러고는 나를 목마 태우고 병원 채를 나와 정문을 통과하여 온 동네를 한 바퀴 돌기 시작했다.

나는 당황했다. 나의 동무들이 보면 무어라 할 것인가? 나를 어린 아이라고 조롱할 것이 아닌가? 더욱이 여학생들이 보면 어떻게 하나? 그래서 나는,

"아부지, 저 내리게 해 주세요. 이거 부끄러워 어떻게 하지요?"

라고 떼를 썼으나 막무가내셨다. 저희 부친은,

"괜찮아, 괜찮아. 내가 피로하지 않으니 온 동네 한 바퀴 말을 태워주지," 라고 하시면서 내려 주질 않았다.

상상할 수 없는 이와 같은 광경을 본 동네 사람들이, 나의 남자와 여자 친구들이 하나씩 둘씩 거리로 나와서 나와 나의 아버지를 서로 번갈아 보면서 술렁이고 있었다.

"세상에 배 의사가 아들 성문이를 저렇게 사랑할 수가 있겠는가? 그의 체면도 위엄도 송두리째 내어버리고, 그래 저 큰 아들을 등에 업고 숨을 헐떡이면서, 얼굴에 한아름 웃음을 띄우시고 온 동네를

뛰는 것처럼 빨리 걷다니, 정말 좋은 아버지이지, 무슨 좋은 일이 있었는가?"라고.

우리들이 지나가는 도중 동네 아낙네들끼리 서로 주고받는 귓속말 들이었다.

병원 정문을 나와 대구시로 가는 버스 정류장을 지나 오른쪽으로 돌아 1주일에 한 번씩 열리던 시장이 점점 붐벼 이제는 거의 매일같이 시장이 열려 시골에서 쌀, 과일, 수박, 고추, 마늘 등 여러 가지를 즐비하게 늘어놓고, 또 한편에는 부산, 포항 등 바닷가에서부터 잡아온 게, 오징어, 낙지, 조기, 새우, 갈치, 심지어 고래 고기까지 포함하여 여러 가지 생선들이 즐비하게 늘어놓은 생선 시장을 지나면서 비린내가 코를 찔러 코를 막으면서 지나, 돌아와서 이번에는 강둑으로 올라갔다.

무려 30개가 넘는 층계를 하나씩 밟고 강둑으로 오르기에는 너무 힘이 들 터인데도 나를 내려주지 않고 한 걸음씩 걸어오르기 시작하였다. 숨을 헐떡이면서, 중간 층계에 오를 무렵에 그의 목 뒤에까지 땀이 함빡 흘러내리고 있었다.

등에 업혀 가는 도중 나의 아버지는 나에게 이렇게 말씀 하셨다,

"고추를 달고 너희 엄마 배에서 나와, 태를 끊고 너희 두 다리를 들고 거꾸로 세워 엉덩이를 한 대 쳤더니, 이제 세상에 태어났음을 신고나 하는 것처럼 온 병원이 터져나갈 것처럼 숨을 모아 울부짖은 것이 어저께 같것만 벌써 이렇게 자랐구먼. 이 똥단지가 너무 무거워졌구먼."

얼마나 시간이 지나갔는지 우리들은 다시 병원 정문에 도착하여 나를 내려주었다. 그의 이마에는 땀방울이 가득하였고, 그의 안경 렌

즈까지 젖어 있었다. 그의 등에는 땀으로 적셔져 있었다.

"아부지, 땀이 많이 났습니다. 땀을 닦아야 하겠습니다."

라고 말하며, 나는 손수건을 끄집어내었다.

여기에는 아무 대꾸를 하지 않으시고, 쪼그리고 앉아, 그의 키가 나의 키 높이와 나란히 되도록 한 다음, 나의 두 손을 잡은 나의 부친은 정색을 하고,

"성문아, 다음 해에도 역시 우등상을 받아오는 거지? 원대한 포부와 꿈을 가지고 미국에 유학을 가도록 열심히 노력해라. 그리하여 이 사회에 큰 기여를 할 수 있도록 최선을 다해라. 아빠가 너를 위하여 유학하는데 필요한 경비는 이미 충분히 준비해 두었단다."

유학이 무엇인지? 왜 필요한 것인지? 얼마나 힘이 드는 것인지? 유학을 하여 무엇을 하는 것인지? 언제 가야 하는지? 이와 같은 구체적인 질문들을 생각해 보지도 않았고 모르면서 그러나 이것은 두 번째이고 마지막으로 나의 아버지가 나의 영혼에 불을 붙여 28세에 그가 마련해 두었다는 금전을 한 푼도 받질 못하고 빈손으로 유학을 떠날 때까지, 7년 후 박사 학위를 받을 때에도, 3권의 책을 저술하여 출판했을 때에도, 아들 한 명과 딸 두 명을 각각 잔즈 합킨즈 대학과 하버드 대학에 입학시켜 학사 학위를 받고, 계속 공부를 하여 3명 모두 의학 박사로 공부시킬 때까지, 60성상을 살아가는 지금까지, 내가 지쳐 있을 때마다, 영원히 꺼지지 않고 타오르는 나의 '영혼의 불'이 되어, 가난과 경멸, 역경과 좌절, 피로와 쇠진, 괴로움과 슬픔을 불태워 주고, 더 큰 결심과 재충전으로 발화되는 꺼지지 않고 타오르는 나의 '영혼의 불'로 나를 지켜주었다.

우산진 선생님

초등학교 5학년의 생활은 나에게 잊어버릴 수 없는 또 다른 하나의 등대 불이 있었다. 5학년 담임 우산진 선생님이다. 그분은 정식으로 교사 자격증을 가진 영구 교사가 아니고 일 년 동안만 가르치기 위하여 채용된 임시교사이셨다. 건강이 좋지 않아서 대학을 다니다가 휴학을 하고 그 다음해에 다소 건강이 회복되어 일 년간 5학년을 가르치는 임시교사로 채용되어 우리 학급을 맡게 되었다.

지금와서 회고해 보면 그분은 더거러스 맥그레골 (Douglas Mc-Gregor)씨가 고안하여 제시한 두 가지의 상이한 행정 및 경영운영 학설(Public Administration and Business Management Theories) 즉 X 학설(Theory X) 과 Y 학설(Theory Y)을 멕그레골씨보다 훨씬 먼저 터득하여 그 중 이미 (Theory) Y 학설을 우리 반에 적용한 것임에 틀림없었다.

(Theory) X 학설은 인간이란 본성이 게으르고, 수동적이며, 타인에게 의존하고, 도전 받기를 싫어하며, 변화와 개혁을 두려워하고, 믿을 수 없고, 욕망이 없으며, 책임지기를 싫어하며, 솔선수범하기를 싫어하며, 영리하지 못하다고 믿는다. 그런고로 항상 감시 감독을 해

야 하고, 지시를 주고, 규제 하에서 시키는 대로 하지 않을 경우 엄한 처벌을 주어야 함을 강조하고 있다.

그 반면에 Y 학설은 인간이란 본성이 부지런하고, 능동적이고, 독립적이고, 도전 받기를 좋아하며, 변화와 개혁을 모험하고, 믿을 수 있고, 욕망이 있으며, 책임지기를 원하며, 현명해 지기위해 노력한다. 그런고로 믿고, 맡기며, 독자적으로 스스로 일을 처리하거나 공부를 할 것이며, 서로 협동하여 일을 할 수 있도록 선도시키기를 강조하는 학설이다.

장난꾸러기 5학년 학생 친구들 중에는 누가 맛있는 밥과 반찬을 가져오는지 눈여겨 보았다간 급기야 한 시간이 지난 후에 그 친구의 점심 도시락을 몰래 끄집어내어 깨끗이 먹어치웠다. 점심시간이 되어 열어본 자기 도시락이 텅텅 비워져 있는 것을 보고는 그 친구가 화를 내기도 전에 한 반 친구들이 "와"하고 웃으면서 놀려주었다.

이렇게 해서 자기 도시락의 점심을 잃어버리고 오후 5시까지 배에서 "꼬르륵" 소리를 들으며 시장끼를 몇 차례 넘긴 피해자 친구들의 수가 점점 증가하면서 담임선생 귀에 당연히 들어가게 되리라 믿었다. 다른 선생이면 백의 백 중 벌써 노발대발하여 처벌을 주거나 학급전체 기합을 받았을 것이다. 그러나 우산진 선생님은 전혀 알고 있는 것 같은 내색을 하지 않으셨다.

사우디아라비아에서는 원유의 수출로 국가의 수입이 엄청나게 늘어나서 어느 기간 동안 매일 불란서에서 따뜻한 음식을 그날그날 비행기로 실어와서 모든 학생들에게 급식한다는 기사를 읽은 적이 있다. 놀라운 속도의 경제성장을 이룬 오늘의 한국에서 빈부의 차이

없이 좋은 영양가의 급식을 학생들에게 학교마다 제공하는 지를 확인한 바 없다. 그러나 내가 초등학교에 다닐 적에는 소고기 국은 소가 장화를 신고 고기 국을 지나간 것처럼 고기가 턱없이 부족하여, 일주일에 한 번이 아니고, 한 달에 한 번도 아니고, 아니 일년에 한두 번 정도 먹기 어려운 가정도 많이 있었다. 꽁보리밥만 먹는 것으로도 감사하다고 생각되는 가정이 많았을 때였으니 아침을 먹고 학교에 걸어서 오리, 십리씩 시골길을 걸어왔으니 한 시간 수업이 끝난 후에도 이미 배가 고플 수도 있었다.

그러나 그것보다는 자기 점심을 빼앗기지 않으려고 처음에는 장난끼가 가득한 한 두 명이 한 시간 수업이 끝난 후 자기들 도시락을 까먹기 시작하더니, 점점 수가 늘어나 이젠 모든 학급 생들이 한시간 수업이 끝난 후 다음 수업이 시작하는 15분 휴식기간 동안에 눈깜짝할 사이에 점심을 다 먹어치웠다.

된장, 김치, 마늘, 파, 콩조림 등으로 만든 60개의 도시락에서 풍기는 냄새가 창문을 닫아둔 교실 안을 가득 메웠다. 교실 내에서만 있었던 우리들의 코는 분명히 마비되어 있었는가 보다.

둘째 수업에 들어 온 우산진 선생님은 문을 열고 교실에 들어오자마자 코를 잡고,

"여러분, 3일 동안 발가락들을 한 번도 씻질 않았습니까? 발 고린내 같기도 하고, 똥을 눈 후 궁둥이를 딱지 않아 똥 냄새가 풍기는 것 같기도 하고, 누가 설사 똥을 쌌습니까? 누가 인분 퇴비를 가지고 왔습니까? 그런데 왜 첫시간에는 이런 냄새가 없었습니까?"

라고 물었다.

모두들 고개를 자기들 책상 밑으로 숙이고 쥐 죽은 것처럼 숨을 죽이고 있었다.

가는 날이 장날이라 더니, 우산진 선생님은,

"여러분들과 더 가깝고 더 사귀고 더 잘 이해하기 위하여 노력하겠습니다,"

라고 이야길 했다.

그것이 특별히 무슨 뜻인지를 이해하지 못한 우리들은 급기야 당황하게 되었다. 점심시간에 담임교사는 자기 도시락과 물 한 컵을 들고 교실에 들어서면서,

"여러분, 반찬을 서로 나누고 점심을 같이 먹으면서 즐거운 시간을 보냅시다. 나는 소고기 조림을 가지고 왔으니 한두 명 나와서 한두 쪽씩 가져가고 다른 반찬 일부를 나에게 주십시오,"

하며 자기 도시락을 열고 식사를 시작하려고 했다.

그러나 아무도 도시락을 책상위로 끄집어내지 않는 것을 본 담임 선생은 드디어 두번째 수업시간에 있었던 냄새를 직감한 듯이,

"내일부터 여러분 나와 점심을 같이 합시다. 형편이 어려워 점심을 가지고 올 수 없는 학생들이 몇 명인지 손을 들어 알려주면 내가 도시락을 준비해 오겠습니다."

아무도 손을 드는 학생은 없었고, 다음 날부터 첫 시간 후 점심들을 까먹는 일을 삼가하게 되었다. 그는 학생들에게 항상 존대 말을 사용하였고, 학생 한 명 한 명의 인격을 존중하였고, 열 가지 문제 중 한 문제에 정답을 한 학생들에게는 그 문제에 정답을 잘 하였다고 칭찬과 격려를 주었다. 열 문제를 다 맞춘 학생에게도 꼭 같이 잘

했다고 칭찬을 해주었다.

　이와 같은 격려는 나에게 사기(士氣)를 진작시켰고, 더 열심히 노력하는 원동력이 되었다. 학년이 끝나갈 무렵 담임 교사는 폐결핵이 나빠지면서 대학 병원에 입원을 하게 되었고, 무척이나 행방을 알고 싶은 나의 마음에 또 다른 조그마한 상처를 남겨주었다.

김주석 선생님

세 번째로 나의 생애에 등댓불처럼 밝게 비쳐준 분은 중학교 때의 수학 담당 김주석 선생님이다. 그는 정확하고 조리있게 수학 문제들을 풀어나가며, 하나씩 순서대로 설명하여 하나의 질문도 없이 배워 나갔다. 지금까지 어느 수학 선생으로부터도 그와 같이 훌륭하게 설명을 해주는 분을 찾질 못했다. 그때까지 나의 중학교 수학 실력은 학급에서 평균 수준이었다. 그러나 김주석 선생님을 만나고 난 그때부터 흥미를 가지게 되었고, 매번 수학시험을 치고 나면, 옆에 있는 친구가,

"너 또 이번 시험에 학급에서 최고 성적을 얻었구나,"

라고 했을 때 오히려 미안한 생각이 들기도 했다.

그 때 나는 눈을 자주 청결하게 하지 않은 이유인지는 모르지만 눈 '다래끼' 가 자주 나서 한쪽 눈을 가리고 있은 적이 빈번하였다. 그리하여 김주석 선생님은 나를 '상이군인' 이라고 별명을 붙였다. 그의 수업 시간 중에는 한번도 빠짐없이,

"상이군인 이리 나오세요,"

하고 나를 불렀다.

나의 부친이 경북대학 부속 중고등학교 사친회 이사도 하고 이사 장도 했기 때문에 교장 선생님과 행정을 담당하는 분들은 나를 다 알고 있었지만 김주석 선생님은 수학교사로 부임한지도 얼마 안 되었기 때문에 나와 개인적으로 특별한 연분이 없었다. 그러나 그는 거의 매 수학 시간마다 나를 불러 칠판에 나와서 수학 문제를 풀어 설명하게 했다.

소위 학생들을 '참여시키고 실습을 통한 배움(Learning through participation and practices)'의 학습 방법을 적용했다.

이때부터 나는 수학에 관심을 가지게 되었다.

또 '친구들에게 망신을 당하지 않으려면 매일 예습을 해야 되겠구나' 하는 예습의 중요성을 배우게 되었다. 더욱이 '대부분의 문제들은 나 혼자서 집에서도 열심히 집중하여 노력하면 공부를 해 낼 수 있겠다'는 확신을 가지게 되었다.

고등학교 1학년에 진학하여 2개월 후 중퇴할 수밖에 없었을 때에도 포기하지 아니하고 혼자서 열심히 공부할 수 있는 등대 불이 되었다.

구의령 목사님 Rev. and Dr.William A. Grubb

나에게는 잊을 수 없는 소중한 또 한 분이 있다. 그 분은 미국에서 온 장로교 선교사 구의령 (William A. Grubb) 목사님이다.

나는 오랜 동안 답을 찾지 못하고 있는 질문들이 있었다. 그 때가 언제인지 또 어디에서인지 알 수 없으나 마치 구름을 잡을 것처럼, 밀림 속에서 어떤 특정한 나무 잎을 찾아야 하는 것처럼 마음속으로 방황하며 찾고 있었다. 그것은 나의 인생관과 가치관이다. 내 삶의 철학을 찾아헤매고 있는 중 이었다. 좀처럼 찾을 수 없고 시원한 해답을 모르고 있었다. 그 질문들은 아래와 같았다.

1. 나는 누구인가?

2. 나의 육신이 나의 전부인가?

3. '나' 라고 하는 특정한 모습, 나름대로의 성격, 어떤 주어진 나름대로의 재능들은 누가 결정하였는가? 내가 태어나기 전에 나의 부모님들이 이미 결정하여 태어나게 했는가?

4. 어디서 와서 어디로 가는가?

여기에 대하여 성경을 소개하여 읽고 배우도록 해 주신 분이다. 신약성경 마태복음 20장 포도원의 비유를 만나게 된다.

천국은 마치 품꾼을 얻어 포도원에 들여보내려고 이른 아침에 나간 집주인과 같으니 저가 하루 한 데나리온(Denarius) 씩 품꾼들과 약속하여 포도원에 들여보내고...제삼시에...제육시와 제구시에...제십일시에도 나가보니 서있는 사람들이 또 있는지라.

가로되,

"너희들은 어찌하여 종일토록 놀고 여기 섰느뇨?"

가로되,

"너희도 포도원에 들어가라,"하니라...

저물매...제십일시 에 온 자들이 와서 한 데나리온 씩을 받거늘, 먼저 온 자들이 와서 더 받을 줄 알았더니 저희도 한 데나리온 씩 받은지라. 받은 후 집주인을 원망하여 가로되,

"나중 온 이 사람들은 한 시간만 일 하였거늘, 저희들 종일 수고 와 더위를 견딘 우리와 같게 하였나이다..."

"네가 나와 한 데나리온 의 약속을 하지 않았느냐? 네 것이나 가지고 가라...내것을 가지고 내 뜻대로 할 것이 아니냐 ?"

(마태복음 20: 1-16)

하나님이 그의 뜻대로 하시는 해답은 사무엘 상에서도 역시 찾아 볼 수 있다.

여호와는 죽이기도 하시고 살리기도 하시며 음부에 내리기도 올리기도 하시는도다. 여호와는 가난하게도 하시고 부하게도 하시며 낮추기도 하시는도다. (사무엘 상 2 : 6-8)

우리의 생명은 하나님으로부터 받았으며, 언제 어디에서 우리들이 다시 하나님에게로 돌아가는지는 오로지 하나님의 뜻에 달려있다. 이것은 이미 나의 부친의 갑작스러운 별세에서 처음 깨달았다. 더우기 우리의 생명과 건강에 다음날 무슨 일이 일어날 지 알 수 없을 만큼 약하고 약한 피조물이 우리 인간들이라는 것을. 다음 날 저격을 받아 죽음의 운명에 처해있음을 꿈에도 상상하지 못한 하루 전, 1865년 4월 14일 오후 애이브라함 링컨 대통령은 그의 부인 매리(Mary)에게 아래와 같이 2번째 대통령의 임기가 끝난 후 재정적으로 여유있고 아름다운 퇴직생활의 꿈을 속삭이고 있었음을.

"매리, 우리들이 워싱턴 디씨로 옮겨 온 후 너무나 많은 고생을 했습니다; 그러나 이제 전쟁이 끝났고, 하나님의 축복으로 평화와 행복으로 가득찬 4년을 보내길 희망하고 있습니다. 임기가 끝나면 우리 이리노이 주로 돌아가서 조용히 남은 인생을 보냅시다. 그 동안 다소의 돈을 저축해 두었고, 2번째 임기 동안 더 저축하도록 노력하십시다. 그러나 그래도 생활을 꾸려 나가기에 부족할 것입니다. 우리들이 이리노이 주에 돌아가면, 스프링필드 혹은 시카고에서 변호사 개업을 하겠소. 적어도 생활을 꾸려가기에 충분할 만큼 일을 하겠소."

라고 그는 말했다. 영어 원본은 아래와 같다.

"Mary," he said, "we have had a hard time of it since we came to Washington; but the war is over, and with God's blessing we

may hope for four years of peace and happiness, and then we
will go back to Illinois and pass the rest of our lives in quiet. We
have laid by some money, and during this term we will try and
save up more, but shall not have enough to support us. We will
go back to Illinois, and I will open a law office at Springfield or
Chicago, and practice law, and at least do enough to help give us
a livelihood."

(Ida M. Tarbell, The Life of Abraham Lincoln, 1924, Vol. Ⅳ: 76)

또한 우리들이 살아있을 동안에도 누구에게 더 큰 축복을 주는가
또 어떤 축복을 줄 것인가는 역시 전적으로 하나님의 뜻에 달려있는
것이 틀림없다. 나는 다만, 하나님께 간절히 구하면서 최선을 다하
리라. 그리고 결과를 겸허하게 받아들이리라.

지금까지 항상 기억하고 즐겨 읽으며 나에게 등댓불처럼 밝은 희
망을 주는 성경 구절을 소중히 간직하고 있다. 그것은 마태복음 제
7장 7-8 절이다.

구하라. 그러면 너희에게 주실 것이요. 찾아라. 그러면 찾을 것이요.
문을 두드려라. 그러면 너희에게 열릴 것이니 구하는 이 마다 얻을 것
이요. 찾는 이가 찾을 것이요. 두드리는 이에게 열릴 것이니라.

미국 유학 기초 준비

한푼의 돈도 없으면서 미국으로 유학을 갈 수 있도록 나는 구하고, 찾고, 문을 두드렸다. 우선 나는 고등학교 1학년을 시작한 지 2개월이 지난 후 중퇴한 그때부터 포기하지 않고 세 가지의 기본준비를 시작했다.

첫째는 10,000개 단어가 포함된 300 페이지의 영어 소사전 한 권을 구하여 거기에 있는 모든 단어를 철저히 암기하도록 결심을 했다. 이 책에서 하루 50개 단어의 자구와 뜻을 암기하기 시작했다. 이것은 엄청나게 힘드는 도전이었다. 하루에 50개 단어를 암기하는 것은 대단히 어려웠다. 하루 저녁 꼬박 시간을 보내어 암기한 후 오른쪽 해답을 가리고 답을 해보면, 5분의 4는 알쏭달쏭, 서로의 뜻이 엇갈려 뒤죽박죽이 되었다.

다시 첫 단어부터 외우기 시작하여 50번째 단어까지 도착했다. 두 번째 암송에 무려 2시간이 지나갔다. 다시 답을 가리고 답을 하여 해답을 확인해 보았더니, 이번에는 5분의 2는 기억할 수 있었다. 이와 같은 암기를 무려 일곱 차례 반복한 후에야 50개 단어가 나의 머리에 머물러있어 기억이 되는 것 같았다. 오후 6시에 시작했는데 벌써 자정이 훨씬 넘어 새벽 두 시가 되었다. 나는 실망했다.

"나는 머리가 나쁘구나. 하나님께서 나에게 좋은 암기력을 주시지 않았나보다. 50개 단어를 외우는데 꼬박 6시간을 보내다니, 이거 포기해야 되는 것 아닌가. 하루에 50개 단어를 완전무결하게 암기한다 해도, 10,000개 단어를 암기하는데 최소한 200일이 소요되는데, 몇 십 번을 반복해야 하지 않겠나."

포기를 해야 한다고 생각을 하면 나의 부친의 모습이 떠오른다. 어머님의 얼굴도, 나의 형제들의 얼굴도, 모두 나에게 기대가 큰 데 그들에게 실망을 시켜드릴 수가 없었다. 나 자신에게도 쉽게 그만둘 수가 없었다. 유학을 가려면 그 나라 언어를 알아야 하는 것은 당연한 일이다. 이것은 기본적이고 필수적인 준비가 된다. 마음의 각오를 하고 그 다음날에도 오후 6시에 시작을 했다. 다음 50개 단어를 외우는 데에도 더 쉽게 빨리 되는 방법은 없었다. 다시 기계처럼 암송하기 시작했다. 단어의 미국식 발음과 억양이 어디에 있는지를 확인하면서, 정확하게 발음을 하면서 소리 내어 외우기 시작했다. 단어를 하나씩 써보면서 철자를 정확하게 기억하는 것까지. 그날도 어김없이 새벽 두 시가 되어서야 50개 단어를 끝마칠 수가 있었다. 혹시나 하고 그 전날 외운 단어들을 다시 보았다. 20개 정도의 단어들이 엇갈렸다. 그러나 이미 육체적으로도, 정신적으로도 지쳐 더이상 계속할 수 없었다. 나는 내 자신에게 타이르기 시작했다.

"마음을 조급히 먹지말자. 전날 잊어버린 단어에 대하여 너무 신경을 쓰지 말고, 매일 계획대로 앞으로 전진(前進)만을 계속하자. 한번 10,000개 단어를 다 외울 때까지 다시 뒤를 돌아보지 않기로 결심하자. 머리가 나쁘다고 탓하지도 말자. 이미 하나님이 나에게 이만큼만 주셨으니 받은 만큼을 가지고 최선을 다해보자. 빨리 뛰는 토끼보다는 매일 매일 계획대로 일보씩 쉬지 않고 전진을 계속하는 느림보 거북이가 되자. 아직도 나에겐 젊음이란 귀중한 시간이 많이 있다." 고 자신을 위로하면서.

토요일도, 일요일도, 휴일도, 크리스마스 이브도, 새해에도, 하루도 계획을 어기고 지나가는 날은 없었다. 길고도 지루하던 200일이 드디어 찾아왔다. 무척이나 나에겐 뜻 깊은 날이었다. 다른 분들이 시켜서 억지로, 할 수 없이 하는 일들이 많았고 그때마다 싫어했는데 10,000개의 단어를 외우는 것은 아무리 힘이 들어도 이것은 나 자신이 자진하여 만든 결심이 아니었던가. 정말 외롭고 멀고 힘이 드는 여정이었다.

되돌아 첫 페이지부터 사전 외우기를 두 번째로 시도했을 때엔 약 10 퍼센트 정도는 기억이 되고 나머지는 역시 생소하였다. 다시 나 자신에게 타이르고 있었다.

"두 번째 반복을 할 때에도 하루에 50개 단어씩만 외우기를 반복하고, 그 전날의 단어 중 얼마나 많이 잊어버렸나 상관하지 말자. 다시 앞으로만 바라보고, 10,000개 단어를 두 번째 암기가 끝날 때까지 매일 50개 단어를 암기하는 것을 명심하자."

다시 두 번째 200일이 왔다. 이젠 약 25퍼센트 정도가 기억이 되었다. 세 번째 반복할 때에는 50개 단어에서 80개 단어로 증가시켰다. 왜냐하면, 20 내지 30개 정도의 단어들은 전혀 생소하지 않았기 때문이다. 반복의 횟수가 증가할수록 매 페이지마다 기억할 수 없는 단어들의 수가 점점 줄어들기 시작했다.

십여 차례에 걸쳐서 단어를 암기하는데 무려 4년이 걸렸다. 이것은 마치 일백 파운드 무게의 짐을 등에 업고 일천 피트 높이의 산을 타고 쉬지 않고 한 발자국씩 올라가는 것처럼 숨가쁘고 힘든 일이었다. 4년에 걸쳐 단어사전 한 권을 다 암기했다고는 하지만 완전히 100퍼센트를 돌파한 것은 아니었다. 주간 타임(Time)지를 열어보았다. 한 페이지에 불과 셋 내지 네 단어가 생소하여 사전을 찾는 것 이외엔 모두 아는 단어였다. 추후 대학에 다닐 때에는 학급 친구들이 나를 '걸어가는 영어사전(A Walking Dictionary)'이라고 부르며 영어단어를 찾질 않고 나에게 문의하곤 했다. 마치 나는 특별한 재능이 있어 노력하지도 않고 한번보고 암기하는 무슨 타고난 재능이 있는 것처럼.

또 하나의 기본적인 준비는 영어를 자유자재로 구사하고 표현할 수 있도록 준비하는 것이었다. 영어 문장을 생각하며 말을 할 수는 없으니까 영어 문장을 외우는 것만이 유일한 방법이라 생각하여 문장을 외우기로 결심했다.

중학교 1학년 영어 교과서를 열어 제1장의 문장을 외우기 시작했다. 소리를 내어 수십 차례에 걸쳐 읽기를 반복했다. 손을 가리고 첫 구절(The first paragraph)을 낭독해 보고 혹시 빠트려 진 것이 있나 확인하고, 다음 구절로 넘어 가서 암송했다. 역시 손으로 가리고 암송을 한 후 빠트리거나 순서가 잘못되었는지 확인하였다. 제 1장을 외우는데 그리 힘이 들지 않았다. 곧 제 2장으로 넘어가서 문장들을 다 암송했다. 제 3장도, 제 4장도, 제 5장도, 계속하여 문장을 외워

나갔다. 약 두 달이 지나자 중학 1학년 영어 교과서를 끝냈다. 비교적 짧고 간단한 문장이었기 때문이었다. 이어서 중학교 2학년 영어 교과서를 암송하기 시작했다. 1학년 교과서보다 더 문장이 길고 어려웠지만 제1 장에서부터 출발했다. 약 3개월이 지나면서 대부분의 문장들을 기억할 수 있게 되었다. 중학교 3학년 영어교과서도 외우기 시작했다. 문장을 더 많이 암기할수록 더 쉬워지기 시작했다.

나는 성경의 마태복음의 제 7장 7-8절을 수십 차례 소리 내어 암송했다. 시편 23장은 지금 까지도 즐겨 암송하고 있다. 기초 영어 회화 책 한 권을 구입하여 제 1장에서부터 마지막 장에 이르기까지 문장들을 수십 차례 반복하여 암송을 했다. 다음 중급 회화 책도, 고급 회화 책도, 제펄슨 (Thomas Jefferson) 대통령의 독립선언문 (The Declaration of Independence)도, 링컨 대통령의 게티스벌그 연설문 (The Gettysburg Speech)도, 좋은 문장들과 명언들을 닥치는 대로 암송했다. 영어 관용어와 문장들을 외우는 것도 단어 하나씩 외우는 것 못지않게 힘든 일이었다. 그러나 더 많은 문장들을 외울수록 다음 문장을 외우기가 쉬워졌고, 더 많이 암기할수록 입이 트여 나의 의사를 영어로 전달할 수 있는데 또 영어문장을 만드는데 불편을 느끼지 않게 되었다.

세 번째 준비는 상대방에서 하는 말을 알아듣도록 귀를 열게 하는 준비도 시작했다. 이것은 혼자할 수 없는 것이라 생각하고 방법을 찾기 시작했다. 먼저 미 8군 라디오를 청취해 보려고 시도했으나 아나운서의 빠른 말들을 청취하여 이해할 수가 없었다. 영어회화 강좌에 다니기에는 등록하기에 필요한 돈이 없었다.

나는 미국 공보원을 찾아갔다. 도서관에 들려, 이리저리 돌아보는 가운데 녹음실로 들어가 보았다. 그 곳에는 많은 녹음 테이프들이 즐비하게 있었다. 자세히 문의해 보았더니, 미국의 경제, 문화, 역사 등 여러 가지를 소개하는 테이프들이라고 했다. 각각의 테이프에 맞추어 프린트 된 책자들도 있었다.

"바로 이것이로구나.(That's it.) 이것이 바로 내가 찾고있었던 것이야.(This is what I am looking for.)"라고 나도 모르게 큰 소리로 영어로 말을 했다. 해당되는 책을 미리 읽어 이해한 후, 녹음기에 테이프를 넣어 청취하기 시작했다. 강의하는 방법처럼 알맞은 속도로 들려오는 녹음 소리를 청취하는 것은 등록금을 지불하고 영어 강좌를 듣는 것보다 더 훌륭했다. 그래 '구하면 주실 것이요. 찾으면 찾을 것' 이로구나.

구의령 교수는 나에게 영어작문을 가르쳐주었다. 편지 겉봉 주소를 기록하는 방법, 편지 쓰는 형식과 내용에서부터, 학술 논문을 쓰는 방법에 이르기까지 많은 도움을 주었다. 다락방 클럽(The Upper Room Club)을 조직하여 매주 목요일 저녁에는 그 분의 집 다락방에서 영어성경 공부를 하였다. 그 때 마다 항상 커다란 접시에 맛있는 과자와 음료수 대접을 받았다. 그 분이 잠시 전화를 받기 위해 나간 순간 혹은 화장실에 간 순간 우리들은 일 분도 걸리지 않고 접시를 깨끗이 비웠다. 너무도 빨리 없어진 다과를 보고 울상이 되어, "다음에는 과자를 더 많이 만들어 놓겠다,"고 말씀을 하셨다. 생각해 보면, 식탁 예절(Table manner)이 부족하였기 때문일 수도 있었으나 한국에서 구할 수 없는 미국 과자의 맛이 있었기 때문이었나 보다.

어떤 선교사들은 밤늦게 바깥 주위가 이상하면 총을 들고 나가는 경우가 많다고 들었지만 구의령 목사님은 한국 사람들을 자기 형제처럼 대해주고 도와주었다. 어느 해 여름방학이 되어 선교봉사 활동을 하러 시골에 교회 건축을 하는데 자원봉사단 학생들을 데리고 갔다. 무더운 여름에 침대도 없이, 순 한국식 음식만을 2주 동안 같이 먹고 자면서 돌을 나르고, 땅을 고르고, 담을 쌓아 올라갔다. 더위와 맵고 짠 한국 음식만을 먹었기 때문인지 그는 귀가하자마자 배탈과 과로로 몸져누운 것을 알게 되었다. 그래도 전혀 지친 기색이 없었고 항상 즐거운 표정으로 나를 맞아 주셨다.

내가 추후에 알게 된 것은 그 때 선교사들은 기껏해야 한 달에 생활비 5백 불을 받는 것이 전부였다. 이것으로 생활을 겨우 꾸려나갈 뿐이었고, 저축은 전혀할 수 없는 형편이었다. 또 그분의 부인(Louise Grubb)은 간호사로서 문둥병 요양원에서 환자들을 간호해 주면서 선교 봉사를 하고 있었다. 미국에서 있었으면 두 부부가 훨씬 더 여유 있게 살 수 있는데 평생 동안 외국에 선교를 나간다는 것은 하나님의 복음을 전파하기 위한 사명감 없이, 자기들 희생이 없이는 불가능하다는 것을 알게되었고 존경심이 우러났다.

언제인가 이들 부부가 안식년을 맞이하여 미국을 방문하였고 동부로 여행가는 도중 내가 살고 있는 벨뷰를 들리게 되었다. 나는 그랜 말키(Grand Marquis)의 큰 차를 타고 환영하러 나갔는데 나의 교수였고, 목사 박사님인 구의령 부부는 아주 조그마한 소형차를 타고 온 것을 보고 나는 다시 한번 고개를 숙이고 존경하는 마음이 일어났다. 대륙횡단 여행에 이렇게 작은 차를 타고 얼마나 고생이 많았겠는가? 그래도 그런 표정이 없이 기쁜 마음으로 상면의 즐거움을 나누었다. "심령이 가난한 자는 복이 있나니 천국이 저희 것임,"이라는 성경 구절이 떠오르고 물질 만능주의에 빠져 돈의 노예가 되어서는 안되며 각각 자기에게 주어진 사명을 성실하게 실천해야 한다는 교훈을 재확인하게 되었다.

우리 모든 인간은 시시퍼스(Sisyphus) 임에 틀림없다. 고대 그리스 신화에 의하면 시시퍼스는 신(gods)들의 저주를 받아 일생을 살면서 커다란 바위 돌을 굴려올리는 숙명을 받게 되었다. 그는 바위 돌을 굴려 산 정상에 올리려고 시도했으나 정상에 가까이 올릴 때마다 기진맥진 하게되고 모든 기력이 소진되어 더 이상 버티질 못하여 무거운 바위는 산골짝 아래로 속절없이 굴러 떨어진다. 그는 다시 산골짝 아래로 내려가서 쉴 사이 없이 바위 돌을 굴려올려야 한다.

이와 같은 고난의 처벌은 주제넘은 욕망 때문이라 한다. 하늘에서 불을 훔쳐 인류에게 주었기 때문에, 제우스(Zeus) 신의 분노를 사서 코카서스(Caucasus) 신에 의해 바위에 묶인 채로 독수리에게 간을 빼앗겼다는 프로메티우스 (Prometheus)보다도 더 큰 죄를 시시퍼스가 지었다고 한다. 요약하면, 시시퍼스는 자기의 때가 왔을 때 지옥으로부터 부름을 받았으나 살고 싶은 욕망이 너무 커서 이것을 거절했다. 신들의 명령을 받은 멀큐리(Mercury) 사자가 내려와서 그를 붙잡아갔다. 캄캄한 지옥에 내려간 시시퍼스는 사신(Death)을 속여 그를 쇠고랑에 채워두었다. 그러자 지하세계(Hades)의 지배자 푸루토(Pluto)가 사신(Death)을 쇠고랑에서 풀려 나오도록 전쟁의 신을 급파했다. 드디어 신들의 분노가 절정에 다다라 생명을 사랑하고 죽음을 싫어하는 시시퍼스에게 숙명적인 처벌이 내려졌다. 쉬지 않고 굴려올려야 할 큰 바위 돌이 그를 기다리고 있었다.

시시퍼스는 구약 성경에 하나님과 꼭 같은 지혜를 얻고자 무화과 열매를 따먹은 아담과 이브와 마찬가지이다. 창세기 3장 17-19절에,

"내가 너더러 먹지 말라한 나무 실과를 먹었은 즉... 종신토록 '수고' 하여야 그 소산을 먹으리라... 네가 얼굴에 '땀' 흘려야 식물을 먹을 수 있고..."

우리 인간들은 이 지구상에서 살아가는 동안 피와 땀을 흘려 최선을 다해야 하는 하나님의 명령이 있나보다.

옛날에 많은 사람들은 평균 나이가 20세가 채 되기도 전에 질병으로 사망했다. 죽음을 싫어하고 생명을 사랑하는 우리 인간들, 시시퍼스들은 - 생물 물리 학자, 생명 공학자들, 의사와 간호사들 - '수고'하고 '땀'을 흘려 산 정상을 향하여 연구의 바위 돌을 굴려 올리지 안았던가? 실패를 한 적이 얼마나 많았던가? 좌절이 얼마나 많았던가? 그러나 그 다음에는 한 발자욱 더 높이 정상을 향해 올라 갔었지. 그리하여 페니실린을 개발하고, 항생제를 연구하여 전염병을 정복하고, 신장이식을 하고, 심장수술을 하고, 유전인자에 대한 연구를 더 높이하여, 평균수명이 20세에서, 30세로, 30세에서 40세로, 50세에서 60세, 70세, 80세로 연장 할 수 있지 않았는가? 그 뿐인가 전기를 발명하고, 비행기가 하늘을 나르고, 달을 정복하지 않았는가?

시시퍼스 정치가, 정치학자, 외교관들은 어떻게 하면 이 지구상에서 전쟁을 억제하며 인명의 피해를 줄이고 평화를 유지할 수 있을까? '수고'하고 '땀'을 흘려, 연구에 연구를 거듭하여 정상에 더 가까이, 더 높이 바위 돌을 굴려올려 시야를 넓혀서 학설을 개발하고 연구하여, 동서독이 통일을 이룰 수 있었고, 이집트와 이스라엘이 평화협정을 맺고, 남아공에서 흑백인종 간의 유혈투쟁을 없애고, 평화적이며 민주적인 국가를 세우고, 이스라엘과 팔레스타인들 간에 타협을 모색하고, 남북한 간에 정상회담의 진전을 위하여 노력하고, 동구와 서구 유럽이 군사적, 경제적 통합을 향하여 움직이고 있지 않는가? '수고'와 '땀'을 흘려 정상을 향해 더 높이 연구의 바위 돌을 굴려올려 우주선을 발사하고, 핵방위망을 구축할 때 핵 전쟁의 위협을 더욱 감소시킬 수 있으리라.

그 뿐인가 남녀 간의 불평등, 빈부간의 갈등, 고용자와 피고용자들 간의 갈등, 노예들의 해방, 언어, 인종, 종교, 문화 간의 차이를 서로 이해하도록 노력하고, 만민에게 꼭 같은 자유와 기본권, 기회의 균등을 제공하기 위하여 투쟁하고 노력해오질 않았던가.

우리 인간들은 각자에게 주어진 재능을 개발하고 자기 취미에 따라, 직업의 귀천이 없이 생산공장에서 또 자연과학 분야, 기계공학 분야, 미술, 음악 및 창작의 세계에서, 사회과학 분야에서 각각 정상을 향하여 '피'와 '땀'을 흘려 '수고'하는 데서 삶의 보람을 느끼지 않겠는가? 나에게 비추어준 등대불은 곧 '영혼의 불'이 되어 실망과 좌절을 불태우는 시시퍼스처럼 다시 정상을 향해 일보 일보씩 걸어 올라가게 역사하고 있었다.

3

대학 진학

대학의 꿈

　도단집을 위시하여 셋방을 전전하면서 우리가족이 살던 곳은 대구시 칠성동이었다. 당시 칠성동은 소득이 낮고 가난한 사람들이 살던 지역이었다. 석탄가루를 찍어 연탄을 만드는 공장이 있어서 바람이 불면 그 곳에서부터 석탄가루가 온동네에 흩어지게 되어 5분간만 밖에 나가있으면 콧구멍과 얼굴이 까맣게 더럽히게 되었다. 또 하수구가 정리되어 있지 않았기 때문에 도로 양 옆으로 흘러내리는 하수물은 썩은 냄새가 나며 새까맣게 더러운 물이 일부는 흐르고, 일부는 고여있었다. 정말 더러운 환경이었다. 여름에는 그곳에서부터 모기가 번성하여 우리들을 괴롭혔다.

　집집마다 화장실은 수세식이 되어있질 않았기 때문에 대소변 용기가 따로 없었다. 쭈그리고 앉아 소변을 보게 되어 고여있는 변소에는 노랑 색의 대소변 물이 가득하여 대변을 볼 때는 똥이 한 덩어리 떨어지면 똥물이 뛰어 궁둥이를 다 젖게 했다.

　"아차, 잊어버렸구나. 다음부터는 이렇게 해야지. 똥을 한덩이 누자마자, 재빨리 오리걸음으로 걸어나와 똥물이 뛸 때에 엉덩이에 세례를 받질 않도록 하고, 다시 오리걸음으로 뒷걸음질을 하는 도중,

혹시나 똥통에 빠질까 조심조심하여 되돌아보면서 기어들어가, 두 번째 똥 한 덩어리를 누자마자 다시 오리걸음으로 잽싸게 피해 나와야지," 하고 나 자신에게 일러주었다.

이렇게 대여섯 번 오리걸음을 왕복하여 큰일을 치르고 나면 이마에서 땀이 가득 흘러내린다. 각 집마다 똥물을 퍼내는 일은 시도 때도 없었다. 아침, 점심, 저녁 식사 때를 가리지 않고 마구 번갈아 퍼내는 똥 냄새가 온 동네를 가득 메웠다.

수세식 화장 종이는 사치품에 속하며 일반 상점에는 당연히 없었다. 화장 종이로 유일하게 사용할 수 있는 것은 신문지였다. 그냥 사용하기에는 역시 너무 거칠기 때문에 신문지를 비벼서 다소나마 부드럽게 한 후에 사용했다. 그래도 치질이 있는 경우에는 부드럽게 비빈 신문지도 그곳을 아프게 하며, 피를 흘리게 했다. 또 신문지의 검은 잉크가 엉덩이를 까맣게 만들어 속옷을 더럽게 했다.

한 집에 주인을 제외하고도 매 방마다 한 가족씩 세를 놓아 여러 가구가 살고 있는 것이 보통이었다. 그러면서도 화장실은 하나뿐이니까 출근하기 전 아침에도, 오후에도, 저녁에도 줄을 지어 발을 동동 굴리며 배를 움켜잡고 자기 순서가 올 때까지 기다리고 있었다.

냉방 장치는 물론 없었고 샤워장도 당연히 없었다. 칠, 팔월의 여름이 다가오면 땀이 비오듯 흐르고 습기가 많아서 도저히 그냥 잠을 잘 수 없었다. 할 수 없이 밖에 있는 수도가로 가서 찬물 한 양동이를 서로 등에 퍼부어 주면 물은 차고, 몸은 열이 있어서 그때마다 기절초풍을 하고,

"억...억," 하고 외마디 소리를 지르며,

"아이구 시원하구나. 지금 우리가 천국에 있는 거야? 아니면 지옥에 있는 거야?"

라고 형이 묻곤 하였다. 동생의 답은,

"너는 시원 하니까 천국에 있고, 나는 아직 지옥에 있지. 나도 천국에 빨리 보내 주라."

형은, "물론이지. 너도 시원한 물세례를 받고 빨리 천국에 오도록 해주마."

동생은, "형, 그런데 내가 한 가지 잘못 부탁할 것이 있다."

형은, "그것이 무엇인데?"라고 문의했다.

동생은, "천국에 빨리 보내 달라고 한 것은 잘못 전한 거야. 나를 천국에 천천히 보내주렴,"하고 말했다.

형은, "어떻게 하면 천천히 보내주는 건데? 어떻게?"라고 물었다.

동생은, "그것은 간단해. 찬물을 한꺼번에 모두 덮어 씌우지 말고, 조금씩 조금씩. 그렇지 않으면, 나 기절할 거야. 그러니까, 아까 내가 한 것처럼 한꺼번에 다 덮어 씌우면 안돼!"하고 부탁했다.

형은, "알았어. 천국에 천천히 보내주지,"라고 답했다.

드디어 모두들 방바닥에 들어 눕는다. 단칸방에 네 형제와 어머니가 들어 누워 있으면, 팔과 팔, 어깨와 어깨가 서로 닿기 일쑤였다. 그 때마다 더워서 몸을 돌려 누우면 방바닥과 등의 피부 사이에 땀이 나서 붙어 있다가,

"찌~ 이익,"하고 소리를 낸다. 이삼 분도 되지 않아 다시,

"찌~ 이익,"하고 소리를 낸다.

더위에 견디질 못해 매일 밤 몇 번이나 잠에서 깨어났다가 또다시

잠드는 멀고도 지루한 여름밤이었다.

여름이 지나간다고 고통이 줄어드는 것은 아니다. 겨울이면 온돌방 한 구석만 따뜻하여 온 가족이 그곳에 모여, 이불을 서로 땅기고 밀고 하다가 잠이 들었다.

"이것 보세요. 벌써 아침 8시 인데, 왜 아무도 나오지 아니하고 무엇들 하십니까? 얼른 나오세요. 아이들도 학교에 갔어야 되는데, 보니까 아무도 이 방에서 나오질 않는군요. 얼른 일어나 나오세요."

라며 누군가 방문을 두드리고 있다. 몇 차례에 걸쳐 두드렸으나 아무 기척이 없는가 봐. 드디어 문을 박차는 소리와 함께

"아이구, 동네 사람들아, 이 방 식구들이 모두 죽어있네. 빨리들 나와서 이분들을 방에서 밖으로 끄집어 내야 해요."

하는 고함 소리가 나오고, 급기야 응급차가 요란한 소리를 내며 점점 더 가까이 오고 있다.

연탄가스가 온돌방 구석으로 스며들어 잠자는 방을 탄산가스로 채워 질식시켰기 때문이다. 겨울만 되면, 시도때도 없이 그 전날까지 건장했던 사람들이 시체로 변하여가는 어처구니없는 일들이 너무나 자주 일어났다. 가난한 동네일수록, 연탄가스에 중독되는 사람들이 더 많은 것은 당연한 일이었다.

그때 나는 중학교에 진학할 학생 한 명의 가정교사를 했다. 월말이 되어 돈을 받는 날엔 여름에는 수박 한 덩어리를 사서 집에 가지고 간다. 겨울이면 군밤과 구운 고구마를 사들고 집에 와서 가족들과 함께 먹었다. 그 때만큼 나를 행복하게 해준 때가 없었다. 가정교사를 하고 늦게 돌아오면 온가족들이 밥상을 차려놓고 나를 기다리

고 있었다. 풋고추, 된장, 고추장이랑 식탁에 놓여 있었다.

"어머님, 시장하실 텐데, 왜 기다리고 계셨습니까?"

라고 내가 물었더니,

"너와 같이 먹을려고 기다리고 있었단다. 어서 저녁 먹자,"

하시며 온 가족이 둘러앉아 그날 일어난 일들을 이야기하며 꽁 보리밥과 된장, 풋고추로 기뻐하며 저녁을 나누었다.

그런가 하면, 또 많은 다른 날에는 밤에 귀가하면, 우리 형제들은 이미 잠이 들었고, 아니 잠 들어있는 것처럼 누워있었고, 나를 위하여 밥 한 그릇만 놓여있었다. 그런 저녁엔 분명히 우리 가족들은 저녁을 굶고 허기진 배를 안고 잠들어있고, 나를 위해서만 밥 한 그릇 밥상에 놓여있었다.

"어머님, 오늘은 제가 가정교사하는 집에서 저녁을 먹었습니다. 그러니, 이것을 잡수세요,"

라고 나는 말했다. 그러면 어머님은,

"우리는 먼저 먹었다. 시장하지? 어서 먹어라,"고 대답하셨다.

어머님과 나는 서로 거짓말을 하고 있었다. 그리고 또 서로가 거짓말을 하고 있다는 사실을 너무나도 분명하게 알고 있었다. 어머님과 나는 서로 안고 흐느끼다 눈물을 닦으며 잠을 청한다. 밥 한 그릇은 그 다음 날 아침 식사용으로 그대로 남겨둔 채. 누워있는 가족들은 배가 고프기 때문에 좀처럼 빨리 잠을 잘 수 없나보다. 엎치락 뒤치락 하는 소리와 "꼬~르륵" 하는 소리가 각자의 배에서 나오는 것을 들으며 나는 그들과 반대 방향으로 돌아 꿇어앉아,

"나의 하나님, 나의 하나님, 배고프고 힘든 이 고통의 세월이 빨리

지나가게 하소서," 하며 내 마음속으로 기도했다.

나는 칠성동 장로교 임마누엘 교회에 다니기 시작했다. 어느 종파에 속하는 것인지 상관 없었고, 나에게는 중요하지 않았다. 다만 우리가 세 얻어있는 집에서 가장 가까이 있는 교회였다. 이 교회는 아주 보잘것없는 가난한 교인들이 다니는 교회였다. 의자도 없고, 마루바닥에 앉아 예배를 보고, 그리하여 허리가 아파 예배 도중 몇 차례 몸을 고쳐앉아야 했고, 교인 수는 불과 사오십 명에, 십 명 정도의 찬양 대원들을 포함하여, 장로는 물론 없었다. 겨울에는 추워서 방석을 사용하지 않으면, 앉아있을 수 없고, 목사님이 거처하는 목사관은 가난한 칠성동이지만 한두 집에서만 겨우 찾아볼 수 있는 조그마한 초가집에 불과했다.

헌금과 십일조를 내도록 강조하지 않으니까 가난한 교인들에게 큰 부담 없이 마음 편하게 다닐 수 있었다. 그 곳에서 손 인덕 친구를 만나 사귀게 되었다. 독학을 하며 공부하는 것을 본 손인덕 친구는,

"성문 교우, 실력이 대단한데 검정고시 치는 것도 좋지만, 만약의 경우를 위해서 내가 다니는 설립한 지 얼마 안 되는 성광고등학교에 3학년으로 편입하면 어떠하겠나? 내가 이미 학교 교무 주임 선생님께 문의 해 보았더니, 너를 데리고 오라고 하더라. 내일 같이 가면 안되겠니? 2달간 이지만 명문 사대부고를 다녔으니까 2년을 건너뛰고 3학년으로 편입하도록 한번 가서 시험을 치고 시도해 보지 그래."

생각해보지 않았던 제의를 받고, 나는 용기를 가지고 그 친구와 같이 교무주임을 찾아가서 자초지종을 이야기했다. 곧 이어 시험을 쳤다. 며칠 후 연락이 왔다. 그의 사무실로 오라는 내용이다.

교무 주임은,

"고등학교 1학년을 불과 2개월밖에 안 다녔지만, 영어, 수학 편입 시험에서 성적이 좋으니까 편입을 시켜 주기로 결정했다,"

면서 악수를 청했다. 이렇게 하여 지금까지 들어보지도 못한 성광 고등학교를 졸업하고, 계명대학으로 진학했다.

국비 장학생

대학 교무처장님이 나를 불렀다. 즉시 자기 사무실로 찾아오라고 했다. 나를 보고 따뜻하게 맞아주면서, 그는,

"경상북도 도청 장학관에서 주관하는 국비 장학생 선발 시험이 며칠 후 실시되는데, 올해 대학 진학하는 학생들 중에 각 단과 대학별로 수석 입학생들에게 시험을 쳐서 그 중 3명을 뽑아서 대학 4년 동안 장학금을 제공한다는 통보를 받았습니다. 우리 계명대학에선, 입학 성적이 가장 높은 3명 성적이 비슷하니까 그 중 한 명을 보내기 위하여 우리 대학 내에서 한 명을 선발하기 위해 시험을 실시할 예정입니다. 배성문 씨, 시험에 응시하고 싶으면 며칠 몇 시까지 어느 장소로 오기 바랍니다."라고 알려 주었다.

당시 계명대학에 입학 공고가 났을 때,

'성적이 우수한 학생들은 졸업 후 미국 유학 알선 및 지원

이라는 내용이 있어서 해마다 몇 명씩 아주 우수한 학생들이 지원했다.

세 명이 시험을 칠 때 서로 얼굴을 알게 되었다. 세 번째 친구는 지금 기억할 수 없으나 다른 친구는 경대 사대부고를 나온 김완수

친구다. 그는 추후 서울대학교에 입학하여 고대 그리스 철학 전공으로 박사학위를 받고 서강대학교에서 교수로 재직하다 퇴직했다.

시험을 치른 이틀 후 교무처장이 손을 내밀어 악수를 청하며,

"도청 시험에서 성공하기를 빈다."

라고 하며 며칠, 몇 시에 도청 장학실에 가도록 알려주었다. 그날 도청에는 경북대학, 청구대학, 대구대학, 효성대학, 계명대학에서 각각 단과 대학별로 한 명씩 와있었다. 장학관은,

"여러분 모두 수석 입학생들이라 모두 장학금을 주어야 하는데, 국가 재정이 충분하지 못하기 때문에 경상북도에서는 3명을 뽑게 됩니다. 선발 기준은 1차 시험과 2차 면접 두 가지입니다. 인문계와 자연계를 전공하는 상이한 배경 때문에 그 중 공통 분모인 영어 시험을 치도록 결정했습니다. 그 다음은 면접이며, 만약 동점이 나오면, 가정 형편이 더 어려운 학생을 뽑겠습니다."

라고 설명한 후 곧이어 영어 시험에 들어갔다.

가슴이 두근거리기 시작했다. 대학 4년의 교육을 받을 수 있을 지가 결정되는 이 순간에 강렬한 심장의 고동 소리를 느끼고 불안과 초조함에 떨며 시험지를 받는 자신의 모습을 보는 순간, 풍랑을 만나 구사일생의 직전에 살려달라고 애걸하는 제자들에게 책망하던 예수님의 말씀이 떠오른다.

"믿음이 약한 자여, 왜 두려워하느냐?"(마태 복음 8: 26)

첫 문제를 읽고 답안을 작성하기 시작했다. 5분, 10분이 지나가면서 두근거리는 심장의 고동은 점점 정상적으로 돌아오고 마음은 차분해지기 시작했다. 사전을 한 권 외우고 영어 문장을 천 페이지 이

상 외워 온 나에게 시험 문제는 예상 보다 어려움이 없었고, 해답에 자신감이 생겼다. 일사천리 식으로 막힘이 없이 하나의 문제에서, 그 다음 문제로 옮겨갔다. 한번 더 점검을 한 후 끝마치고 제출했다. 곧 이어 시험이 끝나는 순서대로 면접이 시작되었다. 장학관이,

"배 군, 부친은 무얼 하시는가?"

라고 물었다. 나는,

"별세 하셔서 살아 계시지 않습니다."라고 답을 했다.

"그러면, 모친은 무엇을 하는가?"하고 그는 다시 문의했다.

"저희 모친은 우리 네 형제들을 위하여 바느질을 하고 계십니다," 하고 내가 대답했다.

"아, 바느질을 하신다고? 알았네. 더 이상 문의하지 않아도 짐작 이 가는구나. 면접을 여기서 끝내겠네. 배 군, 오늘 필기 시험은 어 떠했는가? 좋은 성적을 받았으면 좋겠는데,"라며, 나 자신 보다도 오 히려 더 염려해주는 따뜻한 이 한 마디. 나는,

"특별한 어려움은 없었습니다. 결과를 기다려 보겠습니다. 안녕히 계십시오," 하고 작별 인사를 나누고 나왔다.

며칠이 지난 어느 날 저녁에 누군가 문을 두드리며,

"배성문 씨 집에 있습니까? 배성문 씨,"

하고 커다란 목소리로 부른다.

지금 이 시간에 어느 분께서 오셨나? 의아해서,

"네, 누구세요?"하며 밖으로 나갔다.

"아니, 박 목사님 아니세요. 어서 오십시요. 어머님도 안계시고 지 금 저 혼자 있습니다. 들어오세요. 목사님이 오시기에는 너무 초라

한 곳입니다. 부끄럽습니다. 처음으로 목사님이 저희집을 아니 저희 셋방을 방문하셨는데 아무 것도 대접할 것이 없습니다."

라고 나는 환영했고 당황했다. 아무것도 내놓을 것이 없었기 때문이다. 웬일인지 목사님은 희색이 만면하여 있었다. 나는 목사님께,

"목사님, 오늘 아주 행복해 보이십니다. 어쩐 일이세요?"

라고 물었다. 목사님은,

"배성문 씨 때문에 오늘 아주 행복합니다. 갑자기 찾아와서 미안합니다."

항상 나의 부친처럼 따뜻하게 대하여 주신 분이며, 나이 어린 나에게 뿐만 아니라 모든 젊은 청년들에 이르기까지 존대말을 사용하고 있었다. 나는 의아하여,

"목사님, 저 때문에 오늘 행복하시다니, 이해할 수 없습니다. 제가 교회를 위하여 특별히 한 것이 아무 것도 없습니다."

라며 목사님 얼굴을 쳐다보았다. 목사님은,

"배성문씨 모친도 여기 같이 있었으면 좋으련만, 언제쯤 오시는지?"하고 물었다.

"오늘 재봉 일을 할 것이 많아서 밤늦게 돌아오신다고 했습니다. 그런데 왜 그러세요?"

"너무나 반가운 소식인데 혹시 배성문씨가 아직도 모르고 있나 해서 급히 왔습니다."

"목사님, 그것이 무엇입니까?"

"오늘 신문에 배성문씨 이름이 나왔습니다. 그래서 그것을 보여 드리려고 왔습니다."

"제가 어떻게 신문에 났습니까? 저에게 아무런 기사 꺼리가 없고, 기자들과 면담을 한 적도 없었는데 말입니다."

"아닙니다. 기사 꺼리가 있던데요. 아주 반가운 내용이었지요. 여기 이 기사를 읽어 보십시오. 4년간 장학금을 지급한다는 국비 장학생 선발 명단에 배성문씨 이름이 여기 있습니다."

"목사님, 지금 무슨 말씀을 하셨습니까? 국비 장학금 수혜자 발표가 났다구요? 아직까지 저희 대학에서부터 아무 소식이 없었는데요?"

"이 신문을 보세요. 틀림없습니다. 배성문씨 이름과 학교 이름, 심지어 선발시험을 언제 실시하였는지까지 나와있습니다. 읽어보세요."

하며 신문을 내밀어 주었다. 갑자기 나의 부친 얼굴이 떠올랐고, 나는 그와 대화를 속삭이고 있었다.

"아버지, 아버지 등에 말을 태우고 온 동네를 한 바퀴 돌며 '저의 영혼에 지펴준 불' 아직 꺼지지 않았습니다. 아니, 영원히 꺼지지 않을 거예요. 지켜봐 주세요."

나는 한 동안 행복했던 그 때를 회상하며 정신을 팔고 있었나보다. 목사님은 의아하게 나를 쳐다보고만 있었다.

나의 눈물이 신문지를 적셔가자 그때서야 가까스로 눈물을 훔치며,

"목사님, 이 신문 저에게 주실 수 있습니까?"

"당연하지요. 가지십시오."

나는 벌써 쏜살같이 집을 나와 달리고 또 달렸다. 땀이 흐르고, 숨이 차고, 왼쪽 발이 몹시 아팠다. 어머님을 보자마자, 같이 일하는

다른 사람들이 있는데도 아랑곳하지 않고 큰 소리로,

"어머니,"하고 불렀다.

숨을 헐떡이며, 얼굴에 땀방울이 가득 흐르며, 황급히 들어서는 아들의 모습에 놀라 재봉일 하는것을 중지하고, 일어서는 어머님은 나에게,

"아니 무슨 일이 생겼기에 이렇게 급하게 보이나. 저것보라. 오른쪽엔 운동화, 왼쪽에는 맨발. 거기 피가 흐르고 있네. 돌에 부딪쳤나보다. 이 신문은 또 무엇인가?"

나는 엄마를 껴안았다. 오래동안 놓아주질 않았다. 그의 등 위로 옷을 적시고 있었나보다.

"아니 왜 이러는 데? 무슨 일이 일어났는데?"

"어머님, 이 신문 보세요."

"아니, 무슨 기사인데?"하며 접고 쭈그러진 신문을 펼쳐열었다.

"이거 장학생 선발 결과 발표가 아닌가? 여기 너의 이름이 있네. 장학생 선발 시험을 쳤다는 내용을 이 엄마에게 한 적이 없었는데!"

"그래요, 어머님, 혹시 선발이 되지 않으면 실망하실 것 같아서 미리 알릴 수 없었어요. 미안해요."

"내가 밤낮으로 바느질을 아무리 열심히 해도, 너의 등록금을 마련할 수 없는 일인데, 다행이구나. 하나님께서 너를 그냥 두지 않으시는가 봐. 이제 네가 대학 교육을 받을 수 있게 되다니 꿈만 같구나."

대학 교육

　당시 계명대학에는 미국에서 온 선교사 교수들과 부인들이 대학 강의에 적극적으로 참여하여 가르치고 있었다. 아담즈(Adams) 초대 학장의 부인은 영어회화를 강의했고, 리덜즈 다이제스트(Reader's Digest) 월간 잡지를 구해와서 재미있는 제목의 기사와 이야기들을 골라 읽어오게 한 후 설명을 하고, 토의하였다. 한 번씩 섞여나오는 사투리와 속어를 이해하는 것이 그때 가장 어려운 일이었다. 그 분은 자세히 설명해 주어 사전에서 찾아볼 수 없는 속어들을 이해 할 수 있도록 가르쳐 주었다. 한국식 이름을 가진 구 의령 목사님은 영어회화와 영어작문 학과를 담당하였다.

　언제인가 대학경쟁 영어웅변대회가 있어 웅변 원고를 작성하여 가지고 갔다.

　"구 목사님, 저의 영어웅변 원고를 한번 읽어주세요. 내용이 마음에 드시는지. '자유와 평등'에 대한 주제로 미 공보원 주최 대학 대항 영어웅변대회가 있습니다."

　라며 원고를 내밀었다.

　"성문, 원고 내용이 대단히 훌륭합니다! 어쩌면 일등할 수도 있습니다. 청중들에게 잘 전달하기만 하면. 내가 도와주겠습니다,"

라고 용기를 주었다.

잠시도 방문객들이 쉴새없이 찾아오는 가운데에서도,

"손님 여러분, 배성문 씨가 이번 대학경쟁 영어웅변대회에서 승리를 할 수 있도록, 제가 우선 시간을 내어 코치를 해준 후에 여러분 각자를 만나겠습니다. 이해해 주십시오,"

라고 한국어로 양해를 구했다. 여러 명의 방문객들은,

"좋습니다. 웅변 연습을 하는 것을 지켜보겠습니다. 마치, 정식 경쟁에서 하는 것처럼, 구목사님 코치가 끝나면, '스피치'(Speech) 해 보십시오,"

하고 동의했다. 구의령 목사님은 나에게 몸짓과 자세에서부터 연설하는 방법에 이르기까지 코치하기 시작했다.

"성문, 아래 사항을 귀담아 들으세요. 첫째, 청중들에게 연설을 할 때 강단 위에서 한 곳에서부터 다른 곳으로 너무 자주 움직이지 말고, 둘째, 청중들을 똑 바로 쳐다보고 눈과 눈이 마주치도록, 셋째, 그러면서도 조금씩 얼굴을 돌려 상이한 위치에 있는 일부분의 청중들을 쳐다보고, 그렇게 계속하여 연설이 끝났을 때 모든 청중들과 한번씩 눈이 서로 마주쳤다는 인상을 주도록, 넷째, 어디에서 시작하여 어디까지 연설하고 잠깐 쉬어서 다음으로 옮겨가는 것 기억하세요. 따발총 식으로 이야기하지 마십시오. 또 너무 천천히 이야기하지 마세요. 밝은 표정으로 그러나 진지한 모습을 보이세요. 다섯째, 한국식으로 고래고래 소리지르면 안 됩니다. 중요한 내용을 전달할 때, 그리하여, 더 강조하고 싶은 내용에는 더 음성을 낮추면서 보통 속도보다 더 천천히 하여 청중들로 하여금 더욱 경청하도록 시도해야 합니다."

나는 "잘 알겠습니다. 참고사항을 잘 염두에 두겠습니다,"

라고 응답했다.

"그러면 이제 시작해 봅시다,"

라며 손님들과 구목사님이 자리에 앉았다. "숙녀, 신사 여러분 (Ladies and Gentlemen!),"하고 연설을 시작하였다. 수 차례에 걸쳐 연설은 중단되었고, 그때마다 일일이 교정을 받은 후 계속해 나갔다.

"성문, 이제 거의 완벽한 상태입니다. 지적사항과 교정사항을 잊어버리지 말고 집에 가서 더 연습을 하도록,"

구 목사님이 말씀하셨다. 눈 깜작할 사이 같았는데 벌써 3시간이 지났다. 나에게는 돈을 주고도 받을 수 없는 귀한 가르침이었다.

교육학 박사학위를 받은 선교사 오천혜 교수는 도서관장으로 있으며, 미국에서 영문 서적을 구하여 비치하고 영문잡지, 월간지, 주간지, 그리고 일간신문 등을 구입하여 읽도록 했다. 도서관을 이용하는 방법도 자세히 가르쳐 주었다. 자연 과학분야는 대구 동산기독병원에서 근무하는 의사 교수 분들이 강의를 맡았다. 미국에서 영문학을 전공한 김석주 교수는 강의 시간 처음부터 끝까지 영어로 강의를 했다.

나는 가능하면 여러 분야에 걸쳐 많이 배우기로 했다. 영문학에서 칼 샌드벌그 (Carl Sandberg), 라벌트 프로스트(Robert Frost), 티 에스 에리어트(T. S. Eliot)을 포함한 시와 수필에서, 여러 소설 분야, 그리고 섹스피어(Shakespear) 4대 비극 작품에 이르기까지 광범위한 배움은 추후 미국 생활을 하는데 많은 도움을 주었고 친구들과 또 학생들과 대화에서 밑천이 딸리지 않게 해주었다. 철학, 종교, 교육, 음악, 서양사, 헌법, 경제 등 인문 사회과학 분야에서 폭넓게 배워나갔다.

그러나 대학을 다니면서 아쉬운 일들도 많이 있었다. 나는 가능하면 미국의 철학, 역사, 경제, 문화, 사회에 대하여 많이 배우고 준비하고 싶었으나 미국을 중심으로 한 미국사회의 정치, 경제, 문화가 어떠한 지를 별도로 가르쳐주는 교과 과목이 없었다. 서구 유럽의 교육, 서구 유럽의 철학, 서구 유럽의 역사로서 전반적이고 총체적인 교과과정뿐이었다.

두 번째 아쉬운 것은 대학 교육이 너무 강의 중심으로, 암기 중심, 교수 강의를 그대로 노트하여 그대로 암기하여 줄 하나, 단어 하나 틀림없이 복사하는 시험 답안을 작성한 학생들의 성적을 높여주는 경향이 지나치게 뚜렷하였다. 학생들의 독자적이고, 창의적인 노력을 향상시키는 것을 등한시하였다. 4년간 그리하여 졸업할 때까지 독자적인 연구를 하여 논문을 준비하여 제출하는 경우는 두 세 번뿐인 것으로 기억하고 있다.

세 번째는 제도적, 추상적, 법적 문제들을 지나치게 강조하고 실제 우리 사회에서 당면한 문제들, 예를 들면, 부정, 선거 행태, 사회기간 산업의 구축, 무역, 수출, 실업문제, 경제성장 등을 다루는 문제와 연구를 경시하고 율법을 읽고 암기하여 고시에 합격하는 것을 지나치게 중요시하는 경향이 있었다.

넷째, 서양의 문화를 강조하면서 동양의 문화를 경시하고 특히 한국의 전통적인 철학, 사상, 종교, 건강, 의학, 문학, 예술 분야에 대해선 제대로 배우고 공부하질 못했다. 이와 같은 아쉬움은 굳이 계명대학에서뿐만 아니라 당시 한국의 모든 대학들이 당면한 숙제 이었다고 믿는다.

이와 같은 아쉬움들이 있었지만 그 당시 학생들 수에 비하여 외국 교수들이 많은 계명대학은 추후 미국에 가서 공부하는데 또 지성인으로서 갖추어야할 인격 함양에 밑걸음이 되기에 충분하였다.

학문적인 배움 이외에도 계명대학은 여러 가지 과외활동을 할 수 있게 했다. 매일 한 시간을 할애하여 강단에서 실시하는 경건회는 대학 생활의 중요한 부분이었다. 그 당시 경건회는 참석을 강요했다. 경건회에 참석하는 학생들의 출석을 확인했기 때문이다. 그러나 경건회 시간에는 항상 전자 오르간에 맞추어 특별 찬양이나 독창이 있어서 나의 정서적 풍요감을 주었고, 훌륭한 교수님들이 교대로 준비하거나 외부에서 강사를 초청하여 좋은 설교를 들어 신앙심을 높이고, 견문을 넓힐 수 있었다.

클럽 활동도 여러 개 있었다. 중고등 학교와는 달리, 또 많은 다른 대학들과는 달리 계명대학에서는 학년 간에 엄격한 선후배의 상하관계를 분명히 하지 않고 서로를 존대하고 서로의 의견을 존중하면서 새로 입학한 신입생들에게 자기들 클럽에 들어오도록 초청하여 한두 번 참여한 후에 정식회원을 자원하게 했다. 그리하여 자발적이며 서로 협조하고 봉사하며 사귀게 되었다.

나의 과외 활동은 마냥 즐겁고 나를 바쁘게 만들었다. 월요일 저녁에는 아담즈 학장님 댁에서 아담즈 부인이 지도 교수인 영어 회화 클럽이 있었다. 매번 모일 때마다 각자가 이야기를 하나씩 준비해서 소개해주어야 했다. 한국어로는 알고 있는 이야기라도 영어로 하여야 하기 때문에 사전(事前)에 문장을 만들고 암기하는 준비를 할 수밖에 없었다. 우리들은 〈이솝의 이야기〉, 〈여섯 장님들과 코끼리의 이야기〉 희랍의 신화에서부터 한국 역사에서 나오는 이야기들을 서로 소개했다.

구의령 목사님이 주관하는 다락방은 매주 목요일 저녁 그분의 집 다락방에서 성경공부를 했고, 매년 여름방학이 되면, 시골로 내려가서 여러 가지 자원 봉사활동을 했다. 어느 여름방학에 우리는 대구에서 약 2백 리 정도 떨어진 조그마한 시골 어느 전도사로부터 교회 건물을 짓는데 도움이 필요하다는 연락을 받고 다락방 클럽 회원들이 참여하기로 했다. 구 목사님이 군목에게 부탁을 해 두었기 때문에 미 8군 부대에 군목을 만나러 갔다. 정문 입구에서 미군 헌병이,

"어떻게 왔느냐"고 문의했다.

나는 "스밑(Smith) 군목을 만나러 왔다."고 전했다.

헌병이 확인 전화를 하고 약 5분이 지났을 때 짚차 한 대가 와서 나를 군 교회 건물로 데리고 갔다.

목사님은 메모 종이를 내 더니 질문을 하기 시작했다.

"칼(Cot)이 몇 개 필요합니까?"라고 물었다.

10,000개 단어를 암기했다고 자부하는데 칼란 금시초문이다. 나는 다소 당황하면서,

"목사님, 칼이 무엇입니까?"라고 물었다.

"아, 그것은 일종의 야전 침대입니다."

라고 대답을 해 주었다.

그래도 어떠한 것인지 개념이 떠오르지 않아,

"목사님, 샘플(Sample) 있으면 보여 주십시오."

라고 다시 부탁을 했다. 나를 데리고 옆방으로 가서

"이것이 캇입니다."라고 설명을 해 주었다.

"목사님, 군대에서 사용하는 도구 이름들을 잘 알지 못하여 죄송합니다. 쉽게 접어넣고 펼 수 있는 푸른색의 일인용 야전 군용침대이군요. 이번 봉사 활동에 참가하는 학생 수는 모두 20명입니다."

라고 대답을 했다. 기가 막혔다. 나는 언제까지 영어 공부를 해야되는가 하고 자책을 했다.

"그러면 캇 20개와 2인용 텐트 10개가 필요하군요?"

라며 목사님이 나에게 물었다.

"목사님, 합동 결혼식 시키려는 것은 아니지요?"

갑자기 목사님의 눈이 커지면서,

"배성문씨! 지금 무슨 말씀을 하셨습니까?"

"목사님, 남녀 학생들이 텐트를 같이 사용하면 아무런 문제없습니다. 2명마다 하나의 텐트를 사용하면 되니까요. 그런데, 여학생이 7명이고, 남학생이 13명입니다."

그때서야 나의 농담을 알아들었나 보다.

"그렇군요. 여학생이 7명이면, 텐트 4개가 필요하고, 13명의 남학생들을 위해선 7개의 텐트, 합계 11개가 필요하군요. 그러니까 텐트 11개."하고 기록한다.

"추럭(Truck)이 몇 대 필요합니까?"라고 목사님이 물었다.

대단히 난감하다. 전혀 감을 잡을 수 없었다.

"목사님, 2주 동안 일을 할 수 있도록 각자 배낭 2개씩을 가져오도록 했고, 우리가 2주 동안 먹을 식량을 가지고 가야됩니다,"

라고 응답했다.

"그러면, 다소 여유가 있도록 추럭 2대와 4분의 3톤 추럭 한 대 할당하겠습니다."

"감사합니다, 목사님, 그러면, 저희들이 귀대할 때에도 추럭을 보내 주시겠습니까?"

라고 다시 물었다. 목사님은,

"그것은 당연하지요. 귀대하는 일자를 확실하게 지금 알려주십시오. 그날 오후 1시경에 도착하도록 미리 지시해 두겠습니다."

야전용 침대와 텐트를 빌리고 추럭 2대와 4분의 3톤 추럭 한 대를 지원 받아 각자가 2주간 필요한 휴대품을 가지고 그곳을 향해 떠날 준비를 하고, 구 목사님에게 인사를 하러 갔더니, 조금 기다리라고 하고선 자기 방에 들어갔다가 다시 나와서 나에게 봉투를 하나 주면서,

"노동일을 할텐데, 보리밥만 먹고 일하기 힘들거야. 한번씩 이 돈을 가지고 수박이랑, 참외를 사서 일하는 다락방 회원들에게 주기 바랍니다,"

라고 하면서 그는 눈을 감고,

"하나님, 다락방 회원 잘 보살펴 봉사활동을 마치고 무사히 돌아오게하여 주시옵소서,"하고 기도했다.

미군 사병이 운전을 하고, 내가 옆에 타고, 지난번 자원 봉사활동으로 다녀와서 그곳으로 가는 길을 잘아는 한 명이 중간에 타고, 아침 9시에 출발하여 오후 2시가 되어서야 목적지에 도착했고 뒤 따라 오는 추럭에 다른 회원들도 무사히 도착했다.

여장을 풀자마자 두 명의 남자회원은 여자회원들이 부탁하는 대로 깨끗이 흐르는 개천의 물을 가져와서 쌀을 씻고 밥을 지을 준비를 했다. 나머지 회원들은 2인용 야전 군용텐트를 세웠다. 어디에서 나타났는지 갑자기,

"환영합니다. 멀리오느라 수고 많이 했습니다. 벌써 오후 3시가 되었으니 얼마나 시장하겠습니까?"

라고 인사하며 그는 이곳 동네 교회 전도사라고 소개했다.

흩어져 있던 우리들이 모여 각각 전도사님에게,

"반갑습니다. 교회 건물이 없어서 그동안 전도사님, 고생이 많았겠습니다. 2주 동안 있는 힘을 다해 건물을 완성할 수 있도록 우리들이 최선을 다하겠습니다."

이렇게 인사를 건네자마자 어디에서 숨어있었는지 온 동네 교인들이 한꺼번에 나무숲에서 걸어나오며 어느 분이,

"이미 몇 명이 오시는 줄 알고 점심 준비를 다 해두었습니다."

하며 큰 밥통들과 거적을 들고, 우리들을 포위했다.

"전도사님, 벌써부터 입안에 군침이 돌기 시작합니다. 제가 좋아하는 시골 반찬들이 다 나와있군요."

라고 누가 입을 열었다.

"오이, 깻잎, 고추, 박하잎, 가지, 무김치, 상추, 시금치, 고추장, 된

장, 호박, 도라지. 아니, 이것은 버섯이 아닙니까?"

라고 다른 한 명이 뒤를 이었다.

시골의 인심을 느낄 수 있었다.

"밥은 두 번, 세 번씩 먹을 수 있도록, 충분히 준비되어 있으니까 많이 드세요. 여기 찬물도 있고, 숭늉도 있으니 어느 것이든 주문하세요. 상추 더 드릴까요?"

하고 주문을 기다리고 있었다.

"감사합니다."

라는 말들이 연발이었다. 식사가 끝난 후 우리들은 약속이나 한 것처럼 내일 아침부터 일을 시작하기 위해 도구와 물건들이 어디에 있는지 파악해 두었다. 누군가가,

"일을 효과적으로 하기 위하여, 작업반을 조직하는 것이 좋겠습니다. 1조는 돌을 나르고, 2조는 담을 쌓고, 3조는 목수일을 하고, 자, 어느 분이 1조에 자원하겠습니까? 2조에는? 3조에는? 4조에는?"

해가 지며 서쪽 하늘의 노을이 짙어질 때 회원들은 두세 명씩, 짝을 지어 개천으로, 숲속으로, 언덕을 넘어 야산의 정상으로 흩어져, 모처럼 시골의 풍경을 만끽하고 있었다. 누군가 텐트지역에 남아 지키는 사람이 한 명은 있어야 되겠다고 생각하고 나는 혼자 텐트에 들어가서 오늘의 일기를 쓰고 다음날 해야할 일들을 계획하였다.

밤이 깊어가면서 뿔뿔이 헤어졌던 회원들이 한쌍씩 모여들기 시작했다. 태양볕에 숨이 막힐 것 같은 뜨거운 열기는 다 어디로 사라지고 점점 찬 공기가 엄습해왔다. 누군가 썩은 나무 뿌리와 가지들을 모아 모닥불을 붙였다. 모두들 그 자리로 한 명씩 한 명씩 모

여들기 시작했다. 마치 약속을 한 것처럼. 여자회원 두 명이,

"배고프지 않습니까? 벌써 밤12시입니다. 밤참을 준비할게요."

라고 했다. 모두들 시장기를 느꼈나 보다.

"그거, 정말 좋은 생각입니다. 배가 벌써부터 고파 왔습니다. 그럼 내가 물을 가져와 쌀 씻는 것을 자진하겠습니다."

"아닙니다. 이미 준비가 되어있으니 불을 지펴주기만하면 됩니다."

밤참은 정말 꿀맛 같았다..

"밤참 전에는 배가 고파 잠을 잘 수 없었지요. 밤참 후엔 배가 불러 잠을 잘 수 없네요. 이제 우리 배 꺼지기 위해 노래 부릅시다,"

라고 누가 제의했다.

모닥불을 중심으로 둘러앉은 우리들은 순서대로 한 명씩 일어나서 노래 부르기 시작했다. 순서가 다 끝난 후에는 마치 약속이나 한 것처럼 합창을 부르기 시작했다. 테너, 바리톤, 소프라노, 엘토의 음성들이 조화되어 밤이 지새는 줄 모르고 처음에는 가요를 부르고, 그 다음엔 캠프파이어(Campfire) 노래를 불렀다. 벌써 둥근 보름달이 서서히 사라지면서 먼동이 트기 시작했다. 마을 교인들이 합창의 소리가 너무 좋아서 잠을 깨우게 했다면서 어제 저녁에 만난 교인들이 몰려왔고 찬송가를 같이 부르며 새벽 예배를 보았다.

밤을 꼬박 지새운 회원들은 아침을 먹자마자 약속이나 한 것처럼 8시에 작업장으로 모였다. 피로한 기색은 전혀 찾을 수 없고 즐거운 마음으로 땅을 고르고, 돌을 옮겨나르기 시작했다. 네 명이 한 조가 되어 나무 판자 위에 돌을 옮겨왔다.

모두가 비지땀을 흘리며 열심히 일하고 있었다. 오후 2시가 되어

나는 과일을 사러 몰래 사라졌다. 과일밭을 찾느라 무려 한 시간이 지난 후 수박, 참외, 그리고 사과를 20명이 먹기에 충분하게 사서 달구지에 싣고 나타났다.

모두들 "와" 하면서 도구들을 땅에 놓고, 나무 그늘에 모여 땀을 닦으며 과일을 먹기 시작했다. 누군가가,

"돈이 어디에서 나왔느냐?"

고 문의했다. 다락방 고문으로 있는 구 목사님이,

"우리와 함께할 수 없어 서운하다면서, 여러분에게 과일을 사주도록 얼마의 돈을 주셨다."고 전했다.

누군가, "구 목사님, 만세."라고 하자,

모두들, "구 목사님, 만세."라며 감사 표시를 했다.

두 번째 저녁에도 우리들은 잠을 잘 수 없었다. 심술궂은 회원 몇 명이 돌아다니며 텐트들을 흔들어 잠을 깨우고, 잘려고 하면 또 흔들어 밤 12시가 되었을 땐, 모두들 오늘밤에도 포기할 수밖에 없다고 하면서 한명씩 한명씩 텐트에서 기어나오기 시작했다.

3일째도, 4일째도 이렇게하여 여름방학 동안에 자원 봉사활동은 보람있고 재미있게 끝났다.

II. 터널 속 햇살

나도 모르게 장교복을 입은 채 눈을 감고
오랫동안 꿇어앉아 있었나 보다.
다리가 아파 일어날 수가 없었다.
1968년 8월 12일 학교가 시작한다며 여유를 가지고 오도록
대학 캐타로그(Catalog) 한 권을 동봉했다.
학교 캠퍼스가 너무 아름답다는 인상을 받았다.

4

해병대

32기 해병 소위 배성문

　대학을 졸업할 무렵 해병대 장교 후보생 모집이 육군과 공군보다도 먼저 광고가 나붙어있었다. 더욱이 3개월 훈련 후 임관하여 장교가 되고 3년 간의 복무를 요구한다고 했다. 미국 유학을 갈려면 반드시 군 복무를 해야하고, 아니 대한민국의 국민으로서 군 복무는 의무적으로 필해야만 했다. 나의 선배 안성봉 동문이 어느 날인가 해병대 장교복을 입고 대학 교정에서 만난 일이 있었다. 무척 씩씩하고 즐거워보였다. 지원 서류를 준비하리라 결심했다.

　3급 공무원 그 이상의 높은 분으로부터 신원보증 추천이 있어야된다고 했다. 일가 친척이 전혀 없어 신원보증 문제가 난감했다. 방법을 찾다가 부속 중고등학교 교감이었고 추후 경상북도 교육감이되신 김판영 선생님을 찾아갔다. 저와 저의 부친도 잘 알고 있던 김교육감은 내가 찾아갔을 때 무슨 이유인지 장학관들에게 호되게 나무라는 중이었는데 나를 보고 즉시 물러가게 한 후 웃으면서 자기사무실에 들어오라고 했고, 추천서를 그 자리에서 작성하여주셨다.

　간부후보시험을 준비하느라 또 원서 접수를 하느라 이리 뛰고 저리 뛰어다니다가 그만 그날 대학 졸업식에 참석하지 못하게 되었다.

성보형은,

"내가 비록 너희 대학공부에 많이 도와주진 못했지만, 오늘이 오길 이렇게 기다렸는데, 1등(Valedictorian)으로 졸업을 하는데 졸업식에 참석하지 않다니"

하면서 너무나 섭섭하게 생각하며 눈물을 글썽이고 있었다.

간부후보시험을 쳤다. 영어 시험은 대학1 혹은 2학년에서 필요로 하는 교양과목 수준에서 나오는 시험이었다. 아무런 어려움도 없이 정리해 나갔다. 계명대학에서는 다른 두 명의 친구들도 같이 시험을 쳤다. 그 중 한 명인 강기종 친구는 나의 의자 바로 옆에 나란히 앉아 시험을 쳤다. 나는 혼자 가는 것 보다 친구 한 명과 같이 입교하고 싶었다.

이렇게 하여 32기 해병대 간부 후보가 되어 처음으로 어머니와 형제들을 떠나 진해기지로 출발했다. 입교하는 첫날부터 상상하지 못한 괴상한 훈련과 기합들이 연속되었다. 일주일에 걸쳐서 교관들은 교대로 밤낮으로 비상을 걸어, 어떤 때는 속옷만 입은 채로, 어떤 경우는 완전무장을 한 채로, 연병장엘 불려모았다. 땅을 기는 포복에서 배가죽, 무릎, 심지어 자지 껍질까지 상하고 벗겨져 피가 흐르고. 선착순의 경기가 벌어지면 마지막 끝에 오는 동기들은 야구 방망이로 궁둥이를 호되게 얻어맞으면, 하늘에서 불똥이 튀는 것 같았다. 얻어맞은 친구들은 다시는 맞지않기 위해 이를 악물고 필사적으로 뛰었고, 처음 몇 차례 힘을 내어 먼저 뛰어간 동기들은 선착순의 횟수가 증가 할수록, 기진맥진하여 결국 꼴찌가 된다. 이와 같은 악순환이 반복되는 가운데, 5분간 주어진 샤워 시간에 살펴보니 동기들

모두 엉덩이에 피멍이 들어 있었고, 피멍이 없어지기 전에 또 얻어
맞아 피멍이 없어지지 않았다.

서로를 보고 위안을 받으며 잠이 부족하여 연병장에 서있을 때에
는 눈깜박하는 사이에 자기들 소총이 땅에 떨어지면 교관은,

"어느 후보생이야? 이리 나와."

곧이어 야구 방망이 소리와 신음소리가 들린다.

"어디서 신음을 하고 있나! 기합이 **빠졌구먼**. 이리 나와."

다시 몇 대의 야구 방망이를 얻어맞고 실신을 한다. 얼마나 많은
동기 후보생들이!!! 곧 위생병이 뛰어와 어디론가 데리고 간다.

입교한지 3일이 지난 새벽에 더이상 견딜 수 없었는지 동기생 한
명이 철망을 뚫고 탈영을 했나보다. 32기 동기들을 연병장에 집합시
켜놓고 중대장이 직접 나타나,

"탈영을 하는 후보생은 결단코 용서하지 않으며 반드시 잡아 쇠고
랑을 채워 귀관들 앞에 다시 끌려와 보여줄 것이다."

라고 장담했다. 3일이 지나자 또 한 명의 동기생이 탈영을 했다.
도저히 견딜 수 없었나 보다. 이번에는 대대장이 직접 나왔다.

"180명의 32기 후보생들이 하나씩 모두 탈영을 해도, 해병대 장교
훈련 과정에는 계획대로 실행한다,"며

"탈영후보는 가장 엄하게 처벌받을 것이다. 귀신 잡는 해병이 탈
영자를 잡아 귀관들 앞에 보여줄 것이다,"라고 했다.

그 후 4일이 지난 후 대대장의 명령으로 우리들은 연병장에 다시
집결했다. 이미 2명의 탈영 동기가 쇠고랑에 채여 죄수복을 입고 우
리들을 기다리고 있었다.

매일 새벽이면 완전무장으로 진해시가까지 구보를 했고 그때마다 십자 마크가 달린 병원 앰뷸런스 차가 항상 뒤따라왔고 사흘이 멀다 하고 천자봉을 기어올라갔다. 시시퍼스가 굴려 올리는 바위 돌 만큼이나 우리 등에 메고있는 배낭, 철모, 소총, 물통 등은 한 발자국씩 산 정상을 올라갈 때마다 더욱 무거워졌다. 제일 뒤에 처져 올라가면 야구 방망이의 불똥을 맞을까봐 모두가 이를악물고, 동기들의 숨소리는 더욱 거칠어지고, 물에 빠진 것보다 더 많은 땀 투성이로 뒤범벅이 되었다.

그러나 정상에 도달하고 보면 마치 이 세계를 정복한 것처럼 느껴진다. 광활한 시야가 한꺼번에 한눈에 들어오고 무더운 여름에도 불구하고 시원하다 못해 서늘한 바람이 이마와 등을 스쳐 상쾌한 기분 말로 표현할 수 없다. 속내의와 겉옷이 조금씩 마르기 시작하면 드디어 오싹오싹 추워지기 시작한다. 그때는 구대장도 안하무인 격이다. 우리 동기생들은 마치 약속이나 한 것처럼 한데 모여 군가를 부르기 시작했다.

"우리들은 대한의 해병대 용사..."

"아~~아, 우리는 대한 해병대..."

"아~~아, 귀신 잡는 대한 해병대..."

정상에 오르느라 기진맥진 하질 않았던가? 어디에서 이렇게 정력이 다시 샘물처럼 솟아나왔는가? 군가를 부르는 동안 구대장은 속수무책이다. 아무런 기합도 또 다른 훈련도 시킬 수 없다. 아니다. 오히려 이때는 우리가 구대장이 된 기분이다. 우리들은 구대장을 힐끔힐끔 쳐다보면서 하나의 군가가 끝나면, 다음 군가로, 그 다음 군가로 구대장에게 시간적 여유를 주지않는다. 돼지 목청을 가지고 있는 동기도, 닭 목청을 가지고 있는 동기도 있어 청중을 위한 합창단으로 평가하면 우리 합창단은 분명히 꼴찌를 하리라. 그러나 합창단원들의 힘과 사기(士氣)를 얼마나 높였는가로 평가한다면 우리 합창단은 분명히 세계에서 1등이리라.

그날 저녁, "취침시간 5초전,"하고 구령이 내렸다.

모두들 급히 군화를 벗고, 옷을 벗고 속옷 차림으로 침대에 들어갔다. 2, 3분도 지나지 않아 벌써 동기생들은 코를 골기 시작했다. 10분이 지나기도 전에,

"완전 무장, 연병장에 집결, 선착순,"

하고 명령이 떨어졌다.

"지금까지 꾸물거리다가 늦게 나온 후보생들 이리 나와,"

하는 구대장의 불호령이 떨어졌다.

"늦게 나온 후보생들은 이미 전투에서 죽은 것이나 마찬가지. 한 대씩 얻어맞을 때마다, 한 대, 두 대 하고 열 대까지 소리내어 외치기. 선착순에 늦게 나온 3분의 1후보생들은 나와서 얻어맞기 전 자기 이름을 외치기."

선착순에는 의리도 양보도 없다. 늦게 연병장에 나오는 후보생들은 그날 밤 야구 방망이로 엉덩이에 피멍투성이가 되도록 얻어맞는다.

"악질 구대장, 그는 어디에서 정력이 솟아나 60명의 후보생들에게 야구 방망이로 10대씩 때리고도 끄떡없는가? 저놈, 기진맥진하여 오늘밤에는 더 고생을 하지않고 그냥 취침했으면,"

하고 독백을 하는데,

"지금부터 새벽 3시까지 연병장 구보 실시,"하고 외친다.

3시간 동안 완전무장하고 구보를 하고보니, 땀 투성이가 되었다.

"지금부터 포복 실시," 라고 다시 명령이 떨어진다.

팔꿈치, 무릎, 뱃가죽 할 것 없이 땅에 부딪치는 부분은 모두 껍질이 벗겨지고 피가 흐른다. 이미 날이 밝아 오고 있다. 주야로 24시간을 하루, 이틀, 삼일... 일주일간 계속 고된 훈련을 당한 어느 특정 "지옥의 일주일" 동안에는 대변을 한 번도 하질 않았다. 대변하고 싶은 생각이 전혀 없었다. 이상하여 옆의 동기생에게 문의했다.

"하영수 후보생, 대변을 본적이 있나? 언제 대변을 했지?"

"왜 하필이면 똥 이야기를 하나?"하고 나에게 핀잔을 주었다.

"글세, 대답을 해 보라니까! 며칠 날 대변을 봤어?"

하고 나는 재차 물었다. 그때서야 하영수 후보생은,

"오늘, 어제, 그저께,"하며 날짜를 거슬러 보더니,

"정말, 일주일간 똥을 누지 않았구나!"하고 대답했다.

장교 후보생들이라 훈련 중 우리들에게 주는 급식은 좋은편이었다. 콩나물, 된장국, 밥은 부족하지 않게 먹을 수 있었다. 불평이 있다면, 식사를 시작하기도 전에 구대장이, "식사 끝 5분 전,"하고 외치기 때문에 씹어먹는 것이 아니라, 목구멍으로 그냥 집어넣어 삼키는 것이다. 그래도 식사 때마다 배는 불렀다. 그럼에도 불구하고 일주일간 대변을 본적이 없었고, 식당에서 나오자마자 속이 텅 빈 것처럼 장에서 단내가 났다. 추후에 알게 된 사실은 우리 동기생 180명이 "지옥의 일주일" 동안엔 아무도 대변을 보지 않았다. 하기야 체내에 들어가는 음식과 칼로리(Calorie) 보다 고된 훈련으로 소모된

칼로리가 더 많았기 때문이다. 에너지 소모가 크면 클수록 장을 통과하는 음식물을 철저히 소화 흡수시켜 대변으로 나갈 것이 전혀 없도록 했나보다.

속내의가 세탁소에서 돌아오기도 전에, 남아있는 내의는 모두 땀투성이가 되어 계속 갈아입을 내의가 없게 되었고, 땀이 스며들고 변하여 모두 하얀 소금의 그림들이 전투복에 그려져 있었다.

한번은 나의 차례가 되어 동기들을 연병장에 집결시켜놓고 구대장에게 대기완료 보고를 하러갔다. 문을 열고 들어가자마자 구대장은,

"배성문 소대장 후보생, 들어오지 마! 땀 냄새 피우지 말고, 빨리 나가. 대기완료한 것 알았어."

땀 투성이의 내의를 아무리 바꾸어 입어도 지독한 냄새가 코를 찌른다. 우리 후보생들은 코가 이미 마비된 지 오래다. 악질 구대장은 인간성이 도무지 보이지 않는다. 우리들을 인격적으로 대우한 것을 첫날부터 한번도 보질 못했다.

어느 토요일 오후였다. 점심을 끝내자 곧 우리들은 연병장에 집합했다. 아무런 무장도 없이 모였다. 선임 구대장 이호근 중위가 나타났다. 처음으로 그의 얼굴에 띤 웃음을 보고 우리는 안도의 숨을 내쉬었다. 사실은 웃음이 아니라 비꼬며 웃는 조소였다.

그는 3개 소대를 모아놓고,

"오늘은 토요일이니까 즐겁게 '해병축구' 경기를 하자"고 했다.

우리 동기생들은 입교 후 처음으로 그날 토요일 오후를 경기하면서 재미있게 보내리라 믿고 흥분했었다.

"해병축구"는 사커(Soccer)도 아니고 미식축구 (Football)도 아니

었다. 아니 사커와 미식축구를 혼합한 축구였다. 두 발과 머리를 이용하여 슈팅을 할 수 있는 것은 사커와 같았고, 두 손을 사용하여 패싱 (Passing)을 하고, 롱 숏(Long Shoot)을 하여 적진의 목표에 터치다운 (Touchdown) 할 수 있는 것은 미식축구와 같았다. 그리하여 양다리, 양 팔 할 것 없이 몸의 어느 부분을 사용하던지 상관이 없다. 다른 것이 있다면 규칙과 반칙이 전혀 없는 운동이다. 어떤 방법으로든지 적진에 쳐들어가서 공을 목표지점에 넣기만하면 된다.

3개 소대가 번갈아 해병축구를 했다. 서로가 밀고 당기고 공을 적진에 넣을려고 하다가 머리가 서로 부딪치고, 촛대 뼈가 구두 발에 차여 넘어지고, 울고 웃고 하는 가운데 경기가 끝났다. 제 1소대가 1등을 하고, 제 3소대가 2등을 하고, 제 2소대가 꼴찌를 했다. 선임 구대장은 사기(士氣)가 충천했다. 자기 소대가,

"전투에서 이겼다,"

며 제 1소대를 끌고 연병장을 열 바퀴 돌며 군가를 부르며,

"출전준비 태세"의 구호를 외쳤다.

그날밤 새벽 1시 제 2소대에 비상이 걸렸다. 완전무장을 하고 연병장에 집결시켰다. 제 2소대 구대장이 노발대발했다. 해병축구가 아닌 전투에서 졌기때문이라고.

"제 2소대 후보생들은 이미 다 죽었다.

'전투에서 승리를 대체 할 것은 없다. In war, there is no substitute for victory. 맥아더 장군 (General Douglas MacArthur)의 인용문이다.' 제 2소대 후보생들은 오늘 밤에 다 죽어야 하는 거야."

완전무장을 한 우리들은 연병장을 얼마나 뛰어 구보를 했는지 알

수 없다. 그 다음은 총검술이다.

"찔러" 하고 외치면,

"얏" 하고 엠원(M-1) 소총에 부착된 대검을 적의 가슴에 명중하는 것처럼 앞으로 나가고,

"찔러", "얏"을 수천 번 한 것 같다.

매초가 지나 갈수록 소총은 더욱 무거워만 갔다. 총검술은 바뀌어 포복을 하고, 늦게 포복해 오는 후보생들에겐 엉덩이에 엠원 소총 개머리판으로 내려갈기고. 칠흙같이 깜깜하던 연병장에 어느새 먼동이 트고, 기상대의 나팔이 울려퍼졌다. 구대장은,

"오늘 일요일 제 2회 해병 축구를 실시한다. 제 2소대 후보생들, 출전 준비되었는가?"

기진 맥진한 동료들이,

"예," 하고 나직히 대답했다.

"어떻게 모기 소리를 내느냐!"라며 호통을 쳤고

"제 2회 해병 전투에서 다시 지면, 제 2소대 후보생들은 완전히 죽는 거야. 각오가 되어 있는가?"

하늘이 쩡쩡 울릴 정도로, 우리들은,

"네---"하고 대답했다.

제 2차 해병전투 경기가 시작되었다. 이 경기에서, 아니 이 전투에서 지면 완전히 죽음과 같은 고난을 받을 것이니 아예 이 전투에서 죽을 때까지 싸우는 마음의 결의가 제 2소대 후보생들에게 무언의 일치였다. 이미 밤에 한숨도 자지 못하고 기합을 받았으니 싸울수 있는 에너지는 이미 다 없어졌다. 이를 악물고 싸웠다. 머리가 터

지고, 눈이 찢어지고, 불알이 터지고, 코피가 터져, 옷마다 피투성이가 되고, 옷들이 다 찢어지고, 시간이 갈수록 제 2소대 후보생들은 한 명씩 한 명씩, 급기야 마지막 한 명까지 위생병 카트(Cart)에 실려 축구장 밖으로 옮겨가는 장엄한 시체의 후송처럼 보였다. 그래도 우리 소대는 단 한번도 적진을 뚫고 쳐들어가 득점을 할 수 없었다. 제 2소대는 구대장의 두 번째 처벌을 받기 전에 이미 전투에서 한 명도 남기지 않고 끝까지 싸워 장렬한 죽음을 치른 셈이나 마찬가지였다.

이것은 선임 구대장 때문이다. 처음 우리들이 간부후보생으로 입교할 시 그는 신체가 건장하고, 운동을 했고, 태권도 선수였던 후보생들만을 골라서 자기 소대인 제 1소대를 먼저 편성했기 때문이다. 머리를 사용하지 않는 육체적인 경기에서는 제 1소대를 때려눕힐 방법이 없기 때문이다. 이렇게 육체적 정신적 훈련을 시켜 '귀신 잡는 해병대'를 만드나 보다.

피와 땀으로 뭉쳐진 32기 동기들은,

"구대장들이 이기나, 우리들이 이기나, 두고 보자. 결코 중도에서 낙오자 없이 모두 끝까지 싸워 임관식에 참여하자,"

라고 무언중에 결심을 했고, 힘이 들어 고통을 겪는 동기들의 배낭을 나누어 들고, 무거운 박격포와 기관총을 나누어 지면서 야영을 하며, 백리, 이백 리, 삼백 리, 사백 리... 강행군을 1주간 계속 했다.

우리들이 임관식을 가까이 두고 훈련을 받는 도중 구대장 2명이 교체되어, 방귀호 중위와 지순하 중위가 구대장으로 왔다. 이들 두 구 대장들은 전임 이호근 중위와 강무신 중위 구대장들과는 전혀 다른 인간미를 가지고 있었다. 아무리 무서운 것처럼 호령을 하고 기합을 주어도 좀처럼 야구 방망이로 엉덩이를 때리는 잔인한 모습을 볼 수 없었기 때문이다. 그럴수록 우리 동기들은 이들 두구대장들을 좋아했다. 지금도 이분들이 어디 있는지 만나보고 싶다.

나는 맥아터 장군의 명언이 떠올랐다. 1962년 5월 12일 미 육군 사관학교에서 '태어상 수여식'(The Thayer Award Acceptance Speech)에서 행한 그의 '책임, 명예, 국가'(Duty, Honor, Country)라는 연설 제목을 상기했다. 장교가 된다는 것은 야구 방망이로 피멍을 들게 하는 잔인한 신체적 처벌 때문이 아니라 자기에게 주어진 책임과 명예를 위하여, 조국을 방어하기 위하여 자발적으로 생명을 걸고 전투에 임한다고.

나는 행군하는 동안 계속 땀을 흘렸고 갈증을 견딜 수 없어 그때그때 마다 물을 마셨다. 여러 지역에서 구하여 마신 물들이 깨끗하지 못한 것이었는지, 배가 아프기 시작하더니, 급기야 설사를 하기 시작했다. 장 내에 들어있는 음식은 모두 설사로 씻겨나갔나 보다. 식은땀이 나고 기진맥진 하면서 나의 눈앞에 아지랑이 같은 것들이 수없이 많이 나타났다. 이 강행군은 3개월의 고된 훈련을 마지막으로 장식하여 임관식을 코앞에 두고 있었다. 나는 결코 앰블런스에 실려가기가 싫었다. 몇 명의 동기생들은 다리가 붓고, 훈련 중 상처난 속이 곪아 썩어 치료 중이라 강행군을 하지 못한 경우가 있지만, 나는 이 마지막 강행군을 끝까지 완수하기로 했다.

옆에서 같이 행군하며 혹시 내가 넘어 질까 봐 계속 주시하는 유병묵 동기생에게,

"지순하 구대장님이 혹시 가까이 오면, 여기 돈이 있다. 이것으로 엿을 좀 사달라고 부탁해 주겠나? 난 결코, 중간에서 낙오할 수 없단다,"라고 부탁했다.

혹시 구대장이 화를 낼까 주저하고 있다가 용기를 얻은 동기생은,

"구대장님, 배성문 후보생, 설사를 해서 얼굴이 하얗게 백지처럼 되었습니다. 그래도 앰블런스에 타지 않으려고 합니다. 그러면서 엿 장사가 지나가면 엿을 사달라고 부탁했습니다."

지순하 구대장이 나에게 가까이 와서 나의 얼굴을 보더니,

"배성문 후보생, 앰블런스(Ambulance)에 타야겠어. 앰블런스 빨리 부르도록,"하며 몹시 다급하게 앰블런스를 불렀다.

"구대장님, 저는 타지 않겠습니다. 엿을 꼭 구해 주십시오. 그것을 먹으면, 행군을 계속 할 수 있습니다,"라고 부탁했다.

그는 앰블런스를 돌려보내고 어디론가 사라졌다.

약 20분이 지난 후에 지순하 구대장이 엿을 한뭉치 종이에 담아 가져왔다. 나는 너무나 허기가 져서 행군하는 도중 정신없이 먹기 시작했다. 한참 후에 생각해 보니, 옆에서 같이 행군하는 동기들에게 하나도 권하지 않고 혼자서 먹고있었다. 너무 자책감이 앞서,

"미안하다. 권하지도 않고 나 혼자 먹어서. 여기 엿이 있다. 하나씩 먹어라,"

하고 주었다. 동기들은 한결같이,

"배성문 후보생, 아직도 3일을 더 행군해야 된다. 엿을 잘 보관하여 계속 먹고 행군하자,"하면서 모두들 거절을 했다.

동네 마을을 지나 비탈길을 걸어 산을 넘고 또 넘어 행군하는 우

리들에게 또 다른 고통은 발에 물집이 생기는 것이다. 물집이 생겨 터지게 되면 더 큰 고통이 오게 마련이다. 해가 지고 찬란한 황혼의 빛깔이 사라지고 어두움이 들어 닥치면 개인용 천막을 치고 두 명씩 야영에 들어간다. 마치 적진에 쳐들어 간 것처럼 번갈아 밤새도록 보초를 서야했다. 취침시간의 구호가 올리자마자 180명이 눈 깜작할 사이에 깊은 잠에 빠져 코를 골기 시작한다. 180명이 고는 코 소리가 합쳐서 적어도 십 리나 떨어진 곳에서도 쉽게 들릴 수 있다. 그러나 이와 같은 깊은 잠도 잠시 뿐이다. 발에 물집이 생기는 것보다 더 고통스러운 것은 강행군으로 밤이 되면, 발과 다리에 쥐가 나고 양다리가 꼿꼿해지면서 통증이 오게 되어 거의 모든 천막에서부터 비명의 소리를 듣게된다. 이럴 때는 같이 잠을 자는 동기생은 즉시 일어나서 양다리를 안마해 주어야한다. 안마를 30분씩 해주고 취침을 하면 그 다음엔 안마를 해준 동료가 비명을 지르고 안마 받은 동기가 이번에는 자기 차례가 되어 안마를 해주고 한 시간쯤 자다보면, 또 비명을 지르고. 이렇게 하여 교대로 안마를 하다보면, 새벽 여운이 깃들고 또 행군을 시작하게 된다.

멀고도 긴 행군을 마무리 짓고 진해시로 우리들이 들어왔을 때 갑자기 어디에선가 나타난 의장대가 북을 치고 나팔을 불면서 행진곡을 부르며 우리들을 부대기지로 안내하기 시작했다. 길 옆으로 진해시민들이 물컵을 들고 환영 나왔고, 이미 임관식에 참석하러 부모님들과 애인들이 예쁘게 옷차림을 하고 환영나왔다. 부대 기지내의 사령관을 위시하여 모든 장병들이 자기들 일을 멈추고 출입구 양 편으로 나란히 끝도 없이 길게 늘어서서 '32기 사관후보생 환영'이란 커다란 현판을 걸고 우리들을 환영하였다.

일주일간의 대행진에서 쌓인 피로는 순식간에 사라지고 의기양양하게 의장대의 행진곡에 맞추어 180명의 발걸음이 다시 꼭 같이 움직이기 시작했다. 드디어 해군 장교들과 꼭 같은 흰 장교복, 모자, 그리고 구두를 신고 흰색의 장갑을 끼고 양 어깨에는 소위 계급장을 달고 임관식을 거행했다.

모든 동기들에겐 가족이나 애인들이 와서 임관식에 참석하고 서로가 껴안고 반가운 재회를 나누며 축하해 주었다.

그러나 아무리 두리번 거리며 살펴보아도 나를 찾아온 분은 아무도 없었다. 아니 처음부터 기대하는 것이 잘못된 생각이라고 나 자신을 타이르며 위로했다. 각기 다른 소대에 있었기 때문에 입교 후 거의 서로 떨어져 지내온 강기종 소위는 바로 나의 등수 다음이어서 다시 나란히 앉아 임관식에 참석했다.

기다리던 휴가

3개월의 고된 훈련을 받는 가운데에서, 나를 가슴 아프게 한 것은 어머님이 간이 나빠져서 자유롭게 움직일수 없다는 편지를 몇 차례나 받았으나 훈련기간 중에는 아무도 휴가를 받을 수 없었다. 임관식에도 저희 어머님은 참석 못하셔서 나는 마음속으로 너무 슬펐다. 이제 소위 장교로 한달 월급을 받고 2주간의 휴가를 얻어 나는 어머님께로 달려가고 있었다. 대문을 들어서면서,

"어머님, 제가 왔습니다."

하고 큰 소리로 외치며 방에 들어갔을 때 어머님은 나를 마중나오지 못하고 누워계셨다. 나는 어머님 손을 붙잡고 통곡을 했고, 어머님은 장교 예복을 입고 나타난 씩씩한 아들의 모습을 보고 대견스러워 만면에 웃음을 지우며,

"이제 곧 회복될 것이다. 걱정하지 않아도 된다."

하고 나를 오히려 위로하셨다.

어머님을 모시고 대구 시내에서 유명하다는 권 내과병원을 찾아갔다. 이야기를 듣고 있던 권 의사는 저희 부친 배 의사를 잘 안다면서 성의껏 치료를 해주셨고 간경화증은 회복될 수 있다고 하면서

나에게, 모친은 고기를 많이 드셔야 하고, 영양 실조에 걸리지 않게 좋은 음식을 많이 드셔야한다고 당부했다.

틀림없이 우리 자식들을 먹일려고 어머님께서 너무 많이 굶으셨구나 하는 죄책감이 나의 가슴을 찢어지게 하여, 장교 예복을 입은 것도 잊어버리고 권의사 앞에서 울음을 억제할 수 없었다. 죄의식에서 내 자신을 질책하며 용서를 구하고 있었다.

"하나님, 나의 하나님, 제가 대학을 가지 않고, 노동일을 해서라도 부양을 했더라면, 어머님이 이렇게 되질 않았을 텐데, 저희 '영혼의 불'이 어머님을 오래 못살게 하였습니다. 하나님, 저를 용서하옵소서. 하나님의 손으로 저희 어머님을 어루만져 주소서!"

소위 계급의 월급은 너무 적어 저희 어머님을 치료하기에는 백 분의 일도 감당할 수 없었다. 내가 할 수 있는 범위 내에서 나의 월급의 일부를 어머님께 보내는 것이 나의 최선의 길이었다. 어느 누구로부터도 단돈 일 푼의 도움을 받을 수 없는 나는 하나님께 간구하고 기도하는 것 뿐이었다.

"하나님, 나의 하나님, 저희 어머님을 불쌍하게 보시고 하나님의 역사가 일어나서 저희 어머님을 회복시켜 주시옵소서."

이와 같은 기도를 진해기지로 되돌아오는 도중에 몇 백 번이나 반복하면서.

임진강 삼팔선 소총 소대장

3개월의 훈련으로 임관이 되어 이제부터 소위 월급을 받고 장교 식당에서 식사를 할 수 있게 되었지만 나머지 9개월 동안의 장교 훈련은 임관되기 전 3개월간의 훈련의 연속이었다. 구보를 하고, 천자봉을 오르고, 독도법을 배우고, 권총과 엠원 소총 사격 연습을 하고, 해군 배를 타고, 이렇게 고되고 힘든 1년간의 훈련을 끝내고 32기 동기생들은 포병대, 공병대, 항공과, 보병 부대 등으로 뿔뿔이 헤어져 배치되었다.

나는 약 30명의 동기생들과 같이 김포 제 2여단에 발령을 받았다. 38선 휴전 지역의 일부를 방어하기 위하여 김포 여단에 도착하였다. 여단 본부에 대기하고있는 2~3일 동안에 동기들끼리 서로 주고받는 대화는 심상치 않았다.

"어느 어느 동기는 여단 본부 정훈과에 발령이 난다더라. 그는 서울 사령부의 누구 누구의 빽이 있단다."

"어느 어느 동기는 그의 매형이 서울 사령부의 인사국장이라 어느 직책으로 발령이 난다더라."

이와 같은 소문들이 우리 동기들 귀에 들리기 시작하더니 분위기가 점점 더 이상하게 되어 갔다. 일년 동안 피와 땀으로 같이 고생하며 살아온 동기애가 갑자기 어디로 사라지고 질투하고 미워하는 분위기가 생기는 것 같았다. 나는 동기들에게,

"우리들이 역대 장교 후보 교육 중 가장 매를 많이 맞고 고된 훈련을 받았다고 이곳 김포 여단 본부에 도착 했을 때 환영받은 첫 인사가 아닌가? 우리가 최전방 소총 소대장으로 나간다고 두려워할 필요가 있는가? 발령을 받는대로 가자구. 더 좋은 직책에 발령 받은 우리 동기들에게 질투도 미워도 하지말자."

나는 제 3대대 2중대 제 3소대장으로 발령을 받았다. 김포 지역에 제 2해병 여단 내에 3개 보병대대, 포병대대, 전차부대가 어떻게 포진되어 있으며, 우리와 동부에 인접한 미군 부대와는 어떤 협조가 있는지, 또 서부의 강화도에는 어떻게 포진되어 있는지 궁금 하였으나 최하위 초급 소위들에게 전혀 브리핑을 해주지 않아서 알 수 없고 우리들에게 알릴 필요도 없으리라 믿었다.

임진강을 마주하여 강 북쪽에는 적들이 초소를 지키고 있었고, 강 남쪽지역에는 해병 2대대가, 그 중 나의 소대가 3개의 초소를 지키고 있었다. 높은 산이 있어서 산 넘어 동쪽 지역에 제 3분대가 상주하면서 하나의 초소를 번갈아 24시간 지키고, 산 서쪽에는 나머지 2개 분대가 각각 1개 초소를 지키는 임무를 수행했다.

임진강은 물살이 아주 빠르다. 그래서 봄, 여름 및 가을에는 간첩이나 우리병사가 강물에 들어가 일정한 시간이 지나면 급류에 의하여 한쪽에서 반대쪽 강가에 까지 밀어 부쳐 준다. 그리고 겨울이 되면 강이 얼기 때문에 강 위로 걸어서 반대쪽 강가까지 무사히 왔다

갔다 할 수 있다. 휴전선의 동부 지역처럼 높은 산이 없고, 철망이 없으며, 지뢰 매장도 철저히 설치되어 있지 않은 김포 지역은 간첩들이 드나들기에 가장 쉬운 곳이다. 간첩들이 들어오는 것만이 아니라 밤중에 몰래 들어와서 우리 초소에 진입하여 잠자는 우리 병사들의 목을 따서 이북에 가지고 가면 상금을 준다는 소문도 들린다.

남쪽으로 침투해 오는 간첩을 잡지 못하거나, 우리 쪽에서 적지역으로 민간인이나 병사가 탈출하게 되면, 그 당시 근무한 소대장에게 책임과 처벌이 돌아온다는 내용을 듣고 부임한 지 첫 2주 동안은 불안해서 잠을 잘 수 없었다.

전쟁이 왜 일어나는가에 대한 여러 학설들이 있다. 하나는 '국가이익 학설'(The national interest theory)이다. 예를 들면, 한국은 미국이나 일본의 국가이익에 최우선이 될수없는 조그마한 국가에 불과하며, 미국인들이 피를 흘릴 가치가 없는 나라라고 판단하고 북조선이 남한을 쳐내려 갈 수 있다고 믿었다.

그러나 과연 국가이익이란 무엇인가? 여기에는 두 가지의 상이한 학설이 있다. 하나는 모든 국민과 지도자들이 객관적으로 의견을 일치하며, 영구 불변의 국가 이익들이 있다고 주장하는 '객관적 국가이익'(Objective national interests) 학설이고, 그 반면에 지도자들이 교체되었을 때 지금껏 국가이익이라고 주장해 왔는데 오히려 수정하여 국가이익이 되지 않는 경우가 있는가 하면, 국가이익이 아니었던 것이 국가이익으로 수정되는 경우가 있어 객관적이 아니고 그때그때 주관적인 판단에 따라 수정 보완되는 '주관적 국가이익'(Subjective national interests) 학설이 있다. 일단 한국전쟁이 발발한 후 애치슨(Acheson)씨가 발표한 미국의 국가이익이 수정되어 트루만(Truman) 대통령은 한국을 방어하는 것을 미국의 국가이익으로 간주, 남한을 방어하기 시작했다.

두 번째 학설은 스태싱거(John Stoessinger)의 '주관적인 판단의 착오학설'(The perception/misperception theory)이다. 예를 들면, 애치슨(Dean Acheson) 국무 장관은 "한반도는 미국의 극동 아세아 방어선 내에 들어있질 않다."고 선언했을때, 북조선이 남침을 시도 할 경우 미국은 남한을 방어하지 않으리라는 판단 착오에서 일어났다는 학설이다.

세 번째는 국가간에 힘의 균형이 유지되지 않고 하나의 국가가 상대국가보다 더 큰 힘을 가지게 될 때 전쟁이 일어난다는 몰겐도(Hans Morgenthau)의 '힘의 균형학설'(The balance of power theory)이다. 당시 북조선이 남한보다 군사적으로 또 경제적으로, 월등히 강하여 남한과 북조선간에 힘의 균형이 북조선에 훨씬 유리하게 기울어져 있었기 때문에 한국전쟁이 발생했다는 학설이다.

네 번째는 공산주의 이념이다. 자본주의 사회에서 부르조아의 극심한 착취로 격심한 차이를 가져와 굶주리고 헐벗은 남한인민들을 위해 계급투쟁을 벌여 피착취계급에서 벗어나도록 전쟁을 시도하는 '계급투쟁학설'이다.

다섯 번째, 가난에서 해방시켜 모든 남조선 인민들에게 꼭 같은 혜택을 주어 무상교육, 무상치료 등의 복지혜택을 주겠다는 소위 가난한자들을 가난에서 해방시키는 고귀한 전쟁이라는 '해방운동 학설'이다.

여섯 번째는 제국주의의 섭정에서 꼭두각시 노릇을 하는 남한 정부를 미제국 식민지 통치에서 벗어나 자주독립을 시키려는 반식민지 운동(Anti-colonialism)이며 '민족 자주 독립'(National independence and self-determination) 이념이다.

일곱 번째는 지도자의 개성과 인격이다. 지도자가 능동적 혹은 피동적인 성격의 소유자인지, 또한 매사에 적극적이며 낙천적인지 혹은 부정적이며, 어디엔가 부족한 점을 보상하고 인정을 받고 싶어하는 성격인지. 그리하여 이들이 조화되어 어떤 개성을 소유한 지도자들은 대화와 만남을 통하여 평화적으로 문제를 해결하기 보다 오히려 도전적이며 전쟁을 시도하는 지도자가 있다는 재임즈 발벌 씨의 '개성과 인격의 학설'(James Barber's personality theory) 이다.

여덟 번째는 얼빙 재니스씨가 제시한 '의사 결정 단체의 집단의식'(Irving Janis's Groupthink) 학설이다. 집단 구성원들 간에 자기들은 선택된 가장 훌륭하고 현명한 자(The best and the brightest)들로 간주하며 외부 어느 누구의 건의 또는 비평을 받을 필요가 없다고 주장하며, 그들 간에는 강력한 단체의식, 단체 충성심, 단체규범 또한 단체적인 상호압력들이 작용하고 있다. 그리하여 그들 중 권위가 있고 존경받는 한 명이 어떤 정책을 제시했을 때 나머지 구성원들은 감히 어떤 반대의사를 제시할 수 없으며, 전쟁을 시도하는 방향으로 만장일치의 의사결정에 이르게 된다는 학설이다. 일본의 진주만 공격이나 1961년 케네디 대통령 당시 '쿠바 미사일 위기'(The Cuban Missile Crisis of 1961)들을 예로 제시하고 있다.

전쟁이 왜 일어나는가를 설명해주는 학설들이 여러 개 더 있다. 그러나 최전방에서 근무하는 소총 소대장에게는 이 같은 상아탑의 학설들이 나를 안심시켜 주지 못했다. 왜냐하면 설령 전국적으로 한국전쟁이 다시 일어나지 않는다고 해도 임진강을 마주보고 있는 우리들에겐 국지적이고 제한적인 교전이 항상 일어날 수 있기 때문이다.

어느 날 새벽에 비상이 걸렸다. 출전 준비를 하고 철모를 쓰고 우리 소대는 초소 근무자들을 제외하고 총동원이 되어 제 1, 2분대와 제 3분대 사이에 있는 높은 고지 일대를 탐색하기 시작했다. 선임하사는 나이 사십에 마냥 하사 계급만 달고 있다면서 또 다른 하사관들도 한계급 특진의 절호의 기회라면서 이번에 간첩을 잡아 중사가 되어야 겠다면서 목숨을 걸고, 전 소대가 단합하여 야광 탄을 쏘면서 이잡듯이 고지 일대를 밤새도록 수색했다. 깜깜한 밤이라 발을 잘못디뎌 넘어지고, 다리를 다치는 대원이 있는가 하면, 숨어있는 병사가 탐색하는 병사를 적인양 때려눕혀 부상을 입히고, 새벽 여운이 깃들 때에야 우리들은 작전을 중지했다. 간첩을 한 명도 잡지 못했다. 전방 초소에서 근무하다 보면, 다람쥐, 토끼, 사슴 등 짐승들이 뛰어노는 바람에 놀라 적인양 총을 쏘고, 그러면 옆의 초소에서도 긴장과 두려움으로 총을 쏘고, 삽시간에 전 소대, 전 중대, 대대, 김포 여단 전체에 비상이 걸리고, 아군에서 총을 쏘면, 강 건너 적진지 초소에서도 총성이 날아온다.

부임한 지 첫 2주 동안 책임구역의 방어, 우리 초소 병사들의 목베어 가는 위험성, 간첩의 침투를 막기 위한 책임과 걱정이 한시도

사라지질 않았다. 나는 매일 새벽 전령을 대동하고 전방 초소를 순찰하러 몰래 출발했다. 나는 될 수 있으면 시간을 바꾸어 초소대원들이 예기치 않는 시간에 나타나서 잠을 자지 않고 열심히 근무하고 있는지 확인하고 싶었다. 매일 밤 초소에 가까이 가면 초소 병들이 나타나, "암호," 하고 총을 겨냥하고 물었다.

우리는 즉시 암호를 주고 아군 또는 소대장임을 확인시켰다. 나는, "세상에 이렇게 충실하게 밤에 잠을 자질 않고 철저히 초소를 지키는 구나. 우리 소대원들이 최고야,"

하고 동행한 전령에게 말했다. 전령은,

"네, 우리 대원들 초소 근무를 철저히 하고 있습니다,"

라고 대답했다.

이렇게 첫 2주가 지나자 나는 다소 안심하기 시작했다. 나의 대원들이 초소를 철저히 지키고 있는 이상 내가 걱정할 것이 없다고 생각했다. 이렇게 하여 매일 밤 새벽에 다녔던 순찰의 횟수를 줄여서 일주일에 두 번 혹은 세 번씩 순찰을 나가기로 결심했다. 역시 불규칙적으로 항상 전령을 대동하고 순찰했다.

순찰 이외에 두 번째 중요한 우선순위는 대원들의 복지 향상을 도모하는 것 이었다. 계급에 상관없이 누구나 공평하게 식사를 할 수 있도록, 또 일주일에 한 번씩 나오는 고기를 누구나 다 조금씩 먹을 수 있도록 확인하는 것 이었다. 어느 날 대원들을 검열하는 중에 한 명이 손등이 갈라 터져 있었다.

"왜 그렇게 되었느냐?"고 문의 했더니,

"취사반 대원으로 부엌에서 쌀을 씻어 가마솥에 밥짓는 일을 하느라 항상 손이 물에 적셔있기 때문입니다.”라고 대답했다.

　나는 어느 한 명도 손등이 터지지 않도록 교대하여 식사 준비를 하도록 지시했다. 또 일주일에 한 번씩 대원들을 불러 모아 노래자랑을 했다. 휴가 갔다 온 대원들은 언제나 새로운 유행가를 배워와서 나머지 대원들에게 가르쳐주고 영화 구경한 내용을 전해주었다. 휴가를 갔다가 소대장에게 가지고 온 술과 담배는 항상 대원들에게 나누어 주었다.

　어느 날 새벽 중대장으로부터 전화가 왔다. 여단장님이 전방 초소 순찰을 위해 출발했다는 내용이다. 이 전화를 받고 나는 전령에게 선임하사를 불러오게 했다. 그런데 전령은 나의 벙커(Bunker)로 들어가서 한구석 침대 밑에 손을 넣어 당기고 밀기를 두 세 번하고 있었다. 이상하여 전령에게,

　“자네 지금 무엇을 하고 있나? 선임 하사를 불러오라는데 나의 벙커 안에 구석에는 왜 갔느냐? 거기에 무엇이 있는가?”

　하며 가까이 가 보았다. 줄이 세 개 있었다.

　“전령, 이 줄들이 무엇인가?”하고 호통을 쳤다.

　전령은 한동안 당황하고 주저하다가 겨우 입을 열었다.

　“소대장님, 이 세 줄은 전방 초소 3개에 각각 연결되어 있습니다. 엄청나게 먼 거리를 두고 있지만 우리대원들이 필사적으로 노력하여 끈을 구하여 연결하고 또 연결하여 소대장님 벙커에서 3개의 전방초소까지 저 높은 산을 넘어 각각 연결해 두었습니다. 이 줄을 당기면, 전방 초소 내에 방울이 달려 있어서 누가 순찰을 온다는 신호입니다. 이 방울 소리를 들으면 잠을 자다가도 즉시 깨어 일어나 초

소 근무에 임하게 합니다. 산을 중간에 두고 있는 초소들끼리도 줄이 연결되어 있어서 한 초소에서 다른 초소로 줄을 당기면 방울이 울려서 순찰이 온다는 신호가 됩니다."

"그러면 여단에서 순찰이 온다고 연락이 오면, 자네는 이 줄부터 당기는가?"하고 물었다. 전령은,

"네, 그렇습니다. 순서는 이러합니다. 여단장님이 출발하면, 참모장님이 연대장에게, 연대장님은 대대장에게, 대대장은 중대장에게, 중대장은 소대장에게 순찰 출발의 내용을 꼭 전달합니다. 어느 부대장도 여단장님의 꾸중을 싫어하며 칭찬을 받길 원합니다. 우리 소대는 한번도 초소 대원들이 잠을 자다 들켜서 소대장님이 야단 받은 적이 없습니다. 그래서 우리 소대 모범 소대가 되었습니다. 이 줄과 방울 때문입니다. 전방 초소에 전화가 연결되어 있습니다. 그러나 어떤 경우엔 전화 할 시간도 없이 들어 닥칠 경우가 있습니다. 이 줄과 방울이 더 빨리 순찰 내용을 전달합니다."

나는 재차 물었다.

"그러면, 내가 소대장으로 부임 한 후 첫 2주 동안 매일밤 상이한 시간에 순찰나갈 때마다 또 그 후 일주일에 두세 번 새벽에 자네와 같이 순찰 나갔을 때도 자네는 내가 출발하기 전에 이 줄을 당겼었는가?"

전령은 고개를 숙이고, "네, 그 줄들을 당겼습니다."

나는 재차 호통을 치고 있었다.

"그러면, 소대장이 첫 2주 동안 잠을 자지 않고 매일 새벽, 그 이후 1주일에 두세 번씩 순찰 나간 것은 모두 헛된 일이었구먼. 자네

가 우리 출발할 때 이미 다 알려주었단 말인가?"

나는 프레이토(Plato)의 동굴의 비유(The cave allegory)가 떠올랐다. 우리들 인간이란 마치 조그마한 틈을 통하여 들어온 희미한 빛이 보이는 동굴에서 할 수 있는 최선의 판단으로 최선의 노력을 하는구나. 일차 동굴에서 나와 밝은 태양 아래에서 보면 지금까지 동굴 내에서 가장 현명한 판단과 행동과 노력을 했다는 것이 얼마나 어리석은 것이었다는 것을 알게 될 때가 있다고.

전령은, "소대장님, 전령이 해야할 두 가지 책임이 있습니다."

나는, "그것들이 무엇인가?"라고 물었다.

"하나는 소대장님을 위해 음식 준비, 세탁 및 신변 보호를 하는 것입니다. 또 하나는 초소 대원들이 소대장님으로부터 야단을 맞질 않도록 도와주는 일입니다. 전우들에게 배신하는 일을 할 수 없었습니다. 용서해 주세요,"라고 말했다.

전령의 이름은 마종은이다. 그는 6.25 전쟁에서 부모와 형제들을 잃어버린 전쟁 고아였다. 몸이 건장하여 유사시 나의 신변을 보호해 주기에 충분하다. 그러면서도 고아들에게서 볼 수 있는 깡패의 기상을 전혀 찾아볼 수 없는 무척이나 착한 대원이다.

나를 속인 배신감을 억누르고 나는 다시 그에게 물었다.

"만약, 자네가 줄을 당기지 않았으면 초소에는 제대로 근무하고 있는가?"

"아닙니다. 그들은 잠을 잡니다. 전방에 떨어진 후 하루이틀 동안에는 누구든지 잠을 자지 않고 긴장 하지만, 날이 지나면서 아무 일이 없고 보면 모두들 초소에서 잠을 잡니다,"라고 대답했다.

나는, "야단을 치지 않을 터이니까 이번엔 줄을 당기지 말고 초소 순찰을 하고 잠을 자도 깨우지 않고 돌아오는 것을 약속하고 오늘 밤 나와 같이 나가보자."라고 말했다.

그리고 그날 새벽 전령과 같이 제 1초소에 가 보았다. 모두들 자고 있었다. 그 다음 날 새벽에 제 2초소에 가 보았다. 역시 모두 자고 있었다. 그 다음 날 고지를 넘어 제 3초소에 가 보았다. 역시 모두 자고 있었다. 지금까지 여러 소대장들이 와서 여러 방법으로 기합을 주고, 처벌도 하고, 훈시를 하고, 별 짓을 다 해 보았으나 야간 초소 근무에 별 효과가 없었다고 한다. 모두들 초소에서 잠을 자고 있다가 종소리를 들으면 깨어 순찰 자들을 영접하고 그 후 곧 취침에 들어간다고.

결국 나도 속아서 살아 왔구나. 나도 이제부터 작전을 바꾸어야 되겠구나. 앞으론 새벽에 철모를 쓰고 깜깜한 가운데 산비탈을 오르고 내려오며 돌에 걸려 넘어지면서 무려 몇 시간에 걸쳐서 세 초소를 다 순찰할 필요가 없게 되었다. 이제부터 불규칙 적으로 세 초소에 이 줄만 당겨 주면, 오히려 초소 근무를 더 열심히 하게 될 것으로 생각했다. 전방 진지에 있는 동안 내내 휴가를 얻어본 적도 없고 후방엘 나갈 수 없어서 용돈을 사용하지 않았고, 저녁과 밤에는 영어 공부를 계속할 수 있었다. 책을 읽고 사전을 찾아 단어를 외우고 밤늦게 까지 공부하면서 한 번씩 초소에 줄을 당겨주었다. 해병 학교에서 일년 동안 주야로 훈련만 하고 책은 한 줄도 읽을 수가 없었기 때문에 전방 초소에서 근무하면서 열심히 공부하여 잃어버린 시간들을 채우고도 남았다.

어느 날 오후에 대원 두 명이 찾아왔다:

"소대장님, 동네 부락에서 닭을 사 와서 통닭구이를 했습니다."라고 보고했다. 나는,

"돈이 어디에서 나왔는가?"

라고 물었다. 그들은,

"휴가 차 집에 갔다가 부모님들로부터 얻어온 것입니다."

라고 대답했다. 나는,

"그래 너희들이 동료 대원들을 위하여 다섯 마리나 사와서 이렇게 보기좋게 통닭구이를 했구나. 아주 먹음직하네. 그러면, 오늘 저녁 전 소대원들이 모여 앉아 같이 먹으며 즐거운 시간을 나누자."라고 했다. 그 날 저녁은 모처럼 맛있는 통닭구이를 나누어 먹으며 노래 자랑도 하고 즐거운 시간을 보냈다.

그런데 며칠 후 동네 반장이 소대장을 만나러 왔다고 전령이 전했다. 나는,

"안녕하십니까? 어서 오십시요. 우리가 무엇을 도와 드릴까요?"

하고 문의했다.

처음에는 다소 주저하는 것 같더니 그 분은 말문을 열었다.

"며칠 전에 우리 동네에서 닭 다섯 마리를 잃어 버렸습니다. 마침 학교에서 귀가하는 학생들이 보았는데, 이곳 부대 대원들이 닭을 잡아 포대에 넣어가는 것을 보았다고 합니다."

내가 처음 소대장으로 부임했을 때 대대장님이 떠나는 소대장에게 커다란 돼지 한 마리를 그린 그림을 기념으로 전달한다고 했다. 그때 나는 영문도 모르고 있었는데 대대장님도 웃고, 나에게 인계하

고 떠나는 소대장도 서로 웃고 있었다. 이 동네 반장 이 나를 찾아
온 후에야 그 이유를 알게 되었고 내가 소대장 임무를 끝내고 인계
할 때엔 대대장님이 나에게 통닭구이 그림을 줄 것이 아닌가 생각에
잠겨있을 때 동네 반장은,

"닭 값 받으러 왔습니다."

라고 독촉했다. 나는,

"반장님, 혹시 대대장님께 가서 말씀 드렸습니까?"

라고 문의했다. 그는,

"지난번 돼지 한 마리를 잃어 버렸을 때는 돈이 많기 때문에 찾아
가서 말씀 드렸지만, 닭 다섯 마리는 많은 돈은 아니기 때문에 우선
소대장님을 만나 상의하기로 했습니다,"라고 전했다.

나는 아무말 하지 않고 다섯 마리 닭값을 치러주었고 전령은 이것
을 본 후 즉시 어디로 사라졌다. 아마 두 대원에게 자초지종을 전하
러 갔나보다. 나는 그들을 불러 야단친 적도 없고 없었던 일처럼 그
냥 두었다.

전 후방 교체, 월남전 출동 훈련

세월이 흘러 김포여단 전방 소총 소대장으로 근무한 지 1년이 다 되어 오자 전후방 교체 명령이 떨어졌다. 김포에 위치한 제 2연대는 전투 출전을 위한 완전무장을 하고 인천 앞바다에서 해군 배에 탑승하여, 포항 상륙작전에 대한 가상훈련을 했다. 포항 앞바다에서 철모, 배낭, 실탄, 소총 등 완전무장을 한 채 그물을 잡고 한 발씩 한 발씩 큰 배에서 바다 수면까지 내려가기 시작했다. 행여나 발을 잘못 놓아서 중심을 잃어버리면 깊은 바다 물 속으로 빠질 수 있다는 두려움과 긴장 속에서, 그러면서도 어느 대원 한 명도 빠짐없이 무사히 한 발씩 내려가도록,

"두려워 말라! 자신을 가지라! 바닷물을 내려보지 말라! 그물을 두 손으로 잡고 일정 거리를 두고 다음 그물에 발을 확실히 놓도록 하라!"

"왼발 내리기"를 동시에 구호로 외치고, "오른발 내리기"구호와 동시에 오른발을 한발 내리기를 계속했다. 바다 수면에 도착했을 때에는 이미 대기하고 있는 상륙소형보트를 타고 해안가로 진입하여 신발과 바지를 흠뻑 물에 젖으면서 모래사장으로 뛰어들어와 상륙

작전을 완수하고 포항기지로 들어왔다.

포항에서 1년간의 생활은 훈련의 연속이었다. 당시 해병대 사령관 강기천 중장의 '출전 준비' 구호의 지휘 통솔아래, 한국 해병대는 언제라도 이북의 서해안과 동해안에 상륙작전을 시도할 수 있기 때문에 많은 적의 부대와 병력들을 이북의 동해안과 서해안 지역을 지키도록 발을 묶어 두는 중요한 군사적 기여를 하고 있다는 자부심을 가지고 있었다. 또 적들이 땅굴을 이용하고, 해안 침투를 해서 혹은 낙하산 투입 등으로 남한의 후방교란 게릴라 작전을 예상하여 게릴라 훈련을 계속 실시하고 있었다.

어느 날 새벽 5시에 전령이 황급하게 나를 깨웠다.

"소대장님, 소대장님, 전화가 왔습니다. 중대장님 입니다."

"네, 제 3소대장 배소위입니다."

"나 중대장인데, 오늘 해병대 제 2여단 월남 출전준비 명령이 발표된 것 알고 있는가? 포항기지에서 출전훈련과 준비가 끝나면 월남으로 출발한다네."

나는 하늘이 무너지고 땅이 꺼지는 것만 같은 좌절감이 앞을 가리웠다.

"왜 하필이면 왜 내가 근무하고 있는 제 2연대를 선택했을까?"

하고 나는 이미 하나님을 원망하고 있었다.

"나의 하나님, 나의 하나님, 당신의 뜻이 무엇입니까? 당신의 뜻이 어디에 있습니까? 저희 부친이 저의 '영혼에 지펴준 불' 결코 불꽃이 되어 타오르기도 전에 꺼지도록 되어있습니까? 제가 월남 땅에서 사망하면, 나를 위해 헌신해 온 어머님과 나의 형제들은 어떻게 되겠습니까? 만약 제가 부상을 입고 불구의 몸으로 귀국하면 아들 둘 다 불구자가 되는데, 나의 어머님이 어떻게 감당할 수 있겠습니까?"라고 혼자 독백을 하며 실망에 빠졌다.

나의 형 성보는 나보다 두 살 더 많다. 내가 형을 알아보기 시작했을 때 이미 그는 불구의 몸이 되어있었다. 그가 어릴 때에 우리집 아이들을 돌보는 처녀가 있었다. 성보 형을 등에 업고 놀러 나가서 그네를 뛰다 말고 등에 업은 어린 아이가 땅에 떨어졌으나 숨기고 알려주질 않았다. 그날 밤 체온이 올라가며 헛소리를 하다가 깜짝깜짝 놀라는 성보형을 의사 아버지가 즉시 몸을 수색하기 시작했다. 혹시 바늘이 어린아이에게 찔려있었나 하고 염려했었단다.
아무리 찾아보아도 바늘 같은 것을 몸의 어느 부분에서도 찾질 못했다. 그러다가 그날 밤을 꼬박 지새고 다음날 아침에 일어나서 성보형을 일으켜 보았더니 양다리가 아프다며 쓰러졌단다. 무려 3년 기간 동안에 두 다리의 무릎 관절 부분에 6차례에 걸쳐 뼈를 깎아내는 수술을 해야만 했었다. 그 당시엔 제대로 마취를 하지도 못하는 상태에서. 성보형은 수술의 괴로움과 아픔을 견딜 수 없어,
"아부지, 아부지, 날 죽이지 마세요. 너무 아파 견딜 수 없어요,"
라고 수술을 못하도록 애걸했단다.
뼈를 깎아내는 수술을 양다리 관절 부분에 무려 6차례에 걸쳐서. 부친이 의사가 아니었다면 중산층 가정에서는 그런 수술을 염두에 둘 수도 없을 만큼 부담이 큰 수술이었다고 한다.

아무 것도 모르는 이웃 아줌마가 찾아와서 저의 어머니에게,

"엄마의 입김이 들어가면 좋아 진다더라,"

라고 말을 했단다. 이 말을 들은 나의 어머님은 사랑하는 아들을 혹시나 회복하여 살릴 수 있나 하고, 나의 아버지 몰래,

"그래, 사랑하는 아들을 살리기 위해 무엇을 못한단 말인가,"

하며 성보의 다리에서 나오는 피고름을 빨아먹었단다. 첫 번째 피고름을 빨아먹고선 실신을 했단다. 깨어나서도 구역질이 계속나고 견딜 수 없어서, 여러 번 구토를 했단다. 그래도 포기하지 않고 몇 차례에 걸쳐서 계속했단다. 그러면서 엄마는 아빠에게 절대 이야기하지 말라고 성보형에게 몇 번이나 다짐했고.

그리하여 초등학교 1학년부터 5학년까지 매일같이 학교에 병원 남자 간호사가 자전거를 타고 데려다 주고 데리고 왔다. 그러다가 6.25 전쟁이 일어났고 학교 건물은 미군 부대가 점령하여 폐교당했고 몇 개월 후 집에서부터 학교까지 보다 무려 두 배나 더 멀리 떨어져 있는 어느 과수원 헛간을 빌려 공부를 다시 시작했다. 거의 1년 동안 나는 성보형의 손을 잡고 집에서부터 십 리나 되는 먼 길을 부축하여 둘이서 걸어갔다. 다리가 아프기 때문에 몇 번이나 중간에서 휴식을 취해야 했고, 100m가 넘는 강물 위에 놓여있는 철도 길을 걸어야만 했다. 철로를 떠받치는 목재가 듬성듬성 놓여있어 아슬아슬하였다. 한발만 잘못 디디면 물에 빠질 수밖에 없었다. 더욱이 거기엔 옆으로 피할 대피소가 마련되어 있지 않았기 때문에 이 다리를 걸어 강물 건너편에 도착하기 전에 기차가 들어 닥치는 경우엔 영락없이 기차에 치어 죽게되거나 아니면 강물로 뛰어 들어가 죽을 수밖

에 없다. 우리는 강을 건너기 전에 철로에 귀를 대어 기차가 오는지 미리 탐지하고 건너기 시작했다.

아마 이때가 우리 두 형제가 가장 가까이, 가장 많은 시간을 함께 나누었나보다. 부친께서 돌아가셔서 가정 형편이 어려운 것이 주된 원인이었지만 그 당시엔 신체 불구자들에게 향학의 문이 열려있질 않았다. 그리하여 나의 아버지는 성보형을 위하여 중학교를 하나 세웠고, 거기서 중학교를 졸업하여 최소한 기본 지식을 익힐 수 있었으나, 부친이 별세한 후엔 고등학교 진학을 못했다.

그는 곧 신사용 양복을 맞추는 기술을 습득하기 위하여 견습공이 되어 자전거를 타고 다니며 일하고 돈을 벌어 가족을 부양하였고, 내가 대학 공부를 하는 동안에 도움을 주었다. 오른쪽 다리는 반쯤 굽혀진 채 바로 세울 수도, 더 굽힐 수도 없으며, 왼쪽 다리는 굽힐 수 있으나 커지지 않아서 나이가 들고 성장하면서 두 다리간에 길이가 점점 더 차이가 있게 되어 걸으면 전에 보다 더 걷기 힘들고 중심을 유지하기 힘들게 되었다. 불구의 형을 생각하면 너무나 가슴이 아프다. 체육시간이 되면 그의 친구들은 활발하게 뛰어 다니며 공놀이를 할 때 그는 한 모퉁이에 앉아서 쓸쓸하게 그들을 쳐다보며 부러워하는 모습이 내 앞을 스치고 지나갔다.

사랑하는 누이동생 홍자는 초등학교에 다닐 때 공부를 너무도 잘했다. 어느 날 6학년 담임 선생이 찾아 와서 어머님에게 홍자는 영리하고 공부를 너무 잘하니까 중학교에 꼭 보내주기 바란다며 특별히 이 말씀을 드리러 왔단다.

몇번이나 몇번이나 중학교에 진학하고 싶다고 애걸을 한 사랑하는 누이동생은 급기야 직조 공장에 노동일을 가게 되었다. 하루아침에 거지신세가 된 나의 가족들, 한 명은 불구의 몸으로 양복점에서 일을 하고, 누이동생은 직조 공장에 직조 공으로, 나는 학교를 중퇴하고, 이렇게 고난의 길을 걷던 지나간 아픈 상처가 주마등처럼 지나갔다.

'해병 제 2연대 월남 출동 준비 명령'이 떨어지자 제 2연대의 모든 장, 사병들에겐 긴장감이 감돌기 시작했다. 열대지방이란 월남의 나라. 정글(Jungle)의 나라. 모기와 벌레, 짐승들이 배회하는 밀림의 나라, 적지와 우군의 지역이 분명히 구분되어 있질 않는 나라. 우군 지역 내에 활보하는 월맹군과 월북 게릴라 군, 낮에는 우리 편, 밤에는 적이 되어 아군들이 낮에 주는 식량과 시-레이션(C-Ration) 보급품을 사용하여 밤에는 아군들을 죽이는 낮과 밤 사이의 혼돈, 어린 아이들과 부녀자들, 과연 그들은 순진한 일반 민간인들인가 아니면 적군들인가?

이와같은 내용들을 생각하며 새로운 장비와 전투복으로 갈아입고 출동준비 훈련을 하고, '청룡부대'라 호칭하며, 청룡부대장이 서울 사령부에서 임명을 받아 포항 기지로 내려오면서 출동준비가 더욱 빠른 속도로 진행되었다.

출전준비를 하는 과정에서 어느날 갑자기 전령이,

"소대장님, 누가 찾아 왔습니다. 미 고문단 차를 타고 왔습니다.그 분은 안성봉 중위라고 했습니다,"

라고 전해 왔다.

"안 중위님, 어떻게 찾아 오셨습니까? 반갑습니다. 어서 들어오십시요."

"배 중위, 고생이 많으리라 믿소. 여기 와보니 모든 장. 사병들 눈들이 반짝 반짝거리며 눈에 불이 켜있는 것 같군요. 모두가 긴장과 훈련으로 출전 준비를 하고 있군요."

"네, 이미 죽을 각오가 되어 있습니다. 월남에서 우리들에게 어떤 사명이 주어져도 목숨을 걸고 작전 명령을 수행해야지요. 그런데, 안 중위님, 오늘 갑자기 어떻게 오셨습니까?"

라고 물었다.

"포항기지 미 고문단실 연락장교(통역 장교)로 근무하는 것이 어떻겠는지 문의하러 왔습니다. 나는 미국에 가서 1년간 군사 교육을 받도록 선정되었습니다. 소총 소대장으로 근무한지 거의 2년이 되어 소대장 직책도 끝났고 중위가 되었으니 연락장교로 근무하고 싶은 의향 있습니까?" 하고 나에게 물었다.

"안 중위님, 어떤 절차를 밟아야 연락장교로 갈 수 있습니까?"

라고 물었다. 그는,

"우선 대대장님이 전근가는 것을 허락해야 합니다,"

라고 대답했다.

"그러면 저를 데리고 대대장님께 같이 가서 건의 해 주십시오,"

하고 부탁했다.

대대장 전 정남 중령은 의아한 표정을 지었다. 중대장도, 대대 참모들도 아닌 초급 장교 중위 두 명이 직접 찾아와 문을 두드렸기 때문이다.

"어떻게 왔는가?"

하고 대대장은 물었다. 안 중위가,

"배 성문 중위를 포항기지 미 고문단실 연락장교로 보내주실 것을 부탁하러 왔습니다."라고 대답했다.

대대장은 무척 반가운 표정을 지으면서 그러나 단호하게

"아니, 배 중위가 고문단실 연락장교로 갈 수 있을 만큼 영어를 잘하는 줄 전혀 모르고 있었네. 월남에 가면 배 중위가 꼭 필요하니 허락해 줄 수 없네."하고 단호히 거절했다.

거절을 당하고 그 분의 사무실에서 되돌아 나오는데 대대장은 문을 열고 나오며 나를 불렀다.

"배 중위, 월남 가면 귀관을 나의 참모로 쓸 테니까 그렇게 알고 있도록 하게."하면서 우리들을 전송했다.

걸어 돌아오는 도중에 소장 마크를 단 육군 짚차가 갑자기 내 옆에 와서 멈추었다. 별을 두 개 단 육군소장이 내리고 곧 이어 해병 중위가 내렸다. 나는 놀라서,

"문 병훈 중위, 어떻게 된 일인가?"

하고 물었다. 그는 웃으며,

"배 중위, 나의 삼촌 문장군님께 인사하게나. 삼촌, 배 중위는 저와 가까운 동기 중의 한 명입니다," 라고 소개했다.

그때서야 두 명의 얼굴이 너무나 닮은 것을 알아볼 수 있었다. 문장군은 어느 육군기지에서 몇 시간을 걸려서 이곳 포항 기지내의 청룡 부대장에게 인사하러 왔다고 한다. 월남 파병 명령이 내린 청룡 부대의 장, 사병은 이유를 막론하고 누구의 빽에 의해서도 전출되어

월남 파병에서 빠져 나올 수 없다고 했다. 육군 소장도 할 수 없는 일이구나. 그때서야 대대장의 단호한 거절이 불가피 하다는 것을 깨달았다.

전정남 대대장은 약속한대로 나를 제 3대대 작전보좌관으로 임명했다. 작전장교로는 우리 대대에서 근무하지 않았고 새로 임명 받아 온 분이었다. 그는 고소규 소령이다. 그는 치밀하고 조직적이며 단호했다. 대대장도 그를 신임했고 중대장들은 그의 명령을 철저히 수행할 만큼 권위가 있었다.

월남으로 떠나기 며칠 전 어느날 어머님께서 전화를 하셨다.

"성문아, 아무래도 내가 직접 너의 상관을 만나야 되겠다. 내일 아침 일찍 대구에서 버스로 떠나 오후에 포항에 도착하겠다. 꼭 너희 직속 상관인 작전 참모 고소령님을 모시고 같이 나와서 저녁 식사를 하자."고 말씀하셨다.

무척이나 막걸리를 좋아하는 분이었다. 저희 어머님은 식사를 다 마친 후 고 소령에게,

"작전 참모님,"이라고 부르자, 고 소령은,

"네, 말씀하십시오,"라고 하자마자

"고 소령님이 월남에서 근무를 마치고 귀국하실 때 저희 아들을 꼭 같이 데리고 오셔야 합니다,"

라고 정색을 하시면서 단호하게 부탁을 하시는 것을 보고 나는 가슴이 뭉클 했으며 저희 어머님이 왜 포항까지 불편한 몸을 이끌고 몸소 오셨는 지를 알게 되었다. 어머님의 부탁은 너무나 단호하고 강력했다. 그러면서도 아들을 극진히 사랑하는 모습에 감명을 받았

나보다. 고 소령은 한참동안 말이 없다가,

"제가 귀국할 때 배 중위를 꼭 데리고 같이 오겠습니다. 안심하십
시오,"

하며 저희 어머님에게 약속했고 안도의 숨을 쉬시며 어머님은,

"고 소령님과 제 아들이 무사히 귀국할 수 있도록 기도하겠습니다."

하고 작별의 인사를 나누고 헤어졌다.

5

월남 전쟁 종군

월남 출동

월남 출동 신고식이 시작되었다. 국방부 장관, 해병대 사령관, 국회의원들 다수가 참여한 가운데 청룡부대는 대통령에게 월남 출정 신고식을 거행했다. 드디어 전쟁터로 떠나야할 날이 닥쳐왔구나 하는 긴장감이 감돌고 병사들의 눈에서는 불빛이 번쩍이고 있었다.

이때까지 맹훈련과 월남의 지형지물, 밀림에서의 생존법들을 배우는 가운데, 외부세계와 완전히 떨어져 포항 기지에서만 머물러 있었기 때문에 신고식을 하는 그날, 출동 병사들의 가족들이 초대되어 기다리고 있는 것도 모르고 있었다. 무려 아침 7시부터 출동하여 예행 연습을 하고 10시 30분에 시작한 신고식은 12시가 되어서 겨우 끝났다. 식이 끝나자 멀리서 온 가족들과 애인들을 만나 해병들은 저마다 반가운 재회와 아쉬운 고별을 나누기도 했다. 그러나 나를 위하여 온 사람은 아무도 없었다.

연병장을 가득 메운 장병들과 민간인들이 한데 섞여 웃음과 울음이 뒤섞여 있는 가운데 나는 혼자서 막사로 걸어가는 중이었다. 어느 헌병 하사관이 나에게 뛰어와서,

"배 중위님, 대구에서 배 중위님을 환송하기 위하여 남자 한 분이

왔습니다. 그러나 그분은 가족이 아니라고 하여 출입을 허가하지 않아서 아직까지 정문에서 기다리고 있습니다."라고 전했다.

"그분의 성함이 무엇이든가?"라고 나는 물었다.

"그분은 '김태한' 씨 라고 했습니다."

"오! 김태한 박사님, 그 분께서는 나의 대학 교수님이셨네. 즉시 출입을 허가하여 모시고 오면 고맙겠네. 아니야, 나와 같이가세."

하며 정문으로 향하였다.

아주 겸손하신 분이다. 처음부터 대학 교수라고 했으면 즉시 출입이 허가되어서 행사에도 참여할 수 있었을 터인데. 어떻게 알게 되었는지 졸업한 제자가 월남으로 출전한다는 소식을 아시고 몸소 포항까지 장거리 여행을 하여, 그때는 자가용도 없었을 때인데, 기차를 타고 몇 시간 걸려서 찾아왔다는 소식을 받고 너무나 반갑고 고마웠다. 미시간 대학(The University of Michigan)에서 끝내 박사학위를 받질 못하고, 한국에 돌아와서 몇 년 더 가르치다가, 남가주 대학(The University of Southern California)에서 박사학위를 받으신 분이다. 야간 중. 고등 학교를 세우고, 대학생들을 자원교사로 동원하여, 낮에 노동일을 하는 가난한 청년들에게 밤에 무료로 공부하도록 도와주어 많은 졸업생들을 배출했다. 그 중에는 사법고시에 합격한 자도, 목사, 교사가 된 후배들도 많았다고 한다. 교단에서 강의하기 전에 항상 기도하고,

"하나님께서 지혜와 총명을 내려주시어 우리 사회에 기여하는 좋은 지성인들이 되도록 도와주시옵소서!"

하며 기도한 후 강의했던 것처럼 그분은 나를 만나자,

"배 중위, 기도합시다."라고 했다.

연병장을 가득 메운 여러 장병들이 있는데도 아랑곳하지 않고 나는 철모를 벗고 머리를 숙이고 기도를 했다. 김 박사님은,

"하나님, 이제 배 중위 월남으로 출정하게 되었습니다. 그를 지켜 보호하여 주시옵소서. 하나님의 뜻이 그곳에서 이루어지게 하옵소서!"라고 기도했다. 그러면서 조그마한 선물상자를 내놓았다. 은으로 만든 십자가 목걸이였다.

청룡부대는 포항에서 군용추럭을 타고 부산항으로 출발했다. 완전무장에 각자 배낭 하나씩을 지참하고 부산 제 2부두에 도착했을 때, 미처 예상하지도 못했던 해병대 군악대가 '노란 샤쓰 입은 사나이'를 연주하기 시작하고 있었다. 일류 가수들이 서울에서 총동원되어 내려와서 노래 부르기 시작했다. 전우들도 '노란 샤스 입은 사나이' 노래를 따라 부르기 시작했다.

"노~오란 샤스 입은 말없는 그 사람이 어쩐지 나는 좋아 어쩐지 나는 좋아. 미남은 아니지만 씩씩한 그 사람이 어쩐지 나는 좋아. 어쩐지 나는 좋아 아~~ 아 야릇한 심정 처음 느껴 본 심정아~~아 그 이도 나를 사랑하고 있을까? 노~오란 샤쓰 입은 말없는 그 사람이 어쩐지 나는 좋아 어쩐지 나는 좋아."

그 노래가 끝나자, '동백 아가씨' 노래가 나오고 또 우리들도 같이 따라 불렀다.

"헤~~ 일 수 없는 수 많은 밤을 나 혼자 도려내는 아픔에 젖어얼마나 울었던가 동백아가씨, 그리움에 지쳐서 울다 지쳐서 오늘도 빨갛게 멍~~이 들었소."

완전히 축제 분위기였다. 흥분의 도가니였다. 나는 헷갈렸다.

"무엇을 축하하기 위한 축제인가? 아니면, 다시는 돌아오지 못 할 전쟁터로 떠나 보내면서 마지막으로 한번 더 노래를 듣고 가도록 마련한 마지막 송별 파티인가? 아니면, 용기를 내어 월남전쟁에서 크게 승리를 거두고 무사히 귀국하기를 기원하는 기원제인가?"

군악대와 가수 단들을 제외하고도 할아버지, 할머니, 부모, 형제, 부인, 애인들로 부산 제 2부두는 인산인해를 이루었다. 서로 껴안고 눈물을 흘리는 사랑하는 사람들과 작별을 고하는 가운데 기적이 울기 시작했다. 나는 어머님에게 절대 송별식에 참여하러 부산에 오시지 않도록 몇 번이나 당부했다. 배가 먼 바다 수평선으로 사라질 때까지 망부석 (望夫石)이 아니라 아들을 그리며 울며 마냥 부두 가에서서 계실 망자석(望子石)이 될까 염려되고 나의 안타까운 심정을 달랠 수 없을 것 같아, "어머님, 부산항에 저를 송별하러 대구에서 멀리 오시지 마세요. 제가 월남에 도착하면 즉시 어머님께 편지 보내겠습니다."하고 여러 번 당부를 했기 때문이다.

그러나 나는 지금 자신을 질책하고 있었다.

"후회하고 있구나. 내가 잘못 판단한 것 같구나. 어쩌면 영원히 다시 만나지 못할 터인데 떠나기 전 부산 부두에서 다시 한 번 어머님을 만났어야 했을 터인데. '어머님을 사랑한다고 또 영원히 잊질 않을 거라고, 혹시 내가 사망했다는 소식을 받아도 우리 다시 천국에서 만날 수 있으니, 너무 슬퍼하지 마시라고' 이 말씀을 꼭 전 했었어야 했는데 이미 늦었구나."

뱃고동이 울리고 얼마 후 닻을 올려 한국 해군 배는 부산항을 떠나가기 시작했다. 먼 지평선으로 부산항이 사라질 때까지 마냥 부산 제 2부두 쪽으로만 향하여 서 있었던 대원들은 부산항이 완전히 사라지면서 한 명씩 한 명씩 배낭을 들고 각자 자기 침실로 들어가 짐을 풀고 긴 항해를 시작했다. 배 안에서 머무는 동안 특별한 훈련도 없이 따뜻한 한국 음식을 먹으면서 저녁에는 한국 영화를 보며 편지를 쓰는 조용한 시간을 가질 수 있었다.

월남에 가까워 왔나보다. 4일째 되는 새벽에는 미군 전투기들이 우리 해군 배 위를 몇 차례 선회하고 있었다. 적들로부터 우리 해군 배들을 보호하기 위하여 한 번씩 불규칙적으로 왔다가 어디론가 되돌아가곤 했다.

드디어 한 시간 후에 월남의 캄란 만(Cam Ranh Bay) 부두에 도착한다는 지시가 내려오고 청룡부대 병사들은 실전 준비 태세에 돌입하여 철모를 쓰고, 완전무장 하고 수류탄 떼를 메고 실탄을 장진 한 채 한명씩 한명씩 하선하여 캄란항에 도보로 진입하기 시작했다. 일대 격전을 예상하고 비장한 결심으로 해안가를 진입하기 시작했다.

그러나 아무런 저항이 없었고 미군들과 그들의 추럭들이 왔다갔다 할 뿐이었다. 늦게야 알게 된 것은 캄란만은 월남전체를 4군(Corps)으로 책임 지역을 구분 한 중 제 2군(II Corps)에 위치한 가장 안전한 지역 중의 하나로서 미군 공군기지와 병참기지가 있는 곳이었다. 우리 청룡부대는 미공군기지와 병참기지를 보호하기 위해 캄란만을 보호할 책임을 맡았다. 3개 대대가 흩어져 일정한 지역을 담당하여 수색작전을 하고, 적들이 야포나 박격포를 가지고 기지 가까이 와서 포격을 할 수 없도록 하며, 적 지상 병력이 미공군기지에 몰래 진입하여 전투기들을 폭파하지 않도록 또 병참기지가 파괴되지 않도록 하는 책임을 맡았다.

어느 날 대대장이 갑자기 출두하라는 지시를 받고 나는 그의 야전 텐트에 들어갔다. 금발의 파란 눈을 가진 미국 여군 병사 두 명이 대대장에게

"얏...얏"

하면서 대대장을 때려 눕힐 것처럼 쳐들어가면서,

"커라디 데먼스츠레이션(Karade demonstration), 커라디 데먼스츠레이션,"을 연발하고 있다가 나를 보고 모두 멈추었다.

대대장은 자기를 때려눕힐 것처럼 하면서 무슨 이야기를 하는지 도무지 이해 할 수 없다면서 설명을 해 달라고 지시했다. '태권도'라고 했으면 즉시 이해했을 터인데 일본의 '카라데'를 '커라디'라고 발음을 했으니 모든 분들이 어리둥절한 모양이었다. 나는 바로 질문을 했다,

"무엇을 도와 드릴까요?"

그 중 한 명은,

"한국 해병대들은 '커라디'를 잘 한다고 소문이 나 있으므로 '커라디' 선수들을 차출하여 미군 부대에 가서 시범을 보여주는 기회를 만들어 주세요. 커라디 시범을 미군 부대에 가서 보여 주도록 부탁하기 위하여 왔습니다,"

라고 했다. 나의 설명을 들은 대대장은 드디어 환하게 웃으면서, 코리언 진셍 티(Korean Ginseng Tea)라고 하며 한 잔씩 권하고 언제 시범을 어디에서 보여줄 것인지를 협의하고 헤어졌다.

한국 해병대의 태권도 시범을 처음 본 미군 병사들은 탄성을 연발했다. 공중을 날라 발꿈치로 나무 판자들을 조각내고, 열 개, 열다섯 개 벽돌을 주먹으로 격파하는 태권도 시범은 그들에게 기적처럼 보였나보다. 금발의 여군이 마이크로,

"과연 귀신 잡는 대한 해병대라고 하더니, 정말 귀신을 잡고도 남겠습니다."

라고 찬사를 보내자 참석장에 나와 있는 미군 관중들은,

"한국 해병대 만세, 한국 해병대 환영."

이라며 모두가 일어나 박수를 쳤다.

어느 날인가 미군 기지 사령관이 우리 부대를 방문하여,

"한국 해병대가 자기들 기지를 방어한 이후 그는 안심하고 밤에 잘 수 있어서 대단히 고마웠다."

고 인사를 하러 왔었다.

통역을 끝내고 그분은 돌아갔다. 그러나 그분의 연설이 현재형 표현이 아니라 현재 완료형임을 나는 즉시 감지했다. 나는 다소 의심스러웠다.

"왜 현재형이 아닌 현재완료형으로 표현했는가? 이곳에 온 목적이 단순히 감사함을 표현하는 것뿐인가?"

그러나 그것이 또한 우리들에게 안전한 이곳 지역을 떠나야 하는 고별의 인사가 될 줄은 모르고 있었다. 그때가 이곳에 와서 방어를 맡은 지 3개월이 끝나가는 시기였다.

제 1군 추라이 지역으로

아니나 다를까 이틀이 지난 후 청룡 부대는 제 2군(II Corps) 지역에서 북쪽으로 월북 정규군들과 더 자주 접전을 벌이며 치열하게 싸우는 제 1군(I Corps) 지역 내에 다낭에 가까운 추라이(Chu Lai) 지역으로 배치되어 그 지역일대를 방어할 임무를 부여 받았다. 그때부터 나에게 고되고 위험하며 또 중요한 책임들을 감당해야 할 줄은 꿈에도 생각해 보지 못했다. 갑자기 나의 전령이 왔다.

"배 중위님, 지금 즉시 지휘관 사무실로 출두하라는 명령이 왔습니다. 즉시 가 보세요."

"그래, 용건이 무엇이라든가?"

"그것은 모릅니다. 즉시 출두하라는 명령뿐입니다."

"작전 보좌관 배성문 중위 대기했습니다."

"자네, 탑재 교육 받은 적 있는가?"

"네, 받은 적 있습니다."

"그럼 배운 것 기억하고 있는가?"

"네, 잘 기억하고 있습니다. 지금도 순서와 원칙들을 잘 기억하고 있습니다."

"그럼 잘 되었다. 배 중위, 탑재장교로 임명하네. 실수 없도록 하고, 지금부터 우리 병력과 모든 장비들이 완전히 추라이에 도착할 때까지 책임을 지도록. 알겠는가?"

나는 청룡부대 탑재장교(The embarkation officer)로 임명이 떨어졌다. 미 해군 배에선 중위 탐 에반스(First Ensign Tom Evans)가 탑재장교로 임명되어 우리 두 장교가 처음부터 추라이에 도착 할 때까지 부대 이동을 같이 책임 맡게 되었다.

수송 차량, 고사포 등 여러 장비들의 수를 파악하여 두 탑재장교들은 한대씩 한대씩 순서대로 탑재하기 시작했다. 도착 지역에서 적의 기습이 있을 때 대항하기에 필요한 장비와 무기들이 제일 먼저 배에서 내릴 수 있도록 계획해야 되기 때문에 미 해군 탑재장교는 내가 요구하는 순서대로 탑재할 수밖에 없었다. 새벽부터 오후 늦게까지 오랜 시간이 소요되는 작업 중 오후 3시경에 지휘관의 호출이 왔다. 탑재를 중지하고 잠시 휴식을 취하자고 미 해군 탑재장교에게 요청을 한 후 나는 지휘관에게로 갔다. 나의 지휘관은 몹시 불쾌한 표정으로,

"아무리 정장을 하지 않고, 넥타이를 메지 않고, 철모를 쓰고 있지만, 배 중위, 내가 한국 해병대 지휘관인데 미 해군 배의 함장실에 식사 초대를 받고, 적절한 대우를 받아야 할 것 아닌가! 오늘 저녁부터 정식으로 초대받도록 잘해봐,"

라고 요구했다. 나는,

"알았습니다. 노력해 보겠습니다,"

라고 대답했다.

"아니 노력은 간주 안 해. 결과만 지켜볼 거야,"

라고 지휘관이 다시 요구했다.

"알았습니다,"

하고 나는 대답했다.

나는 미 해군 탑재장교와 연락장교에게 가서 따지기 시작했다.

"오늘 점심 때, 왜 한국 해병대 지휘관을 너희 함장이 초대하지 않았는지 이유가 무엇인가? 왜 나의 지휘관을 너희 지휘관이 대우 해주지 못하는 이유가 무엇인가? 오늘 저녁부터 초대할 것인가?"

하고 단도직입적으로 문의했다. 갑자기 나의 공격을 받은 에반스 중위는 다소 당황하면서 가서 알아보겠다고 했다. 약 30분 후 되돌아온 미군 탑재장교는 울상이 되어 나왔다.

"분명히 거절을 당했구나. 무슨 방법이 없을까?"

하고 생각 중인데, 그는 다소 미안한 표정을 지으면서,

"함장이 안된다고 하더군. 정말 미안해. 내가 최선을 다해 보았는데."

"왜 안 된다고 하는지 회답을 주어야 한다. 무슨 이유인가?"

하고 따졌다. 대답이 궁한 그는 다시,

"내가 갔다올께,"

하면서 함장실로 갔다. 되돌아 온 그는,

"지금까지 보병부대를 이동시키는 중에 한번도 보병부대 지휘관을 함장실에 초청하여 식사를 같이 한 적이 없었다고 이야기하더라."

"아니, 보병부대 지휘관들을 그렇게 무시했단 말인가! 장교는 국제신사 아닌가? 만약 너희 함장이 나의 지휘관을 함장 식당에 초대

하지 않으면 나는 탑재를 지금부터 중지할거야. 탑재 못해. 밀림을 뚫고 땅을 기어 포복하는 지상군 한국 해병들은 장교 사병 할 것 없이 옷을 갈아입을 수 없어서 땀 냄새가 나는 줄 나도 잘 안다. 아마, 마늘과 김치 냄새도 날 거야. 그러나, 이곳은 전투지역 아닌가? 그 것을 이해 못하면 한국군과 미군이 우방군이라 할 수 있나? 너희 함장이 며칠 몇 시까지 한국 해병대를 추라이에 이동 완료하라는 명령을 사이공 본부에서부터 받았을거야? 다시 가서 오늘 저녁부터 나의 지휘관이 함장식당에 초대받지 않으면 내가 처벌을 받아도 좋으니 탑재를 중지한다고 전해주렴."

나는 즉시 마이크를 잡고,

"탑재장교 배 중위입니다. 앞으로 나의 명령이 떨어지기 전에 미군 탑재장교의 일방적인 명령에 응하지 않길 바랍니다,"

하고 선언했다. 에반스 중위는,

"식사 초대는 나의 소관 사항이 아닙니다. 빨리 탑재를 계속 하십시다. 시간이 촉박합니다. 오늘 저녁까지는 탑재 완료해야 합니다. 그렇지 않으면 계획에 차질이 옵니다,"

라며 다음 장비를 적재 하려고 시도했다. 그러나 나의 병사들이,

"루테는 배(Lieutenant Pae) 노(No),"라며 서툰 영어로 그러나 분명하게 "아니오"라며 호응하지 않았다.

우리 병력과 장비의 탑재가 중지되어 휴식이 취해진 후 시간이 지나도 그의 명령에 움직이질 않는 것을 본 후 다소 당황한 모습으로 세 번째 함장실로 걸어가고 있었다.

"세상에 무슨 인연이 있길래 이렇게 만나 서로 줄다리기를 하고

있구나."라고 나는 혼자 중얼거렸다.

약 20분이 지나 그는 얼굴에 희색이 만연하여 걸어오고 있었다. 일이 잘 해결되었음을 예측했다. 그는,

"함장님이 드디어 초청 승인을 했다. 너희 지휘관과 2명을 더 초청하니까 오늘 저녁부터 하선할 때까지 함장식당으로 오도록. 그런데, 한가지 부탁이 있어. 3명이 함장실에 올 때 땀 냄새 안나는 옷으로 갈아입고 오도록 꼭 전해주게."

"아무렴, 그야 문제없지. 너희 배 안에 세탁기가 있지?"

라고 물었다.

나는 나의 지휘관 보좌관에게 내용을 전하고 깨끗한 차림으로 가도록 부탁하고 곧 탑재를 계속했다. 탑재를 완료하고 저녁 식사를 끝내고 오후 8시가 되어서야 휴식을 취하려는 데 또 지휘관이 나를 불렀다.

"네, 배성문 중위 대기했습니다."

"아, 배 중위인가? 오늘 수고했어. 덕분에 오늘 저녁 정찬에는 스테이크 (Steak)를 먹었지. 또 미제 아이스크림도 먹고. 아무튼 수고했어."라며, "이 말을 전하려고 불렀네. 그만 가보게."

그 다음날 오후 8시에는 미 해군 탑재장교 에반스 중위가 나를 찾아 왔다. 나를 보자마자 그는 나에게 따발총을 쏘는 것처럼 퍼부어 대기 시작했다. 나는,

"어제는 나의 차례였는데 오늘은 너희 차례이구나. 무슨 못 마땅한 일이 일어났는가? 음성을 낮추고 여기 앉아서 차근차근 하게 이야기하자."

라고 의자를 권했다. 그는 앉자마자,

"아니, 한국 해병대들은 거지들인가?"라고 물었다.

"아니, 이게 무슨 말씀인가? 우리가 왜 거지란 말인가? 6.25 전쟁 때 너희들이 한국에 와서, 자유와 민주주의를 보호하기 위하여 같이 피를 흘리고 한국을 방어해준데 감사하여 그 보답으로 이곳 월남에 와서 너희들과 같이 피를 흘리고 싸우는데 무슨 거지 운운하게 되었나? 무슨 이유인가?"하고 항의했다.

"본론부터 시작하게나. 무슨 일이 있었단 말인가?"

하고 다시 문의했다. 에반스 중위는,

"한국 해병대 병력이 자기들 함선에 탑승한 후 꼭 24시간 동안 기껏 3끼를 제공했는데, 같은 수의 미군 병력이 1주일 먹을 음식 분량을 깨끗이 먹어치웠다네. 스테이크(Steak), 닭 튀김(Fried chicken), 햄(Ham), 달걀(Egg), 프랜취 토스트(French toast), 파이(Pie), 케익(Cake), 아이스크림(Ice cream) 할 것 없이 한번 담아서 먹고, 또 줄을 서고, 또 줄을 서서 담아서 먹고, 미군 취사병들은 아침 취사 시간이 끝나도, 점심 취사 시간이 끝나도 줄이 서 있어서 계속 음식을 식당으로 나르느라고 그들도 전혀 휴식을 할 수 없었단다,"

라고 불평을 늘어놓았다.

"아니, 그게 정말인가? 정말 미군 병사들이 1주일 동안 먹을 음식을 우리 해병대원들이 1일 만에 다 해 치웠단 말인가?"

하고 나도 되물으면서 자존심이 몹시 상했다. 나는,

"에반스 중위, 나 너무 부끄럽네. 그러나, 한국 해병대는 귀신 잡는 병사들이다. '1 당 100' 이다."

에반스 중위는, "1당 100 이라니 그게 무슨 소리야?"

"1당 100은 1당 100 이지 뭐야. 우리 해병대 1명은 적 100명을 깨끗이 해치운다는 그 말씀이야. 그러니까 우리 해병대원 한 명은 100명이 먹을 것을 다 먹어도 된다는 그 말씀이야. 우리 해병 1명이 적 100명씩을 해 치울 테니까 그렇게 알고 있으면 좋겠는데. 우리 부대가 생명을 걸고 싸우기 위하여 최전방으로 투입되는데 먹은 음식 분량이 많고 적고는 적절한 항의가 될 수 없다. 이것은 엄청난 사기(士氣) 문제이다. 둘째, 3일만 더 지나면 목적지에 도착하여 하선을 하게 된다. 그러니 이 문제로 우리들이 왈가왈부 하지 않는 것이 어떠하겠나? 우리 병사들이 하선한 후에 후한 대접을 받았다는 것을 알리고, 우리 지휘관이 사이공 사령부에 너희 지휘관의 훌륭한 협조를 칭찬하는 공문서를 보낼 테니까 그 분의 진급에 도움이 되질 않겠나. 너희 함장님께 가서 귀뜸이나 해 주렴,"하고 부탁했다.

"배 중위, 우리 함장님, 이 소식 들으면 대단히 기뻐하실 거야. 그럼 내일 또 만납시다. 좋은 밤 되길 바랍니다. 안녕."

"역시 좋은 밤 되길 빌면서. 안녕,"하고 헤어졌다.

아무도 에반스 중위와의 대화와 흥정을 알 리가 없었다. 그러나 그 다음 날도, 또 그 다음 날도 우리 병사들에게 엄청나게 후한 음식 대접을 받는것을 식당에서 몸소 목격하면서 흐뭇했다. 나는 묻고 있었다.

"하나님, 나의 하나님, 월남 전투에서 저를 잘 사용하기 위하여저에게 영어 공부를 열심히 시켰습니까? 그렇습니까? 그것이 전부입니까?"

4일 동안 밀고 당기고 흥정을 하며 그와 친해지기 시작할 무렵, 에반스 중위와는 작별을 고하게 되었다. 에반스 중위는,

"배 중위, 무사히 작전을 마치고 귀국하길 바랍니다."

"에반스 중위, 역시 무사히 귀국하길 빌겠습니다. 안녕."

32기 중위와 해사 17기 중위들은 대위로 승진했다. 그것도 "임시대위"이다. 대위와 꼭 같은 월급을 받고 대위의 직책들을 맡을 수 있게 되었다. 이유는 간단했다. 대위 계급의 장교가 절대적으로 부족했기 때문이다. 나에게는 직책상 아무런 차이가 없었다. 그러나 대위 월급을 받게 되어 감사한 마음이 들었다.

이윽고 추라이에 도착했다. 살벌한 분위기이다. 해변가를 끼고 빽빽이 들어선 밀림이 한눈에 들어왔다. 각 대대 별로 책임구역(The tactical area of responsibility)(TAOR)이 정해져 있었다. 제 3대대는 여단 본부에서 가장 멀리 떨어진 훨씬 전방으로, 밀림지대 가까이 진을 치기 시작했다.

밀림지대에 숨어있는 적들을 찾아낸다는 것은 거의 불가능한 일이다. 울창한 나무들을 화학 탄을 사용하여 완전히 불살라 버린다는 것도 엄두를 낼 수 없다. 조그마한 지역이 아니고 거대한 열대지방의 밀림지대를 완전히 벌초를 하는 것은 불가능이다. 그러니까 적들이 항상 공격을 취하고 즉시 도망가서 숨을 곳이 있다. 날씨가 열대지방 이니까 춥지 않고, 야자수, 바나나, 기타 열매들이 어딜 가나 있기 때문에 음식물을 현지 조달 할 수 있고, 월북에서 남쪽으로 흐르는 많은 강들이 있어서 실탄과 무기를 밤에 계속 공급을 받고 보면 대대적인 월북의 수도 하노이, 중요한 적의 항구도시 하이퐁을

공격하여 쳐 들어가기 전에는 미군이 이길 가능성이 희박하다는 것은 자명한 사실이다.

　우리 부대는 매일 밤 적들을 교란하고 또 차단할(Harassment and interdiction=H & I) 목적으로 불규칙적으로 박격포를 책임구역 내에 발포하였다. 이렇게 하는 것은 적들이 밤에 언제 어디로 포탄이 날아올지 모르게 하여 우군 기지로 쳐들어오는 가능성을 줄이기 위한 것이다. 또 해가 뜨면 수색을 나가기 시작한다. 이것은 우리 부대가 출동함으로써 병력 이동을 적들에게 미리 알려 도망가게 하는 것이 주된 목적이다.

지옥의 아수라장

제 3대대에서 제 2중대는 항상 예외 같았다. 제 2중대 중대장은 해군사관학교 출신으로 용감하고 두려움이 없었다. 그는 중대 대원들을 통솔하여 책임구역을 두려움 없이 수색작전을 해나갔다.

"중대장님, 너무 용감하게 적진으로 들어가면 우군 인명에 피해를 입을 가능성이 많이 있질 않습니까?"라고 우려를 표시하면,

"염려하지 말라. 용감한 부대에는 적들도 겁이 나서 감히 덤벼들지 못하나 보다. 아직까지 한번도 접전을 받지 못 했으니까! 오늘도 훈장을 탈수가 없군,"

하면서 그날도 안전한 귀대를 보고해 오곤했다.

그 반면에 덩치가 크고 거인인 역시 해사출신 제 1중대장은 정 반대였다. 수색 작전을 나가는 것을 항상 주저하고, 염려하며, 무척 조심스럽게 주어진 책임구역을 조금씩 조금씩 수색하는데도 적들의 도전을 받는 일이 자주 있었다. 어느 날 오후 늦게 땅거미가 질 무렵, 제 1중대 제 1소대장이 무전으로 다급하게 요청이 왔다.

"우리 소대가 밀림으로 진격하는 도중 집중 사격을 받고 계곡에 엎드려 있다. 머리만 들면 집중적인 사격을 받는다. 적들이 완전히

숲 뒤에 숨어있어 도저히 빠져나갈 수 없다. 빨리 지원을 해달라,"

고 요청해 왔다. 지원 병력이 즉시 출발해도 깜깜해 질 때까지 그곳에 도착 할 수 없어서 걱정이 되었다. 박수정 대위는,

"적들이 가까이 쳐들어오는지, 적의 동향을 알기 위하여 머리를 들면 적의 총알이 철모를 때리고 '쉬~~잉' 하고 탄알이 날라온다. 또 들면 적의 총알이 철모를 때린다. 책임이 있는 분대장들만 머리를 들어 상황을 파악하려 한다. 그때마다 한 명의 분대장이 부상을 입었다. 분대장들이 모두 부상을 당하고 보면, 사병들은 아예 머리를 쳐들어 볼 생각조차 없나 보다. 이제 머리를 들어 상황을 파악해야겠다고 필사적으로 머리를 드는 전우는 단 한 명 소대장뿐이다. 적들도 이제 소대장 쪽으로 총공세다. 머리를 움직이기만 하면 수없이 많은 총알들이 철모를 스쳐지나간다. 벌써 포위망에 걸려 전진도 후퇴도 하지 못하고 엎드려 있길 4시간이 지났다. 이렇게 해도 죽고 저렇게 해도 죽을 수 밖에 없다. 아무리 헤어나오려고 해도 포위가 되어 머리만 들면 퍼부어 대는 적의 사격을 피할 수 없다,"

며 소대장은 자기의 위치 좌표를 불러준다.

"나의 소대 위치에서 150야드 밖에서부터 조금씩 안으로 140, 130,120, 110, 100,90, 80, 70, 60 야드 점점 가까이 자기들 머리위에까지, 배 대위, 박격포 사격을 부탁한다. 우리 병력도 죽고 또 적들도 하나도 빠짐없이 다 죽이도록,"

최후의 결심을 했노라고. 대대장님이 나를 불렀다.

"배 대위, 박격포를 쏘면, 우리 병력도 다 죽는다. 박 대위의 비장한 결심을 충분히 이해하지만, 아군들을 살리며 적들을 섬멸하는 방법이

없을까? 미군 제트기의 지원 사격을 요청하도록 빨리 연락하게."

나는 미 공군 전투부대를 호출했다.

"여기는 한국 해병대, 미 공군 전투부대 나와라,"오버.

"여기 미 공군 전투부대다," 오버.

"여기 한국 해병 배 대위이다. 그곳 부대장 바꾸어 달라," 오버.

"여기 미 공군전투부대장 윌슨 중령(Lt. Colonel Wilson)이다," 오버.

"좌표 x x x o o o 위치에, 전투사격 요청한다. 계곡에 매복되어 있는 병력은 우군이다. 피해입지 않도록 하며, 그곳을 포위한 지역을 중심으로 멀리서부터 안쪽으로 가면서 지원 폭격을 요청한다. 단 어느 한 쪽으로 적들이 후퇴 할 수 있는 여유를 두고 그 지역을 제외하고 지원폭격을 하도록. 복창," 오버.

"알았다. x x x o o o 좌표를 중심으로 멀리서부터 점점 안으로 그러나 적들이 후퇴 할 수 있도록 어느 한 부분을 제외하고 폭격하기 위하여 F-14 전투기가 2분내에 출격한다." 오버.

"우리 병력을 구해 내는 것이 주된 임무이고 적들을 섬멸하려다 아군들을 피해 입히지 않도록 당부한다. 또 아군이 후퇴하여 나오는 것을 적들이 볼 수 없도록 연막탄 터뜨려 주기 부탁한다. 복창," 오버.

"우리 병력 구출이 주된 임무임을 명심하겠다. 연막탄을 당연히 터뜨리겠다." 오버.

"잘 알겠다," 오버.

전투기의 요란한 폭격 소리가 하늘을 진동하고 삶과 죽음의 기로에서 무려 6시간 동안 계곡에 엎드려 머리를 들 수 없었던 박 대위 소대는 땅 거미가 지고 깜깜 해 질 때야 부상 전우들을 등에 엎고

진흙 투성이의 전투복에 장비를 들고 밀림지역 밖으로 나오며 대기했던 헬리콥터에 탑승하기 시작했다. 전후방의 구분이 없고, 적지와 아군 지역의 구분이 없는 게릴라 전쟁의 첫 번째 도전을 체험했다.

전방의 박 대위 대원들만큼이나 나도 지쳐있었다.

"작전 보좌관님, 무전 연락이 왔습니다."하고 수화기를 내준다.

"네, 작전 보좌관 배 대위입니다."

"소대장님, 저는 전방 제 3소대 이말용 병장입니다."

"이말용 병장이라? 자네, 내가 소위로 임진강 지역에서 소대장으로 근무할 때 나의 소대 대원이 아니었는가? 이말용 병장, 어떻게 전화했나?"

"소대장님, 제가 대단히 지치고 병약한 것 같습니다. 곧 죽을 것 같아 대단히 괴롭습니다. 대대 본부에 데려가서 있도록 해주십시오. 배 대위님 이외엔 아무 빽도 없고 부탁할 분이 없습니다."

하면서 울면서 간절히 부탁한다. 벌써 몇 차례에 걸쳐 생사의 기로를 헤매었는가 보다.

"아니 누구를 후방으로 빼 돌리고 누구를 전방에 있도록 할 수 있나? 내가 소대장으로 데리고 있던 소대 대원 모두를 꼭 같이 아끼고 있는데 어떻게 너만 후방으로 데려올 수 있나," 하고 단호히 거절했다.

야전침대에 누웠으나 이말룡 대원의 애절한 부탁이 자꾸만 메아리치고 잠을 설쳤다. 갑자기 어머님의 얼굴이 떠오르면서,

"작전 장교님, 월남에서 근무를 마치고 귀국 할 때 저희 아들을 살려서 꼭 같이 귀국 하셔야 됩니다," 하는 음성이 들려왔다.

이말룽 병장에게도 어머님이 계실 것 아닌가!

먼동이 트고 날이 밝아오자 중대장을 불렀다. 물론 그는 나보다 선임 장교이다. 그러나 대대 본부 작전 보좌관의 부탁이니까 거절을 할 수 없을 것이다:

"중대장님, 작전 보좌관 배 대위입니다. 제 3소대 이말룽 병장을 대대 본부로 오늘 일찍 보내 주십시오. 3일 후 귀대시키겠습니다."

"배 대위, 알겠소. 즉시 보내겠소."

"감사합니다."

"소대장님, 이말룽 병장, 도착 신고합니다."

그는 큰 키에 무척 몸이 말라 피골이 상접하여 죽게 되었다.

"3일간 이곳에서 따뜻한 음식을 먹고 쉬도록 해라. 3일 후 원대 복귀해야 된다."

"네, 소대장님, 알겠습니다."

그날도 제 3소대는 수색 및 정찰 작전(Search and Destroy Operation)에 나갔다. 오후 5시에 귀대 해야 할 부대가 7시가 되어도 귀대하지 않았다.

"제 3소대 나와라,"오버. 아무 응답이 없다.

"제 3소대 나와라. 제 3소대 나와라,"오버.

"제 3소대 소대장입니다," 오버.

"어디에 위치하고 있는가," 오버.

"x x x o o o 에 위치하고 있습니다," 오버.

"그 지역은 오후 4시에 이미 지나간 곳이 아닌가?" 오버.

"그렇습니다," 오버.

"그 때 우리 부대가 수색 및 정찰 작전을 하여 앞으로 계속 전진할 때에 적의 포탄 파편 소리가 '쉬~~잉'하고 연발했습니다. 그러나 아무 이상이 없어서 계속 전진했습니다. 그런데 뒤에 따라 오던 제 3분대가 없어져서 되돌아와서 찾는 중입니다,"

라고 소대장은 이미 목이 메어 있었다.

"소대장, 어떻게 되었는가?" 오버.

"중대장님, 대대장님, 우리 소대 제 3분대 13명 모두 즉사하고, 팔, 다리, 머리들이 잘려 사방 팔방으로 흩어져 있습니다."

그의 음성은 떨렸고 말을 계속하지 못했다.

"더 자세히 설명하게나!" 오버.

"13명 모두가 적의 포탄 파편에 맞아 즉사했으며 그 때 우리들은 신음소리조차 듣질 못했습니다. 아마 적의 포탄 파편소리를 들은 병사들은 살아서 계속 전진했고, 파편소리를 듣지 못한 병사들은 모두 파편에 맞아 즉사 했는가 봅니다. 신음소리 전혀 듣지 못했습니다." 오버.

내가 소대장으로 있던 부대가 아닌가? 나는 즉시 수화기를 들고,

"사망자 명단보고 해 주도록," 오버.

"구상용, 박기영,"하고 한 명씩 한 명씩 불러 준다. 나는 갑자기 나의 위장이, 나의 몸속의 모든 장기들이 거꾸로 뒤집혀지는 것 같은 느낌이 들었다. 갑자기 배가 뒤틀리고 가슴이 아파오기 시작했다. 견딜 수 없어 나의 벙커로 들어갔다.

구상용 대원은 경남 진주가 고향이다. 자그마한 키에 항상 웃음을 짓고 제대할 날들을 기다리는 중에 월남으로 명령이 떨어졌다. 박기

영 대원은 충청도가 고향이며, 키가 크고 전우들에게 모범이다. 항상 씩씩하고 분위기 조성을 위하여 노력해 왔다. 크리스마스와 년말에 서로들 둘러앉아 막걸리 한잔씩 들고 임진강을 끼고 전방 기지에서 군가 부르던 그들의 모습이 주마등처럼 지나가고 있다. 전사한 13명은 모두 내가 소대장으로 있을 때 데리고 있던 대원들이다.

"왜 하필이면, 그들이 전사해야만 했습니까? 왜? 나의 하나님," 하며 배를 움켜쥐고 신음을 하고 있었나보다. 전령이 냉수 한 컵을 가지고 왔다. 미쳐 마시기도 전에,

"배 대위님, 제 3중대 제 1소대 소대장입니다. 무전 받으세요."

"작전 보좌관이다," 오버.

"우리 소대는 밀림지역을 수색하다 좌표를 잃어버리고 몇 시간 헤매고 있습니다. 빨리 헬리콥터를 불러 우리를 찾아 구출해 주기 바랍니다," 오버.

넓고 광활한 밀림지역에서 헬리콥터를 타고 아군의 위치를 찾아다니는 것은 너무나 위험한 일이다. 헬리콥터의 비행소리는 적의 최우선 사격 목표이다. 좌표를 잃고 밀림지역에서 헤매는 경우 틀림없이 내가 책임을 지는 일이다. 미군 조종사와 자유롭게 영어로 의사소통 할 수 있는 장교가 우리 대대내에 아무도 없기 때문이다. 생명을 걸고 구출작전을 해왔다. 어느 때와 마찬가지로 이번에도 실종부대 구출을 위하여 미군 헬리콥터를 불러왔다. 철모를 쓰고, 방탄조끼를 입고, 헬리콥터에 탑승하기 직전 작전참모 고소령이,

"배 대위, 이번에는 가지 말고, 다른 상사 한 명을 보내라, 대대 본부에 배 대위가 있어야 한다," 며 가지말도록 단호히 명령했다.

헬리콥터가 떠난 후 약 20분 후에 연락이 왔다.

"아군 헬리콥터 적의 포탄에 맞아 공중에서 심하게 요동하며 지상으로 추락하고 있다."

미군 조종사의 떨리는 목소리다. 곧 불꽃과 연기가 하늘을 치솟는다.

"하나님, 나의 하나님, 고 소령에게 무슨 영감을 주셨습니까?"

라고 나 혼자 중얼거리고 있을 때,

"배 대위, 빨리 구출 작전 부대를 동원하고 또 다른 헬리콥터 공격 부대를 요청하여 조종사들 시체도 구하고 우리 실종부대도 데려오자," 고 빨리 서둘도록 작전 장교가 호통을 치고 있었다.

나는 그곳에서 팔방미인 역할을 했다. 한국에서 파병된 우리 청룡부대는 순전히 지상 보병부대, 포병부대와 공병부대뿐이었다. 적의 공중 폭격요구, 우군에게 탄약과 식량보급 요청, 부상병 후송에 이르기까지 거의 모든 지원들을 미군들에게서부터 받아야 하기 때문에 나는 잠시도 휴식을 취할 수 없었고, 다른 장교들처럼 휴가를 가거나 사이공 혹은 뱅칵(Bangkok) 같은 외국 관광 지역으로 휴가(Rest and Recuperation)(R & R)는 더 더욱 불가능했다.

어느 날 오후 3 시경에 우리 책임지역으로 깨끗하게 새 옷을 입은 월남 민간인들이 -아이들, 젊은 청년들, 아낙네들, 할아버지, 할머니들이- 꽹과리와 북을 치면서 우리 전방기지 가까이 접근해서 불교식 합장을 하며 절을 했다.

"고기는 물에서만 살 수 있다. 물을 빼면 고기는 죽을 수밖에 없다. 월남 민간인들에게 잘 해 주어야지. 그래야만 그들이 적의 활동과 월맹 군 상황을 잘 알려 줄 것이 아닌가,"

하고 우리 부대는 깡통 음식, 담배 등을 후하게 주어 보냈다.

그들은 음력 추석이라면서 우리 부대 진지들을 지나 성묘하려 간다고 했다. 그러나 그들이 아군의 방어 진지구축이 어떻게 되어 있고, 아군들의 배치가 어떻게 되어 있는지를 정탐하러 온 것을 상상하지 못했다. 그들이 월맹 군의 첩보인지를 상상하지 못했다.

그날 밤 새벽 1시 '추석의 밤'은 '지옥의 밤'으로 변했다. 갑자기 총성이 들리며 박격포 세례를 퍼부어 왔다. 이어 무려 3시간 동안 총검술이, 각개 작전 싸움이, 대검으로 찌르고 죽이는 전투가 벌어져 피바다가 되었다. 아군들을 몰살시킬 계획을 세운 베트콩의 기만술에 우리들은 속절없이 속아 공격을 당한 것이다.

"제 2중대장이다. 작전 보좌관 급히 나오라!" 오버.

"작전 보좌관이다," 오버.

"총검술에서 다친 우리 부대 대원들 빨리 후송해야 된다."

대답을 할 사이도 없이,

"여기는 제 2중대장이다. 피를 많이 흘려 두 명은 이미 숨을 거두었다. 빨리 헬리콥터로 후송하지 않으면, 부상을 입은 대원 모두 생명이 위험하다. 비명의 소리 들리는가? 더욱 커져만 가고 있는 비명의 소리 들리는가? 작전 보좌관 빨리 조처해달라!" 오버.

나는 즉시 미군 의무 헬리콥터 부대에 연락하여 부상자들을 헬리콥터 (Medical evacuation helicopter) (Medivac)로 후송하도록 요청했다. 그러나 '메드백'의 응답은

"칠흑 같이 어둡고 깜깜하며 치열한 육박전이 벌어지고 박격포 탄

이 계속 날아오는데 미군 헬리콥터후송 조종사들이 생명을 걸고 즉각 출발하기를 주저하고 있다. 전투가 끝날 때까지 기다리자,"

라고 했다. 전방에선 계속 부상자 후송을 요구하는 무전이 끊어지지 않는다. 나는 다급했다. 다시 메드백을 불렀다.

"여기는 한국 해병대 작전 보좌관 배 대위다. '메드백' 나오라. '메드백' 나오라," 오버.

"메드백"이다," 오버.

"한국 해병대이다. 부상자들을 급히 후송 해야된다. 5분 전에 두 번째 출동을 부탁했는데, 아무 응답이 없다," 오버.

"지금 출동할 수 없다," 오버.

"왜 출동 할 수 없단 말인가? 한국 해병대 대원들은 너희 미군 부대 대원들보다 그 생명이 덜 중요하단 말인가? 귀관의 계급은 무엇인가? 너희 부대 부대장을 바꾸어 달라," 오버.

"메드백 부대장 매이선(Lieutenant Colonel Mason) 중령이다," 오버.

"한국 해병대 3대대 작전 보좌관 배 대위이다. 빨리 부상자들을 후송해 달라."

미군 의무 부대장은,

"배 대위, 오늘 밤 한국 해병대 부상자들을 후송하는 도중 우리 '메드백'이 다 파괴되면 내일부터는 의무후송을 할 수 없는데 어떻게 하겠나? 이와 같이 치열하게 싸우는 곳에 들어갔다 모든 헬리콥터들이 모두 파괴되면 안 돼!"

라며 거절을 했다. 나는,

"내일 일은 내일 걱정하고 오늘 밤 우리 부대 부상자들 한 명도 남김없이 즉시 후송 치료해야 한다. 거절하면 귀관은 책임을 져야 한다."

나는 할 수 없이 최후의 통첩을 알리고 있었다.

"귀하가 '메드백' 헬리콥터를 3분내 출동을 거부하면 사이공 본부에 보고하여, 귀관을 군법에 회부시키도록 하겠다..." 오버.

나의 음성이 점점 높이 올라가며 미군 의무 헬리콥터 후송 부대장과 설전을 벌이고 있었다. 대대장, 작전참모, 정보참모, 모든 다른 참모들은 나를 쳐다보고 놀라는 표정이다. 약 3분 동안 아무런 회답이 없었다. 기다리는 3분은 3시간, 3개월, 3년보다 더 길고 지루했다. 전방에선 부상자들이 계속하여 의식을 잃어가고 있다고 아우성이다.

"배 대위, 배 대위, 빨리 나오라. 우리 의무 '메드백' 조종사들과 헬리콥터가 다 파괴되는 희생을 각오하고 지금 출동시키겠다. 헬리콥터가 착륙해야 할 위치는 어디인가?" 오버.

포기하고 절망에 빠져 있었는데 너무나 반가운 소식이다.

"의무 부대장 윌슨 중령, 헬리콥터 착륙 위치는 x x x o o o 좌표이다. 너희 '메드백' 헬리콥터와 조종사들의 안전을 위하여 헬리콥터 착륙지대(The landing zone)를 3겹으로 에워싸고 최대한의 안전을 도모하도록 하겠다. 헬리콥터가 가까이 가면 네 개의 전지 불이 공중으로 켰다 꺼졌다 할 것이다. 그곳이 안전 착륙 지역이다." 오버.

나는 즉시 전방 중대장에게 안전 착륙지대를 세겹으로 에워싸고 전지를 사용하여 하늘로 향하여 4개의 전지불이 동시에 켰다 꺼졌다 하도록 부탁했다.

약 2시간에 걸쳐서 부상병들은 한 명씩 한 명씩 모두 의무 부대로 후송했다. 이미 먼동이 트고 있었다. 나는 대대장님에게,

"대대장님, 부상자 후송 완료보고 합니다."

갑자기 대대장과 다른 참모들은

"배 대위 최고야,"

하며 함성을 터뜨렸다. 그 때서야 긴장이 풀리고 배가 고파오는 것을 느꼈다. 밤새도록 물 한잔 마시지 못하고 긴장과 초조함으로 부상병 생명을 구하기 위하여. 먼동이 트면서 나는 나의 야전 텐트에 들어가 무릎을 꿇었다.

"하나님, 나의 하나님, 밥을 굶어가며, 사망의 음침한 골짜기를 거닐면서도 포기하지 않고 공부를 열심히 했더니, 이곳 월남에서 부상당한 우리병사들을 지체하지 않고 후송하여 그들의 생명을 구하는데 저를 사용하실 계획이었습니까?"

라며 감사기도를 드리고 있는 중 나의 전령이 왔다.

"작전 보좌관님, 시장하실 터인데 제가 라면을 준비했습니다. 드시고 주무세요."

"그래 고맙다. 정말 너무 배가 고프다. 고마워,"

하며 라면 한 그릇을 먹었다. 날이 밝아지자 여단 참모장님이 제3대대를 찾아왔다. 부대 현황보고를 받고,

"지난밤, 우리 부대가 늦게 진지를 옮겨둔 것이 적들에게 커다란 혼돈을 주었고, 방어 작전에서 혁혁한 전과를 올릴 수 있었다,"

며 격려를 해준 후, 여단 본부로 돌아가려고 했다.

청룡 부대장 전속부관

참모장님은 갑자기 제 3대대장에게,

"배성문 대위 어디있나?"

고 문의했다. 대대장은 천막 안을 두리번거리더니,

"배 대위 천막 제일 뒤 위치에 있습니다,"

라고 답했다. 참모장은,

"배성문 대위, 이리 나오게."

"네,"

하고 나는 참모장에게로 가서 거수 경례를 했다.

"지금 당장 장비를 꾸려서 나의 헬리콥터 편으로 여단 본부에 가자. 귀관은 오늘부터 청룡부대장님 전속부관으로 임명되었네."

나는 한동안 말문이 막혔다.

나는 이 세상에 나를 도와 줄 수 있는 빽이라고는 단 한 명도 없다. 어떻게 하여 여단장님 전속부관으로 발령이 났는가? 아무리 생각해도 이해할 수 없었다. 대대장님, 작전참모님, 다른 참모들 모두 상상하지 못한 일이 일어났는지 한동안 나를 쳐다만 보고 있었다.

나는 정신을 가다듬어,

"참모장님, 제가 이곳 전방에서 5개월 동안 생사고락을 같이 해왔습니다. 작별인사라도 하고 떠나도록 시간을 허락해 주십시오. 오늘 오후 3시까지 여단 본부에 도착하여 여단장님께 전속부관 신고를 올리겠습니다."

라고 간청했다. 참모장은 흔쾌히 허락하면서,

"헬리콥터를 보내 줄 터이니 오후 3시에 여단본부 참모장실로 와서 나와 같이 여단장님께 가서 신고하도록," 일러주었다.

대대본부에서 나는 가장 계급이 낮은 장교였기 때문에 밤마다 2시간씩 교대로 야간 근무를 해야했다. 내가 두 시간 밤에 근무 한 후 다른 선임 참모들에게 인계하기 위하여 깨우면 화를 버럭내면서 깨운다고 나를 미워하곤 했다. 한두번씩 깨우다가 포기하고 내가 계속하여 밤에 근무한 적이 너무나 많았다. 오늘 여단장님 전속부관으로 임명되자 그들이 나에게 와서 얼굴이 하얗게 변하면서,

"배 대위, 야간 근무 관계로 여러 번 화를 낸 것 용서하오. 정말 미안합니다. 앞으로 잘 부탁합니다. 꼭 도와주기 바랍니다."

라고 하면서 백팔십도로 그들의 태도가 바뀌는 것을 보았다.

대대장님도, 작전참모님도 그동안 수고 많이 했다면서 이별을 고하고, 부 대대장님은,

"한국에서 나의 아내로부터 보내온 고추장과 깻잎이 있으니 점심을 같이하자,"고 했다. 모처럼 고추장과 깻잎으로 점심을 먹고 오후 여단 본부로 가서 여단장님께 신고를 했다.

나는 참모장님께, "참모장님, 어떻게 하여 부족한 저를 여단장님 전속 부관으로 임명하게 되었습니까?"라고 문의했다.

"여단장님의 작전회의실에는 제 1대대, 제 2대대, 제 3대대의 주파수에 맞춘 무전기가 각각 있으며, 각 대대에서 일어나는 사항들을 여단장님과 여러 참모들이 자세하게 청취하여 잘 알고있네. 그날 밤 미군 의무 헬리콥터 부대장과 설전을 시작하여, '메드백'을 출동시키고, 안전 착륙지대에 3겹으로 포위 안전대책을 강구하고, 전지불로 신호를 주어 안전 착륙시켜 초를 다투는 생명이 위험한 모든 부상자들을 한 명도 남김없이 처음부터 끝까지 신속하게 후송시키고, 대대장에게 최종 책임 완수보고까지 밤새도록 청취한 뒤, 여단장님은, '배성문 대위가 누구인가? 아주 조직적이며 철두철미하게 일을 처리한 것과 우리 여단에서 영어를 최고로 잘하는구나,' 라고 말씀하셨어. '미군 및 월남 지휘관들과 작전 및 협조할 일들이 많으니까, 배성문 대위가 전속부관으로 최적격자야,' 라고 하셨어. 다시 말하면, 여단장님께서 직접 귀관을 알게 되었고 직접 자네를 뽑은 것이나 마찬가지일세."

전방부대 초급장교가 어느 날 갑자기 여단장님 전속부관이 되어 장군 표시판이 부착된 전용 헬리콥터로 장군을 모시는 책임을 맡게 되었다. 그날부터 대위, 소령, 중령, 대령들을 포함한 모든 영관급 참모들은 나에게 잘 대해 주었다. 월남 대통령 밴뚜(Van Thieu), 주 월남 미군총사령관 윌리엄 웨스트 모어랜드 (Gen. William Westmoreland) 4성 장군을 위시하여 많은 중요한 분들을 수 차례 만나는 기회를 가지게 되었다.

1966년부터 1967년의 13개월간 월남에서 근무하면서 중위로서 또 대위로서 받는 월급을 한 푼도 내가 가지질 않고 한국에 있는 불구의 성보형 가족과 어머님께 드리기로 했다. 나도 그때까지 한 푼도 저축을 할 수 없어 주머니가 텅텅 비어 있었지만 내가 살아서 귀국하면 미국에 유학할 계획이며 공부가 끝나고 학위를 받을 때까지 그들을 도울 수 없기 때문에 13개월 월급을 처음이자 마지막으로 성보형에게 주는 것으로 마음을 정하고 다음과 같이 성보형에게 편지를 썼다.

사랑하는 성보형,

내가 월남에서 임무를 끝내고 살아서 한국에 가면 미국에 유학하도록 준비할 계획입니다. 이제 멀리 공부를 하러 가면 아무도 나에게 유학하도록 단돈 1원도 그냥 줄 사람이 이 세상에 없건만 이곳 13개월간 내가 받는 월급을 성보형에게 전부 줍니다. 그 돈을 받아서 될 수 있으면 그냥 놀며 소비해 버리지 말고 저축하여 유용하게 쓰도록 부탁합니다. 유학가면 공부하느라 도와드릴 수 없을 터이니까 이것이 처음이고 마지막으로 드리는 13개월의 나의 월급입니다. 열심히 최선을 다하여 생활하기 바랍니다.

월남 전투지역에서
동생 성문으로부터

13개월의 월급 이외에 전투지역에서의 생명수당으로 한 달에 130

달러($130)를 받았다. 처음 한두 달은 집에 송금을 하다가 다시 생각을 바꾸었다. 유학을 가려면 한국에서 미국까지 비행기표를 살 수 있는 돈은 별도로 있어야지 이것마저 성보형에게 주고 나면 비행기표를 구할 수 없다고 생각하게 되었다. 전방대대에 근무하는 어느날 구의령 선교사님이 떠올라 편지를 썼다.

존경하는 구의령 목사님,

그 동안 건강하시고 가족이 편안한 가운데 하나님 섬기기에 열심히 수고하고 계실 줄 믿습니다. 이곳 월남에서도 하나님의 보호 가운데 저는 오늘까지 무사히 지내고 있습니다.

목사님,

제가 개인적인 부탁을 하고 싶습니다. 귀찮으시더라고 꼭 들어주시기 바랍니다. 이곳 월남전에 근무할 동안 생명수당으로 한 달에 약 130 달러를 받고 있습니다. 이 돈을 매달 구 목사님께 보내겠습니다. 만약 살아서 귀국하고 또 미국 유학을 가게 될 때 최소한 비행기 표를 구입하는데 사용하도록, 구 목사님께서 제가 보내 드리는 이 돈을 미국 돈으로 목사님 이름으로 보관해 주시던지 혹은 저축해 주시기를 간곡히 부탁드립니다.

하나님이 구 목사님 가정에 항상 함께 하시길 기원하오며!

월남전에서 제자 대위 배성문 드림

3주가 지나 구 목사님 회답이 왔다. 혹시 구 목사님께서 거절하시면 어떻게 하나 하고 걱정하면서 봉투를 열었다.

'Dear Sung Moon' 하는 어느 때나 마찬가지로 써보낸 서두부터 읽어 내려갔다. 첫 문구(The first paragraph)가 끝나자 이미 나는 안도의 숨을 쉬고 있었다. 구 목사님께서 기꺼이 자기 미국은행 구좌에 저축을 해주시겠다는 반가운 소식이 왔다. 술도 마시지 않고, 담배도 피우지 않았고, 월남시장에 나가서 어떤 물건도 구입하지 않고 매달 송금을 했다.

13개월의 근무가 끝날 무렵 여단장님은 나를 먼저 한국에 귀국시켜 사전에 여러 가지를 준비하게 하셨다. 귀국하는 장, 사병들, 특히 전방에서 생명을 걸고 싸우는 소총 소대원들을 제외하고는 대부분 피엑스(PX)를 통하여, TV, 스테리오, 등등 여러 가지를 구입하여 장비를 꾸리고 있었다. 여단장님이 출동할 때엔 전속부관인 나 이외에 명사수(Sharp shooter)로 특별히 뽑은 여단장님 경호원이 있다. 그는 기관단총과 권총을 반드시 지참하고 항상 같이 다니게 되어 가까이 지낸 김 중사이다. 그는 내가 귀국하기 위해 꾸린 배낭이 옷가지 이외에 텅 빈 것을 보고 당황하며 미제 커피 몇 통을 넣어 주었다.

"부관님, 이것이라도 가지고 가셔야지 배낭이 텅 비었습니다."

"김 중사, 그게 무슨 말씀이오, 그게 뭐 중요합니까? 살아서 귀국하면 감사한 일이지요. 김 중사도 여단장님과 곧 귀국할 터이니까 나에게 아무 것도 주지 말고 김 중사 가족을 위하여 가지고 가세요." 하고 극구 말렸으나 막무가내다.

뱃고동이 울리고 미국 수송 배가 월남의 항구도시 다낭을 떠날 때

에야 나는,

"하나님, 저를 살려서 이제 귀국을 시키고 있음을 감사드립니다."
하는 기도를 드리며 어머님의 얼굴을 그려보았다. 같이 월남에 온
고 소령님은 작전장교로서 직책을 훌륭히 수행하고 내가 여단장님
전속부관으로 임명되었을 때에 여단 본부 중대장이 되어 여단 본부
기지 방어를 담당하게 되었다. 여단장님이 근무가 끝나고 교체될 때
까지 고 소령님도 같이 머물게 되었다. 떠날 때에 미처 작별인사를
드리지 못하고 먼저 한국으로 귀국하는 미군 배에 탑승했다.

어느 저녁 우연히 조용상 중위와 식당에서 마주쳤다. 처음엔 나의
눈을 의심했다. 다시 자세히 그의 얼굴을 보았다.

"아니 조용상 중위, 어떻게 되었소. 역시 월남에서 근무하고 귀대
하는 중이군요. 정말 반갑소."

조용상 중위는,

"아니, 나보다 늦게 입대한 줄 아는데 대위가 되었소? 배 대위 정
말 반갑소. 살아서 같이 귀국하게 되어서,"라며 서로 껴안았다.

조용상 중위는 계명대학에 같이 다니다 졸업을 하기 전에 육군에
입대하여 군복무를 먼저 끝내겠다고 했다. 맹호부대의 활약에 대하
여 이야기를 전해주며 나는 귀국하는 미군 배에서 아무런 책임있는
직책을 맡질 않고 편안하게 배를 타고 왔다.

추후 1971년 닉슨(Richard M. Nixon) 미국 대통령은 닉슨 닥츠린
(The Nixon Doctrine)을 공포했다. 미국은 "아세아 지역에서 국내적
파벌 간에 또 지역적인 전쟁에 그 이상 미국 지상병을 투입시켜 관

여하질 않겠다"며 월남에서 미군 병력을 철수시켰다.(Richard M. Nixon, U.S. Foreign Policy for the 1970s, Report to the Congress by the President of the United States, February 25, 1971)

미군과 한국군이 월남전에 참여한 목적은 무엇인가? 우리들의 참전은 인명과 물자의 낭비에 불과했는가? 우리들은 생명을 걸고 싸웠건만, 미국의 국회, 대학 캠퍼스 내의 많은 교수들과 학생들, 종교인들, 언론인들 다수는 마치 우리들이 죄인인양 비꼬며 월남전 참여를 비판했다. 그렇다면 한국전에 미군과 유엔군들이 피를 흘리며 방어하여 오늘의 한국이 경제적으로 발전하고 민주화하고 있는 것도 잘못되었는가? 월남전의 참여도 결코 헛된 것이 아님을 전 부통령 앨 고어(Albert Gore)씨가 1994년 6월 9일 하버드대학 졸업식 행사에서 2만 5천명이 모인 가운데 행한 다음과 같은 연설에서 볼 수 있다.

나는 하나님을 섬기고 우리 생애에 주어진 하나님의 뜻을 따라 순종하도록 노력해야 한다고 믿고 있다. 우리들을 조소하는 자들은, "하나님이란 무지한 자들에게 위로를 주고 그들을 복종시키게 하는데 유익한 미신에 불과하다,"며 나의 믿음을 거절해 버린다. 더 논쟁할 필요도 없이 또 의심할 여지도 없이 나의 마음 깊은 곳에는 그와 같은 조롱이 틀렸다는 것을 나는 알고 있다. 나는 모든 인류를 위해 사회정의와 기본자유들을 함양시켜야 된다고 믿고 있다. 그러나 우리들을 조소하는 자들은 기회균등, 정의, 및 자유들을 함양시키기 위한 모든 노력이 "실패한 희망의 황무지를 만들어 냈을 뿐이었다고 주장하며, 우리의 견해를 경멸하고 있다. 그러나 여기서도 비웃는 자들이 역시 틀렸다. 자유는 우리의 최종 목표이며, 정의는 우리의 안내자로서, 우리는 기필코 이기고야 말 것이다.

영어 원본은 아래와 같다.

I believe in serving God and trying to undertake and obey God's will for our lives. Cynics may wave the idea away, saying, "God is a myth, useful in providing comfort to the ignorant and in keeping them obedient." I know in my heart beyond all arguing and beyond any doubt that the cynics are wrong. I believe in working to achieve social justice and freedom for all. Cynics may scorn this notion as naive, claiming that all our efforts for equal opportunity, for justice, for freedom have created only a wasteland of failed hopes. But here too the cynics are wrong: freedom is our destiny and justice is our guide, and we shall overcome. (Vice President Albert Gore, "The Cynics Are Wrong." Harvard Maga-zine, July-August 1994: 32)

6

귀국 1년

서울 사령부

월남으로 출국할 때 한국에 남아있는 해병 부대원들은 우리 부대원들이 생명을 걸고 전후방이 없는 월남전에 투입되는 것을 안타까워하며 위로하는 분위기였다. 그리하여 환송 군악대가 울리고, 유명 가수들이 부산항에 나와서 노래 부르며, 배가 멀리 사라질 때까지 환송이 있었다. 그러나 우리부대가 귀국할 때에는 아무도 환영을 나오질 않았다. 부산항에 도착하자 포항 기지로 이동하여 기지 내에서 일정기간 머무르게(Quarantine)했다. 다른 부대원들은 우리 부대가 생명을 걸고 전투를 하러간 부대로 생각하지 않고, 월남에 가서 전투수당을 받고 그곳 월남 피엑스(PX)에서 물건들을 사가지고 또 돈을 벌어온 것처럼 무척 질투하며 냉대하는 분위기였다. 나도 포항 기지 내에서 몇일간 대기했다. 우리 부대가 귀국할 즈음에는 너도나도 월남에 가겠다고 지망하는 장, 사병들이 많았다고 한다.

무료하여 참을 수 없었다. 서울 사령부에 가서 여단장님이 귀국하기 전에 여러 가지 사전(事前) 준비를 해야하기 때문에 나는 포항 기지에서 나왔다. 아무도 나를 붙잡아 일정기간 동안 머물게 할 수는 없었다.

나는 서울에 가기 전에 가족들을 만나보려고 기차를 타고 대구에 내렸다. 가족들을 다시 만나는 기쁨과 어머님께서 작전장교 고 소령 님에게 단호하게 부탁하시던 말씀을 떠올리며,

"어머님, 제가 왔습니다,"

라고 큰 소리로 말했다. 예상치 않게 갑자기 들어닥친 아들을 보고 맨발로 뛰어나오면서 나를 붙잡고,

"반갑구나. 고맙구나. 하나님이 내 아들을 살려보내셨구나! 성문아, 지난 1년 동안 너의 안전을 염려했으나 경제적으론 아무런 걱정 없이 잘 지낸 가장 뜻 깊은 해였다. 네가 보내준 돈으로 어려움이 없었단다. 그런데 너의 형은 여름이 되면 일거리가 없고, 아이들이 네 명이나 되니, 네가 보내준 돈을 모두 다 까먹었나 보다,"

라고 하셨다. 나는 한숨을 쉬고 있었다.

"그곳에서 편지 보낼 때에 몇 번이나 당부하면서 그냥 놀며 까먹지 말고 그 돈을 이용하여 생활의 근거로 사용하도록 당부했건만, 걱정하던대로 다 없어졌구나. 이제는 더 도와드릴 수가 없는데 어떻게 해야하나?"

하고 있는데 성보형이 들어왔다. 반갑게 맞이하면서 성보형은,

"네가 보내준 돈으로 양복점을 열었지. 그러나 장사가 안 되고, 상점 월세를 지불하다 보니 너의 돈이 다 들어갔다. 한 푼도 남은 것이 없게 되었다. 그런데, 월남에서 귀대하는 군인들은 TV에, 전축에, 여러 가지를 가져온다는데 너는 무엇을 가지고 왔느냐? 우리한테 줄 선물은 무엇이냐? 어떻게 배낭이 이렇게 텅텅 비었느냐? 물건을 안 사고 현찰로 가지고 왔느냐? 돈이 하나도 없는데 너 돈 있거든 더 다오."

라고 했다. 나는 말문이 막혔다.

"13개월 월급을 모두 보냈는데. 비록 액수로 따지면 얼마가 안 되겠지만, 그것은 내가 가진 전부였다. 전부를 주었는데!"

성보형에게 어떻게 더 도와줄 수 있나 하고 궁리했으나 아무런 좋은 답을 줄 수 없었다. 그를 실망시키고 싶지도 않고, 조그마한 대위 월급으로 더 도와주겠다고 지킬 수 없는 약속도 하질 못하고, 반가움이 변하여 실망이 되고, 살아서 돌아왔다고 또 나의 "영혼의 불"을 지피자고 하늘을 날 이상의 꿈에 도취되어 돌아 왔는데 이와 같이 새카만 먹구름이 덮쳐 어두운 마음으로 서울로 출발하다니. 32기 동기생인 강상도 대위의 불평이 주마등처럼 스쳐간다.

"족제비 한 마리 잡아서 꼬리를 떼고, 좆까지 떼고 나니 남은 것이 뭐 있노? 월급을 받아보니, 어디에 얼마를 떼고 또 어디에 얼마를 떼고 나니 쥐꼬리만큼 남아있구먼."

그래 빨리 군 복무를 마치고 다음순서로 빨리 전진해 나갈 수밖에 없구나.

사령부 독신장교 숙소에 들어가도록 신청하고, 여단장님이 서울 해병대사령부 참모부장으로 임명이 되어 근무할 사무실이 있는 이층으로 올라갔다. 그런데 박수정 대위와 마주쳤다.

"아니, 박수정 대위 아닙니까? 월남에서 고생이 많았는데, 서울에서 다시 만나 반갑습니다. 어디로 보직이 났습니까?"

라며 악수를 하려고 나는 손을 내밀었다.

"배 대위, 나는 서울사령부 부사령관 박 장군님을 모시는 전속부관이 되어 사령부로 올라왔습니다."

"박 대위, 전방에서 포사격을 요청했을 때, 오히려 전투기 폭격을 요청하고 박 대위 소대 대원들 피해 입지 않도록 미공군에 몇 번이나 다짐했소. 그때 박 대위 소대 안전하게 귀대한 후에, 박 대위 만나 얼싸안고 싶었소. 그 때 기회가 없었소. 정말 반갑습니다."

그는 17기 해군 사관학교 출신이다. 대단히 영리하여 졸업을 할 때 1등인가 2등을 했고, 미남이다.

나는 사무실을 정리하는 것 이외에 여단장님의 두 번째 지시사항도 실천에 옮기기로 하고 그분의 자택을 방문하고 따님에게 영어를 가르치도록 지시하셨음을 전했다. 고등학교 2학년이었다. 따님 한 분 이외에 어린 아들 한 명이 있었다.

월남에 근무하는 동안 여단장님께 갑자기 조의편지(Letter of Condolences)와 전보들이 쇄도했다. 나도 처음에는 영문을 모르고 있었다. 조의 편지를 열어 보니, '사랑하는 아드님을 잃게된 것에 대하여 심심한 조의를 표시한다' 는 내용이다. 여단장님은 한동안 실성하였다. 사모님으로부터 아무 소식도 없었는데 갑자기 조의편지가 쇄도해 왔기 때문이다. 청와대에서부터 국방부 장관으로부터, 해병대 여러 장군들과 영관급 장교들, 주 월남 미국사령관, 월남 대통령을 위시하여 월남의 여러 기지 사령관들로부터 조의편지와 전보들이 역시 한꺼번에 쇄도하여 한동안 정신을 차릴 수 없었다. 정훈장교 한 명은 한글로 보낼 회답을 책임지고, 나는 영문 회답에 책임을 맡아 며칠 동안 밤잠을 자지 않고 바쁘게 지냈었다.

귀국하여 알게 된 것은, 겨우 아장아장 걸어다니던 아들이 그만

사고로 인하여 생명을 잃게 되었단다. 더욱이 이 아이는 피덩어리로 태어나자마자 여단장님이 입양하고 똥오줌을 직접 가려주며 애지중지 몸소키워 무릎에 앉히고 밥을 먹이며 극진히 사랑했었단다. 자기가 직접 낳은 아들도 아닌데 친자식같이 아꼈던가 보다.

"자식을 사랑하는 마음은 어디에서 나왔는가? 누가 주었는가? 사랑은 마음의 어느 곳에 있단 말인가? 아니면, 사랑이 두뇌에 있단 말인가? 물체로 확실하게 보이지 않는 사랑이 식음을 전폐시킬 수 있을 만큼 위대한 힘이 있구나? 과연 그와 같은 고귀한 사랑을 누가 주었는가? 우리들이 태어날 때 저절로 가지고 났단 말인가? 아니야, 나는 확신해. 그것은 하나님께서 주신거야!"

우리 청룡부대 본부에는 군목이 한 분 있었다. 소문난 군목이다. 사흘이 멀다하고 소문이 들려온다. 그것은 월남 창녀 촌에서 군목을 보았단다. 이틀이 지나지도 않아 또 군목을 그곳에서 보았단다. 모든 장, 사병들 중에서 제일 자주 가는 분이란다. 그런데 여단장님이 식음을 전폐하고 있을 동안 같이 기도하고, 예배 드리고, 성경을 읽고, 하느라고 며칠 동안 그분도 수고를 많이 했다.

어느 날 저녁에 군목은,

"부관님, 나 오늘 저녁 잠깐만 나갔다 돌아오겠습니다. 그 동안 부관님이 여단장님 위로해 드리기를 바랍니다."

"군목님, 제가 어떻게 위로해 드릴 수 있습니까? 군목님, 어디 나가지 마시고 같이 지내면서 계속 위로해 드리십시오."

"배 대위, 몰라서 그렇군. '아오자이' 속으로 그것이 보일 듯 말듯 하면서 바람이 불면 날라갈 것 같은 가냘픈 월남 처녀들 그 속에 나의 큼직한 그 놈이 들어가면 나를 죽일 것만 같아 견딜 수 없소. 나는 그것을 하지 않고는 이틀도 그냥 지날 수가 없소."

"군목님, 솔직해서 좋습니다. 그러나 여단본부에서 군목님 소문난 것 알고 계십니까?"

"그게 무슨 걱정입니까? 나는 한국에 부인이 있지만 한국에 돌아갈 때까지 할 수 없습니다. 나는 나의 부인을 사랑합니다. 그러나 이틀에 한번씩 이것을 하지않고는 견딜 수 없습니다."

"군목님, 혹시 부산의 무슨 병원이던가 그 병원 원장님에 관한 이야기 알고 있습니까?"

"아니요. 모르고 있습니다."

"그 분은 6.25 전쟁 때에 사랑하는 여러 명의 자식들과 부인을 이북에 두고 혼자 남한으로 내려왔습니다. 곧 만나리라 희망하면서. 그러니까 1950부터 1967년 지금까지 장장 18년간. 그동안 여러 번 동료들로부터 재혼하도록 권유를 받았으나 모두 거절하고 재혼을 하지않고 지금까지 독신으로 살아왔습니다. 매일 밤 사랑하는 가족들이 건강하게 지내도록 또 다시 만날 수 있는 그날이 빨리 오도록 기도하며 잠들 때가 많았다고 합니다. 아버지 없이, 남편 없이 살아갈 가족들을 그리워하며, 그곳 부산에서 가난한 환자들, 헐벗은 아픈 환자들을 자기 가족처럼 치료해 주면서, 하나님께 기도 드리며 살아갔습니다. 또 생활에 필요한 만큼만 두고 모두 불쌍한 사람들에게 돈을 나누어 주었답니다."

"나는 군목이지만 믿음이 강하지 못합니다. 혹시, 그분은고자인지? 아니야, 고자면 어떻게 아이들을 여러 명이나 낳고 키웠을까?"

그는 머리를 절레절레 흔들면서,

"아니야, 나는 그렇게 할 수 없습니다. 열 번 죽었다 다시 깨어나도 할 수 없습니다. 목사라는 것도 밥 먹고 살기 위한 하나의 직업일 뿐입니다."

사모님은 남편이 월남에 근무하고 있는 중 자기의 부주의로 인하여 아들을 잃어버리게 된 것을 차마 알리지 못하고 식음을 전폐하고 며칠이 지나자 의식을 잃어 응급실로 입원을 했단다. 이 소식을 전해 받은 여단장님은 부인마저 잃을 수 없다면서 장거리 전화를 하고 격려해 주었다.

그날도 나는 영어를 가르치고 있었다. 고2 영어 교과서를 열어,

"여기 첫 문장이 6줄로 되어 있으면서 한 문장입니다. 중간에 여러 부속 절들이 있어서 독자에게 혼돈을 주는데, 꼭 집어서, 주어와 그것과 관련된 동사를 찾아내세요. 주어 단어 하나, 동사 하나,"

라고 해답을 요구했다. 따님은,

"배 대위님, 무슨 죄인 다루듯이 닦달하십니까? 이거 맞질 않으면 자존심 상하여 어떻게 합니까? 아이, 난감하네."

"학생이 무슨 자존심 생각합니까? 맞으면 맞고 틀리면 틀리는 거지. 그러니까 찾아내어 답을 해 보세요."

약 사십 초가 지나더니,

"주어는 첫 줄에 있는 'Happiness' 이고, 그것의 동사는 세 번째 줄, Comma 다음에 있는 'is' 입니다."

"맞았어요. 정답입니다. 이 문장은 아주 복잡한데 너무 잘했군요"
하며 너무 반가와 나도 모르게 그만 그녀의 이마에 키스를 했다.

"아, 미안합니다. 나도 모르게 너무 반가워서 그만. 실례를 했습니다."

그날 저녁에는 서로 서먹서먹하게 되어,

"오늘은 이만. 내일은 다음 4페이지를 공부할 터이니, 모르는 단어 다 찾아서 외우고 번역할 수 없는 문장을 체크해 두어요. 왜 이해하기 어려운 지를 문장 구조분석을 하여 봅시다. 그럼 안녕."

군수국에서는 나를 참모부장님 전속부관이니까 깨끗하게 새로운 장교복을 입도록 맞춰 주었다. 장교 숙소로 들어갔다, 군수국에서 근무하는 32기 동기생 임금성 대위가 들어 와서 그와 함께 2개 침대가 있는 같은 방을 이용하게 되었다. 어느 날 임 대위는,

"배 대위, 전속부관을 하니까 여러 벌의 옷이 있을 터이니 옷 한 벌을 달라,"고 했다. 그의 옷이 낡아졌다고 덧붙였다. 아마 여러 번 주저하다가 부탁한 것 같다.

"물론 임 대위 보다는 한두 벌은 더 있지만 옷이 항상 깨끗해야 되고, 자주 세탁을 하고 바꾸어 입어야 되니까 정말 여분이 없는데 어떻게 하면 좋지,"하고 응답했다.

이와 같은 대화를 나눈 지 며칠이 지나지 않은 어느 날 새벽 잠에서 깨어나기엔 아직도 너무 이른 캄캄한 새벽이었다. 그런데 차가운 바람이 스치고 지나간 것 같은 느낌이 들면서 갑자기 소름이 끼쳤다. 분명히 이상한 일이 일어났는것 같았다. 나는 벌떡 일어나 나의 침대 머리 쪽에 위치한 장롱을 급히 열어 보았다. 독신 장교 숙소의 나의 방에 누군가가 밤중에 들어 왔었는가 보다. 분명히 문을 잠그고 취침했을 터인데. 장롱 서랍에 나의 카메라도 신발들도 그대로

있었다. 다만 군복 몇 가지가 없어 졌다, 훔치러 온 자도 다급했는지 자세히 뒤져보지 못하고 옷가지만 들고 도망 나간 모양이다.

"만약 내가 그때 잠에서 깨어 누가 들어왔는지 살피려고 움직여서 누군인지 알아챘으면 그는 나를 살려주지 않고 분명히 목을 졸라 죽였을 것이 아닌가? 그대로 잠을 자도록 하나님께서 도와주셨구나! 월남에서도, 이곳에서도!"

여단장님이 곧 귀국하셔서 나도 바쁘게 시간을 보내고 있었다. 박정희 대통령은 참모부장님이 월남에서 수고 많이 했다면서 청와대에서 환영파티를 해 주었고, 진해 해군사관학교에 초대되어 월남전에 대한 특별강의, 진해기지와 포항기지들도 각각 방문했다. 유엔군 정전위원회에서는 참모부장님을 한국 측을 대표하는 정전위원으로 임명했다. 미국식 부부 동반으로 부인과 함께 판문점을 방문하도록 초대받았다. 유엔군 정전위원회의 주선으로 VIP(Very Important Person) 안내(Escort)를 위해 미군 헌병 6명이 우리들 3명을 완전히 에워싸고, 판문점 중립지역을 안내하였다.

물론 우리들은 누구인지 구별할 수 없도록 완전 민간 신사용 옷을 입었고, 사모님은 밝은 한복 차림이었다. 우리들을 안내하여 판문점을 돌아볼 동안 북한 군인들은 우리들에게 말을 걸면서 누구인지 파악하려고 또 도전할 자세로 험하게 말을 걸어왔다. 미 헌병 안내원들은,

"어떤 도전이 오더라도 맞대응하여 말다툼을 하지 않도록 당부합니다. 사항이 악화되어 많은 적들이 동시에 도전해 오면 감당하기 힘들며, 생명까지 위협이 될 수 있습니다."고 하며,

"그들의 질문에도 대답하지 말고, 욕지거리를 해도 응하지 말고, 우리들이 안내하는대로 시찰하도록" 당부했다.

"미국의 괴뢰집단 년 놈들 또 왔군. 인물들이 훤한데 한자리 하는가 본데." 또 다른 상좌가,

"얼굴에 기름 기가 도는 것 보니 분명히 부르주아야. 그런데 여기 판문점엔 왜 왔단가?"

하면서 몇 명의 북한 헌병들도 계속 따라오고 있었다.

판문점 중립지역이라 하지만 38선 분계선을 넘어 북쪽으로는 한 발자국도 들어가지 못했다. 정전위원들이 모여서 회의하는 콴셑(Quon-set) 건물에 남측 정전위원들이 들어가서 앉는 좌석을 확인하고, 또 이 장군님의 좌석까지 확인하고, 남측 평화의 집에 들려 곧 서울로 출발했다. 서울에 도착할 때까지 나는 깊은 사념에 빠져 있었다.

"과연 '평화적인 남북통일'이란 상아탑의 사치품에 불과하지 않는가? 경제적, 군사적 힘의 균형 혹은 우위(Superiority)를 향상시키는 것이 가장 중요한 정책이 아니겠는가?"라고 독백을 하면서.

전속부관을 하는 도중에 사령부 정문 출입 헌병대에서

"배 대위님, 참모 부장님의 고향에서 왔다며 부관님을 면회하러 왔답니다."

"그래, 그러면 들어오시라고 하게. 이름이 무엇이라 하던가? 내가 아래층 입구에서 기다리겠다고 전하게."

"어서오세요. 환영합니다. 저는 참모부장님 부관 배 대위입니다."

"배 대위님, 반갑습니다. 저는 이 장군님께서 사시던 고향에서 왔

습니다."

"무엇을 도와 드릴까요? 참모부장님을 뵙도록 할까요?"

"아닙니다. 부관님이 직접 도와주실 수 있습니다."

"네, 그것이 무엇입니까?"

"우리 고향에서 살던 청년이 해병대에 입대 하였습니다. 그 청년을 서울 어디로 빼내어 주십시오."

"네, 그러면 제가 참모부장님께 문의해서 지시하는 대로 선처하겠습니다."

"부관님, 그게 아닙니다. 참모부장님께 알리지 마시고, 부관님이 인사국에 가서 '누구 누구를 어디에서 어디로 전출시켜 달라,'고 하면 인사 국에선 참모부장님의 명령으로 알고 즉시 조처해 줍니다. 그러니 참모부장님께 직접 알리지 마시고 부관님이 바로 선처해 주십시오."

"참모부장님과 같은 고향이라고 부탁해 왔으니 그렇게 하겠습니다. 그럼 안녕히 돌아가세요."하고 떠나려는데,

"부관님, 이거 주머니에 넣으세요. 지금 여기서 열지 마세요. 다른 사람들이 볼 수 있으니까요. 이 봉투 안에 부탁한 대원의 이름, 군번 등이 적혀 있습니다."

"네, 알았습니다. 안녕히 가십시오."

사무실에 들어와서 편지를 열었다.

"아니, 이게 돈이 아닌가? 대위 월급 한 달 분은 되겠는데. 왜 돈을 넣어두었는가? 그분의 주소도 받질 않았고, 완전한 성명도 받질 않았는데."

시키는 대로 인사국에 가서 부탁했더니,

"배 대위, 즉시 조처하겠습니다. 일주일이면 전출이 될 것입니다."
라고 했다.

이렇게 해서 평생 처음으로 인사청탁을 해주고 부정한 돈을 받은
셈이다. 약 2개월 후 바로 그 사람이 또 와서,

"부관님, 참모부장님의 고향에 있는 어느 해병이 어디에서 근무하
고 있는데, 어디로 전출을 시켜주십시오."하고 부탁해 왔다.

"참모부장님 고향에 있는 대원들이 제가 부관이 되기 전에도 와서
부탁하면, 참모부장님께서 들어주셨습니까?"라고 물었다.

처음엔 다소 주저하더니,

"그러문요, 당연하지요. 같은 고향인데 어떻게 하겠습니까? 다른
장군님들도 마찬가지로 다 해준답니다. 이게 다 사람 사는 것 아닙
니까?"

할 수 없이 다시 한 명을 더 받았다.

"다음에 다시 오시면, 그때엔 제가 참모부장님께 꼭 문의하겠습니
다. 이번 한 번만 더 해 드리겠습니다."

"감사합니다."하면서 작별인사를 하고 돌아가려다 되돌아와서 나
의 주머니에 봉투를 넣어주면서,

"지금 다른 사람들이 보는데 열지 마시고 또 안 받겠다고 입씨름
하면 안됩니다. 빨리 가십시오."하면서 총총히 사라졌다.

두 번째에도 꼭 같은 액수의 돈이 들어있었다. 돈을 돌려줄 기회
도 없었고 그 분의 이름도 주소도 모르고 있다. 거짓 사기꾼으로 보
이지는 않는다. 어느 날, 정문 헌병으로부터 전화가 왔다.

"부관님, 서울대학교 교수라는 분이 찾아와서 부관님을 만나고 싶다고 왔습니다."

"그래, 그러면, 출입을 허가하고 내가 현관에서 기다리고 있겠다고, 전하게."

"안녕하십니까? 저는 서울대학교 음대에 있는 김봉식 교수입니다."

"반갑습니다. 저는 배성문 대위입니다. 어서 들어오십시오. 참모부장님 만나도록 곧 가서 보고드리겠습니다."

"아닙니다. 저는 부관님만 만나도 됩니다. 며칠 몇 시에 어느 다방으로 나오실 수 있습니까?"

"잠깐만 기다립시오. 제가 선약(Appointment)이 있나 확인하겠습니다. 네, 그날은 비어있습니다."

"그러면, 배 대위님, 약속한 시간에 약속한 장소에서 뵙겠습니다."

"안녕히 가십시오."

"안녕히 계십시오."

약속한 장소에 갔더니, 김봉식 교수가 어떤 부인과 같이 기다리고 있었다.

"배 대위님, 저의 부인입니다."

라고 소개를 하고 우리들은 곧 저녁 식사를 나누었다.

김 교수는 자기 아들이 해병대에 입대하여 월남까지가서 근무하고 돌아왔단다. 아들이 어릴 때 부인을 잃고 옆에 앉아 있는 분은 두 번째 결혼한 부인이라며, 첫 아들을 서울로 전출시켜 새 엄마하고 그의 이복동생들과 같이 정답게 지낼 수 있도록 해달라고 부탁했다.

이야기를 다 듣고 보니 부탁을 거절할 수 없었다.

"그러면, 아드님 성명, 군번, 현재 근무지를 알려 주십시오. 제가 노력해 보겠습니다."

"부관님이 수고하시면 당연히 될 것입니다."

"제가 노력해 보겠습니다. 오늘 저녁 잘 먹었습니다. 감사합니다. 안녕히 가십시오."하고 작별인사를 했다.

그런데 김교수가 가까이 오더니,

"조그마한 감사 표시입니다. 빨리 주머니에 넣으세요."

세 번째 받는 인사 청탁 뇌물이다. 첫 번째는 대단히 기분이 상했다. 두 번째는 조금 더 적게, 이번 세 번째는 조금 더 적게.

"그렇구나. 양심은 더욱 더욱 마비되게 만들어졌나 보다."

나의 큰 엄마의 딸, 즉 나의 누님의 딸인 조카가 서울 국민은행에서 근무하고 있었다. 사이좋게 지내며, 그가 고등학교에 다닐 때 영어를 가르쳐 준 적도 있다.

"삼촌, 문희예요. 서울에서 바이오린 교수로 유명하고 레슨을 해서 돈이 무척 많은 분인데 절반만 받고, 절반은 돌려 드렸다면서요. 삼촌, 너무 순진하네요. 돈 주는 분이 있으면 좀 많이 받아요."

"아니야, 조그마한 일로 나의 장래에 영향을 주는 것은 하질 않기로 해야지. 뇌물을 안 받아도 나 굶어 죽는 경우는 없을 거야."

그런데 이번에는 성북구 경찰서장이 나를 만나자고 전화가 왔다.

"네, 참모부장님 부관 배 대위입니다."

"안녕하세요.저는 성북구 경찰서장입니다. 부관님을 만나도록 시간을 내어주십시오."

그렇게 하여 그 분을 만났다. 그 분의 조카를 전출시켜 달라는 부탁이다.

"알겠습니다. 그런데, 저도 한 가지 부탁이 있습니다."

"무엇입니까?"

"봉투를 주지 않기로 약속해 주시겠습니까?"

그분은 난감한 모양이다.

"대위 월급이 얼마 안 되는데 왜 봉투를 안받겠다고 하십니까? 그래 그래, 안받겠다면 약속 지키리라."

"그럼 전출하도록 해드리겠습니다. 안녕히 계십시오."

나는 결심했다.

"지금부터는 절대로 뇌물을 받질 않아야지. 부탁이 오면 반드시 참모부장님께 먼저 보고드리고 그분의 결정대로 하리라."

그리하여 뇌물 받은 경험 세 번으로 끝내고 네 번째 인사 청탁이 마지막이 되었다.

월남에서 전사한 사망자들이 오면 국립묘지에 안장을 한다. 그때 참모부장님께서도 항상 장례식에 참석하셨다. 군악대가 장송가를 부르고 의장대가 앞장서서 장례식을 거행했다. 사랑하는 부인이, 어머님이, 할머니, 할아버지들이 흰옷을 입고 통곡을 하며, 묘비를 붙잡고 사랑하는 남편을, 아들을, 손자 이름을 부르며 울고 있는데, 어떤 아름다운 여인이 밝은 색의 옷을 입고, 화장을 짙게 하고, 연방 웃고 웃으며 의장대를 보고 행복에 가득차게 보였다.

나는 이해할 수가 없었다!

"모두가 울고 슬퍼하고 있는데 어찌하여 저 아름다운 여인만은 우는 것이 아니라 오히려 웃고 기뻐하고 있는가?"

그런데 행사가 끝나자 그 여인은 갑자기 빠른 걸음으로 의장대로 급히 걸어가고 있었다. 그 반대편에서도 의장대장이 급히 그 여인에게로 걸어가더니 서로 껴안으면서 손을 잡았다.

"그렇구나. 다른 사람들이 아무리 슬퍼해도 사랑하는 의장대장인 애인을 만나려고 이곳 국군묘지까지 온 저 여인은 슬퍼할 리가 없구나. 아니 기뻐하는 마음을 감출 수가 없구나. 사랑의 위대함이여!"

"의장대장님, 나 배 대위입니다. 기억하시지요?"

"기억하다 뿐입니까? 월남으로 떠나기 전에 배 대위 모친이 포항에 오셔서 저에게도 점심을 사 주지 않았습니까?"

"그랬군요. 그럼 다음에 또 만납시다."

"배 대위, 나 소개시킬 분이 있는데. 이분, 나의 약혼자입니다."

"아주 예쁜 분이군요. 부럽군요. 만나서 반갑습니다. 안녕히 가십시오."

사령부 미 고문단 연락장교 Liaison Officer

서울에 와서 참모부장님 전속부관을 한 지 약 3개월이 지나갔다. 그동안 자주 만났던 사령부 미고문단 연락장교 정 대위로부터 전화가 왔다. 그는,

"배 대위, 나는 미국 군사학교에 교육을 받기 위해 곧 미국으로 떠나게 되었소. 후임자를 물색 중인데, 배 대위가 연락장교로 오면 좋겠는데 어떻게 생각하오? 의향을 알려주오."

나는 즉시 아래층에 있는 고문단 연락장교에게 가서,

"연락장교로 임명이 되면 기쁘겠습니다. 무슨 절차를 밟아야 합니까?"

"제일 먼저 미해병 부수석 고문과 인터뷰를 하고, 거기서 일차 통과되면 수석 고문과 인터뷰를 해야 합니다,"

하고 전해 주었다. 나는,

"참모 부장님의 전속부관이기 때문에 제일 먼저 참모부장님께 여쭈어보고 허락받는 것이 제일 중요합니다. 일단 허락을 받은 후 면접하도록 주선해 주십시오,"

하고 부탁했다. 다음날 퇴근할 무렵에 나는 참모 부장님에게,

"참모부장님, 사령부 고문단 연락장교 자리가 곧 공석이 된다면서 저를 첫번째 후보로 추천을 했다고 합니다. 참모부장님, 저를 보내 주시면 사령부 연락장교로 가고, 참모부장님께서 허락하시지 않으시면 계속 열심히 모시고 있겠습니다,"

라고 말씀을 드렸다. 한참 동안 대답을 하지않고 계시다가,

"사령부 통역장교가 되면 미수석고문과 우리 사령관님 간에 통역도 하고, 또 국방부에도 외무부에도 자주 같이 가게 될 것이니 더 좋은 자리가 아닌가? 보내기는 애석하다마는 가는 것이 자네에게 좋겠구나. 좋은 부관을 구하여 인계하도록 하게,"

라고 인자하게 허락하셨다.

부수석 고문과 인터뷰를 한 후 그 다음날 바로 수석고문과 인터뷰를 하도록 오라는 연락이 왔다. 수석고문은,

"프린스턴 대학(Princeton University)에서 학사 학위를 받고 학사장교로 임관하여 지금까지 근무하여 백발이 되었다,"

며 아들처럼 대해 주었다.

면접이 끝나고 이층 참모부장실로 돌아오자 전화가 왔다.

"고문단실 인사장교 대위 포지(Captain Posey)입니다. '배 대위, 사령부 고문단 영락장교로 임명되었으니 준비하라,' 는 수석고문의 결정을 알립니다. 아래층으로 나의 사무실에 들르시오. 오리엔테이션(Orientation)해 주겠습니다."

"배 대위, 축하합니다. 연락장교가 되면, 항상 미 고문단에 있는 차를 사용할 수 있습니다. 또 대한민국 군사원조금 중에서 예산을 책정하여, 연락장교에게는 용산 미8군 장교식당에서 하루 3끼 식사가 제공됩니다. 그곳에 가서 미군 장교들과 같이 식사를 하십시오.

우리 미고문들은 월요일에서 금요일까지 근무하고, 토요일은 일을 하지 않기 때문에 토요일 오전 근무하러 나오지 않아도 됩니다. 서울 밖으로 출타할 경우 비상이 생길지 모르니 배 대위에게 주말에도 연락을 할 수 있도록 전화번호를 꼭 알려주고 출타하기 바랍니다."

연락장교로 근무하는 바쁜 기간에도 세 가지 계획을 하고 있었다. 첫째는 미국대학에 지망하여 입학 허가서를 받는 일이다. 둘째는 미국 유학시험을 치르기 위해 한국역사 공부를 하고, 유학시험 신청서를 문교부에 제출하는 것이다. 셋째 유학을 가기에는 비행기 표를 사는 것 이외에도 등록금과 그 곳에서 필요한 생활비가 전혀 없기 때문에 빨리 갈 수 없을 경우를 대비하여 차선의 선택을 고려하는 것이었다.

한국 역사를 까맣게 잊고 있었으니 우선 좋은 역사책을 구하여 공부하기 시작했다. 국사시험을 준비하는데 3개월 목표를 세우고 3가지 방법을 택했다. 첫째, 언제, 어디서, 누가 무엇을 했는가? 하는 중요한 사실적인 내용을 기본 지식으로 정리해 나갔다. 둘째, 왜 그와 같은 일이 일어났는가, 원인은 무엇이며, 한국의 장래에 어떤 교훈을 주었는가? 셋째, 한국의 역사와 세계사와의 관계를, 그 때 미국에선, 유럽에선, 중국에선 어떤 일이 일어나고 있었는가를 연결시켜 보기로 했다. 준비가 끝나자 문교부 유학시험을 치렀다.

"배 대위, 나 강기종 대위야."

"그래, 언제 서울에 왔나?"

"나, 물개 집에 와 있다."

물개는 우리 동기 중의 한 명으로 강 대위와 친하게 되어서 그의 여동생을 강 대위에게 소개 시켜준 친구의 집에 왔다고 했다. 그 친구가 물개처럼 생겼다고 하여 부른 별명이다.

"그런데 말이야, 배 대위, 문교부 유학시험에 붙었다고 알려주는 거야. 축하해."

"아니 유학시험 발표는 내일로 알고 있는데, 강 대위는 어떻게 벌써 알았어?"

"물개와 그의 친구가 혹시나 하고 문교부에 들렸더니 벌써 게시판에 합격자 발표가 나붙어있더라. 내가 문교부에 들리기도 전에 물개하고 그의 친구에게 배 대위는 '보증수표'라고 이야기했단다."

"아니, '보증수표'란 또 무엇인가?"

"배 대위가 실력도 있고 성취욕이 강하여 무엇이든지 하면 반드시 성공하니까, 문교부 유학시험도 치면 합격하고, 유학가면 반드시 박사학위 받을 것을 내가 보증하니까 '배 대위가 보증수표'란 뜻이지."

"강 대위, 다른 분들에게 나를 보증수표라고 부르면 곤란한데!"

"아니, 배 대위 인물 좋고 실력은 있지만 돈 한 푼 없는 친구 아닌가? 미국유학 가기 전에 장가라도 갈 수 있으려면 배 대위 피알(P.R.) 좀 해야 안되겠나. 그런데 배 대위, 나 한 가지 부탁이 있는데."

"무슨 부탁인데? 강 대위, 오늘 나 유학시험 합격을 알려줄려고 전화한거야 아니면 무슨 부탁하려고 전화한거야?"

"두 가지 다! 당연하지 참모부장님 전속부관에다 사령부 고문단 연락장교이니까 문제없지."

"나, 지금은 참모부장님 전속부관이 아니고 그저 연락장교일 뿐이야. 아무 능력이 없는데."

"그러지마, 배 대위, 네가 나를 도와줄 수 있을 거야."

"아니, 서론을 생략하고 본론부터 해 봐요. 그래야 내가 도와 줄 수 있는지 바로 대답하리다."

"나의 삼촌 아들이 서울에서 집을 하나 사서 절반을 세주었는데, 이 대학생 아들을 깔보고 글쎄 벌써 4개월 분 집세를 주지 않고 있대. 몇 번 부탁해도 눈 하나 깜짝하지 않는다는구나. 그 친구 이리저리 다니면서 사기나 치고 있다는구나."

"그 집이 서울 어디에 위치하고 있는데?"

"그 집이 성동구에 있단다."

"그래, 성동구? 그러면 도와줄 수도 있을 것 같은데. 성동구 관할 지역이 분명한가?"

"왜 그렇게 반가워하는데? 그래 성동구라니까. 그런데 '성동구' 냐고 확인하는 이유가 무엇인데?"

"넌 몰라도 돼. 그럼 강 대위 어디서 만나자. 내가 도와주지. 어떠한 부탁도 안 하려고 했는데, 우리 해병학교 졸업 후 서로 헤어져서 지금까지 떨어져 있었는데 오늘 다시 만나게 되는구나. 빨리 오렴."

강 대위를 데리고 성동구 경찰서장 사무실에 갔다.

"어서 오십시오? 무엇을 도와드릴까요?"

"네, 저는 해병대 사령부 고문단 연락장교 배 대위입니다. 경찰서장님 계시면, 사령부에서 만나러온 배 대위라고 전해주십시오."

"잠깐만 기다리세요."

이 분은 자기의 친구들이 대령 급으로 있다면서 훨씬 선배가 될 터인데도 친절하게,

"아, 배 대위님, 오셨군요. 어서 들어오십시오. 지난번에 감사했습니다. 무엇을 도와 드릴까요?"

"서장님, 저에게 진 빚을 갚도록 할 생각은 추호도 없었는데, 친구를 위하여 할 수 없이 제가 서장님께 부탁을 드리게 되었습니다."

"사람이 산 다는 것이 다 서로서로 도와주며 살게 마련입니다. 아무런 부담 가지지 말고 말씀하십시오."

"배 대위, 그 동안 빽을 많이 만들었나본데? 성동구 경찰서장까지. 그러면, 청와대고, 국방부고, 미 대사관까지 배 대위 발판을 놓은 모양이야!"

"강 대위, 제발 그러지마. 나는 아무 빽도 없는 사람이야. 기껏해야 대위에 불과하오. 어쩌다 성동구 경찰서 서장님을 알게된 것 뿐이외다."

며칠이 지난 후,

"배 대위, 나 강 대위야. 며칠 전에 성동구 경찰관들이 와서 사기꾼 그 친구를 데리고 가서 영창에 집어넣은 모양이야. 그의 부인이 4개월 분 집세를 몽땅 가지고 와서 나의 조카에게 지금 당장 나오도록 해달라고 통사정을 하더란다. 이제 돈을 받았으니 배 대위, 전화하여 내보내도록 해주렴. 그런데 배 대위, 나 또 한 가지 더 부탁이 있는데, 이번에는 동장을 죽이는 일이네."

"강 대위, 나를 사람 죽이는 친구로 아느냐? 제발 그만 하렴. 나 그냥 두었으면 좋겠는데."

"아니야, 이거 나의 사활이 걸리고 내 자존심이 걸려있는 일이야. 나의 아버지가 동장에게, '혼을 내어 주겠다' 고 이 아들만 태산같이 믿고 큰소리 쳤다나봐. 나의 부친도 몹시 속이 상하셨는지 몇 일간 식음을 전폐 하셨다더구나. 그러니 이 아들로서 어떻게 하겠나. 나는 배 대위 빽 하나 밖에 없는데."

"정말 난감하네. 그래, 자초지종이나마 들어보자."

"글쎄 새마을 사업인가 무엇인가를 하면서, 그 놈 동장이라는 놈이 나의 부친이 가지고 있는 조그마한 논의 일부를 떼어서, 소달구지와 추럭터(Tractor)가 다닐 수 있는 길을 만든다나. 그래, 쪽제비처럼 조그마한 농사 땅에 좆까지 떼어버리겠다니 우리 아버지는 무얼 가지고 묵고 사노? 그래서 내가 해병대 장교복을 입고 그 놈 동장에게 가서 겁을 좀 주려고 갔다가 오히려 망신을 당했다네."

동장 왈,

"새마을 사업은 박대통령의 특별 명령이라 동장의 재량에 의하여 소달구지와 추럭터가 지나다닐 수 있는 길을 반드시 만들어야 한다면서 길이 만들어지는 지역의 땅을 가지고 있는 분은 누구를 막론하고 포기할 수밖에 없으니, 자기도 어쩔 수 없다."고!

"그럼 길을 만드는 결정을 동장 혼자 했는지?"

"그것은 잘 모르겠는데."

"강 대위, 제일 중요한 내용을 확인 하지 않았다니. 그것을 알아야지!"

"그렇구나. 그럼 내가 알아보고 알려주게."

"알겠네, 과연 배 대위는 똑똑해. 내가 알아보지. 배 대위도 알아보고 그 놈 동장 좀 죽이게 해주라. 우리 아부지 원수 좀 갚아주라."

"강 대위, 내가 알아보았는데, 새마을사업 계획, 농지정리, 도로정리는 동장이 마음대로 한 것이 아니라는구나. 군(君)에서, 동(同)에 이르기까지 어떻게 새마을 사업을 가장 효과있게 할 수 있는지 설계까지 만들어서 내려왔단다. 그리고 아무도 변경시킬 수 없게 명령이 내려졌단다. 무슨 불평을 해도 대(大)를 위하여 소(小)를 희생시키도록 해 두었단다. 그러니까 너희 부친에게 가서 잘 설명을 드려라."

"배 대위, 동장 한 놈도 못 죽인단 말인가!"

"미안하네."

어느 날 나는 미 공보원 도서관에서 미국대학 소개책을 펼쳐보다 오하이오 웨스리언 대학교(Ohio Wesleyan University)에 관한 안내 부분에 멈추었고 자세히 소개부분을 읽어 내려갔다. 어느 누구로부터 어떠한 대학을 추천한다는 조언을 받은 적이 없이 나는 이미 이 대학의 주소를 노트에 메모하고 있었다. 독신 장교 숙소에 돌아오자 나는 영문 편지를 쓰기 시작했다. 그 곳 대학에 가서 공부하고 싶은 마음이 간절하니 입학지망서류를 보내주면 감사하겠다고 또 이미 쳐 둔 토플(TOEFL)(Test of English as Foreign Language) 성적을 그 곳 대학으로 보내도록 하겠다는 편지였다.

처음 3주 기간 매일 매일 편지회답이 오나 기다렸으나 회답이 없어서 점점 잊어져 갈 무렵 4주 후에 회답이 왔다.

첫째, 입학 지망 서류를 작성하고 둘째, 영어로 된 대학 성적증명서 한 부를 모교에서 직접 보내도록 하고 셋째, 장학금 신청서와 넷째, 추천서 3통을 요구해왔다.

나는 우선 수석고문에게 찾아가서 유학을 할 계획이니 좋은 추천서를 써 달라고 부탁했더니 흔쾌히 승낙해 주었다. 나는 대구에 내려가서 구의령 선교사님에게 추천서를 부탁했다. 오하이오 웨스리언 대학 이름을 보고는 너무나 반가워하면서 그의 선조들이 미국에 이민 와서 오하이오 웨스리언 대학이 있는 데라외어(Delaware)에 정착했으며 아직도 그의 부친의 묘가 그곳에 있고, 친척 몇 명도 있으니 그 대학에 가게 되면 이름과 주소를 줄 터이니 꼭 찾아가 보라면서.

"훌륭한 추천서 만들어 보내겠습니다. 성문, 걱정하지 말고 열심히 기도하기 바랍니다. 장학금 주도록 꼭 추천하겠습니다,"

하고 기도해 주었다.

무슨 우연의 일치인지 알 수 없으나 많은 대학 중에서 왜 하필이면 그 대학에 지망하고 또 구 목사님은 그 곳 데라외어와 인연이 있는지. '세상은 크고도 작은 것이로구나!' 라고 생각했다. 곧 계명대학 신태식 학장님을 찾아가서 추천서를 써주도록 부탁했다.

이상적인 꿈에서 깨어 현실을 보면, 나에게 유학이란 불가능한 일임은 너무나 자명하다. 빨리 유학을 갈 수 없다면 다른 최선의 길은 무엇일까 궁리하며 미 8군 장교식당에 저녁을 먹기 위하여 들어갔다가 우연히 이항수 대위를 만났다.

"이항수 대위, 어쩐 일인가? 이 곳에서 만나게 되었네."

그는 고대 정외과를 나오고 해병학교 32기 동기이다.

"배 대위, 반갑네. 참모부장님 전속부관을 한다고 들었네."

"그것은 사실이야. 그러나 지금은 아니야. 나는 얼마전부터 사령부 고문단 연락장교로 근무하고 있네."

"그럼 우리 자주 만나겠네. 나는 유엔군 정전위원 사무국에 나와 있네. 육, 해, 공군, 해병대에서 각각 한 명씩 나와 있네."

"이 대위, 재주가 비상 하구만. 이런 좋은 자리에 와 있다니."

"나 보다야 배 대위가 더욱 날리고 있지. 부러운데."

"천만에 말씀. 그런데 그 책은 무엇인가?"

"나 저녁에 공부하고 있어."

"좀 더 구체적으로 설명해봐."

"나 지금 연세대학교 경영대학원에 다니고 있어."

"다닌 지 얼마나 되었는데?"

"이제 1 년이 다 되어가네."

"그래, 등록금은 얼마인데? 교과 과목들은 재미있어? 어떤 사람들이 공부하고 있는데?"

나도 경영대학원에 지망하기로 했다. 지망서류를 갖추고 입학시험을 쳤다. 경영대학원 입학시험이건만 다른 과목은 없고 영어시험뿐이었다. 시험을 치고 며칠이 지났는데, 우연히 한기춘 박사님을 길에서 만났다.

"한 박사님."

"아니, 성문이 아닌가? 해병대위가 되었구나!"

"연세대 정외과를 졸업하고 미국 보스턴대학에 가서 계량 경제학 분야에서 박사학위 공부를 하고 있을 때 제가 한번 형님께 편지 드린 일이 있습니다. 학위를 끝내고 오셨다는 소문을 들었습니다. 지금 어디에 계십니까?"

"나는 한국에 귀국하여 처음에는 외환은행에서 몇 년 있었지. 그후 연세대학교로 옮겨와서 가르치고 있다."

"네, 형님 반갑습니다."

"배 대위, 그런데 연세대학 경영대학원에 합격된 것 축하하네. 아직 모르고 있지?"

"아니, 형님이, 제가 합격한 것을 어떻게 아셨습니까? 형님께서는 경제학과에 계신다면서?"

"경영대학원에도 나가서 가르치지. 서로 소식이 끊어진 지가 십여 년이 넘었고 배 대위가 입학시험 친 것도 모르고 있었는데, 교수 심사에서 성적이 뛰어난 사람으로 나와서 서류를 보았더니 대구가 고향인 배성문이더군. 나는 직감적으로 누구인지 알았네. 공식적으로 입학통보를 받을 때까지 나도 연락하지 않으려고 했는데 오늘 우연히 길에서 만나게 되었구나. 열심히 공부하여 학위를 받으면 내가 외환은행에 취직시켜 줄 터이니 아무 걱정하지 말고 열심히 공부하도록 해라. 오늘 다른 약속이 있어 배 대위에게 점심을 대접할 수 없네. 추후 학교에서 만나세."

나의 부친께서 살아계실 때 한기춘 박사는 나의 부친 병원 건물 길 건너에 살면서 지하에서 펌프로 물이 나오도록 해주는 가난한 아버지의 아들이었다. 그가 경제적으로 어려울 때 나의 부친이 그의 고등학교 등록금을 도와준 적이 여러 번 있었다고 한다. 그는 국비 유학생으로 전국에서 몇 명만 뽑는데 선발되어 유학을 하고 돌아와 한국 경제 5개년 계획수립에 기여한 것으로 알고있다.

대학 졸업 후 4년이 지나 처음으로 공부를 시작하게 되었다. 인사행정, 시장행정, 재무행정, 그리고 회계학 모두 4과목을 택했다. 교수 분들은 모두 미국에서 공부하고 학위를 받은 분들이었다. 나의 대학원 1학년에는 기업회사 사장되는 분들, 군 장군 및 영관급 장교들, 기업회사 중역들이 많이 있었고, 나는 나이가 적은 편에 속했다. 한 학기가 너무나 재미있게 또 빠르게 지나가고 있었다. 물론 이때도 밤 1시 전에 잠을 잔 적이 없었다.

미국 유학서류를 제출한 것을 그동안 까맣게 잊어버리고 있었는데 12월 중순에 오하이오 웨스리언 대학교 로고(Logo)가 붙어있는 두툼한 봉투를 받았다. 나의 심장이 두근거리기 시작했다. 급히 봉

투를 열었다. 편지 내용인즉,

1. 등록금 전액에 해당하는 장학금을 제공한다.

2. 기숙사 및 음식비는 학생 본인이 지불한다.

3. 그러나 기숙사와 음식비를 지불 할 수 있도록 도서관에서 시간제 일을 하거나, 혹은 기숙사 구내식당에서 식기정리, 접시닦기, 그리고 청소일을 하여 자급자족 하도록 선처해준다.

4. 의형제처럼 지나면서 도움을 줄 수 있는 미국 남자학생 마이클 윌리(Michael Willie)를 소개해주면서 그의 집주소와 전화번호를 알려주었다. 그 학생은 자진하여 나를 선택하고 호스트(Host)가 되어 주겠다는 내용도 포함되어 있었다.

"구하라 그러면 주실 것이요... 두드려라 그러면 열릴 것이라..."하는 마태복음 7장 7절 보다도

"오히려 구하면, 구하는 것보다 더 많이 주시고, 문을 두드리면 그냥 문만 열어주시는 것이 아니라 문을 활짝 열어 얼굴에 큰 웃음을 지우시며 크게 환영하여 주시는 하나님, 부족한 죄인의 간구하심을 들어주시니 감사합니다. 하나님, 인도하시는 데로 걸어가겠습니다."

나도 모르게 장교복을 입은 채 눈을 감고 오랫동안 꿇어앉아 있었나 보다. 다리가 아파 일어날 수가 없었다. 1968년 8월 12일 학교가 시작한다며 여유를 가지고 오도록 대학 캐타로그(Catalog) 한 권을 동봉했다. 학교 캠퍼스가 너무 아름답다는 인상을 받았다.

나는 인사국으로 급히 가서 언제쯤 제대를 할 수 있는지 물었다. 인사담당 장교는,

"월남전이 일어난 후부터 전사하거나 부상을 입은 장병들이 많아 특히 초급장교들이 많이 모자라기 때문에 제대를 허락할 수 없을 거야."

"아니, 3년 근무하면 제대시키기로 약속하지 않았습니까?"

"약속은 무슨 약속이야 국가에서 필요하면 3년이 5년도 되고 3년이 10년도 되는 거야."

"무슨 방법이 없습니까? 무슨 예외는 없습니까?"

"귀관, 지금 무슨 소리하는 거야? 한번 해병이면 영원한 해병인데 제대부터 하려고 하면 어떻게 하나. 국가를 위해 개인을 희생시켜야 하는 것 잘 알면서."

생각지 못했던 또 하나의 큰 장벽이 나를 가로막고 있었다.

"아니야, 이것은 포기 할 수 없어. 절대 포기해선 안돼."

며칠 동안 고민하고 있다가 나는 결단을 내렸다. 참모부장님 따님에게 가서 우선 부탁을 하기로 했다. 참모부장님 집으로 갔다. 그 곳에 도착했을 때는 이미 밤 10시 30분이 되었다. 불이 다 꺼져있었다. 그녀의 방이 제일 바깥쪽에 있었기 때문에 조그마한 돌을 그의 창문에 던졌다. 한 번, 두 번, 세 번.

잠시 후 그녀가 나왔다. 대문을 조심스레 열고.

"배 대위입니다. 너무 늦게 와서 미안합니다."

"아니요. 나는 아직 자질 않고 있었습니다. 누가 왔다고 직감했습니다. 그런데 어쩐 일로 이렇게 늦게 오셨습니까? 저녁 식사는 했습니까? 아빠가 주무시니까 저희 집에 모실 수는 없습니다. 저녁을 안 하셨으면 어디 가서 식사대접을 할게요."

"나 오늘 대단히 중요한 부탁이 있어 이렇게 늦었지만 왔습니다.나 좀 도와주세요."

"지금까지 영어 배우며 빚을 많이 졌는데 제가 갚을 수 있는 일이 있습니까?"

"있습니다. 오하이오 웨스리언 대학교에서 공부하도록 장학금과 입학허가서가 왔습니다. 늦어도 올해 7월 달까지는 미국으로 떠나야 되는데."

"정말이세요? 유학 간다는 말씀 지금까지 한번도 하질 않았는데! 저는 배 대위님과 너무 빨리 헤어지기 싫은데! 그렇지만 너무 반가운 소식인데요. 그런데 제가 도울 일이 무엇입니까?"

"인사국에 가서 문의했더니 7월 달까지 제대가 안 된다는군요. 아빠에게 이 내용을 잘 전하고 제대할 수 있도록 부탁해 줄래요? 나, 농담하는 것이 아니고 진짜예요. 여기 서류 한번 보세요."

"배 대위님, 그러면 우리 작전을 써요. 제가 먼저 아빠에게 부탁을 할게요. 그리고 며칠이 지난 후 부관님도 저희 아빠에게 서류 가지고 가서 부탁하세요. 일단 반응이 어떠한지 미리 알려줄게요."

며칠이 지나자 누가 찾아 왔다며 점심시간이니까 만나자고 했다. 차가 대기하고 있다고 했다.

"김 중사, 김 중사가 어떻게 나를 기다리고 있소? 이 차로 나를 어디 데려 갈 생각이오? 참모부장님이 언제 찾을지 모르는데 왜 이 차를 가지고 왔소?"

"배 대위님, 빨리 타세요. 빨리 모셔 드리고 저는 곧 돌아와야 합니다. 이모님이 배 대위님 점심 대접하려고 합니다."

"참모부장님 사모님 언니 되는 분 말씀입니까?"

"그렇습니다. 빨리 타세요."

"부관님, 연락장교로 가신 후 자주 만나지 못했군요. 정말 반가워요. 어제 저녁에 우리가족들이 식사를 하는 중 조카가, '부관님 미국 유학하도록 입학허가서와 장학금을 받았다.'고 하더군요. 너무 반갑군요. 참모부장님과 우리 가족들이 부관님을 아주 좋아해요. 특히 내가 더욱 좋아해요. 참모부장님께 가서 제대하도록 부탁하세요. 도와주실 거예요."

며칠이 지나 나는 참모부장님을 찾아갔다.

"참모부장님, 저가 오하이오 웨스리언 대학교에서 입학허가서와 장학금을 받았습니다. 곧 제대를 할 수 있어야 유학을 갈 수 있으니 선처해 주십시오,"

하며 서류를 보여 드렸다. 그는 그의 부관을 시켜,

"인사국장 유 장군을 나의 사무실에 오도록 연락하라,"

하며 지시했다. 나는 당황할 수밖에 없었다. 한낱 보잘것 없는 이 초급장교인 나를 위하여 인사국장을 호출시킨 것이다. 곧 인사국장이 올라왔다.

"인사국장!"

"네, 참모부장님"

"나의 전속 부관이었던 배 대위가 미국대학에서 입학허가서와 장학금을 받았으니, 빨리 제대할 수 있도록 조치해주면 고맙겠소."

"참모 부장님, 알았습니다. 곧 조처하겠습니다,"하고 대답했다.

필요하면 항상 간단한 메모지를 국장들에게 전달해 왔는데 이번에는 왜 인사국장을 직접 호출했는지? 아마 즉각 조치를 취하도록 단호하게 명령하고 확답을 듣고 싶어하신 것 같았다. 제대를 할 수 없어서 유학을 포기해야 할 수밖에 없다고 며칠 동안 안타까워하며 깊은 실망의 구렁텅이에 빠져 있었는데 이렇게 빨리 좋은 소식이 오리라고 생각 못했는데 정말 기적이 일어난 것이다.

해병대 제대

1967년 12월은 나에게 또 하나의 중요한 일이 하나님의 뜻 가운데 나도 모르게 이루어지고 있었나 보다. 크리스마스를 불과 며칠 앞두고 고문단실 연락장교 사무실로 전화가 왔다. 영어로

"연락장교 배 대위입니다."

라고 했다. 한국어로

"성문이가? 나 박경보다."

"아니, 육군에 지원하여 근무한다는 소식 간접적으로 듣고있었는데 어떻게 전화했느냐?"고 물었다.

군복무를 끝내고 동산병원 원장 마펱(Dr. Maffet)씨 비서실에서 근무하고 있다며 이번 크리스마스에 대구에 내려와서 같이 시간을 보내자고 제의해 왔다. 대학 재학 중에 헤어지고 몇 년이 흘러간 이후이다.

"얼마 전에 서울 국민은행에 다니는 나의 조카가 그의 친구를 소개하여 겨우 한두 번 만났는데 이번 크리스마스에 서울에 머물면서 같이 시간을 보낼 생각이다."

라고 전하며 거절했으나 막무가내다.

"무조건 내려와. 좋은 사람을 소개시켜 줄 테니 꼭 내려와야 된다."

그는 크리스마스이브에 나를 데리고 대구동산병원 어느 병실로 데려갔다. 저녁 근무를 하고 있는 간호사 한 명을 소개해 주었다. 첫인상이 좋아서 그런지 마음씨가 좋아보였다.

"서울에서 온 옛 친구 배성문 대위입니다. 이분은 부산에서 경남여중, 고등학교를 졸업하고 이곳 동산간호대학을 졸업한 후 현재 간호사로 밤에 근무하고 낮에는 계명대학에 다니고 교육학과를 전공하고 있는 김숙자씨 입니다,"라고 서로 소개시켜 주었다.

1주일이 지난 후 경보 친구는 몇 시까지 어느 다방에 나오라고 했다. 그 곳에 도착하니 경보 친구는 보이지 않고 한참 기다리니까 김숙자씨가 들어왔다. 우리 둘 다 경보를 기다리는 도중 커피 한잔씩을 마시며, 병원과 대학에서 어떻게 지내는지, 나의 군 생활은 어떤지 등 가벼운 대화를 하면서 약 2시간을 보냈다. 그래도 친구 경보가 나타나지 않아 우리 둘이 어느 식당에 가서 저녁식사를 한후 다시 만날 특별한 약속도 없이 서로 전화번호만 주고 헤어져 나는 곧 서울행 기차에 몸을 실었다

나중에 알고 보니 경보가 김숙자씨에게도 어느 다방에 나오라고 했는데 그녀가 선약이 있어서 안 된다고 하니 시간을 앞당겨 잠깐만 몇 시까지 어느 다방에 나오라고 했단다.

약 2주가 지났다. 그런데 어느날 8군 군용 전화기가 울려,

"미 고문단실 배 대위입니다,"라고 전화를 받았다.

"안녕하세요. 저는 김숙자입니다."

"어떻게 8군 군용전화를 사용하고 있습니까?"

"네, 저는 지금 경보씨 사무실에 와 있습니다. 여기는 미군 전화가

이용가능합니다. 언제 대구에 놀러오지 않으세요? 놀러오세요."

"아니요. 대구에 내려갈 생각이 없습니다. 그냥 내려가서 시간만 낭비하고 돌아올 수는 없군요."

"왜 낭비라고 생각하세요?"

"그냥 가서 만나지도 못하고 돌아오면, 그게 낭비가 아니고 무엇입니까? 안 갈래요."

"그래도 놀러오세요."

"그럼 저를 위해서 재미있는 시간을 나눌 수 있기를 믿고 내려가겠습니다."

이렇게 하여 우리들의 데이트(Date)가 시작되었다. 만나서 대화를 나눌수록 나의 마음을 편안하게 해주는 분이었다. 그래서 나는 김숙자씨에게 결혼을 하고 같이 미국에 가자고 청혼을 했다.

주말마다 숙자씨와 같이 지내기 위하여 서울에서 대구로 내려갔다. 어느 때엔 군용 비행기를 타고, 아니면 기차를 타고. 내려갈 때마다 용산 미 8군 장교식당에서 주는 저녁을 먹지않고 저녁 음식 (Brown Bag)을 주문하여 숙자씨에게 갖다주었다. 그 당시에는 우유, 오랜지, 소고기 샌드위치는 귀한 음식이었다. 숙자씨는 우유를 마시고 나면 기분에 더 예뻐지는것 같다고 농담을 했다.

그를 데리고 보석방에 가서 반돈짜리 반지를 하나 주문했다.

"숙자씨, 내가 여유가 없어 반돈 크기의 반지를 주문했는데 부끄럽지만 작은것이라도 이것 받아요, 나중에 미국에 가서 여유있으면 더 큰것 해 드리지! 이것이 우리 결혼반지로 사용할 거예요."

결혼

1968년 4월 30일 드디어 해병대에서 제대하게 되었다. 제대 한 후 대구에 내려와서 숙자씨와 매일 같이 시간을 보냈다. 계명대학교 도서관에서 또 동창 친구들과도 만나면서. 연세대학 경영대학원은 한 학기를 끝내고 미국유학 준비때문에 더이상 계속할 수가 없었다.

여권과 비자를 받도록 수속을 시작했다. 여권과 비자를 발급받는데에는 엄청나게 많은 서류들을 갖추어야 하고 또 어떤 서류들은 무척 까다로웠다. 그 중에 미국에서 공부할 동안 재정을 보장해 줄 수 있는 분으로부터 '재정보증서'를 한 통을 제출하라고 했다.

"강 대위, 또 생각지 않게 문제가 생겼다. 재정보증서를 첨부하라는데 아무도 나에게 재정보증을 해 줄 사람을 구할 수 없구나. 어쩌면 이것 때문에 미국엘 못가게 되겠는데."

재정보증서를 해 줄 분을 찾느라 이리저리 뛰어 다녀봐도 모두가 한결같이 해줄 수 없다고 한다. 당연한 일이지. 누가 나를 위하여 재정보증을 서 주겠는가?

낙담을 하고 있은지 2주가 지난 어느날,

"배 대위, 나 강기종이야. 아직도 재정보증인 구하지 못 했느냐?

그러면, 나하고 누굴 만나러 가자!"

"강 대위, 가보나 마나 헛수고지 누가 쉽게 도와주겠나!"

"내 친구 중 한 명이 소주회사를 운영하는 사장이 있다. 그 친구는 자기 아버지로부터 소주회사를 물려받아 열심히 하고 있지. 그러니까 한번 가보자. 내가 그 친구에게 미리 이야길 해두었는데 아무래도 배 대위가 직접 한번 만나 보도록 해야겠다. '장학금을 다 받아 가니 아무런 부담이 없다고 후에 책임을 질 일이 절대 없을 거라,'고 그 친구에게 강조해."

"금복주, 배 대위야. 내가 한번 이야기했지. 나를 도와주는 셈치고 배 대위를 위하여 재정보증서 하나 써주라. 다른 분들도 다 도와주고 싶어 하나 은행 잔고증명을 첨부해야 되는데 일정 액수의 현찰이 은행에 없어서 도와줄 수 없다고 하더구나."

"배 대위, 보아하니 아주 진실하게 보입니다. 그래, 미국에 유학을 갈려는데 재정보증서가 없어 포기할 수는 없지 않소. 배 대위, 저와 함께 은행에 갑시다. 은행 잔고증명서 하나 준비해서 재정보증서 만들어 주겠소."

갑자기 눈물이 핑돈다. 어떻게 이런 분도 있는가? 나는 그 분의 손을 붙잡고 오래 동안 놓아주질 않았다.

가장 어려운 문제가 해결되어 기쁜 마음으로 서울 미 대사관에 인터뷰하러 올라갔다. 우연히 다시 마주쳤다.

"아니, 조용상 동문 아니오. 반갑군요"

"배 대위, 뜻밖에 여기서 다시 만나게 되는군요. 나도 유학가려고 비자받으러 왔소."

"반갑군요. 우리 미국에 같이 갑시다. 나도 6월에 그곳에 가면 8월에 학교가 시작할 때까지 어디에서 머물러야 하는데 아무데도 갈 곳이 없어서 궁리하는 중이요."

"그럼 반갑군요. 나도 외롭지 않고. 시카고에 있는 은상기 친구에게 편지했더니 자기에게 와 있다가 학교로 가도록 연락이 왔소."

"나보다 더 빠르군요. 벌써 그곳에 머무를 곳까지 마련해 두었으니. 나도 가서 같이 머물 수 있겠소?"

"걱정하지 말고 같이 갑시다. 설마 쫓아내지는 않겠지!"

모든 어렵고 염려스러웠던 문제들이 생각지 않게 잘 해결되어 갔다.

"숙자씨, 나 미국에 가기 전에 결혼식을 올리고 싶은데 그렇게 해요. 부산에 있는 어머님과 가족들에게 알리고 결혼식은 대구에서 하십시다. 강기종 친구가 결혼식장을 알아보고 예약했답니다. 또 어제 신태식 학장님에게 찾아가서 주례를 부탁했더니 기꺼이 해주기로 했습니다."

1968년 6월 13일 결혼식을 마치고 우리 부부는 부산 해운대 온천에서 하루를 지내고 가까이 있는 처갓집에 가서 하루를 지냈다. 곧 대구로 올라와 짐을 꾸리고 김포공항으로 떠났다. 어머님에게, 나의 아내에게, 누이동생에게 작별을 고하고, 기쁨과 헤어지는 슬픔을 동시에 안고,

"어머님, 건강하게 지내세요. 도착 즉시 편지 보내겠습니다."

나의 아내에게도,

"어머님과 같이 시간을 많이 보내주길 부탁해요. 그럼 안녕!"

하고 손을 흔들며 팬암 비행기에 올랐다. 조용상 친구도 역시.

Ⅲ. 꼭 성공하려고

나는 학교에 가서 한 달간 우리 부부가
지낼 수 있는 방을 구해주도록 부탁하고,
친구 대이빋에게 공항에 같이 가 달라고 부탁했다.
그날 새벽 일찍 일어나 눈이 펑펑 내리는 미끄러운 거리를
1시간 40분이나 걸려 겨우 공항에 도착했다.
오랫만에 만나니 서로가 부끄러워서인지
반가우면서도 어쩐지 서먹서먹했다.

미국 유학

오하이오 주 얼바나 시

오하이오 웨스리언 대학교

캔사스 주립대학교

캔사스 대학교The University of Kansas박사 학위

오하이오 주 얼바나 시 Urbana, Ohio

팬암 비행기에 타자마자 비행기 안에는 동대문시장을 연상하리만큼 소란스러웠다. 미국행 비행기를 탈 때까지 까다로운 수속을 마치느라 고생을 많이 한 이유인지, 즐거움과 흥분으로 가득 차있는 분위기였다. 옆에 앉아있는 사람들과 대화 소리가 너무나 시끄러웠다. 비행기 안이 터져나갈 것만 같았다. 나는 다소 수치스러운 느낌이 들었다. 그러나 김포공항을 이륙한 지 한 시간이 지나자 점점 조용해지기 시작하였다. 금발의 여자 승무원 (Stewardess)들이 분주히 음료수를 나르며 주문을 받기 시작했다. 곧이어 저녁식사가 나오고 기내는 완전히 조용해졌다.

창문을 통하여 아래를 내려다보니 거대한 태평양 바다가 한눈에 들어왔다. 배도 섬도 아무것도 보이질 않고. 세 시간, 네 시간이 지나가도 푸른 바다뿐이었다. 점점 어두워지더니 밤이 되기 시작했다. 즐겁기만 하던 비행이 점점 지루해지면서 잠깐 눈을 붙였나 보다. 승무원들이 세관을 통과할 때에 필요한 서류들을 가지고 와서 각자가 기재하도록 했다.

"손님 여러분, 저는 이 비행기의 주 조종사(Captain) 입니다. 태평양 시간(The Pacific Time)으로 지금 새벽 5시입니다. 장거리 항해에 많이 피로하실 줄 믿습니다. 우리 비행기는 곧 로스 앤제러스 (Los Angeles) 공항에 도착할 예정입니다. 세관을 통과하여 사증(査證)을 한 후 미국 국내선 공항으로 가는 셔틀버스 (Shuttle bus)를 이용하시면 운전수가 어느 항공편이 어디에 있는지 알려주고 하차하도록 할 것입니다. 다음 여행 때에도 우리 회사 항공기를 애용해 주시기를 부탁 드립니다. 편안히 가십시오."

시계를 보니 약 14시간을 걸려서 태평양을 통과해왔다. 서로 떨어져 좌석에 타고왔던 조용상 친구와 같이 내려 세관을 통과하고, 시카고행 비행기에 몸을 실었다. 어디서부터인지 비행기가 심하게 흔들리며 깊이 빠져 내려가는 것 같았으나 곧 안정을 되찾곤했다. 곧이어 좌석벨트를 착용하라는 지시가 나오고. 이러기를 여러 번 반복했다. 어제는 끝없이 푸른 바다만 보였는데 이제는 라키산맥(The Rocky Mountains)으로 거의 두 시간이상 비행을 계속하였건만 높은 산맥들만 보이고 여름인데도 눈이 덮여있었다. 과연 미국은 거대한 나라인 것을 실감하고 첫 번째 놀랐다.

약 4시간이 지나 주 조종사가 곧 시카고에 도착한다고 알려 주었다. 창문을 통하여 아래로 내려다보았더니 왼쪽에는 거대한 바다가 있고 오른쪽에는 자동차가 빽빽이 들어서 있었다. 나는 여기에 커다란 자동차 공장이 있나 보다 라고 생각했다. 그러나 그것은 자동차 공장이 아니라, 시카고 오해어 국제공항(The O'Hare International Airport) 주차장이라는 것을 늦게나마 알고 두 번째 놀랐다. 과연 미국은 자동차 왕국이구나.

또한 바다라고 오해하고 있었는데 그것은 바다가 아니고 미시건 호수(Lake Michigan)라고 했다. 이렇게 거대한 바다처럼 큰 호수가 있는 것을 알고 세 번째 놀랐다.

미시건 호수만 있는 것이 아니라 그 옆에 역시 바다처럼 거대한 수피리얼 호수(Lake Superior), 휴론 호수(Lake Huron), 그리고 이리 호수(Lake Erie)가 있다는 것을 알고 네 번째 놀랐다. 이와 같이 거대한 4개의 호수들이 있으니 적절한 수송만 할 수 있다면 미국 어느 곳에든지 가뭄을 걱정할 것이 없겠구나 생각했다.

미시건 호수를 끼고 하늘을 치솟고 있는 높은 마천루 건물들을 보고 다섯 번째 놀랐다. 사람의 힘으로, 사람의 지혜로서 저렇게 높은 건물들을 수도 없이 많이 지어 올릴 수 있구나. 하늘에서 보는 시카고 도시는 정말 장관이었다.

비행기에서 내려 두리번거리고 있었다. 방향 감각이 없었기 때문이었다. 누군가 옆에 와서, "어디로 가느냐?"고 물었다.

우리들은, 락포드(Rockford) 시(市)로 가는 버스를 어디로 가서 타야하는지 알고 싶다고 말했다.

그 분은 친절하게 우리들을 안내하여 이리로 나가면 셔틀버스가 있고, 운전기사에게 락포드 시로 가는 버스 정류장에 내려달라고 부탁하도록 친절하게 설명을 해 주었다. 또 길을 몰라 몇 번이고 문의했으나 그때마다 매번 너무나 친절하게 설명을 해 주었다. 과연 미국시민들은 대단히 친절하구나 하는 것을 알고 여섯 번째 놀랐다. 놀람의 연속이었다.

락포드시 버스 정류장에 도착했을 때에는 이미 해가 지는 저녁이

었다. 누군가가 와서,

"은상기 사범이 보내서 왔습니다. 자동차에 타시지요."

우리들은 은상기씨 태권도장에서 태권도를 배운다는 유대인 미국 안과의사 집에서 그날 밤을 지내게 하도록 마련해 두었단다. 우리들이 잠을 잘 아래층으로 내려가니 깨끗한 칼펱(Carpet)이 깔려 있었다. 이렇게 아름다운 칼펱이 온 집안에 깔려있는 것을 보고. 그 후 어느집이나 할 것 없이 모두 칼펱을 깔고 있다는 풍요함을 알고 일곱 번째 놀랐다.

나는 아무런 특별한 일도 하지 않고 시간만 낭비 할 수가 없었다. 일주일이 지난 후 나는 마이클 윌리에게 전화를 했다.

"그곳이 마이클 윌리 댁입니까?"

"그렇습니다. 내가 마이클 입니다. 실례지만 누구신가요?"

"저는 한국에서 온 성문 배 입니다. 이번 8월에 오하이오 웨스리언 대학에서 공부를 시작하려고 이곳 이리노이 주에 도착했습니다. 혹시 학교가 시작할 때까지 두 달 가량 마이클 집에서 머무르며 그곳에서 일을 할 수 있도록 직장을 하나 구해 주시겠습니까?"

"잠깐만 기다리세요. 나의 부모님들에게 여쭈어보겠습니다."

이삼 분이 지나

"성문 배, 이곳에 와서 나와 같이 머물 것을 우리 부모님들이 진심으로 좋아하고 계십니다."

"그러면 여기 시카고에서 출발하여 어느 비행장에 내려야 합니까?"

"오하이오 주 코럼버스 공항으로 오십시오. 나의 아버지와 내가 공항으로 마중나가서 우리 집으로 모시고 오겠습니다."

"그러면, 비행기 도착시간이 언제인지 표를 구입 한 후 다시 연락 드리겠습니다. 감사합니다. 안녕."

"반갑습니다. 저는 성문 배 입니다."

"얼바나에 온 것 환영합니다. 이름을 부르기가 어렵군요. 싫어하지 않으면 앞으로 미국 이름으로 '서니'(Sunny)라고 부르면 어떨까요?"

"좋습니다. 감사합니다."

마이클 모친께서,

"서니, 우리 옆집에 사는 이웃이 세탁용, 접시 청소용, 기타 여러 가지 청소하는 데 사용하는 화학액체를 만들어내는 공장의 지배인으로 있어 내가 이미 '서니'에게 여름방학 두 달 동안 직장을 주도록 부탁해 두었으니, 옆집 사람을 만나보라,"고 했다.

그 다음날 나를 데리고 사회보장번호(Social Security Number)를 신청하여 나의 번호를 받았다. 미국인이든 외국인이든 사회보장번호가 없으면 일을 할 수 없음을 알게 되었다.

"마이클, 사회보장번호는 왜 필요합니까?"

"미국인이든 외국인이든 미국에서 일을 하면 연방정부와 주정부에 세금을 내야 합니다. 또 사회보장번호는 평생 동안 간직하여야 하며 신원조회에 가장 많이 활용되고 있습니다."

"그렇군요. 그러니까 세금을 내지 않고 일을 할 수 없고, 누가 어디에서 얼마 동안 일을 했는지 얼마를 벌어갔는지 속일 수가 없겠군요. 또 즉시 사람을 찾아낼 수 있겠군요."

"그렇습니다. 집을 사도, 은행에 구좌를 열어도, 증권에 투자를 해도, 부동산을 구입해도, 무엇을 해도 사회보장번호를 필요로 합니다."

그렇구나! 거짓을 하기가 대단히 어렵겠구나. 맑고 밝은 사회가 될 수밖에 없음을 알고 여덟 번째 놀랐다. 과연 부정부패를 방지하는 실명제, 한국에서는 언제부터 가능한가?

그리하여 그 다음날부터 아침 6시 30분에 지배인 차를 타고 동시에 출퇴근을 하게 되었다. 매일같이. 대단히 귀찮은 일일 텐데. 나에게 주어진 책임은 세탁용 액체가 담긴 크고 대단히 무거운 플라스틱 병 12개씩을 집어넣은 상자를 들어 나무판자 틀 위에 하나씩 쌓아 놓는 일이다. 그래서 27상자씩 모아두면 포크리프트(Forklift) 기계로 창고에 적재하고 수송할 준비를 한다.

나는 플라스틱 병의 박스들이 자동으로 굴러나오는 가장 가까운 곳으로 나무 판자 틀을 옮기고 매 30초마다 자동으로 굴러나오는 커다란 박스를 제 때에 나무판 틀 위에 옮겨 놓아야 했다. 자동으로 되어있어 잠깐 쉬더라도 박스들이 산더미처럼 쌓이기 때문에 문제가 생긴다. 아침에는 너무 일찍 일어나기 때문에 마이클 어머니는 주무시고 계시니, 나 혼자 부엌에 들어가서 아침 음식을 만들 수 없어서 아침 식사를 하지 않고 출근하고, 점심에는 따뜻한 음식을 제공하는 식당이 없어, 스랄머신(Slot machine)에서 간단한 초코릿, 땅콩, 음료수를 사서 빼 내어서 먹었다. 그래서 점심도 제대로 먹질 못하고 50파운드 무게의 박스를 30초마다 집어 올리다 보면, 이마엔 물 흐르듯이 땀이 흘러내리고, 하늘이 노랗게 보이고, 수많은 아지랑이들이 반짝이고, 현기증이 일어나기 일쑤였다. 더욱이 나무판자 틀들은 표면이 거칠어 매번 들어옮겨 올릴 때마다 나무 가시들이 나의 손바닥 속으로 들어가서 아프게 하더니, 약 2주일 후 어느날 저녁부터는 밤에 잠을 잘 수 없으리만큼 아파오기 시작하였다.

그때서야 나의 양 손바닥과 다섯 손가락에는 수만 개의 나무 가시들이 총총히 박혀 양 손바닥들이 새까맣게 되어있음을 보고 놀라지 않을 수 없었다. 밤마다 아파 괴로워하면서도 누구에게도 알리기 싫었다. 이와 같이 매일 하루 저녁 한 끼니를 먹으며, 중노동을 하다 보니 나의 체중이 계속 줄어들기 시작했다. 약 두 달 동안 그 일을 하다 보니 나의 몸무게가 160파운드에서 130파운드로 줄어들어 앙상하게 되었다. 뼈만 남은 것 같이 되었다. 계속한다면 눕게 되리라 생각되었다. 이제 도저히 그 이상 이 일을 계속 할 수 없게 되었을 즈음 여름 방학이 다 지나가고, 학교가 시작할 때가 왔다. 나는 안도의 숨을 쉬고 있었다.

오하이오 웨스리언 대학교 The Ohio Wesleyan Univ.

밤마다 손바닥에 수많은 바늘들이 나를 괴롭혀 잠을 자지 못하고 신음을 하다니. 가난의 죄 때문이로구나. 돈을 벌기가 이렇게 힘이 드는 것을 뼈저리게 느끼며 이제 학교에 돌아가면 이를 악물고 공부 하리라 결심했다. 어떤 일이 있어도 이와 같은 중 노동일을 하고는 평생을 살아가선 안 된다고 다짐하면서. 그러면서도 나는 마이클 부 모님들이 너무나 고마웠다. 잠을 자게 해 주시고, 직장을 구해주시 고, 저녁음식을 먹을 수 있게 해주신 것에 진심으로 감사를 드렸다. 또 하나님께 간구하며 기도했다. 마이클 가족에게 더 큰 축복을 내 려주시도록.

마이클 부모님들은 마이클과 나, 또 우리들의 짐을 싣고 얼바나 (Urbana)를 출발하여 약 3시간 운전을 하여 데라웨어에 위치한 오하 이오 웨스리언 대학교 기숙사에 짐을 풀어주셨다. 너무나 깨끗하고 좋은 캠퍼스였다. 하늘로 치솟은 높은 나무들이 빽빽이 들어서 있고 단풍이 지기 시작하였다. 나는 한국의 하늘만 높다고 생각했었다. 그 러나 이곳에서도 가을 하늘은 너무나 높고 푸르렀다. 캠퍼스 내에서 어디서나 남녀학생들이 서로 껴안고, 다른 사람들이 보는 가운데서도 자연스럽게 키스를 하고 있었다. 그런가 하면 푸른 잔디 위에 수건을 깔아놓고, 마치 바닷가에서 해수욕을 하는 것처럼, 젖만 가리고 거의 나체로 누워 책을 읽고 있다. 누구에게도 상관하지 않고. 처음에는 오히려 내가 당황해 했다. 그리하여 내가 먼저 그들 쌍쌍으로부터 빨리 피해갔다.

"그렇구나. 서로가 서로에게 관여를 하지 않고 또 사랑을 자유롭게 어디에서나 표현하고 있구나."

이것은 아홉 번째로 나를 놀라게 만들었다.

어느 날 백인 여학생이 나에게 가까이 왔다. 캠퍼스에서 몇 차례 만났고, 식당에서도 만난 적이 있다. 그녀는 즉시 나의 이름을 불렀다. 그러나 나는 그녀의 이름을 기억하지 못하고 있었다. 옆에 같이 온 다른 학생들도 나의 이름을 부르고 있었다. 그러나 나는 누구의 이름도 기억하질 못하고 있었다. 그렇구나. 상대방의 이름을 기억하는 것은 대단히 중요하구나. 이름을 기억하지 못하는 것은 큰 결례를 하는 것이로구나. 최소한 첫 이름만이라도. 이것은 열 번째 나에게 중요한 교훈을 주었다. 그녀에게,

"미안하지만 지난번 한꺼번에 너무 많은 분들을 소개받았기 때문에 이름을 기억하지 못하니 다시 상기 시켜주면 고맙겠습니다."

"나는 낸시(Nancy) 입니다."

그녀는 계속하여,

"서니, 내일 토요일이니 나와 같이 코럼버스시에 가서 즐겁게 시간을 보내고 호텔에서 같이 하루 자고 그 다음날 일요일에 돌아오자,"고 했다.

나는 당황했다. 이미 결혼을 했으니까 그럴 수가 없었다.

"낸시, 나는 이번 주말 좀 바쁘니까 이번 주말에는 어려운데,"

라고 대답했다. 그녀는 생각지 않게 거절을 당했다고 여겼는지 다소 당황해 하며 총총히 사라졌다. 나의 친구 라벌트 월펄트(Robert W. Wolpert)에게 자초지종을 이야기했더니,

"서니, 미국에서는 결혼한 사람은 왼쪽 손 넷째 손가락에 반드시 결혼반지를 끼고 있는거야. 그것으로 우리는 상대가 결혼한 사람인지 아닌지를 구별하거든. 이곳 대학은 박사 과정이 없고 석사와 학사학위를 주는 대학이다 보니 모두 나이가 20살에서 24살 사이 이고 거의 모든 학생들은 결혼을 하지 않은 싱글(Single)들이지. 그러니까 낸시는 네가 결혼하지 않은 사람으로 간주한거야. 알았어?"

"라벌트, 감사해! 오늘부터 난 반드시 결혼반지를 끼고 있을거야."

"아무렴 그렇게 해야지."

이것은 나의 열한 번째로 놀라는 문화 차이에서 받은 문화상의 충격(Cultural shock)이었다.

"그렇구나! 낸시의 잘못이 아니고 나의 잘못이었구나. 다시는 이런 일이 없도록 해야지."

한번은 대이빝(David)이란 친구가 밖에서 공놀이를 끝내자

"서니, 우리 배스컨 라번즈(Baskin Robbins) 아이스크림 상점에 아이스크림 먹으러가자."고 제의했다.

그곳에 도착하여 주문을 하고 곧 그는 자기 아이스크림 코운(Ice-cream cone)을 받고 돈을 지불하고 자리에 앉아 먹기 시작했다. 분명히 그가 아이스크림 상점에 가자고 먼저 제의를 했는데 나의 아이

스크림 돈을 내지 않고 있었다. 밖에서 뛰어 노느라고 나는 돈지갑을 가지고 가질 않았다. 한동안 당황했다.

"데이빗, 미안하지만 돈 좀 빌려줘. 밖에서 뛰어다니다 말고 바로 왔기 때문에 돈지갑을 두고 왔어. 1불 50센트 빌려다오."

"그래 여기있다. 기숙사에 돌아가면 갚는 거지?"

"당연히."

"그렇구나. 여기서는 '누가 먼저 음식점에 가자,' '식당에 가자' 라고 먼저 제의해도 자기가 혼자 돈을 모두 지불하는 책임을 지지 않는구나. 각자 자기가 먹고 싶은 것을 주문하고 각자 자기 음식비만 내는구나. 특별히 사전에 미리 자기가 완전히 지불하겠다고 약속하지 않은 이상. 그 얼마나 홀가분하고 자기 것에 자기가 책임을 지고. 한국에선 서로 누가 지불하기를 기대하고만 있고 눈치를 살피고 있는데 비하여 이것이 미국인의 정신이구나."

이것은 열두 번째로 놀라며 배운 교훈이다.

이곳 대학에서 학생 크럽모임이 있어 참석했다. 1학년 학생들이 4학년 학생들에게 아무 거리낌 없이 첫 이름을 부르고 있었다. 한국에서는 있을 수 없는 일이다. 어느 날 몇몇 교수들이 모여 이야기하는 것을 들었다. 젊은 교수가 60대의 연로한 교수에게 첫 이름을 부르고 있었다. 백화점에 가 보았더니 역시 젊은 직원이 나이 많은 직원에게 첫 이름을 부르고 있었다. 어디를 가나 나이 차이에 관계없이, 남녀 간의 차이에 관계없이, 거리낌 없이 서로 첫 이름을 부르고 있었다. 사위가 장인어른에게 첫 이름을 부르고 있었다. 그렇구나! 서로 첫 이름을 부르는 이상 그들은 꼭 같구나. 평등하구나. 권위와 위세를 부리는 모습을 좀처럼 찾아볼 수 없구나. 이것은 열세 번째 나를 놀라게 하는 교훈이었다.

평등의 원칙을 다른 예에서도 찾아볼 수 있었다. 신임 대사가 국가 원수에게 신임장을 증정할 때, 관현악단의 지휘자가 무대에서 청중들에게 인사를 할 때, 이와 같은 몇 가지를 제외하고, 사람들을 처음 만나 인사를 나눌 때, 젊은 사람이 나이 많은 분에게 인사를 할 때, 아이들이 어른들에게 인사를 할 때, 학생들이 교수에게 인사를 할 때, 허리를 굽히고 인사를 하지 않는구나. 이것은 열네 번째의 교훈이 되었다.

상대편을 존중하는 예는 서로를 오라고 신호하는 방법에서도 볼 수 있었다. 한국에서는 손등을 위로 위치하고 손가락들을 아래로 향하여 움직이며 이리 오라고 손짓을 한다. 그러나 미국에서는 손등을 아래로 위치하고 손가락을 위로 움직이면서 오라고 손짓을 한다. 열다섯 번째 교훈이다.

상업상의 애프터 서비스(After-service)에서도 너무나 상이한 현상을 목격했다. 물건을 사고 며칠이 지나서도 영수증과 함께 가지고 가면 아무런 불평을 하지 않고 물건을 도로 받고, 지불한 돈을 손님에게 되돌려 준다. 이런 원칙은 품질을 향상시켜 고객들을 만족시키도록 최선을 다하게 하는구나. 이것은 열여섯 번째의 교훈이 되었다.

또한 빈부간의 차이를 강조하지 않고 있다. 가난한 사람이 열심히 일하여 어느 날 부자가 되는 이야기가 너무나 많기 때문이다. 얼마 전까지 돈이 많던 사람이 경쟁에 뒤져서 도산신고를 하고 가난하게 되는 경우도 많다. 모두가 미국은 기회의 나라요, 열심히 노력하는 만큼, 심는 만큼 거두어 드릴 수 있다고 생각하는 가치관을 가지고 있다. 얼마 전에 이민 온 가난한 집에서 어느덧 2세가 출세하는 이야기도 너무나 많다. 부자가 모두 최고급 자가용을 가지고 있지 않으며, 얼마나 비싸고 얼마나 고급 차냐에 따라서 그 사람을 평가하지 않는다. 이것은 열일곱 번째의 교훈이 되었다.

자원봉사 정신 또한 놀라지 않을 수 없다. 대학 캠퍼스가 있는 이 지역에 혼자 살고 계신 노인 분들에게 가서 학생들이 시장도 봐주고, 잔디도 깎아주고, 겨울이면 집 앞에 있는 눈도 치워주고, 집수리 하는데도 도와주고. 모두가 시험을 치를 때엔 잠도 자질 않고 공부하면서, 시간제 일을 하면서도, 별도 시간을 내어 자원 봉사하는 정신은 열여덟 번째의 교훈이다.

나는 이 대학에서 일 년 동안 대학원에 진학하기 위한 기본적인 준비와 지식을 갖추도록 계획하고 있었다. 그리하여 미국 정치학개론, 미국 외교역사학, 미국 사회학개론, 미국 경제학개론, 미국 여론과 정당 정치, 미국 주와 지방정부 과목들을 택했다.

미국에서 공부를 하는 것은 한국에서와 다른 점들이 많았다. 어느 과목을 택하든지 선다형 객관적인 시험이 있었다. 단어 하나가 포함되거나 빠지거나에 따라서 정답이 되거나 틀리는 답이 된다. 4개 혹은 5개 선다형 답안 중에 적어도 2개는 정답일 것 같다. 이와 같은 시험에 익숙하지 않은 외국학생들에게는 대단히 힘들고 어려웠다. 어떤 과목에는 선다형 시험 실습책이 있어 도움을 주지만 어떤 과목에선 그런 책들이 없어 조심스럽게 교과서를 읽어내려가야 한다. 정독을 해야했다. 또 한 번만이 아니라 두세 번 읽어 첫 번째 읽을 때

깨닫지 못한 것도 파악해야 했다.

두 번째의 도전은 어느 과목이든지 논문을 제출하여야 한다. 어느한 문장이라도 교과서, 신문, 잡지에서 도용(Plagiarism)을 해서는 안된다. 참고로 인용을 하면 반드시 출처를 밝혀야 한다. 지적 재산도물질적 재산처럼 중요하기 때문에 타인의 지적 재산을 훔치는 일을금지하고 있다. 그렇지 않으면 퇴교를 당하거나 학위까지 박탈을 당한다. 논문은 이미 있는 내용이 아니고 새롭게 무엇인가를 제시하거나 혹은 어떤 명제에 자료를 제시하고 증명을 요구했다. 그리하여자료를 찾느라고 도서관에서 많은 시간을 보내야 했다.

논문을 작성할 때, 서로가 대화하는 식으로 쉽게 또 평범한 영어로 설명해 나가도록 강조했다. 철자법에서부터, 카머(Comma), 마침표(Period), 카런(Full Colon), 세마이카런(Semi-Colon) 등에 이르기까지 세심한 주의를 해야 했다. 적절한 단어를 사용하고, 능동적 혹은 피동적 표현방법을 선택하는 결정, 서론, 본론, 및 결론이 분명하게 그러면서도 논리적이고, 일관성 있게 정리하는데 까지 신경을 써야 한다. 논문을 돌려 받으면 나의 글씨 분량만큼이나 많은 교정과카먼트(Comment)를 받고 보면 앞이 캄캄하다. 무엇을 얼마나 향상시켜야 하는지 조심하여 하나하나씩 배워나갔다.

매 과목마다 일주일에 읽어가야 할 분량은 산더미처럼 많다. 거기에다 미국 학생들은 이미 초등학교에서부터 고등학교까지 배워 왔기 때문에 미국의 사회, 경제, 역사 등 여러 분야에 기본 지식이 많이 있지만, 외국학생들에게는 너무나 생소한 내용들이 많다. 중간 중간에 중지를 하고 어떤 내용에 대하여 백과사전을 찾아보아야 했다.

어느 과목에서 루이지애나 구매(The Louisiana Purchase)에 대하여 토론이 벌어졌다. 미국 헌법에 위반이 아니었는가? 대통령의 월권행위가 아니었는가? 그러나 나는 이것이 언제 어디에서 누가 무엇을 어떻게 하여 일어났는지 모르고 있었기 때문에 토론하는 것을 도저히 파악할 수 없었다. 백과사전을 찾고 미국 역사책을 뒤져보았다. 1803년 제퍼슨(Thomas Jefferson) 대통령이 루이지애나주에서부터 서북쪽으로 와이오밍 주와 몬태나 주에 이르기까지 미국 본토의 거의 삼분의 일에 해당되는 크기의 땅을 불란서의 나폴레옹으로부터 당시 시가 일천 오백만 불($15 million)을 주고 미국 영토로 사들인 것이다. 땅 값을 에이커(Acre)당 1센트로 계산한 것이었다. 미국 헌법에는 국가의 예산과 지출은 국회의 심의를 거쳐 통과가 되어야 하는데, 국회의 동의 없이 대통령이 일방적으로 결정한 셈이었다. 이유는 언제 나폴레옹의 마음이 바뀔지 모르기 때문에 국회에서 동의 절차를 거칠 시간적 여유가 없었기 때문이라고.

그래서 나는 가능한 한 매주 읽어야 할 주어진 분량을 반드시 읽어간다는 원칙을 세웠다. 밤을 새워서라도 다 읽어가야 한다고. 이렇게 사전에 준비를 해서 강의에 들어가면 강의를 이해하기 쉽고 토론에도 참석을 할 수 있게 되었다.

각 과목마다 여러 권의 책들을 읽어야 했다. 그런데 아무리 읽어도 책의 요점이 무엇이고 왜 이 책을 읽어야 할 만큼 무엇이 중요한지 이해할 수가 없는 경우가 많았다. 왜냐하면 어떤 저자들의 글은 지저분하고 논리가 정연하지 않기 때문이다. 여러 번 낭패를 당하고 난 어느 날 친구가,

"서니, 많은 학생들은 너처럼 끙끙 앓으며 밤을 새워 책들을 다 읽으려 하지 않고도 요점이 무엇인지 알고 오는 거야."

나는 눈이 번쩍했다.

"토니, 무슨 방법으로? 무슨 요술이 있는 거야?"

"있고말고."

"그럼 나에게 알려다오. 나도 잠을 자가면서 공부해야 되겠다."

"아니야, 너는 그 방법을 가르쳐 주어도 역시 책들을 다 읽으려 할 거야. 그러니까 소용없는 일이야."

"꼭 알려 주면 고맙겠는데!"

"그럼 알려주지. 도서관에 가면, 리들즈 가이드(Reader's Guide)라는 책이 있네. 이 책은 책으로 출판되는 모든 책에 대하여 그 분야에 권위 있는 학자들에 의하여 그 책들은 주제가 무엇이며, 어떻게 전개해 나갔으며, 어떤 면에서 훌륭하고 어떤 면에서 취약점이 있는지 평가한 내용들을 망라하여 연도별로 누가 어느 학술잡지 몇 페이지에서 몇 페이지까지 평가한 내용이 있는지 소개 되어있네."

"그렇구나. 전문가에 의한 책의 요점, 장단점을 여러 학자들이 상이한 견지에서 평가한 것을 미리 읽어 둔 후 내가 그 책을 읽으면 더욱 분명히 파악하고 내 나름대로 평가할 수 있겠구나."

"서니, 너 지금 무어라고 말했나? 다른 학생들은 서평만 읽고 책을 다 읽지 않는다고 내가 말 했잖아. 그런데, 너는 서평을 읽어본 후에 결국 책을 다 읽겠다는 것이구나. 처음부터 예측한대로 구면!"

"토니, 하여간 너무 고맙다. 오늘 내가 점심을 대접하겠다. 두 사람분 돈을 내가 내는 거야."

기숙사비와 식비를 충당하기 위하여 나는 기숙사 식당에서 그릇 씻는 일과 부엌 청소 일을 했다. 열심히 그리고 깨끗하게 마음에 들도록. 나머지 시간은 모두 공부하는데 집중하고.

어느덧 추수 감사절이 닥쳐왔다. 많은 친구들은 자기 집으로 떠났다. 나는 필요한 논문들을 더 준비하기 위하여 기숙사에 머물기로 했다. 아니 아무 데도 갈 곳이 없었기 때문이다. 그런데 어느 교수가 나를 추수 감사절 정찬에 초대를 했다. 생물학을 가르치는 일본 2세 미국교수였다. 커다란 터키를 구워놓고 여러 가지 과일들과 디저트(Dessert)들을 준비해두고. 열심히 노력하여 하나님으로 부터 풍성한 수확을 받은 것을 감사드리고, 풍성하게 받은 축복과 음식을 외롭게 기숙사에 머무는 학생들과 나누어 먹는 마음의 자세 또한 중요한 교훈이었다. 나중에 알게된 것은 그때 기숙사에 머물고 있던 모든 학생들이 한 명도 빠짐없이 여러 교수 집에 초청을 받았다.

어느 날 백발 노인의 여 교수 한 분이 나를 초대했다. 맛있는 음식을 나누어 먹으면서,

"'활란' 과 '옥길' 이가 이것과 저것을 좋아했다,"

며 오래 동안 소식이 없었다면서. 나는 처음부터 무슨 말을 하는지 알아들을 수가 없었다. 나는 할 수 없이 물었다.

"죄송하지만 이해를 할 수 없으니, '활란 옥길' 이 누구입니까?"

그 분은 아주 오래된 이야기라며 한국에서 김활란, 김옥길이란 두 명의 여학생들이 이곳에 와서 공부할 때 자기가 지도교수였다고. 그러니까 이화여대도 역시 감리교 선교재단에서 세운 것이라고 생각을 했다.

크리스마스 방학이 왔다. 나의 기숙사 친구 라벌트 울프(Robert Wolf)와 그의 애인 패츠리샤 그뢰느우드(Patricia Groenewood)가 나에게 와서, "서니, 우리와 같이 여행을 가자"고 제의했다.

"라벌트 와 패츠리샤, 모처럼 방학이 되어 두 사람이 즐겁게 같이 시간을 나눌 터인데 내가 따라가면 너희 둘 마음 놓고 데이트도 못하고 불편할 터이니까 같이 가지 않는 것이 좋지 않겠느냐?"

패츠리샤는 백인 여학생들 중에서도 키가 크고 날씬하며, 가장 예쁜 미인 중에 한 명이고 고등학교 때에 공부를 잘하여 장학금을 받고 이곳 대학에 왔단다.

언제인가 라벌트와 패츠리샤 사이에 무슨 이유인지 사이가 멀게 되었는지 패츠리샤가 나에게 와서 울고 있었다. 그 때 나는 중재 역할을 한 적이 있다.

"라벌트, 너는 아주 운이 좋은 친구야!"

"서니, 그게 무슨 말이야? 내가 운이 좋다니?"

"당연하지. 너는 이곳 캠퍼스에서 가장 아름답고, 영리하며, 공부를 잘하고, 더욱이 마음씨가 착한 패츠리샤를 너희 여자 친구로 가지고 있으니까. 어딜 가서 저렇게 훌륭한 사람을 다시 구할 수 있겠는가! 곧 졸업을 앞두고. 오늘 네가 친절히 해주지 않았기 때문인지 패츠리샤가 나에게 와서 울었단다. 패츠리샤와 헤어지면 나중에 너 후회할 거야. 다시 한번 고려해 보렴."

그 후 그들은 다시 사이가 좋아졌다. 패츠리샤가,

"아니야, 우리 둘이 서로 의논을 해서 '서니'를 데리고 가기로 결정했어. 나의 어머니가 누욕주 버퍼로(Buffalo, New York) 시(市)에서 자동차를 가지고 오니까 같이 타고 가서 나의 집에서 머물면서 나이애거라 폭포(Niagara Falls)를 구경하자."

라벌트가 이어서,

"나이애거라 폭포를 구경하고 나면 나의 어머님이 '서니'와 나를 위하여 비행기표를 벌써 사 두었으니까 버퍼로 시에서 출발하여 누욕 시 케네디 극제공항에 도착하면, 나의 어머님께서 오셔서 우리를 데리고 누저지 주에 있는 나의 집으로 가게 돼있어."

"벌써 모든 계획이 되어 있었으니 사양을 할 수 없게 되었구나. 그럼 초대해 주어 고맙다."

나는 처음으로 말로만 들어본 나이애거라 폭포를 구경하게 되었다. 이 대학은 사립대학이라 재정적으로 여유가 있어야만 올 수 있기 때문인지 가정형편이 좋은 학생들이 많았다. 그러나 마음에 없으면 시간과 돈을 들여 이렇게까지 대접을 해 줄 수 있겠는가 생각하니 너무 감사한 마음이 들었다. 거의 다섯 시간을 운전하여 버퍼로 시 의 패츠리샤 집에 도착했다. 우리들은 패츠리샤의 어머니께서 정성으로 만들어 주신 스테이크 정찬을 대접받고 그녀의 집에서 그날 밤을 자고 다음 날 아침 일찍 출발했다. 미국 쪽에서 볼 수 있는 것이 극히 제한 되어있기 때문에 국경선 다리를 건너 캐나다 쪽으로 들어가서 폭포를 구경해야 했다. 계절이 겨울이다 보니 물이 전혀 흘러내리지 않았다. 모두가 눈으로 덮여있고 물들이 얼어 커다란 고드름으로 변하여 수 백 개의 서로 다른 형태를 한 고드름이 폭포에 달려있는 모습은 너무나 인상 깊었다. 겨울의 나이애거라 폭포는 여름의 경치보다 조금도 부족함이 없고, 오히려 더 훌륭한 장관이었다.

구경하러 온 몇몇의 다른 사람들도 탄성을 연발하고 있었다.

라벌트와 나는 곧 누욕 시로 비행하여 그의 집으로 갔다. 그의 부모께서 살고 계신 집은 대단히 크고 훌륭한 집이었다. 거기서 우리들은 그의 부친이 일을 하고 계신 세계적으로 유명하다는 벨 전화회사(Bell Telephone Company)를 방문했다. 그 회사의 절반은 정부에서부터 계약을 받고 미사일 연구를 하는 곳으로 그의 부친이 그곳에서 일을 하는데도 우리들의 출입은 허가되지 않았다. 나머지 부분은 전화 회사였다. 1968년 그때 벌써 중간에 칸을 만들어 놓고 서로 다른 방에 가서 수화기를 들고 이야기하면 상대편의 얼굴 모습이 스크린에 나타나서 서로 얼굴을 보고 웃으며 대화를 할 수 있었다. 이곳은 그냥 회사가 아니고 모두 박사학위를 받고 까다로운 심사를 통과하여 선발된 일류 연구진으로 구성되어 있는 곳이라고 했다.

라벌트의 어머니는 우리들을 데리고 누욕 시에 가서 세계적으로 유명하다는 카네기 홀에서 연주하는 것을 감상할 기회를 주셨고, 생명, 자유, 그리고 행복을 추구하기 위해 낯선 미국의 나라로 이민 오는 자들에게 용기를 주는 자유의 여신상(The Statue of Liberty)을 찾아가 보고, 또 여러 박물관을 구경했다. 세계에서 가장 높다는 엠파이어 스테이트(The Empire State Building) 빌딩 옥상에 올라가서 누욕 시를 내려 보았다. 당시 대공황으로 어려운 시기에 이 건물을 지으면서 직장도 많이 주고 경제 공황을 벗어나는데 기여를 했단다. 더욱이 이와 같이 세계에서 제일 높은 건물을 지으면서 아무런 사고도 없어 부상자나 사망자가 거의 없는 기록을 세웠다니 얼마나 정밀하고 과학적이었고, 안전대책을 잘 마련했는지 감탄하지 않을 수 없었다.

우리들은 곧 미국의 수도인 와싱턴 디씨(Washington, D. C.)로 운전해 갔다. 첫 번째로 링컨 기념건물에 도착했다. 거대한 대리석으로 조각을 한 링컨의 앉은 모습과 그의 유명한 게티스벌그 연설문이 새겨진 글을 읽고, 이것은 링컨의 철학이자 곧 이 나라를 영도해 나가는 미국의 정치철학이라고 생각했다. 이와 같은 정치철학을 현실의 정책으로 입안하는 미국 민주주의의 본산이라고 하는 국회 의사당에 들어갔다. 너무나 훌륭하게 지어진 건물, 조각, 벽화, 전직 국회의원 동상들, 하원과 상원의원 건물들을 둘러보고, 세계에서 가장 많은 장서를 보관하고 있는 국회 도서관을 관람했다. 너무나 훌륭한 건물이다. 감탄사의 연발이었다. 그 후 우리들은 택시를 타고 알링턴 (Arlington)에 위치한 국군묘지로 갔다. 하루 24시간, 한 달 30일간, 1년 365일 계속하여 타오르는 불꽃은 잔 케네디(John F. Kennedy) 대통령의 못다 이룬 끝없이 분투노력하는 새로운 개척자의 정신(The Frontier Spirit)을 불태워 주는 것처럼 그의 묘를 지켜주고 있었다. 쉬지 않고 전진하는 개척자의 정신은 바로 미국의 정신이리라. 이것이야말로 학문, 과학, 예술, 창작, 기타 모든 면에서 세계를 이끌어가는 철학적인 바탕이 아닌가!

이 불꽃은 바로 나의 '영혼의 불꽃'이로구나. 활활 타오르도록 나도 최선을 다해야지! 하고 나 자신을 살펴보고 있었다. 조그마한 연못의 고기였다가 어느 날 이와 같이 큰 바다에 나와 마음껏 자유로이 망망대해를 헤엄쳐 나갈 수 있는 기회가 있는 미국으로 오게 되었구나!

오하이오 웨스리언 대학으로 나는 먼저 돌아왔다. 방학이 끝나기 전에 논문들을 마무리짓기 위해서. 어느 날 나는 동양 학생을 만나 한국사람인 줄 알고 너무 반가워 한국어로 말을 했더니 한국어를 알아듣지 못하는 일이 있었다. 그 후부터 절대로 내가 먼저 동양학생에게 한국어를 사용하지 않았다. 그런데 대학 도서관에서 백발의 동양 노인을 만났다. 서로 얼굴만 쳐다보고 어느 나라 사람인지 구별하려고. 그러다가 그 분이,

"한국 사람입니까?"하고 말을 걸어왔다.

"네, 저도 한국 사람입니다," 우리들은 너무 반가워 껴안았다.

그런데 여기 도서관에는 어쩐 일로 오셨습니까?"

"아, 나는 이곳 대학 도서관 직원입니다. 약 15년간 여기서 일을 해 왔습니다. 오늘 저녁에 나의 집에 놀러 오십시오."

그리하여 나는 그분의 아파트를 찾아갔다. 혼자 살고 계셨다.

"부인은 어디 가셨습니까? 자녀분들은 얼마나 컸습니까?"

"나 혼자 살고 있습니다."

"혼자라니요? 왜요? 아니 60평생을 혼자서 살았다는 말씀입니까?"

"그렇습니다. 나는 한국에서 결혼하고 바로 미국에 왔습니다. 그런데 6.25 동란이 일어났습니다. 그리하여 서로 소식이 끊어졌습니다. 세월이 많이 흘러 다시 소식을 알게 되었습니다. 내가 미국으로 떠나온 이후 나의 아내는 바로 임신했고 아들을 낳았답니다. 그 아들은 아내 덕분에 잘자라 서울대학교 의대를 졸업하고 의사가 되었다고 합니다. 그 아들에게 등록금 한번 보내주지 못했는데, 내가 아버지 자격이 있는지 모르겠습니다. 나의 부인도, 나도 언제인가 다

시 만날 기약이라도 한 것처럼 25세에 결혼을 한 후 지금 60이 될 때까지 만날 날을 고대하며 재혼을 하지 않고 살다 보니 이제 백발이 되었습니다. 얼마 전에 아들이 미국에 와서 나와 같이 살려고 이민수속을 했다고 합니다. 아직까지 한 번도 만나지 못했으니까 나를 얼마나 닮았는지 빨리 보고 싶습니다."

"그렇습니까? 저도 한국에서 미국에 오기 전에 결혼을 하고 바로 왔습니다. 아마 내년 1월인가 교환 간호사로 곧 오게 됩니다. 일을 시작할 때까지 한 달 가량 이곳에 와서 저와 같이 신혼생활을 지낼 계획입니다."

"그러면 나의 아들과 부인의 서울 주소가 있으니 미국에 들어오기 전에 꼭 한번 만나고 오도록 부인에게 부탁해 주십시오."

"네, 잘 알겠습니다."

기숙사로 돌아와 이 내용을 알리는 편지를 쓰고 끝날 때 즈음 나의 아내로부터 편지가 왔다. 시카고에 있는 놀뜨웨스턴대학 (North-western University) 병원으로 오게 되었다며 1월에 이곳에 와서 한 달간 같이 생활을 하고 시카고로 가서 일을 시작하기로 계획을 하고 있다고. 1월 며칠날 코럼버스 국제공항에 도착한다는 반가운 소식이다. 나는 학교에 가서 한 달간 우리 부부가 지낼 수 있는 방을 구해 주도록 부탁하고, 대이빗 친구에게 공항에 같이 가달라고 부탁했다. 그날 새벽에 일찍 일어나 눈이 펑펑 내려 미끄러운 거리를 1시간 40분이나 걸려 겨우 공항에 도착했다. 그러나 서울에서 눈 사태가 심하여 서울을 출발도 못하고 연기되었단다. 나의 친구에게 대단히 미안하였다. 두 번째로 다시 공항에 가서 아내를 맞이했다. 오랫만에 만나니 서로가 부끄러워서인지 반가우면서도 어쩐지 서먹서먹했다.

대이빋은, "서니, 너는 어떻게 너희 부인을 안아주지도 않고, 키스도 하지 않느냐"고 핀잔을 주었다.

미국인들과 한국인들간 문화 차이가 얼마나 큰지!, 또 얼마나 오래 있어야 나도 미국 문화에 융화될 수 있는지! 대학에서 마련해 준 아주 훌륭한 결혼학생기숙사에 도착해서야 나는 나의 아내를 얼싸안았다. 6개월 만에 다시 만나는 기쁨, 그것도 낯선 미국의 땅에 와서, 신혼의 생활을! 기숙사 방안에서 밖을 내다보니 너무나 아름다운 전경이어서 우리들은 꼭 꿈속에서 살고있는 느낌이였다. 우리 부부는 제일 먼저 라벌트와 페츠리샤를 초청했다. 그 다음엔 대이빋와 그의 친구들. 그들은 아주 기뻐하며 우리들의 저녁 초청에 와서 한국음식을 먹었다. 밥, 김치, 불고기, 김, 고추장, 미소국. 얼마나 오랜만인지!

우리 부부는 외투와 장갑을 끼고 저녁이면 대학 캠퍼스로 눈을 밟으며 산책을 했고, 눈사람을 만들고, 눈싸움도 하고, 전자오르간을 갖춘 대학 강당에서 연주회에 참석하고, 기숙사 식당에 가서 미국음식도 먹고, 여러 가지 음식 종류 이름을 배우느라고 묻고, 또 묻고, 아이스크림 상점에 가서 초코릿 아이스크림 한 숟가락, 스트로베리(딸기) 아이스크림 한 숟가락을 주문하여 아이스크림 코운에 각각 두 덩어리를 담아 먹는 동안 아이스크림이 녹아내려 코에 입술에 아이스크림으로 떡칠을 하여 서로 깔깔대며 웃고, 농구장에 가서 대학 농구경기를 관람하고, 우리 대학 팀이 상대편 목표에 집어넣을 때마다 목이 터지게 환호를 하고, 음대 성악교수 댁에 초청을 받고 맛있는 음식을 먹고 음악 감상을 하고.

나의 아버지를 잃어버린 중학교 1학년 때부터 지금까지 가난과 슬픔속에서 한 번도 가져보지 못했던 기쁨과 행복감이 되살아났다.

"밤이 지나면 밝은 낮이 찾아오고, 슬픔이 지나면 기쁠 때도 오겠지. 수고하고 노력을 하면 추수할 날이 돌아오고. 나에게도 행복감을 가질 때가 있구나. 더 큰 기쁨과 행복감을 만들어낼 때까지 더 큰 노력을 해야지!"

한 달간 즐거운 신혼의 생활이 눈깜작 할 사이에 지나 아내는 시카고에 가야할 날이 되었다. 대이빋은 그 의 아버지가 미시간주 어디에서 빵 공장 사장이라며 경제적인 여유가 있어 비행기 조종사 훈련을 받고 비행기 운전면허증을 소지하고 있다면서, 그리하여 일정기간 마다 한번씩 조종사로 비행해야 된다며, 나의 아내가 시카고로 갈 때 자기가 직접 운전하여 데려다 주겠다고 했다. 우리들은 코럼버스 공항에 가서 4인용 소형 비행기를 타고 하늘을 날았다. 어느 때엔 구름 속으로 들어가서 거의 7분 동안이나 빠져 나오지 못하여 몹시 불안하였으나 대이빋은 전혀 걱정하는 기색이 보이질 않았다. 여유 만만하게 콧노래를 부르며,

"서니와 수(Sue)(나의 아내의 미국 이름), 걱정하지 마! 우리 곧 구름 속에서 빠져나올거야!"

어느덧 시카고 하늘 위를 날고 있었다. 지난번에 타고 온 대형 비행기보다 훨씬 더 시카고 일대를 잘 볼 수 있었다. 한 폭의 그림이었다.

"수(Sue), 여름 방학이 되면 다시 만납시다. 내가 학교에 돌아가면서로 무사히 도착했는지 확인 전화를 하겠소. 어두워지기 전에 다시코럼버스 공항에 도착해야 되니까 대학병원 기숙사까지 안내해 드리지 못해 미안해요. 그럼 안녕."

나는 다음해에 대학원에 진학하기 위해 대학들을 찾고 있던 중 오리곤 주립대학(The University of Oregon)의 아세아 전공이란 소개를 읽고 지망서를 제출했다. 불과 한 달도 되지 않아 입학허가서가왔다. 그리고 두 번째 학기도 너무나 빨리 지나갔다. 일 년 동안 사귀어 왔던 친구들과 작별인사를 나누고 나는 시카고로 와서 3개월동안 일을 했다. 마침 힐튼호텔의 한 부분인 파머 하우스(Palmer House)호텔에 중역으로 있는 박해달씨의 주선으로 그 곳에 있는 식당에서 저녁에 손님들을 안내하는 일을 했다. 노동일이 아니기 때문에 힘들지 않았고 3개월 동안 우리부부는 즐거운 생활을 했다. 주말이면 링컨공원에 가서 산책도 하고, 동물원, 식물원과 여러 박물관도 구경했다.

우리 부부가 미국에 오기 위하여 한국에서 각각 서류를 준비 할때에는 결혼을 하지 않은 상태였기 때문에 미국에 온 우리들은 정식부부라는 법적 서류가 없었다. 학교에서 문의해 보니 한국에서 결혼서류를 가지고 와서 이 곳에서 고치기보다는 오히려 미국에서 한 번더 결혼식을 올리는 것이 더욱 간편하다고 했다. 그리하여 시카고에서 한인교회를 맡아 봉사를 하고 있는 임옥 목사님에게 주례를 부탁하고 박해달씨 부부의 주선 하에 그 분의 집에서 꼭 같은 신랑과 신부가 한국에서 한번, 그 다음해에 미국에서 다시 한번, 두 번 결혼식을 올렸다. 그래서 우리의 결혼 기념일은 1년에 두 번이 되었다. 미국에서는 특별히 신혼여행을 아니 구혼여행을 생략했다. 새신랑 새신부가 아니라 헌 신랑 헌 신부가 되어 설레는 마음이 없었기 때문인지! 아니 오하이오주 데라왜어에서 이미 한 달간 신혼생활을 했기 때문인지! 매년 어느 결혼기념일을 선택해서 축하해야 할지 즐거운 고민이기도 했다. 6월의 결혼기념일을 바쁜 생활에서 잊어버리면 다음 8월 달에 축하를 해야지하다 번번이 잊어버리는 해가 많았다.

우리들에게는 또 한 가지 예상치 않았던 중대한 일이 발생했다. 어느 날 갑자기 미국 닉슨(Richard M. Nixon) 대통령이 교환방문비자 자격으로 미국에 와 있는 외국 의사들과 간호사들에게 영주권 (Permanent visa)을 주기로 하는 특명을 선포했다. 미국 내에 인구가 증가하고, 평균수명이 증가하는데 비하여 그들을 치료하고 간호해 줄 의사와 간호사들이 절대적으로 부족했다. 이 문제를 해결하는 하나의 방법으로 미국에 교환비자로 와있는 외국 의사들과 간호사들에게 영주권을 허락하는 결정이다. 외국 학생의 경우 여름 방학 동안에만 일을 할 수 있던 신분에서 영주권을 받게 되면 합법적으로 언제든지 미국에서 직장을 가질 수 있다. 등록금이 부족할 때 언제든지 일을 할 수 있다는 것은 미국에서 공부를 계속할 수 있게 나를 도와주는 것이다. 이것은 하나의 기적이었다. 또 나의 아내가 일 년 후 한국에 돌아가서 학생 부인의 비자로 다시 돌아와야 하는 번거로움도 해결될 수 있다. 나의 아내는 시카고 이민국에 영주권을 신청했다.

가을 학기가 시작하자 우리 부부는 다시 헤어졌다. 나의 아내가 그동안 열심히 일하여 모아둔 돈을 나에게 주면서 열심히 공부하도록 당부했다. 유진, 오레곤에 도착하자 나는 실망하게 되었다. 아세아 전공이란 아세아 관계 정치, 경제, 사회, 심지어 문학, 종교, 철학 등 여러 전문 분야의 일부씩을 끌어 모은 잡동산이었다. 나는 정치학 분야에 집중하여 몇 과목을 선택하고 학교를 옮기기로 결심했다. 그러나 이곳 대학에서도 몇 가지 중요한 것을 배우게 되었다. 정치학을 정치 계량학처럼 숫자를 다루는 방법론을 중요시하고 있었다. 그리하여 통계학에 기초를 두고, 키펀치(Keypunch)를 사용한 컴퓨터에 의해 자료를 정리하고 분석하는 방법론 과목을 택했다. 그러나 제대로 통계학을 가르치는 것이 아니고 이미 학생들이 기본 통계학을 이수한 것으로 가정하고 시작했다. 이 과목을 들으면서 나는 통계학을 기초에서, 중급, 고급까지 택해야 하는 것을 염두에 두었다. 둘째 과목은 정치수학이다. 미적분 수준까지 이용하여 자료를 과학적으로 분석하는 과목이었다. 이 과목은 나에게는 전혀 어려움이 없었다. 세 번째 과목은 정치 전공분야를 총 망라하여 분석하는 과목이었다. 각 전공 분야 별로 어떤 학설, 모델, 접근 방법들이 있고 각각의 장단점들을 검토하고 있었다. 정치학내에 어떤 전공 분야가 있으며 각 분야별로 어떤 학설, 모델, 접근방법들이 있는지를 전혀 알지 못하고 있는 나에게 이 과목은 분명히 잘못 택한 것이다. 모든 전공분야 과목들을 끝내고 마지막으로 총 점검을 하기 위해서는 대단히 중요한 과목이다. 대학원을 시작하는 학생을 위한 과목은 아니었다. 그러나 학기말까지 여러 가지 논문들을 제출하고 최선을 다했다.

캔사스 주립대학교 Kansas State University

학위를 받는 과목들이 아니기 때문에 나는 계속 머물러있고 싶지 않았고, 정치학 대학원에 입학하려면, 일 년을 기다려야 한다고 했다. 그때 마침 조용상 친구로부터 편지가 왔다. 캔사스 주립대학 대학원에 있다면서. 나는 한 학기가 끝나자 입학허가를 받고 캔사스 주립대학으로 옮겨갔다.

정치학과는 7명의 교수가 있으며 석사학위를 주는 것을 위주로 하여 대학원 학생들이 있었다. 교수들은 대단히 친절했다. 중동 레바논에서 유학을 와서 위스컨신 주립대학 (The University of Wisconsin)에서 박사학위를 받은 마이클 수레먼(Michael Suleiman)교수는 나를 아들처럼 인자하게 대해주면서 비교정치학의 중요한 학설들을 소개하고 평가하는데 도움을 주었다. 그분의 과목을 택한 후 나는 그의 조교로 선정되어 장학금도 받고, 그분의 연구를 도와 자료를 구하고 분석하는 기회를 가질 수 있었다. 비교정치학, 국제정치학, 방법론, 국제법 등 여러 과목을 택했다. 또 이 대학에서 통계학을 택했다. 기초에서부터 팩토분석(Factor Analysis), 다변수 회기분석(Multiple Linear Regression Analysis)까지, 2단계 혹은 3단계 동시

회기분석(Two or Three Stage Simultaneous Linear Regression Analysis), 또 실험 통계를 위주로 하는 상위분석 (Analysis of Variance)에 이르기까지. 통계분석방법을 배운 후부터 나는 문제를 보고 분석하는데 있어서 완전히 다른 사람이 된 것 같았다. 어떤 목적으로 어떤 표현의 가설(Hypothesis)을 세우고 어떤 자료를 사용하고 어떤 통계방법을 이용하여 증명을 해야하나 하는 그림들이 선명하게 떠오르기 때문이었다.

여름 방학이 되어 나와 조용상 친구는 시카고로 떠났다. 세월이 흘러 60성상이 되었건만 아직까지도 나의 뇌리에서 영구히 잊어지지 않는 하나의 기억이 있다. 캔사스주 맨해턴에서 시카고까지 무려 8시간을 운전하여 갔다. 시내로 들어가는데 1시간이 소요되었고 거기서 아파트를 찾느라고 또 시간이 지나 새벽 2시가 되었다. 그곳에 도착했을 때 나의 아내는 아파트 앞 의자도 아닌 하나의 쇠 난간에 다리를 쪼그리고 앉아, 동네가 안전하지 않는데도 불구하고 혼자서 새벽 2시까지 나를 기다리고 있었다. 나의 가슴이 뭉클하였다. 그녀의 모습을 보면서,

"이렇게 부족한 나와 결혼을 하여 고생만 하는구나. 내가 나타날 때까지 마냥 기다리고만 있었을 것 아닌가! 하마터면 밤새도록, 아니 영영 돌아와 만나질 못 할 뻔했는데!"

우리가 장거리 운전을 하는 동안 나와 조용상 친구는 운전을 나누어 하지 못했다. 그리하여 흑인학생 한 명이 처음부터 끝까지 운전을 하여 너무 피로했는지 운전중 깜빡 잠이 들었는가 보다. 우리 차가 길 옆으로 빠져나가기 시작했고 나는 그의 운전대를 반대 방향으로

돌리기 시작했다. 속도에 의하여 자동차가 전복이 되려고 했으나 차 뒤에 달려있는 짐을 실은 츠레이러(Trailer)가 무거웠던 지 그것이 강력하게 끌어 당겨 전복이 되질 않고 겨우 안전을 되찾았다. 다시 한 번 죽음의 고비를 넘겼다. 충격이 너무 컸는지 그때 우리들은 차 안에서 아우성을 치고 있었다. 이것이 우리 생애의 마지막인가 하고!

나의 아내가 일하는 병원에서 성함이 데레이니(Delaney)라고 하는 환자 한 명을 정성껏 간호해 주었더니, 그 분이 퇴원하면서,

"수(Sue), 내가 병원에 입원해 있는 동안 극진히 간호를 해 주어서 보답을 해야 되겠는데 이번 여름방학이 되어 너희 남편이 시카고에 오면, 일자리를 구해줄 터이니 꼭 연락을 하라,"고 했단다.

그러면서 나의 아내는 그분에게 가보자고 했다. 그분은 아버지가 시카고 경찰관이었고 가난한 가운데 열심히 공부하여 법대를 나오고 미국연방정부 고등법원 판사라고 했다. 우리가 그분의 법정으로 들어갔을 때, 한참 재판을 하고 있다가 판사석에서 우리들을 보고는 곧 재판을 거두어 드리고 우리들을 자기 방으로 오라고 했다.

"판사는 마음대로 재판을 하다가도 중지를 할 수 있구나. 사람을 죽이고 살리니 그 앞에서 감히 아무도 도전을 하지 못하는구나,"

라고 생각하고 있는데 데레이니 판사가,

"서니, 무엇을 할 수 있는지 알면 거기에 맞추어 직장을 구해주고 싶다."고 했다. 나는,

"숫자를 다루는 것이면 무엇이든지 할 수 있다고 했다. 또 여러 가지 통계적으로 분석하는 방법을 알고있다,"고 했다.

나의 답이 끝나기도 전에 그는 전화기를 들고 누구와 이야기를 하

더니 어느 회사의 어느 지배인을 찾아가 보라고 했다. 그러면서 마음에 들지 않으면 다시 오라고 했다. 그리고 그의 캐딜락 차에 우리 부부를 태우고 시카고시를 구경시켜주기 시작했다. 시카고의 남부지역을 보여주며 이곳은 가난한 흑인들이 밀집하여 사는 곳으로 범죄 또한 가장 많이 일어난다고 했다. 운전을 하는 동안 절대로 창문을 열어두어서는 안된다고 했다. 진정한 시카고의 발전은 남부 시카고를 포함해야 한다며. 집집마다 창문들이 모두 깨어져 있고, 벽에 구멍이 나 있고, 오물과 쓰레기들이 즐비하게 도로에 버려져 있었다. 독한 냄새가 코를 찌르고 있다. 시카고시의 북부와 남부는 바로 천국과 지옥이 공존하고 있음을 연상시켜주고 있었다.

　미국에도 감당해야 할 과제들이 많이 있구나. 남북전쟁으로 1865년부터 헌법적으로 노예해방을 시켰지만 백 년이 지난 오늘까지도 입술 발림에 불과했구나! 흑인들에게 인권과 평등, 사실상의 기회균등이 과연 언제부터 실시 가능한가! 흑인들이 데모를 하는 것도 이해할 것 같았다. 왜 말턴 루터 킹 (Martin Luther King) 목사가 알라바마주 몽고메리에서부터 와싱턴 디씨까지 먼 도보행진을 하며 무저항 시민반항 운동을 전개했는 지도, 왜 연방정부를 향해, 백인들을 향해, 흑인들 자신들을 향해 "나에게는 꿈이 있습니다... 노예의 후손들과 노예 주인의 후손들이 형제처럼 손을 맞잡고 나란히 앉게 되는 꿈입니다... 나에게는 꿈이 있습니다... 피부색을 기준으로 사람을 평가하지 않고 인격을 기준으로 사람을 평가하는 나라에서 살게 되는 꿈입니다."라고 하는 명언을 되새기며.("I Have a Dream.")

　나는 약도를 들고 그 회사를 찾아갔다. 지배인이 나를 데리고 이층에 있는 회사 사장에게로 갔다.

"서니, 필요한 자료는 무엇이든 제공할 터이니까 지난 10년 간의 자료를 중심으로 이 회사 수익의 장기전망을 예측해주면 고맙겠소. 나의 옆 사무실을 제공하며 계산기를 준비해 두겠소. 여름방학 3개월 동안 이 프로젝트를 완수해 주도록 부탁합니다."

회기분석 (Regression Analysis) 방법을 사용하여 베타 값 (Beta Weight)을 구하고 장기간 분석 (Time Series Analysis)을 하여 도면 (Plot)에 그려 나가면 프로젝트를 완수할 수 있음을 확신하고 그 분의 부탁을 받았다. 처음으로 이번에는 넥타이를 매고 신사복을 입고 출퇴근하면서 사장을 위하여 일을 하니까 모두들 친절하게 대해 주었다.

3개월의 여름 방학을 마치고 캔사스 주립대학에 돌아갈 즈음 나의 아내는 시카고 병원 직장을 그만두고 같이 맨해턴으로 가자고 했다. 언제까지 헤어져서 살 수는 없으니까. 당연한 생각이었다. 우리는 짐을 꾸려 일부는 박해달씨 집에 맡겨두고 꼭 필요한 짐만 가지고 버스를 타고 캔사스 주립대학에 돌아와 지하실 방을 하나 구하여 생활하기 시작했다. 식품점에 가서 두 봉지의 음식들을 사가지곤 무거워서 끙끙거리며 왼손으로 들고 오다 또 오른손으로 들고 오다, 양손으로 들고 오다 보면, 1시간 이상 걸어서야 겨우 집에 도착하곤 했다. 나의 아내는 가까운 병원에 찾아가서 간호사 직장을 구하러 왔다고 했다. 자리가 없다고 하면, 그 다음날 다시 찾아가서 직장을 부탁했다. 거절을 당해도 그 다음날 또 가고, 또 가고, 또 가고. 그리하여 오히려 그 사람들이 미안하게 생각하며 결국 거절을 못하고 없다던 직장을 하나 마련해 주었다. 시카고에서 접수시킨 영주권 서류는 우리가 캔사스주로 옮겨왔기 때문에 캔사스시 이민국으로 이송 되었고 또 거기서 면접을 했다. 곧 영주권을 받게 되었다. 그리하여 병원 측에서는 합법적으로 나의 아내를 고용한 셈이 되었다.

나는 수레만 교수를 나의 석사논문 지도교수로 부탁을 하고 그분 의 지도하에 '한국의 정당정치'에 대한 논문을 준비했다. 그리고 박 사과정에 들어가기 위하여 미시간 주립대학과 캔사스 대학교 (The University of Kansas)에 입학지원서를 제출했다. 그러나 미시간 대학 은 등록금이 사립대학처럼 엄청나게 많았다. 나로서는 도저히 감당하 기 어려웠다. 그러나 영주권을 받았고 캔사스주의 주민이 되었기 때 문에 캔사스 대학에 가면 타주의 학생 또는 외국학생들이 지불하는 등록금의 삼분의 일 정도이니까 공부를 하는데 재정적인 부담이 훨 씬 적다. 우리 부부는 의논한 후 캔사스 대학교에 가기로 결정했다.

그러나 나의 아내는 입덧을 했고 첫 아이를 임신했다. 나는 캔사 스 대학에 1학기를 연기하여 봄 학기에 가겠다고 통보를 하고, 나의 대학원 동기 중 한 명인 윈터 (Winter)씨가 지배인으로 있는 맨해턴 에 있는 옷 도안(Pattern)을 하는 공장에 일자리를 부탁하여 한 학기 동안 일을 했다. 아내가 아이를 낳고 어느 정도 산후 조리를 하여야 하고 또 경제적으로 너무나 여유가 없었기 때문에. 나는 일요일도 없이 사람이 필요하다면 항상 거절을 하지 않고 오버타임(Overtime) 일을 했다. 1971년 10월 31일 '해로윈 대이'(Halloween Day)에 나 의 나이 31세에 첫 아들이 태어났다. 너무나 신기함을 느꼈다. 육체 적으로 나는 분명히 그의 아버지이건만 하나의 생명이 태어나는 것 은 신비스러워 보였다. 그의 생명을 준 것은 내가 아니고 하나님이라고 생각을 했다. 그리고 하나님에게 약속을 했다.

"하나님, 저에게 귀한 아들을 주신 것 감사합니다. 그의 생명 하나님께서 주셨으니 제가 최선을 다하여 훌륭하게 키우고 제가 다니지 못한, 아니 제가 다닐 수 없었던 미국의 최고의 명문대학에 보내어 하나님이 주신 재능을 십분 발휘하여 우리 사회에 기여하도록, 또 하나님을 위하여 봉사하도록 키우겠습니다."

나는 나의 아들이 강한 의지력을 가지고 무슨 일을 하든지 최선을 다 하도록 그의 이름을 윌리엄(William)이라고 지었다. 나의 아내도 엄마가 된 것을 대단히 기쁘게 생각하고 있었다. 그러나 거의 3개월 동안 낮에는 계속 자고 밤에는 자지 않고 깨어 울어 우리 부부는 잠이 항상 모자랐고 또 지쳐있었다.

캔사스 대학교 The University of Kansas 박사학위

어느새 12월이 닥쳐오고 캔사스대학으로 떠나야할 때가 왔다. 6개월 동안 일요일도 쉬지 않고 일하여 번 돈으로 약 2만 마일을 사용한 중고 마리부(Malibu) 차 한대를 구입하여 짐을 꾸려 로렌스(Lawrence)시로 떠났다. 고속도로 70번 (Interstate Highway 70)을 타고, 운전을 해보지 않은 낯선 길이기 때문에 오른쪽으로 빠져나가는 길 만 있으면 지도를 보고 있는 아내에게 그것이 로렌스 시로 들어가는지 물으면서.

2,000에이커(Acres)가 넘는 커다란 대지에 오리드산(Mt. Oread) 언덕을 중심으로 자리잡은 아름다운 캠퍼스였다. 캠퍼스가 크기 때문에 기숙사에서부터 강의하는 건물까지 학생들을 태우는 버스들이 분주히 왕복하고 있었다. 이 대학의 도서관은 일리노이 (Illinois)주의 시카고에서부터 캘리포니아 (California)주에 이르는 지역 중에서 어느 대학의 도서관보다도 더 많은 도서를 비치하고 있다고 했다.

정치학 박사과정에서는 미국정치학, 행정학, 비교정치학, 국제정치학, 정치철학 등을 포함한 여러 전공 중에서 3분야의 전공을 택하여 1) 필요한 과목들을 택하고, 2) 선택한 분야에서 어느 정도 알고 있는지에 대한 전반적인 이해력 시험 (Comprehensive Examinations)에 합격해야 하고, 3) 그 후 구두시험에 합격을 하고, 4) 두 개의 외국어, 혹은 하나의 외국어와 컴퓨터 과목을 택하고, 5) 마지막으로 박사 논문을 써서 통과되어야 학위를 받을 수 있었다.

나는 이들 중에서 국제정치학, 비교정치학, 행정학을 전공하기로 결심하고 필요한 과목을 택하기 시작했다. 나는 각 과목의 교안요목 (Syllabus) 내에 매주 읽어야할 책들과 논문들을 빠짐없이 모두 다 읽어가기로 결심했다. 국제정치학 세미나 한 과목에는 너무나 많은 책들과 논문들이 포함되어 있었다. 읽은 책들과 논문들 중에 어떤 것들은 너무나 훌륭한 것들이었다. 그러나 그 반면에 어떤 책들과 논문들은 전혀 읽을 가치가 없는 시간의 낭비인 것들도 있었다. 그러나 빠뜨리지 않고 읽도록 최선을 다했다. 그 다음 학기에 또 다른 국제정치학 세미나 한 과목을 택했다. 프린스턴대학교 (Princeton University)에서 박사학위를 받은 교수였다. 그분의 교안요목에 포함되어 있는 책들과 논문들은 지난 학기에 택한 세미나의 교안요목에 비하여 읽어야 할 책들과 논문들이 훨씬 적었다. 그러나 하나도 빼지 않고 모두가 꼭 읽어야 할 주옥같은 책들과 논문들이라고 생각했다. 하나씩을 읽을 때마다 이 책을, 또 이 논문을 잘 읽었구나. 이 두 교수를 비교하면서 학생들에게 꼭 읽어야할 것들을 선정하는 능력이 부족한 교수는 훌륭한 교수로서 자격이 없다고 생각했다.

비교정치학 분야에서도 세미나 과목들을 택했다. 중간학기까지 제출한 리포트에서 계속 좋은 성적을 받아오다 한 리포트에서 어느 책과 그의 학설을 평가하는데서 B점수가 나왔다. 나의 급우 한 명은

A를 받아 그의 리포트를 읽었다. 내가 알지 못하고 읽지 않은 어떤 논문을 참고하여 아주 좋은 리포트였다. 나는 대단히 실망했다. 왜 이 교수는 그와 같은 중요하고 또 꼭 읽어야 할 논문을 학생들에게 알려주지 않고, 교안요목에도 포함시키지 않고. 그리하여 학생들 중에 정보를 얻어 그 논문을 읽은 학생들은 좋은 성적, 모르고 읽지 않은 학생들은 B학점을 주다니. 이것은 불공평 할뿐더러 학생들에게 제대로 선도하지 않고 있다고 생각했다. 그때부터 나는 같은 과목을 택하는 몇몇 친구들에게 꼭 읽어야 할 책들이나 논문들에 대하여 서로 정보를 교환하기로 했다.

행정학분야에서도 여러 과목들을 택했다. 인사행정과 재무행정에는 많은 흥미를 느끼지 못했다. 그러나 행정학학설, 행정과 정치, 조직학, 공공정책 분야들은 너무나 흥미로웠다. 1976년에 노벨상을 받은 허벌트 사이먼 (Herbert Simon)교수의 제한된 합리주의학설 (Bounded Rationality Model) (일명 The Satisfice Model), 또 1986년에 노벨상을 받은 재임즈 뷰캐난 (James Buchanan) 교수의 공공선택학설 (Public Choice Model)들을 분석하고 평가하는 것을 포함하여.

로렌스시에 온지 4개월이 지난 1972년 어린아들 위리엄을 키우면서 아내는 병원에서 계속 일을 하고, 나에게는 산더미처럼 많은 책들을 읽어야 하니까 우리 부부는 의논을 하여 나의 어머님을 이곳으로 모셔와서 아이들을 봐 주고 살림을 하도록 합의했다. 나는 즉시 어머님에게 편지를 하여 미국에 오시도록 초청서류를 준비한다고 알려드렸다. 약 한 달이 지나 어머님으로부터 회답이 왔다.

사랑하는 아들 성문이에게,

나를 미국으로 오라는 편지를 받고 너를 보고 싶은 마음과 귀여운 손
자가 보고파 또 너무나 반가워 잠을 잘 수가 없었단다.

이렇게 기쁜 날이 나에게 오리라고 상상하질 못했구나.

더욱이 시 엄마가 되는 나와 같이 살기 싫다고 반대하지 않고 자기
친정엄마를 초청할 수도 있을 터인데도 불구하고, 윌리엄 엄마도 나를
오라고 환영을 하여 초청을 한다니 너무나 기쁘구나.

이 기쁨을 나 혼자 간직할 수 없어 이 편지를 들고 나는 미친 듯이
교회로 달려가서, 교인들에게 너희 편지를 보이며, 또 이웃 동네 사람
들에게까지 "내가 사랑하는 아들이 있는 미국으로 가게 된다."고

그러나 미국에 가려고 수속을 하다 내 마음이 갈기갈기 찢어져가는
아픔을 안게 되었구나. 내가 너의 엄마이건만, 내가 너를 9개월 동안
나의 배에서 키우며 배 아파하며 너를 낳고 정성을 들여 키우고 내 배
가 고프더라도 너를 굶기지 않으려 했던 친엄마이건만 내가 법적으로
너의 엄마가 아니라고 하는구나.

아무리 내가 너의 엄마라고 떼를 써도 호적등본에 나는 너의 엄마가
아니니 미국에 가는 서류를 만들어 줄 수 없다는 구나. 이럴 줄 알았으
면 너희들 이름을 나의 호적에 넣었을 텐데. 남편이 없는 독신 처녀처
럼 호적에 되어 있더라도 거기에 너희들 이름을 넣었을 것. 이미 때
가 늦었구나...

어머님의 눈물 흔적이 군데군데 보이는 이 편지를 받고 나는 한동 안 벙어리가 되어버렸다. 아무 말도 할 수 없었다. 꼭 어머님을 모셔 와 같이 살면서 한국에서의 가난한 생활에서도 벗어나고, 손자 손녀 와 같이 웃으며, 미국이라는 나라도 구경시켜드리고 싶은 마음, 어 머님에게 다소나마 보답하고 싶은 마음, 간절했건만 불가능하다니! 어머님께서 오실 수 없다고 하니 나의 마음 또한 갈기갈기 찢어지는 아픔을 안고 도저히 저녁을 먹을 수가 없었다. 울분이 터져 나왔다. 그날 저녁에는 도서관에 가서 공부하고 싶은 마음이 전혀 없어졌다.

나는 가슴이 아플 때마다 나 혼자 목적지도 없이 정처 없이 걸어 가며 하나님과 대화를 하곤 했다. 그 날도 나는 혼자서 걸어가며 하 나님에게 불평을 하고 있었다.

"하나님, 과연 하나님이 있기나 하십니까? 왜 이렇게 불공평하십 니까? 왜 저희 어머님에게 이렇게 잔인할 수 있습니까?"

그러다가 다시 마음을 고쳐먹었다. 아니야, 내가 잘못 생각한거야. "하나님, 저희 어머님을 위로해 주세요.저희 엄마 아픈 마음 어루만 져 주세요."

며칠 후 성보형이 편지를 보내왔다.

성문 동생에게,

내가 법원에 가서 사실대로 이야기하고 무슨 방법이 없느냐고 문의 했더니, 가짜로 서류를 만들어 줄 수 있다면서 돈을 얼마 가지고 오라 는 거야. 나는 돈이 없으니 어떻게 할 수 없고, 미국에 있는 네가 돈을 보내면, 어머님과 네가 엄마와 아들 관계로 호적을 고쳐 주겠다는 거야. 백 퍼센트 보증하는 것은 아니고 한번 노력해 보겠다는 거야. 돈을 가지고 오라는 거야. 그것도 상당히 많은 액수를.

나는 곧 회답을 보냈다.

성보형,

나는 학생으로 돈을 벌지 못하고 윌리엄 엄마가 일을 해서 겨우겨우 생활을 꾸려가기 때문에 여유 돈이 전혀 없습니다.

법적으로 호적을 고치는 것이 그리 용이하지 않고 내가 법정에 출두하러 한국으로 나갈 돈도 시간도 허락되지 아니합니다.

가슴이 아프지만 빨리 어머님을 모시고 올 수 있는 아무런 방법이 없군요. 부산에 계시는 장모님을 오시게 해서 아이들을 돌보아 주도록 부탁할 생각입니다.

나 대신 어머님을 위로해 드리도록 부탁합니다.

법적으로 아들이 아니라고 해도 나는 엄마의 아들이니까. 그것은 아무도 변경시킬 수 없는 사실입니다.

"나 정말 엄마 사랑한다."고 전해주기 부탁합니다.

"언제까지나!"

"언제까지나!"

1972년 10월에 장모님께서 오셔서 우리 집안일들을 전적으로 보살펴주셔서 나는 더욱 열심히 공부했다. 소위 자진하여 "죄수"가 되

기로 했다. 잠을 자는 시간과 음식을 먹는 시간을 제외하고 매일 새벽부터 밤 12시까지 도서관에 감금되어 나오질 못하는 "죄수가 되기로 했다. 자진하여. 마치 높은 산의 정상을 정복하는 것처럼 그 곳에서 한 권의 책을 끝내고, 또 다음 책으로.

1973년 4월 29일에 우리부부에게 둘째 아이인 딸 수잔 (Suzan)이 태어났다. 출산 후 출혈이 심하였지만 아이는 건강하였으며 장모님의 보살핌으로 아내는 건강을 회복하게 되었고 나는 계속 공부를 열심히 할 수 있었다.

우리가 살고 있는 기숙사(Stouffer Place)에서 학교까지는 상당히 먼 거리여서 시간과 에너지를 너무 소비하지 않기 위해서 자전거를 타고 주일도 없이 매일 도서관에서 살다시피 하였다. 거의 매일 새벽에 와서 자정이 넘어야 집엘 가곤하였다. 자정이 넘어 도서관에서 나오면 하늘에는 총총히 박힌 별들이 나를 마중하고 있었고, 맑은 공기가 상쾌하기 이루 말할 수 없다. 어느날 한참 공부에 몰두하고 있는데 갑자기 대디(Daddy) 하면서 나의 아들이 나에게 와서 안겼다. 나의 아내는 아들이 아빠 얼굴을 잊어버릴 것 같아서 이곳 도서관에 데리고 왔단다. 그것도 여러 번!

준비가 되었다고 생각하고 국제정치학, 비교정치학, 행정학의 최종적인 이해력 시험 (Comprehensive Examinations)을 쳤다. 각 전공분야마다 아침 8시에서 오후 4시까지 3일 동안. 한 달이 지난 어느 날 편지를 받았다. 예상치 않게 3개 분야에서 모두 실패했다는 통보를 받았다. 나는 너무나 실망을 했다. 그때서야 나의 궁금한 사실 하나가 풀렸다. 대학원에 같이 다니던 백인 친구들을 사귀어 어느 정도 친해지려고 하면 그 다음 학기에는 나타나질 않았다. 두 번째 친구도, 세 번째 친구도. 네 번째 친구도... 최종적인 이해력 시험에 두 번 실패하면 몇 년간 학과목을 택하고 열심히 노력한 수고가 모두 헛되이 되고 학교에서 쫓아내는 규칙 때문이었다. 그리하여 백 년의 역사를 가진 이 대학에서 지금까지 정치학 박사학위를 수여한 수가 극소수에 불과할 만큼 까다롭게 학위를 주는 것을 알게 되었다.

이제 각각 한번 더 칠 수 있는 기회가 남았다. 더욱이 3가지 전공 중에서 어느 한 전공에서 두 번째 시험에 떨어지면 학교에서 쫓겨 나가야 한다는 운명에 처하게 되었다. 앞으론 전공 분야 하나씩 별도로 집중적인 준비를 하여 한 학기에 하나씩 치기로 결정했다. 지금까지 몇 년 동안 출제된 최종적인 시험문제집을 재점검하면서 국제정치 전공분야에 첫 번째로 시험을 쳤다. 여러 가지 질문 중에서 선택하여 답안을 정리해 나갔다. 몇 개의 질문들은 지난번과 마찬가지의 질문들이었고 나는 그것들을 선택하여 거의 꼭 같은 답안을 작성했다.

왜냐하면 그것이 가장 정확한 답안이라고 생각했기 때문에. 매일 매일 안타깝게 결과를 기다리고 있었는데 아랑곳 하지 않고 무려 한 달 이상 지난 어느 날 편지가 왔다. 떨리는 손으로 봉투를 열었다. '좋은 성적으로 시험에 합격' 이라며 축하한다는 내용의 통보였다. 꼭 같은 답안인데 왜 지난번 시험엔 떨어뜨리고 이번에는 대단히 잘했다니 이게 무슨 소리인가? 그래 수학에서처럼 하나 더하기 하나는 둘 이란 객관적인 시험이 아니니까 어떤 교수는 낮은 점수를 주었고, 또 어떤 교수는 높은 점수를 주었고, 그리하여 평균 성적이 좋았다는 말인가? 불평을 해도 아무 소용이 없다. 국제 정치학 전공 교수

분들이 공동으로 결정하는 것이니까. 나도 모르게 꿇어앉아 있었다.

"하나님, 감사합니다. 다음 시험에도 하나님 저와 같이 하옵소서!
최선을 다 하도록, 지켜 주시옵소서!"

또 한 학기 동안 밤낮으로 도서관에 가서 책들을 읽고 준비하여
두 번째 비교정치학 전공 분야에 시험을 쳤다. 시험 문제를 받아 보
고서야 미처 생각하지 못했던 것을 알게 되었다. 언제인가 우리 정
치학과에 한국인으로 이채진 교수 한 분이 있었다. 학회를 다녀왔다
면서 책을 한 권 나에게 주면서 그 책을 읽어보라고 했다. 이 책에
서 시험 문제 하나가 나왔다. 그때 대단히 감사한 마음이 들었다. 이
렇게 아무말 없이 나를 도와주려한 그 분의 마음씨를 알게 되었다.
다행히 시험 문제들 중에서 내가 답을 할 수 있는 문제들이 많아서
그 분이 출제한 문제를 선택하지 않았다. 시험을 친 후 2주일이 지
난 어느 날 대학원 친구가 급히 나를 찾았다.

"크래이그(Craig), 왜 그러는데? 왜 이렇게 급한데?"

"어제 우리 대학원 학생 대여섯 명이 우연히 복도에서 교수 한 분
을 만났는데, 이번 비교정치학 시험을 친 대학원 학생 중에 성문 배
성적이 제일 좋았다고 이야기하더라. 빨리 너를 찾아서 알려주려 했
으나, 서니, 너를 찾질 못했어. 곧 반가운 소식이 올 터이니 기다려
봐. 축하해. 너는 합격할 거야!"

"크래이그, 다른 사람들에게 가서 그렇게 이야기하지 마. 적어도
공식 발표가 날 때까지. 주관적인 시험이니까 또 그분만의 판단에
불과하고 다른 교수들은 그렇게 생각하지 않을 수도 있어."

우리 부부는 생각지 않게 세 번째 아이를 가지게 되었다. 공부가

끝나고 직장을 가진 후로 계획했었는데. 그러나 생명은 하나님이 주시는 것으로 알고 받아드렸다. 학생의 입장에서 경제적 여유가 없는데도. 나는 앞으로는 더 이상 아이를 가지지 않도록 수술을 할려고 결심했다. 아이를 낳기 하루 전 꿈을 꾸었다. 커다란 용(Dragon)이 하늘로 치솟아 올라가는 꿈이었다. 너무나 신기한 꿈이었다. 그래서 이번에도 아들을 낳게 되나보다 하고 생각했다. 의사가 나와서, "축하합니다. 아름다운 따님을 낳았습니다,"

하며 의사가 악수를 청했다.

나는 그를 의심했다. 그럴 리가 없다. 분명히 용꿈이었는데. 나는 급히 새로 태어난 아이들 병동에 갔다. 침대에 분명히 핑크색 카드가 달려있었다. 그래도 나는 믿질 않았다. 나는 나의 아내 병동으로 갔다.

"여보, 이번에 태어난 아이가 분명히 아들이지요?"

"아니요. 딸이라고 했습니다. 그러니까 딸일 경우에 우리들이 이름을 지니(Jeanne)라고 결정했으니 지니 이름을 알려주세요. 그래야 출생 신고를 하니까요."

"여보, 그럼 내 꿈이 개꿈이었나 보군요."

"그게 무슨 말씀이에요? 알아들을 수 없는 이야기를 하네요."

"사실은 어제 저녁에 태몽을 꾸었는데, 용이 하늘로 치솟아 올라가서 아들인가 생각했지요. 하기야 꿈이 미신이니까!"

그리하여 1975년 1월 12일 세 번째로 딸 아이가 태어났다. 기쁘면서도 걱정이 되었다. 빨리 공부를 끝내야겠다는 강박관념이 더 나를 조여오고 있었다.

세 번째 한 학기 동안 이제 세 번째이고 마지막인 행정학분야 시험을 준비하고 있었다. 이번에 실패를 하면 미국에 와서 7년간 고생하며 공부한 모든 것이 수포로 돌아가는 운명에 처했다고 생각을 하니 걱정이 많이 되었다. 학기 중간쯤이 되었을 때 행정학설, 정치와 행정 과목들을 가르치는 개리 왐즈리 (Gary L. Wamsley)교수님이 나를 그의 사무실에 오라고 했다. 그는,

"서니, 내가 몇 가지 중요한 문제를 주겠으니 최종적인 이해력시험을 치기 전에 이들 질문에 가장 적절한 답안을 준비하여 나에게 와서 확인하자,"고 했다.

이런 일은 한 번도 없었는데. 또 부탁도 하질 않았는데 그분이 왜 나를 도와주는지 이해할 수 없었다. 나는 그분의 과목을 택했고 또 그분이 저술한 두 권의 책들도 읽고 교실에서 그분의 책에 대하여 나름대로 좋은 점들도 많이 지적했고 그 반면에 취약한 부분이 있는 것들도 지적하고 토론을 했다. 그날 너무 지적을 많이 하고 혹평을 하지 않았나? 그 후 후회스럽기도 했다. 아마 그 반대였는가 보다. 오히려 나를 더 잘본 모양이었다. 나는 시키는대로 문제들을 검토하고 적절한 책들도 참조하여 그분을 만나 확인을 하고 조언을 받았다. 그 중 적어도 한 문제는 그분이 포함시키리라 예상했다.

아침 8시에 시험을 시작하여 도시락을 먹는 둥 마는 둥 하면서 시험에 몰두했다. 너무나 긴장했기 때문인지 시험을 마치고 오후 4시에 시험장에서 나오려고 일어서는데 일어설 수가 없고 또 도저히 걸어나갈 수가 없었다. 관절부분에서 바늘로 쏘는 것처럼 또 무릎 전체에 심한 통증이 왔다. 양다리에 힘이 전혀 없는 것 같았다. 도저히 혼자 걸어나갈 수 없어서 나는 나의 아내를 불렀다.

"여보, 마지막 시험을 이제 끝냈소. 그런대로 큰 어려움은 없었소. 결과를 기다려 볼 수 밖에. 그런데 무릎관절이 너무 아파 혼자 걸어 나갈 수가 없소. 당신, 이곳 시험장에 와서 나를 붙잡고 데려 가야 할 것 같소."

아내가 왔다. 시험을 그리 나쁘게 친 것이 아니라고 했는데 나를 보는 모습이 어디인가 쓸쓸해 보였다. 나는 다리가 아파 나 혼자 걸어갈 수 없었기 때문인가 생각했다. 부축을 받으며 건물에서 내려와 차를 타고 집에 도착했다.

"여보, 이 편지들을 벌써 보여드렸어야 했는데, 마지막이고 또 가장 중요한 시험이 있어서 당신이 총력을 기울이고 있는데 혹시 알게 되면 정신적인 충격을 받고 어쩌면 시험을 칠 수 없을까 하여 오늘까지 기다리고 있었어요. 미안해요. 지금까지 알려드리지 못해서. 또 이 내용을 알아도 한국에 나갈 비행기 표를 구입할 돈이 없잖아요. 외국 학생이니 은행에서 돈을 빌릴 수도 없고."

"당신 지금 무슨 말씀을 하고 있소? 전혀 이해를 할 수 없는데. 무슨 편지가 누구로부터 언제 왔습니까?"

"여기 있어요. 누이동생으로부터 왔어요."

나는 급히 편지를 열었다.

작은오빠 보세요.

공부하느라 고생이 많으시죠?
약 6주 전에 어머님의 건강이 나빠 병원에 가서 검사를 했더니, 간경화증이 점점 나빠져서 간암이 되었답니다. 그것도 아주 나쁜 상태여서 이제 3, 4주 밖에 더 생존할 가능성이 없다고 했습니다. 치료도 할 수 없으니 그냥 집에 가서 임종을 기다리라고. 우리들은 너무나 큰 충격을 받고 어머님에게 차마 알릴 수가 없었어요. 어머님이 돌아가시기 전에 오빠 한번 나오세요. 어머님을 뵈어야 해요.

그럼 소식 주세요.

홍자 드림.

나는 두 번째 편지를 열었다. 역시 누이동생 홍자의 편지였다.

작은 오빠 보세요.

어머님이 검사를 받은 후 집에 돌아오셔서 그때부터 심하게 아프고 괴로워했습니다. 대소변을 받아내고. 음식을 전혀 드시지 못하고. 3일이 멀다하고 박 목사님과 전도사님이 찾아와 기도하고, 성경 읽고, 찬송가를 부르고. 상태가 점점 나빠지면서 어느날 갑자기 피를 토하고. 그때서야 어머님도 무엇을 느꼈는지 임종이 가까워왔다고 하면서,

"내 아들 성문아, 내 아들 성문아, 네가 보고파 견딜 수가 없구나! 왜 빨리 오질 않느냐? 내 아들 성문아,"

하시며 매일 매시 매초 오빠만 찾고 있었습니다.

이렇게 오빠를 찾다가 어느 날 마지막 날이 다가 왔는지,

"내 아들 성문아, 꼭 박사학위를 받아야 이 엄마가 편안히 쉴 수 있

을 거야."하시며 숨을 거두었습니다.

그날이 2월 10일. 어머님 장례식에는 꼭 와야해요.

빨리 오세요.

홍자 드림.

나는 그 순간 정신을 잃었다. 밖에는 억수 같은 비가 내리고 있는데도 아랑곳하지 않고 뛰쳐나갔다. 나의 아내는 이미 밖이 깜깜해졌고 천둥이 치고 비가 심하게 오니까 나가지 말라고 울면서 사정을 하고. 나는 시험장에서 입은 옷 그대로 우의도 없이 밖으로 뛰어나갔다. 어디로인가 정처없이 걷기 시작했다. 아무런 목적지도 없이. 조금전 까지만 해도 걸을 수가 없었는데. 있는 힘을 다하여 목이 터지게

"어머님! 어머님! 어머님! 어머님!"하고 불렀다.

바로 어머님이 나에게 대답을 하는 것 같았다.

"성문아! 성문아!"하고.

"어머님, 저를 용서해 주세요. 용서해 주세요 어머님! 용서해 주세요,"하고 수 천 번이나 목이 터지게 어머님을 부르고 또 부르며 어디론가 정처없이 걷고 또 걸었다. 눈물과 콧물이 비와 뒤범벅이 되고 얼마나 시간이 지났는지도 모르고.

어디에선가 졸도 했나 보다. 누군가가 나를 붙잡고 흔들어 정신을 차렸다. 이미 밤이 지나고 새벽이 되어 있었다. 너무 추워 오들오들 떨고있었다. 나를 깨워 부축을 하며,

"집이 어디냐,"고 물었다.

"이렇게 비바람이 불고 천둥이 치는데 옷은 흠뻑 젖고 몇 시간 동안 밖에서 더 지내면 생명에 위험하다."며 자기집에 가자고 했다.

나는 대학결혼학생 기숙사에 데려다 달라고 했다. 그는 나를 등에 업고 기숙사까지 데려다 주고 되돌아갔다. 미쳐 그가 누구인지 이름조차 묻질 못하고. 나는 3일 동안 일어나지 못하고 누워있었다.

나는 누이동생에게 편지를 썼다.

사랑하는 누이동생 홍자에게,

어머님이 몸져 누워있는 가장 힘든 몇 주 동안 너 혼자 밤낮으로 어머님을 지켜드리게 해서 너무 미안하고 고맙구나. 내가 공부를 하고 돈을 아직 벌지 못하기 때문에 두 가지 선택을 놓고 고민했었다. 어머님 장례식에 참석하느냐 아니면 내가 가지 않는 대신 그곳에서 지불해야 할 장례비를 너에게 보내주는 것이 더 좋은가 생각하다가, 비행기표를 사는 대신 어머님 장례식 비용을 너에게 보내기로 했다. 두 가지 다 할 수 없는 오빠를 용서해라. 마음으로 네가 너무 고생을 많이 했는데 장례비를 오빠가 보내주어 네가 재정적인 부담을 하지 않도록 하는 것으로 결정을 내리고 이 편지와 함께 수표를 보낸다. 마지막으로 떠나보내는 어머님 얼굴도 보지 못하는 이 오빠를 용서해다오. 오빠가 공부를 끝내면 제일 먼저 어머님 산소에 찾아갈거야.

그럼 또 소식 전하지.

오빠로부터.

며칠 후 칠성동 교회 박 재식목사님이 편지를 보내왔다.

친애하는 배성문씨,

어머님을 잃은 슬픔을 무엇으로 위로해 드려야 하겠습니까? 우리교
회에서 어머님을 안장하기 위해 묘지를 찾아 양지바르고 거의 가장 높
은 곳을 선정하여 장례를 치렀습니다. 예상치 않게 너무 빨리 별세하셔
서 배성문씨가 한국에 나올 수 없었는가 봅니다. 우리 교회에서 대신
장례식을 잘 했으니 안심하기 바랍니다.

8

자녀 교육

목표 : 사립 명문 대학과 의학전공

목표 달성을 위한 전략

우리의 최선, 결과는 하나님께 맡기기

목표 : 사립 명문 대학과 의학전공

하나님께서 주신 아들 윌리엄(William), 딸 수잔(Suzan), 지니 (Jeanne)를 어떻게 하면 훌륭한 인물로 만들 수 있을까 하고 나는 그들이 태어나면서 목표와 방법을 찾고있었다. 일본, 중국, 한국 등 동양의 국가들 못지않게 미국에서도 명문대학을 중요시한다. 물론 주립대학이나 이름없는 대학에서 공부한 분 중에도 크게 성공한 분들이 있지만 그 수는 극소수에 불과하며 미국 사회에 기여하는 분들을 보면 역시 명문사립대학 출신들이 대부분을 차지하고 있다. 또 그들은 후배들을 돌보아준다. 사람들이 살고 있는 사회에서는 어디에서든지 인맥(人脈)과 학맥(學脈)은 중요하다.

매년 2백만 명 이상의 학생들이 고등학교를 졸업하게 되는데, 그 중 5~6퍼센트의 학생들이 명문 사립대학에 진학이 가능하다. 학교 성적은 두말할 필요가 없고, 성악, 기악, 체육, 토론 대회, 글짓기, 과학 경연대회 등 여러 과외활동에서 최소한 자기가 거주하는 주에서 챔피언이 되어야 하고, 더 나아가 여러 주에 걸친 지역 경쟁(Regional Contest), 전국적인 경쟁에서 1등을 하는 학생들을 선호한다. 소위 목을 따는 경쟁 (Cutthroat competition)을 거쳐야 입학이 가능하다.

네브라스카 주 전체 고등학교 졸업생 중에서 하버드 대학에 1년 평균 한명이 입학된다.

각 대학마다 운동 분야별로 선수들을 뽑아야 하고, 대학 오케스트라에서 필요로 하는 학생들도 뽑아야 하고, 소수족 학생들에게 다소 혜택을 주어 입학을 허락하는 예가 있다. 그러나 동양인들과 유대인들은 전체 인구수에서 극소수족이지만 명문 사립대학에 들어가는 수가 비례적으로 많기 때문에 소수족으로 인정해 주지 않고, 흑인, 미국 인디언, 히스패닉 학생들에게 다소 혜택을 준다. 또 외국에서 지망하는 학생들 중에 일부를 입학시키기 때문에 입학시키는 방법이 물론 완벽하고 공정할 수 없다.

그러나 한 가지 좋은 점이 있다면 대학입학경쟁에서는 학교성적, 대학교육을 받을 수 있는 학력적성시험 (Scholastic Aptitude Test= SAT)성적, 과외활동, 논문, 추천서 등 다양한 요소들을 고려하여 검토하기 때문에 누구와 직접 경쟁을 하는지 알 수 없다는 점에서 시기와 질투가 없는 경쟁이 된다.

자녀들이 적극적으로 따라와 준다고 가정해 보기 전에 이미 5-6살부터 부모들이 맨발로 뛰기 시작한다. 자기 아이들이 명문 대학에 들어 가려고 하는지 부모들이 명문대학에 입학하려는 것인지 분간하기 어려운만큼 부모들도 결사적이다. 과외활동을 시키는데 엄청나게 많은 시간과 돈이 필요하다. 또 입학이 되어도 등록금, 생활비, 용돈 등등 주립대학에서 공부시키는데 비하여 몇 배 많이 든다. 옛날 한국에서 소를 팔고, 논을 팔아 자식을 대학에 보내는 것과 별로 차이가 없다. 어떤 분들은 "이것은 미치광이들이거나 아니면 모자라는 사람들이 추구하는 어리석은 짓이야,"라고 냉소한다.

우리가 살고 있는 이곳 오마하에 한국인 의학박사 한 분이 있었다. 60세에 암을 앓고 임종을 앞두고, 그 분은,

"내 만약 암 투병에서 승리하여 이기고 완쾌되면 외국에 여행도 다니고, 남은 여생동안 인생을 즐기며 살겠노라고. 딸 세 명 공부시키느라고 잠시도 쉬지 않고 열심히 일하여 등록금과 생활비를 보내주는 일로 나의 시간이 지금까지 흘렀소. 너무 악착같이 살지 말고 최고(Excellence)만 찾지말고 느긋하게 여유있게 즐기며 살았으면 합니다."

그의 따님 세 명 모두 누욕 시에 있는 명문 음악대학 주리얼드(Julliard) 대학에서 또 예일대학(Yale University)에서 피아노 박사, 바이올린과 첼로 석사 학위를 각각 받을 때까지 도와주며 그의 생을 마감했다. 정말 그분이 평범한 수준(Mediocrity)에 머물며 만족하며 느긋하게 살고 있었을 분일까?

우리의 생명이 끝날 때까지 모아둔 돈을 가지고 세상을 떠나는 것이 아닐진대 그중 보람 있게 사용한 것 중에 하나가 자녀들을 좋은 대학에서 공부시켜 학위를 받도록 도와주는 것이라 생각했다. 어쩌면 나도 그분의 전철을 밟아갈지 모른다. 나도 '부모의 학자금 융자'로 공부시켜 평생 융자 돈을 갚아가다 생을 마감하게 될지도 모른다. 그러나 자녀의 성공이 곧 부모의 성공이다. 그들이 부모들 삶의 한 부분이다. 명문 사립대학에 보내는 결심은 다른 어떤 것과 바꿀 수 없다는 결론으로 우리 부부는 목표를 세웠다.

또 한 가지 다른 목표는 아이들을 모두 의학박사로 만드는 것이

다. 병으로 고통 받고 있는 사람들을 치료해 주고, 또 새로운 치료 방법을 연구하고, 보다 더 효과적으로 치료해 주는 의학 분야에 대한 연구서적을 출판하는 것은 고귀한 일이다. 언제인가 성경 신약의 4복음서를 읽어갔다. 예수님의 생활과 선교의 업적을 자세히 설명하고 있다. 그분이 행한 여러 가지 업적들과 설교들이 있지만 4복음서를 읽어갈 때마다 가장 현저한 것은 문둥병 환자, 간질병 환자, 정신병 환자, 피부병 환자 등등 여러 질병으로 고생하는 사람들을 불쌍히 보시고 치료를 해준 기록들이다. 병으로 인하여 고통 받는 사람들을 치료하여 아픔을 없애주는 것이 얼마나 고귀한 천직인가. 나의 부친의 천직을 이어받질 못한 나는 가능하면 그분의 손자와 손녀들이 이어받기를 희망하며 그들이 의사가 되도록 선도하는 목표를 세웠다.

목표 달성을 위한 전략

이상의 목표를 달성하기 위해 어떤 방법으로 무엇을 준비하고 시작해야 하는지 검토하면서. 하버드 대학 교육심리학 교수 대이빈 맥클랜드 (David McClelland)의 저서 〈성취하는 사회 (The Achieving Society)〉라는 책을 회고해 본다. 조그마한 활자체로 무려 700쪽이 넘는 이 책은 두 부분으로 되어있다. 제 1부는 미시적인 방법 (A microscopic approach)으로 학생 개개인을 바라보면서 왜 어떤 학생들은 학교에서 A학점을 계속 받는데 비하여, 왜 어떤 학생들은 D 혹은 F 학점을 받는가 하는 문제를 다루고 있다. 제 2부는 거시적인 방법 (A macroscopic approach)으로 왜 어떤 나라들은 전반적으로 풍요로운 생활을 하는데 비하여, 왜 어떤 국가들은 굶주림, 질병으로 고생하며 가난하게 살고 있는가를 다루고 있다.

제 1부만 소개하기로 한다.

맥클랜드 교수는 전국에 걸쳐 만 명 이상의 초, 중, 고등학교 학생들을 대상으로 문의를 하고 가정 배경과 학교기록서류들을 검토한 방대한 연구를 하여 다음과 같은 가정들을 증명해 보였다. 학교에서 좋은 성적을 받는 성적이 종속변수 (The dependent variable)라고 한다면 성적을 낮게 혹은 높게 받을 수 있는 원인으로 독립변수 (Independent variables)들은 무엇인가? 몇 가지 예를 들면:

1. 부모의 교육수준 : 부모의 교육 수준이 높으면 높을수록, 자녀들은 더 높은 학교 성적을 얻게된다.

2. 부모의 경제수준 : 부모의 경제수준이 높으면 높을수록(공부방, 참고서, 개인교사 지도, 강습소 등등 혜택을 제공할수록), 자녀들은 더 높은 학교 성적을 얻게된다.

3. 지능지수(Intelligence Quotient) : 부모로부터 높은 지능을 물려받을수록, 자녀들은 더 높은 학교 성적으로 받게된다.

4. 친구 : 좋은 친구가 많으면 많을수록, 더 높은 학교성적을 얻게된다.

5. 교사 : 훌륭한 교사에게 교육을 받으면 받을수록, 더 높은 학교 성적을 얻게된다.

6. 학교시설 : 좋은 교육시설을 가질수록, 더 높은 성적을 얻게된다.

이와 같은 여러 독립변수들을 분석해 보았으나 특별히 더 높은 성적을 얻는데 '상당한'(Statistically significant) 영향을 주지 못하고 있었다. 설사 부모의 교육수준이 낮고, 집이 가난하고, 학교시설이 훌륭하지 못하고, 지능지수가 낮으면서 그 가운데에서도 성적을 잘 받는 학생들이 있었다. 좋은 성적을 받는 학생들은 이상의 여러 독립변수들과 관계없이 하나의 공통요소를 가지고 있는데 그것은 한결같이 역경을 무릅쓰고 악조건하에 있어도 자기들이 좋은 성적을 얻겠다는 성취욕망(동기=動機) (Achievement Motivation)이 강하다는 점이다. 더 높은 성취 욕망을 가지고 있을수록, 어떠한 악조건하에서도 최선을 다하여 성공하고자 노력하는 마음의 자세이다. 하고자 하는 성취욕이 강하면, 즉 성취하고자 하는 믿음이 겨자씨 만큼만 있어도, 태산을 보고, "여기서 저기로 옮겨라,"고 하면 "그 산이 옮겨 갈 것이다. "너를 위하여 불가능한 것이 없을 것이다," (If you have faith as little as a mustard seed, you can say to this mountain, 'Move from here to there' and it will move. Nothing will be impossible for you." (Matthew 17: 20)라는 성경 구절과 마찬가지이다.

코치 (Coach)가 목표를 세우고 전략을 짜서 추진을 한다 해도 경기장에서 뛰는 운동선수들이 목표를 향하여 최선을 다해 주어야 한다. 과연 이들 선수들에게, 아이들에게 어떻게 성취욕망을 마음속에 심어주어야 하겠는가? 나는 두 가지 방법을 선택했다. 하나는 재미있게 이야기를 아이들에게 들려주고, 다른 하나는 아이들이 직접 책들을 읽어 배우게 했다.

나는 타머스 에드슨(Thomas Edison) 발명가의 이야기를 전해 주었다.

그가 전구에 불이 오도록 접선을 시키면 피라먼트(Filament)가 타버린다. 두 번째 실험에서도 피라먼트가 또 타버려 실패했다. 세 번째 실험, 네 번째, 그리하여 오랜 연구기간 동안 무려 1999번째까지 온갖 방법으로 고쳐 보아도 전기선에 연결하면 연소해 버렸다. 심신이 지쳐 거의 포기 상태에 있었다. 그래도 포기하지 않고 골똘히 생각한 바 어느 날 새벽 영감이 떠오르고 침대에서 일어나 먼동이 트기전 실험실로 달려갔다.

'그렇구나! 산소가 있으니까 연소 할 수밖에. 전구에 공기를 제거한 진공 상태에서 전기선을 연결해 보아야지,'라고 혼자 중얼거리며. 그리하여 2천 번째 실험에 들어갔고 결국 성공을 했다고.

"윌리엄, 수잔, 지니, 이 이야기에서 무엇을 배웠는가?"

"그것은 결코 중간에서 포기하지 않고 투지력을 가지고 끝까지 최선을 다하는 '성취 욕망' 때문일 거에요."

"맞았어요."

곧이어 두 번째 이야기를 전해 주었다.

"혹시 윌리엄, 수잔, 지니, 더그러스 맥아더 (Douglas MacArthur) 장군, 그 분 이름을 들어 본 적이 있는가?"

"아니요."

그럼 아빠가 이야기 해주지.

"1950년 6월 25일 한국 전쟁이 일어났지.

소련 공산국가와 중국 공산국가의 경제적, 군사적 원조와 지지 하에 북한 군대가 남한으로 공격을 시작했지. 전차들을 앞세우고 38선을 통과하여 불과 3일 만에 서울을 장악하고 일주일에 걸쳐 계속 남하하여 최 남동쪽에 위치한 부산시와 그 외곽 지역을 포위하고 사실상 '남조선을 해방시키게 된다,'고 김일성이 장담을 했지.그런데 곧 얼굴이 희고 코가 커서 '코쟁이'라고 하는 미국 군인들이 공산당을 대항하여 싸우기 위하여 남한에 급파되었지. 일본에 본부를 둔 미 태평양 기지에 총사령관으로 한국방어에 책임을 맡은 분이 더그러스 맥아더 장군이야."

"그래서요. 그분이 어떻게 했는데요?"

"사실은 그 분이 한국전쟁에서 미 합동참모부 의장(Joint Chiefs of Staff)들의 반대를 무릅쓰고 보통 장군들이 상상할 수 없는 악 조건이 많은, 특히 조석간만이 너무 커서 모두가 불가능하다는 '인천상륙작전'을 개시했지. 상상 할 수 없는 인천상륙작전의 성공은 곧 남한국토 종심(縱心) 깊숙이 쳐들어 온 북한 군인들의 허리를 잘라 보급을 차단하고 그 들 후방에서 쳐들어가는 기발한 작전이었단다.

자세한 내용은 잔 스패이니어 (John Spanier) 교수가 쓴 〈추루먼-맥아더 논쟁(Truman-MacArthur Controversy)〉이란 책을 언제인가 읽어보도록. 아빠가 오늘 언급하는 맥아더 장군의 소개는 한국전에 대한 이야기로 빗나갔는데 그 분이 어느 대학에 가서 공부했는지 알고 있나?"

"아니요. 모르고 있습니다."

"당연하지. 그분이 고등학교를 졸업하고 누욕주 웨스트 포인트 (West Point)에 위치한 육군사관학교에 진학하게 되었지. 그의 꿈이 장군이 되는 거야.

그가 떠나기 며칠 전, 그의 엄마에게, '어머님' 하고 부르자.

'더그러스, 왜 그러는데?'

'어머님, 이번에 제가 육군사관학교에 가면 열심히 공부하여 4년 후 졸업 할 때 수석으로 졸업하여 학급대표로 졸업 연설을 하는 사람(Valedictorian)이 되겠습니다.'

'아이고, 장해라! 내 아들 더그러스가 배러딕토리언(Valedictorian)이 되겠다는 성취욕망을 가졌으니, 엄마가 너무나 기쁘고 너를 자랑스럽게 생각하는 구나!'

그리하여 더그러스를 웨스트 포인트로 떠나 보낸 후 곧 그의 엄마도 짐을 꾸리기 시작했단다."

"왜, 아버지? 어딜 가려구요?"

"더그러스 아들이 거처하는 육군사관학교 기숙사를 바라다 볼 수 있는 아파트를 구하여 계약을 했단다."

"그래서요? 이사 가려고요? 가서 어떻게 하려고요?"

"이사 한지 얼마 안 되어 엄마가 전화를 걸었단다.

그때가 새벽 1시야.

'네, 더그러스입니다.'

'더그러스, 나 엄마야!'

'어머님, 어떻게 이렇게 늦게 전화했습니까? 지금 잠을 자고 있는데 말입니다.'

'더그러스, 졸업할 때 배러딕토리언(Valedictorian)이 되겠다고 엄마하고 약속했었지?'

'네, 어머님'

'그런데, 벌써 너희 방 불이 꺼져 있는데 비하여 다른 방 4개에서는 여전히 전깃불이 켜져있고 공부를 열심히 하고 있나 봐. 그러니 너희 친구들보다 공부를 적게하고, 일등하겠다는 건가?'

'어머님, 지금 어디에 계시는데 저희 기숙사 방 불이 꺼져 있는지 또 다른 방 불이 켜 있는지 어떻게 아십니까?'

'알다 뿐인가? 네가 배러딕토리언이 되겠다고 해서 공부를 얼마나 열심히 하는지 매일밤 지켜보려고 엄마가 웨스트 포인트로 이사 왔지. 너희 기숙사 방이 마주 보이는 이곳 아파트로 이사왔단다.' 더

그러스는 갑자기 눈시울이 젖었단다. 자기를 사랑하는 엄마가 지켜보고 격려를 주고 있음을 알고. 쉽게 장담을 하고 말았는데. 한편으론 후회하면서 한편으론 어머님께 실망을 시켜드릴 수 없었단다. 그날부터 기숙사에서 어느 방불이 제일 늦게 꺼졌는지 짐작하겠습니까?"

"그럼요. 당연하지요."

윌리엄, 수잔, 지니는 이구동성으로,

"더그러스 방이지요."

"그러면 4년 후 졸업했을 때 누가 배러딕토리언이 되었는지 짐작하겠습니까?"

"그럼요. 당연하지요."

윌리엄, 수잔, 지니가 이구동성으로,

"더그러스입니다."

"맞았어요. 더그러스입니다. 그러면, 윌리엄, 수잔, 지니, 고등학교 졸업할 때 배러딕토리언 되도록 노력하겠습니까?"

"아빠, 당연하지요. 기다려 보세요. 두고 보세요."

"그러면, 세 명 모두 약속했으니, 아빠도 한 가지 약속하지."

"그게 무엇입니까?"

"배러딕토리언으로 졸업하고 미국에서 최고 명문대학에 입학하면, 등록금 아무리 많이 들어도 엄마와 아빠가 보내주마. 등록금 지불 책임진단다."

"정말이세요?"

"정말이지!"

나는 그들의 마음 깊은 곳에 성취욕망에 불을 지폈다. 나의 아버지로부터 받은 '나의 영혼의 불' 이제 나의 사랑하는 아이들에게 전해주었다.

문득 라피엘 다미니크 (Lapierre Dominique)의 책 〈즐거움의 도시 (The City of Joy)〉에서 인력거(Rickshaw)를 끌며 생활을 꾸려가다 결혼할 나이에 접어든 딸을 가진 주인공 아버지의 결심이 떠오른다. 인도라는 사회에서 딸을 시집 보낼 때에 신랑될 집으로 선물(Dowry)을 가져가는 것이 필수적이다. 딸을 노처녀로 평생 살게 할 수 없고 그렇다고 인력거를 끌고 다니며 하루 끼니를 때우기 어려워 생각하다 생각하다 결심한 것이 자기가 죽으면 자기 체내에서 필요한 간, 신장 등 모든 부분을 떼어가도록 불과 몇 백 불에 자기 몸을 미리 팔아 받은 돈으로 사랑하는 딸 결혼비용에 사용했다고. 그는 머지않아 암을 앓게 되었고 피를 흘리며 숨이 끝나갈 때에 즉시 병원으로 데려갔지. 그의 내장을 죽기 전에 도려내려고. 우리 부부가 아무리 희생을 해도 그 주인공보다는 더 좋은 형편이라고 위로하면서.

나는 아이들에게 성취욕을 심어주는 것 이외에도 시간의 효과적인 사용, 협조정신, 책임감, 재정관리, 책 읽기, 책의 요약과 평가, 글짓기, 영어단어, 철자 및 관용어 암기, 예습과 복습, 체육 활동 한 가지, 음악 악기 한 가지 선택 및 실습을 하도록 계획을 했다.

시간 관리는 대단히 중요하다. 너무 기계적으로 짜인 생활을 해서도 안 되지만 너무 많은 시간을 낭비해서도 안 된다. 너무 오래 테레비전을 보면서 오랜 시간을 낭비해서 안 된다는 것을 강조했다. 아

이들을 위한 좋은 프로그램을 관람하는 것이 그들의 유일한 즐거움
이리라 믿으며 귀가 후 휴식이 취해지면 곧 그날 배운 것들을 복습
하게 하고, 다음 날 공부 할 것을 예습하게 했다. 나는 그들을 위하
여 시간을 할애하고 또 내가 공부하고 있는 서재에 와서 질문이 있
으면 항상 문의하도록 했다.

매일 아침 학교에 가기 전에 아이들이 용돈을 달라고 했다. 매일
아침 용돈을 달라고 하는 아이들도 마음이 편안하지 않을뿐더러, 내
지갑에 매일 현찰이 있는 것도 아니고, 지갑에 돈이 준비되어 있지
않은 날에는 꼭 필요한데도 그냥 학교에 갈 수밖에 없다. 그리하여
아이들은 매달 초에 한 달분 용돈을 받기를 요구했다. 우리부부는
나이에 따라서 용돈을 할당할려고 하였더니 막내딸 지니가 울면서
왜 자기에게 제일 적게 주느냐 하면서 항의를 해왔다.

궁리한 끝에 나는 어느날 아이들을 불러놓고,

"오늘부터 매달 1일에 아빠가 일정 금액의 현찰을 봉투에 넣어 이
곳에 놓아두겠다. 이 액수가 너희들 3명이 한 달간 나누어 쓸 돈이
다. 필요할 때 얼마씩 가져가도록. 만약 3명중 한 명이 많이 써 버리
면 다른 두 명은 한 푼도 없게 되니까 3명이 책임지고 절약하여 다
음 달 1일까지 꾸려 나가도록 부탁한다."

이렇게 부탁하고 아이젠하우어 대통령의 유년시기에 대한 이야기
를 들려주었다.

"혹시 미국 대통령 드와일 아이젠하우어 (Dwight D. Eisenhower)
이름을 들어 본적이 있는가?"

"글쎄 잘 모르겠는데요. 왜 그러시는데요?"

"아이젠하우어 부모님들은 대학에서 만나 서로 사랑하게 되었단다. 대학 2학년 때에 결혼을 했지."

"그래서요?"

"그러자 곧 첫 아들이 태어나고 또 둘째 아들이 태어나고. 그리하여 아이젠하우어 부모님들은 계속 대학을 끝마치지 못하고 중퇴 한 거야."

"그래서요?"

"그러니 전문직업을 가질 수 없어 생활이 어려웠지. 그런데 곧 이어 셋째 아들, 넷째 아들, 다섯째 아들, 여섯째 아들이 태어났단다. 차돌을 먹어도 삭일만큼 건장한 아이들이 성장하고 있는데 그들 엄마가 저녁식사 후 디저트 (Dessert)로 파이(Pie)를 구어 내놓으면 제일 큰형이 크게 잘라가고, 둘째 형이 또 크게 잘라가고, 이렇게 하다 보면 네 번째, 다섯 번째, 여섯 번째 아이들에겐 남아있는 것이 없어 엄마에게 달려가 '형들이 다 먹어버려 자기들에게는 조금도 남은 것이 없다' 며 울었단다. 매일 저녁 식사 후. 그때마다 엄마는 더 큰 파이를 만들어 내지 못하는 가난과 형제 아이들의 불화를 가슴 아파하며 눈시울을 적셨단다.

그리하여 그 들의 엄마는 어느 날 밤새도록 '어떤 묘안이 없나? 어떻게 하면 아들들이 서로 싸우지 않고 사이좋게 나누어 먹으며 지낼 수 있나,' 하고 소로몬(Solomon) 임금처럼 지혜를 짜내고 있었단다. 밤새도록 한숨을 자지 않고 전전긍긍하다 먼동이 트고 새벽이 되었는데 어느 순간 그녀의 머리에 섬광이 번쩍이었단다. 어떤 묘안이 갑자기 그녀의 머리에 떠올랐단다."

"그것이 무엇인데요?"

"아침에 일어난 엄마는 하루 종일 콧노래를 부르며 마냥 즐거워하고 웃으며 지냈단다. 그날도 저녁 식사 후 어머님은 파이를 구어 식탁에 놓으면서,

"애들아, 여기 다 모여라. 오늘부터 하나의 규칙을 정해주겠다. 이것을 준수하도록."

"어머님, 그것이 무엇인데요?"

"누가 파이를 자르든 상관이 없다. 그러나 누가 자르든지 간에 그는 다른 형제들이 한 조각씩 다 가져가고 제일 마지막에 남아있는 조각을 자기가 먹어야 하는 거야."

어머니의 이 말씀이 끝나기도 전에 큰아들이 쏜살같이 어디로 뛰어갔단다. 곧 그가 되돌아 왔지."

"무엇을 가지고 온지 짐작하겠나?"

"아니요."

"줄자를 가지고 온 거야. 아이들이 6명이니까 줄자로 몇 도씩 나누면 360도가 되는지?"

"그야 60도씩 이지요."

"그래 맞았어요. 그리하여 그 때부터 매일 줄자를 가지고 60도씩 정확하게 6등분하여 형제들끼리 싸우지 않고 우애있게 지냈단다. 장성하여 모두 뿔뿔이 자기 갈 길을 걸어 한 명은 장군으로 그 후 대통령으로, 또 한 명은 잔즈 합킨즈 대학교 총장으로, 그리하여 6명 모두 크게 성공했다네. 그런데 살아가면서 항상 즐거움만 있는 것은

아니고 슬픔과 괴로움, 아픔이 있는 거야. 어느 누구 형제 한 명에게 어려움이 생기면 다른 형제들이 만사를 제쳐놓고 달려가서 격려하고, 용기를 주며, 평생을 우애 있게 지냈단다."

"아빠, 이야기 재미있는데요. 우리들도 한 달 동안 봉투에 들어있는 돈 서로 아껴쓰고 또 우애있게 지낼 거에요."

"그래 정말이지?"

"그럼요!"

우리의 최선, 결과는 하나님께 맡기기

윌리엄이 국민학교 3학년이 될 때에 교과서 수학문제를 몇 가지를 풀어보도록 했다. 놀랍게도 답이 맞질 않았고 제대로 이해하지 못하는 것을 알게 되었다. 그냥 내버려 둘 수 없다는 것을 알고, 옆에 앉혀놓고 설명해 주고, 설명 후 비슷한 문제들을 풀도록 했다. 이렇게 하루에 30분씩 매일 수학교과서에 나오는 개념을 설명 해주고 문제를 풀도록 했다. 학교에 갔다 오면 아예 수학교과서를 가지고 나에게 왔다. 한 페이지, 한 단원(Chapter), 이렇게 해서 2개월 만에 수학교과서를 마지막 페이지까지 모두 마칠 수 있었다.

"아빠, 학교에서 배우는 수학이 너무 쉬워 시간만 낭비하는 것 같습니다"

"그러면 다음 학년 수학교과서를 구해와서 공부하지."

시간이 많이 지나고 어느날, 고3학년 수학담당 교사를 만났더니,

"수학을 잘하는 5명 우등학생(Honors Students)들에게 제가 대학에서 배우는 미적분 I과 II를 1년 동안 강의했습니다. 그 중 윌리엄만 완전히 파악하고 있음을 알게 되었습니다. 또 제일 좋은 성적을 얻었습니다. 그리하여 윌리엄이 잔즈 합킨즈 대학교(Johns Hopkins

University)에 지원할 때 제가 아주 훌륭한 추천서를 써 주었습니다," 라고 전해 주었다.

그 후부터 수잔과 지니에게 모르는 수학이 있어 질문을 하면 아버지 대신 윌리엄에게 설명하도록 했다.

예습과 복습을 제외하고도 나는 아이들에게 책 읽기를 강조했다. 역사, 과학, 소설, 자서전에 이르기까지 여러 분야의 책들을 도서관에서 빌려 읽게 했다.

"윌리엄, 수잔, 지니, 자기가 읽기 원하는 책들을 선택하여 읽기 바란다. 도서관에 가면 학생들을 위하여 읽기를 권장하는 책들이 목록 되어있으니 그중 선택하여 읽기를 바란다. 책을 읽은 후 그 책이 무엇에 대한 내용인지 요약하고, 또 무엇을 배우게 되었는지를 타자로 쳐서 아빠에게 주어야 한다. 그냥 책을 읽는 것은 간주하지 않는다. 그러면 책 한 권 리포트(Report)당 50센트를 주겠다."

아이들 3명에게 우선 타자기 자판(key Board)의 어느 키에 어느 손가락을 사용하는 것이 표준적인 방법인가 보여주려고 도서관에 데리고 가서 타자치는 방법에 관한 책을 빌려왔다. 어느 손가락이 어느 키를 쳐야 하는지 익숙하도록 책을 따라 연습을 시켰다. 최소한 눈을 감고도 어느 손가락이 어느 알파벳(Alphabet) 키를 쳐야 하는지 익숙하도록. 그 후 느린 속도에서 빠른 속도로 치도록 연습을 시켰다.

언제인가 딸 지니가,

"아빠, 책을 백 권 읽었는데 기껏 50불 밖에 벌지 못했습니다. 이 돈이 너무 적어서 아무 것도 살수 없으니 책 한 권 리포트 할 때마다 1불로 올려 주세요."

수잔은 2불로 올려야 된다고 떼를 섰다.

"그래, 그러면, 오늘부터 1불로 올려주마."

아이들 리포트를 받으면 나는 철저히 읽어 내려갔다. 철자가 틀린 것이 있는지, 대문자와 소문자의 구별, 카머(Comma)와 피리어드, 능동적 또는 수동적 표현 방법, 문법에 이르기까지. 책의 개요를 설명할 때에는 반드시 그 책 전체의 주제는 무엇이며, 그것을 어떻게 전개하여 설명했는지 포함하도록. 또 책을 평가 할 때에는 객관적으로 관찰하는 입장에서, 장점과 단점을 공히 모색해 보도록 강조했다. 한국어와는 틀리게 영어문장을 읽어보면 이것을 쓴 사람이 초등학교 영어수준인지, 중학교, 고등학교, 대학생, 박사 수준급인지를 바로 알 수 있다. 글을 잘 쓰는 것은 하나님으로부터 주어지는 천부적인 재능도 타고나야 하나보다. 그러면서도 많은 노력이 필요하다. 또 심은만큼 추수하게 되나보다.

미국에서 아니 세계적으로 유명한 소아과 신경수술의사 (Pediatric Neurosurgeon) 흑인 벤자민 칼슨 (Benjamin Carson)씨를 만나게 된다. 그는 불과 초등학교 3학년의 교육을 받고 가정부로 일을 하며 혼자서 두 아들을 키운 그의 어머니 소니아 칼슨 (Sonya Carson)씨의 둘째 아들이다. 벤자민은 초등학교 5학년까지 자기 학급에서 꼴찌를 도맡아 하여 친구들로부터 바보 중의 바보라고 조롱을 당하는 주제에서 6학년에 들어와서 일약 1등으로 뛰어 올랐고 예일대학교

(Yale University)에서 학사, 미시건 대학교 (The University of Michigan) 의과대학 (School of Medicine)에서 의학박사, 잔즈 합킨즈 대학병원에서 레지든 교육을 받고, 그 후 나이 33살이란 가장 어린 나이에 세계적인 명문 잔즈 합킨즈 대학병원 (Johns Hopkins Hospital) 소아과 뇌신경 수술 과장이 되었다.

처음에는 그가 흑인 의사이기 때문에 편견에 사로잡힌 환자와 가족들이 그분의 수술을 주저하거나 거부하는 예가 한두 번 있었다. 그러나 그분이 세계적으로 가장 우수한 신경수술 의사임이 입증되면서 그분으로부터 수술을 받고 싶어하는 환자들이 줄을 서서 기다리고 있다. 꼭 그분한테서 수술을 받겠다고.

그의 자서전 〈크게 생각하세요: 최고를 이룩하도록 귀하의 가능성을 발휘하세요〉(Thinking Big: Unleashing Potential for Excellence (Grand Rapids, Michigan: Zondervan Publishing House, 1992)에서 지적한 두 가지의 중요성을 상기시켜 주었다.

첫째, 칼슨씨는 인간 두뇌의 무한한 가능성을 강조하고 있다:

사람들은 흔히 변명을 늘어놓고 있다. (또 내가 인간의 재능과 성공을 위한 욕망에 대하여 이야기 할 때 그 들 중 많은 사람들이 변명하는 소리를 듣는다). 사람들은 "우리 인간 두뇌에 1백40억개 이상의 세포와 망을 주셨다"는 진리를 망각하고 있다. 만약 하나님이 우리들 각각이 두뇌를 최대한 사용하도록 기대하지 않았으면 왜 하나님께서 그와 같은 무한한 가능성의 두뇌를 주셨을까?

영어 원본은 아래와 같다.

When people offer excuses (and I hear umpteen of them when I talk about talent and motivation), it's because they don't stop to think that God has given to every one of us more than fourteen billion cells and connections in our brain. Now why would God give us such a complex organ system unless He expects us to use it? (P. 148)

벤자민 칼슨씨는 어떤 사람들이 공부를 너무 많이 해서는 안 된다는 주장을 아래와 같은 이유로 반대한다.

첫째, 우리는 인간의 두뇌에 아무리 많은 내용을 집어넣어도 우리 두뇌를 다 채우지 못한다. 하나님이 만든 우리 인간 두뇌는 1백40억 개의 세포를 가지고 있다. 이것을 최대한 활용한다고 가정하면, 우리 머리에 있는 인간의 컴퓨터(두뇌)는 세상의 시초부터 지금까지 인류의 모든 지식을 모두 보유 할 수 있고 또 그리고도 더 집어넣을 수 있는 여유가 있다.

둘째, 우리 두뇌를 아무리 사용해도 다 채울 수 없을 뿐더러 또한 포용한 모든 것을 잊지 않고 보유하고 있다. "인간의 두뇌는 우리가 당면한 모든 것을 습득 할 수 있다."고 나는 자주 언급했다. 문제는 어떤 내용을 집어넣는데 있지 않고 어떻게 찾아내느냐에 있다. 종종 어떤 내용을 불규칙적으로 파일(File) 하거나 내용의 어떤 중요한 부분을 덜 중요한 내용에 연결시켜 우리들에게 혼돈을 주는 경우가 있지만... 배움이 얼마나 중요한가를 요약한다면 두뇌는 습득한 지식을 어느 한 분야에서 다른 분야로 활용하게 하며 거기에서 한걸음 더 나아가 이해와 통찰이라는 길로 안내하는 지름길이 되고 있다.

영어 원본은 아래와 같다.

First, we cannot overload the human brain. This divinely created brain has fourteen billion cells. If used to the maximum, this human computer inside our heads could contain all the knowledge of humanity from the beginning of the world to the present and still have room left over.

Second, not only can we not overload our brain-- We also know that our brain retains everything. I often use a saying that "The brain acquires everything that we encounter." The difficulty does not come with the input of information, but in getting it out. Sometimes we "file" information randomly, or tie significant bits of information to little importance, and it confuses us.

... One of the wonderful things about learning is that knowledge not only transfers from one area to another but is also an avenue that leads to understanding and insight. (PP. 193-194)

벤자민 칼슨씨에 의하면 어느 누구를 막론하고 인간의 두뇌는 무한한 가능성을 가지고 있다. 혹자는 어떤 사람의 머리가 나쁘거나 혹은 좋다고 주장하지만 우리 모두가 1백40억 개의 세포를 가지고 있다. 문제는 무엇을 어떻게 우리 머리에 넣어 두는가, 어떤 방향으로 무슨 분야에 집중하여 두뇌를 활용하는 가에 달려있다.

벤자민 칼슨씨가 주장하는 독서의 중요성이 바로 여기에 있다. 그가 초등학교 5학년까지 학급에서 꼴찌를 맴돌았으나 동물(Animals)에 대한, 식물(Plants)에 대한, 광물질(Minerals)에 대한, 돌 종류(Rocks)에 대한, 기타 많은 분야에 대한 책들을 읽기 시작하면서 공부에 흥미를 느끼고, 어려운 영어 단어들을 많이 알게 되었고, 책들을 통하여 많은 지식과 정보, 성취욕까지 얻을 수 있었기 때문에 6학년에서 일약 1등으로 뛰어올랐다. 그가 의과대학에서 공부를 하면서 책을 읽는 중요성을 다음과 같이 강조했다.

나는 지정된 교과서를 읽어 내려갔다. 그리고 같은 분야에 관계되는 다른 책들도 읽었다. 나는 한 분의 견해보다 더 많은 다른 저자들의 견해를 알고 싶었기 때문이다. 우리들은 신경조직에 관해 공부했을 때 나는 3권의 책들을 읽었다. 각각의 책은 다소 상이한 견해를 강조하고 있으며 각각 장점이 있어 서로를 보완했다.

매일 같이 나는 아침 6시에 시작하여 밤 11시까지 모든 교과서와 그에 관계되는 책들과 논문들을 읽었다.

… 고등학교, 대학, 의대의 경험을 통하여 보면 나의 급우들 중 일부는 표면적인 내용을 훑기만 하고 꼭 배워야 하는 내용만 습득하였다. 공부를 더 하도록 권장하면 그것은 실용적인 지식이 안 되며 적절한 내

용이 아니라고 거부한다."나는 이와 같은 지식을 결코 사용할 필요가 없을 것,"이라고 그 들은 호언장담한다. 어떻게 그렇게 확신할 수 있는지 나는 의심스럽다. 공부를 더 많이 하고 더 많이 읽을수록, 나는 아주 훌륭한 의사가 될 수 있다고 확신했다. 아니야, 이것은 적절한 표현이 아니야. 나는 내가 할 수 있는 가장 훌륭한 의사가 되고 싶었기 때문이야. 최선의 의사가 되려면 내가 최선의 노력을 경주해야 된다고 믿었다. (223-224, 226 쪽 참조)

여름 방학이 되면 대학입학학력 적성고사(Scholastic Aptitude Test= SAT)에서 좋은 성적을 얻도록 하기 위한 예비준비 책과 준비 책들을 공부하도록 했다. 중요한 단어의 철자와 뜻을 하루에 50개씩 암기하도록. 아이들이 처음에는 불평을 많이 했다. 하기 싫다면서. 그러나 매일 완전히 준비가 되면 형제들 3명이 서로 확인하도록. 그리하여 자기들끼리 공부하고. 단어를 묻는 자도, 답을 하는 자도 공히 배우게 마련이다. 이것은 여름 방학이 지나간 후에도 매일같이 계속 하도록 권장했다. 단어의 뜻을 모르면 어떤 문장에 대한 독해력이 올바를 수 없기 때문이다. 또 적절한 단어를 적절한 문장에 활용하도록 하는데도 도움을 주기 때문이다.

나는 무척 음악을 좋아한다. 그러나 악기를 배울 수 있는 기회를 가질 수 없었다. 못다 이룬 나의 몫까지 나의 아이들이 레슨을 잘 받도록 기대하며 아이들에게 피아노를 가르쳤다. 일주일에 한 번씩 레슨을 받았다. 그럴 때마다 나는 읽을 책들을 가지고 가서 그들이 레슨을 받을 동안 책을 읽으며 기다렸다가 집으로 데려온다. 그들은 매일 매일 연습을 했다.

언젠가 지니가 고 2학년(11학년)이 되었을 때 그의 고등학교 신문 탐탐 (Tom Tom)의 편집국장(Editor-in-Chief)으로 선정되면서 그에게 또 우리 부부에게 즐거운 고민이 닥쳐왔다. 편집국장의 직책은 영광스러운 자리이다. 또 여러 편집위원들을 지도하여 매달 지정된 일자(Deadline)까지 반드시 신문이 출판되어 나와야 한다. 밤낮을 가리지 않고 준비를 해서라도. 그의 피아노 연주 수준이 올라감에 매일 연습하는 시간이 늘어나면서 선택의 기로에 서 있음을 보았다.

"아빠, 하루 24시간은 정해져 있는데 편집국장 직책, 예습과 복습, 자원 봉사활동, 수영, 피아노까지 해야할 일이 너무 많아 선택을 해야겠습니다."

"그래 좀 더 자세히 알려주지. 그것이 무슨 뜻인지?"

"아무래도 편집국장과 피아노 중 하나를 택해야 겠습니다."

"아니, 피아노를 잘쳐서 상을 받아 오기도 했는데 지금 중지하면 어떻게! "

"아빠, 그래도, 편집국장 직책이 저에게 더 중요하다고 생각합니다. 제가 결정하는대로 그냥 두세요."

"그럼 피아노 교사에게 어떻게 알려야 되는데?"

"아빠, 제가 직접 말씀 전 할게요. 저희 일이니까요."

지니의 결정을 들은 피아노 선생은 한참 동안 멍하니 천장을 쳐다보고,

"학생들에게 오디션(Audition)을 하여 선별하여 레슨을 가르치고

내가 가장 좋아하는 학생 중 한 명인데 이제 헤어지게 된다니 섭섭하구나" 하면서

"편집국장 된 것 축하하고 대학 입학 결정이 나면 꼭 알려 주는 거야. 고교 졸업 파티를 하게 되면 초청도 하고"

라며 서로 껴안고 작별을 고했다.

그 동안 연습해온 여러 가지 악곡 중에서 내가 가장 좋아하는 곡들은 아래와 같다.

Ludwig von Beethoven : Sonata in C sharp minor, op.27 no.2 "Moonlight"

Rachmaninov : Piano Concerto No. 2 in C minor, op. 18

Rachmaninov : Rhapsody on a Theme of Paganini.

그리하여 지니가 대학에 다니다 방학이 되어 몇일간 집에 와서 머물게 되면 나는 이 곡들을 쳐주도록 주문을 한다. 그 후부터는 지니가 집에 다니러 오면 나의 주문을 받기도 전에 이 곡들을 치고 있었다. 위층에서 피아노 치는 소리를 들으면 책을 읽고 있다가 나도 모르게 내려와서 지니 옆에 앉아있는 나의 모습을 보게 된다.

최선을 다하여 아주 훌륭한 피아니스트와 바이얼린니스트가 각각 되도록 독려하는 이 아빠의 마음이 어떠했는지, 나의 친구 선배였던 안성봉씨의 부고를 접하고 그분의 따님에게 보낸 나의 조의의 시(Poem) 내용에서 나 자신의 모습을 볼 수 있을 것 같다.

10월 11일, 1994년
안 은미
211 Chelten Avenue
Philadelphia, PA 19120

친애하는 은미양,

너희 부친의 조의와 너를 위로하기 위해 보내는 별첨 나의 시를 읽기 바라면서.

× × × × × ×

"이해 할 수 없는데 왜 안성봉씨 부인께서 편지를 보내셨을까?"
"무슨 일이 일어났나 봐!"

우편함 옆에서 편지를 읽어가다 멈춰
오랫동안 요지부동의 자세로 나의 마음은
지나간 즐거웠던 아름다운 추억들로
이미 먼 여행을 떠나고 있구나!
계명대학에서 너희 아빠 처음 만나 악수를 나누고,
다락방 크럽에서 영어와 성경공부 같이 하고,
여름에는 여름 캠프에서 같이 일을 하고,
조그마한 시골 교회에서 같이 설교도하고,

너희 아빠처럼 해병장교학교에 입교하여

소위로 임관했지,

월남에 파병되었고,

해병대 사령부 고문단 연락장교로 부임하고,

그 때 너희 아빠 너희 어머니 만나러 또 공부하러

미국으로 떠날 때 작별을 고하고,

학회 차 필라델피아에 갔다가 미국에서 다시 한번 재회를 하고,

너희 아빠 집에 안내 받아

그 때가 아마 1979년이었던가!

은미양이 나를 위해 바이올린 연주를 해 주었지.

너희 아빠에 대한 추억들이 아무렴 나의 추억들보다 훨씬 더 많겠지!

헤아릴 수 없는 그 많은 날들 너를 바이올린 레슨에 데려다 주기도 했겠지,

뜨거운 여름에도

추운 겨울에도

비 오는 날에도

눈이 오는 날에도

너희 레슨이 끝날 때까지 묵묵히 앉아 참고 기다렸겠지,

어떤 때는 너에게 화도 내고

야단도 치고

할 수 있는 한계선까지 최선을 다 하도록 밀어붙이기도 했겠지,

왜냐고? 그는 그의 마음 깊은 곳에서부터 은미를 사랑했으니까.

그의 사랑은 아직도 은미와 항상 함께 할 거야

은미에게 등대 불이 되고 있을 거야

아빠를 잃었다고 은미가 슬프게 지내기를 바라지 않겠지

그렇게 되도록 원하진 않을 거야.

성문 배

608 Louisiane Circle

Bellevue, NE 68005

영시 원본은 아래와 같다.

October 11, 1994

Miss Eun Mee Ahn

211, Chelten Avenue

Philadelphia, PA 19120

Dear Eun Mee:

Enclosed please find my poem in memory of your dad and

in comfort of you:

x x x x x x

"There is no reason why Mrs. Ahn sent a letter to me."

"Something must be wrong."

Soon I saw myself frozen at my mailbox for nearly fif
teen minutes.

My mind began to travel fast to the past golden times
of:

Meeting and shaking hands with him (Your dad) for the
first time at Keimyung University,

Learning English and studying the Bible together in the
Upper Room Club,

Working at the summer camp,

Preaching a small congregation in a rural church with him,

Following him in joining the R.O.K. Marine Corps Officers'
Training School,

Being commissioned a second lieutenant,

Being deployed to Vietnam,

Being appointed a liaison officer at R.O.K. Marine Corps
Headquarters,

Having a reunion with him at the time of his departure
for the United States to join his wife and to study,

Being excited over the second rendezvous at Philadelphia
via my conference,

Visiting his home and

watching your violin performance.

Your memories of your beloved dad yet far exceed mine:

Taking you to the violin lessons million times of

Hot summers,

Cold winters,

Rainy days,

and snowy days;

Sitting and waiting patiently until your lessons were

over,

Encouraging you to practice thousand times

so as to be one of the best players.

Sometimes he was mad at you,

Yelling at you, and

Pushing you probably too far to the breaking point,

because he loved you from the bottom of his heart.

His loving and caring may stay with you forever.

He will be a lighthouse for you.

There is no reason for you to be sad all the times.

That is not what he wants you to be so.

Sung Moon Pae

608 Louisiane Circle

Bellevue, NE 68005

부모들은 모두가 생애를 마감 할 때까지 자기 자녀들에게 최선의 노력으로 아낌없는 지원과 격려를 보내겠지. 우리 모두 각각 최선의 노력으로 경주하고 결과는 하나님께 맡겨야지. 결과도 중요하지만 목적을 향한 최선의 노력, 이것이야 말로 우리 삶의 의의가 아니겠는가!

대학 1, 2학년 동안 의과대학에 진학하고 싶어하는 학생들은 대단히 많다. 그러나 의대 입학에 필요한 과목들 중 생물학에서 성적이 잘 나오지 않으면 중도 포기한다. 기초 화학과목에서도, 생화학에서도, 유기화학 I과 II에서도, 또 물리학에서도. 그리하여 거의 90%는 중도 포기하고 나머지 10%학생들, 그 중에서 또 절반 이상이 의대 입학시험(Medical College Admissions Test = MCAT) 성적이 높지 않은 학생들도 역시 포기한다. 혹자는 '낙타가 바늘구멍'으로 들어가는 것처럼 경쟁을 하기 마련이라고.

"어느 학부모와 학생이 어떻게 하면 의과대학에 입학이 될 수 있습니까?"

하고 저자에게 문의해 온 적이 있다. 그분들에게 드린 회답은,

"성적이 낮은 과목들이 있으면 그것들을 다시 택하여 잘 이해하고 더좋은 성적을 받도록, 또 의대입학시험을 다시쳐서 더좋은 성적을 얻도록, 포기하지 말고 몇년을 두고 계속 노력하도록 하십시요."

그 학생은 대학을 졸업한 후 2년째 해에도, 3년째 해에도, 4년째 해에도, 의대에 입학이 되지않았고, 5년째 해에도 다시 시험을 치고 입학 면접을 치루웠다. 그러나 입학이 되지 않을것이라고 포기하고 화학박사 학위과정에 입학이 된 어느 대학교로 국도를 타고 하루종

일 운전을 하여 절반쯤 와서 땅거미가 질무렵 그의 이동전화 벨이 울렸다. 자기 아버지로부터 온 전화였다.

"아들아, 오늘 네가 지망한 의과대학에서부터 입학통보가 왔으니, 자동차를 되돌려 다시 집에 돌아와 의대로 가도록."

감격에 찬 아버지의 음성이다.

낙타도 바늘 구멍을 뚫고 지나갈수 있음을 명심하는 교훈이다.

윌리엄과 수잔은 잔즈 합킨즈 대학, 막내 지니는 하버드 대학에 입학, 학사학위를 받은 후, 각각 의대에 따로 진학하여 의학박사학위를 받을 때마다 나도 모르게 하나님 앞에 무릎을 꿇었다. 수잔과 지니 각각 의대 동기와 결혼하여, 5명의 의학박사 자녀들을 가지게 되었다. 나는 그들에게 간곡히 부탁하는 내용이 있다.

"재정적 풍요함이 아니고, 의학박사의 사명감을 잊지않도록."

9

벨뷰 대학 교수

6주가 지나서 공식편지가 학교로부터 왔다. 전공분야 3개 모두필기시험에
합격했으니 한 달 후 구두시험이 있다면서 며칠 몇 시에 구두시험에
응하라는 내용이다. 구두시험에 들어갔다. 한 가지 질문에 대답을 하고 나면
곧 다른 교수가 질문을 하고, 또 다른 교수가 질문하고. 답을 한 내용에 대하여
교수들끼리 서로 견해가 맞질 않았는지 자기들끼리 서로 토론이 벌어졌다.
격렬한 토론 (Heated Debates)이었다. 한참이나 토론을 하다가 어느 교수가
"우리 구두시험 중에 있으니 다시 구두시험으로 돌아가자,"고 하면서
자기들끼리의 토론을 중지했다. 왐즈리 교수가 한 번씩 나의 편을 들어
도와주어 어려운 고비를 모면하기도 했다. 구두시험이 끝나자 교수들은
한 명씩 나에게 악수를 청하며 이제 정식으로
"박사후보" (Ph.D. Candidate)가 되었다며 축하해 주었다.

나는 아내와 장모님에게 구두시험을 무사히 치렀다고 전화하고 곧장 집으로
돌아왔다. 온 가족이 기쁨으로 가득 찼다. 처음으로 두 다리를 쭉 뻗고
편안히 잠을 잘 수 있었다.

벨뷰 대학 교수(1975~2010)

다음날 아침 일찍 전화벨이 울렸다.

"성문 배입니다."

"나는 캔사스 대학교 직장안내센터 (Placement Center)를 관장하는 과장(Director)입니다. 시간이 있으면 최대한 빨리 나의 사무실에 오십시오. 아주 반가운 소식이 있습니다."

"사무실이 어디에 있습니까?"

"메릴홀(Merrill Hall)의 일층에 있습니다."

"알겠습니다. 지금 바로 들리겠습니다."

"안녕하세요. 저는 성문 배입니다. 과장님을 만나러 왔습니다."

"잠깐만 기다리세요."

"축하합니다. 오늘 아침 일찍 정치학과에서 정치학 '박사 후보'가 한 명 배출되었다는 반가운 전화 연락이 왔었습니다. 네브라스카주 오마하(Omaha) 대도시의 한 근교(Suburb)인 벨뷰(Bellevue)시에 위치한 벨뷰대학에서 정치학 교수 한 명을 구하고 있습니다. 캔사스 대학교에서 좋은 후보가 있으면 추천을 해달라는 요청이 왔습니다.

여기 전화번호가 있으니 전화를 하고 인터뷰 날짜를 예약하고 가보세요. 박사논문은 그곳 대학에서 가르치면서 끝내도 됩니다."

"논문은 이해력 시험을 준비하면서 틈틈이 작성하여 이미 완성단계에 있습니다."

"놀라운 일이군요. 다른 박사후보들 중에서 볼 수 없는 예외의 경우입니다. 정말 반가운 내용이군요. 추천서를 빨리 보내고 인터뷰하기를 바랍니다."

나는 왐즈리 교수에게 갔다. 자문을 구하기 위해서다.

"서니, 조그마한 대학에 가기에는 너무 아까우니 그 대학에 가지 말고 여기서 조교(Teaching Assistant)로 있다가 더 큰 대학에 직장을 구하도록 하는 것이 좋겠다."고 조언을 주었다.

우리대학에서 벌써 백인학생 한 명이 나보다 한 학기 먼저 구두시험을 끝내고도 직장을 구하지 못하고 있었고, 그 당시 경제가 좋지 않아 물가가 많이 오르고 직장에서 해임되어 나오는 사람들이 증가하고 있었기 때문에 또 아이들이 3명이나 있으니, "우선 직장을 구하는 것이 제일 중요하다."고 우기면서 인터뷰를 가도록 왐즈리 교수에게 추천서를 써달라고 부탁을 했다.

벨뷰대학에 전화를 하여 인터뷰 날짜를 잡고 장모님이 만들어주신 김밥 도시락을 가지고 네브라스카주 벨뷰로 나의 아내와 같이 운전해서 갔다. 사회과학 학부장을 만나고 또 여러 교수들도 만나고, 최종적으로 학장을 만났다.

"성문 배, 반갑습니다. 나는 역사학을 전공했습니다. 한국에서는 서로 인사를 할 때 허리를 굽혀 인사하는 것까지 알고 있습니다. 그래서 처음 만났을 때 내가 허리를 굽혔습니다."

"윈첼(Winchell) 박사님이 그렇게 하시는 것을 보고 놀랐습니다."

"내가 기쁘게 당신을 채용하기로 결정했습니다. 그런데 왜 당신을 채용하기로 했는지 아십니까?"

"글쎄요."

"당신의 박사학위 주임교수 왐즈리 박사가, '30년 동안 자기가 가르쳐온 학생들 중에서 꼭 두 명의 최우수 학생이 누구냐고 물으면 두 명 중 한 명이 성문 배,'라고 추천서에 지적했습니다.

'그리고 공부를 열심히 하여 캔사스 정치학 교수 누구보다도 더 많은 책을 읽은 학생이 성문 배,'라고. 그래서 더이상 질문이 없다고 생각했습니다.

한국전쟁 때에 나도 육군 장교로 한국전쟁에 참여하여 목숨을 걸고 한국의 민주주의와 자유를 위하여 싸웠습니다."

인터뷰를 마치고 사회학부 부장 시먼즈(Simmons) 교수는 우리 부부들을 태우고 벨뷰지역을 구경시켜 주었다. 판티넬 힐(Fontenelle Hill)이란 지역으로 우리를 안내하면서 우리 교수 월급으로는 이곳에서 집을 사서 거주할 수 없는 곳이라고 하였다. (그러나 이 대학에 온 지 12년이 지난 후에 우리는 이곳에 새 집을 지어서 이사와서 지금까지 살고있다) 이곳은 벨뷰시에서 불과 5분 정도의 거리. 그 지역으로 들어가 보니 밀림지역을 연상하리만큼 울창한 나무들이 빽빽이 들어서 하늘을 볼 수 없을 정도이고 그곳에 주택들이 들어서 있고, 지붕들은 모두 나뭇조각 (Shake Shingle)들로 되어있으며, 꼭 같은 모습의 집은 하나도 없었다. 깊은 계곡과 높은 언덕을 끼고 주택 중간 중간으로 오르락 내리락 하며 18홀의 골프코스가 있었다. 사슴 500마리가 배회하며 주택지까지 내려와 하루도 사슴을 보지 않는 날이 없다고 했다. 너무나 아름다운 전경이었다. 감탄사의 연발이었다.

생각지도 않았는데 나의 아내가 오메가 팔목시계를 나 몰래 마련하여 선물로 나에게 주었다. 박사후보 시험 합격과 직장 구입 축하 선물로. 이 지역 구경을 마치고 우리부부는 나무 그늘에 앉아 장모님께서 만들어 주신 김밥을 먹기 시작했다. 그날따라 김밥이 너무나 맛이 있었다.

교수의 역할

교수는 3가지 역할을 강조하고 있다. 첫째는 학생들에게 잘 가르치는 일이다. 둘째는 학자로서 연구를 하여 우리 사회가 좀 더 발전할 수 있는 학설이나 정책을 연구하고 제시하며, 셋째는 대학과 지역사회에 봉사하는 역할이다.

박사학위 논문은 이곳 대학에 오기 전에 초안이 준비된 것을 재점검하고, 박사학위 심사위원장인 왐즈리(Gary L. Wamsley 박사는 추후 Virginia Tech 대학교 Center for Public Administration and Policy에서 Director로 또한 〈Administration and Society〉 학술 잡지의 편집장의 역할을 했다) 교수님께 우송하여 최종 점검을 받고 논문을 제출하도록 했다. 그리하여 특별히 더 시간이 소요되지 않았기 때문에 학생들에게 잘 가르치는데 집중할 수 있었다.

나는 강의 노트를 정리하여 교실에서 노트를 읽어 내려가는 일은 절대로 하지 않기로 했다. 많은 책들을 읽고 기억하고 있는데 강의노트를 가지고 수업에 들어가야 할 필요가 없다. 설사 학생들의 분위기에 따라서, 혹은 질문에 따라서 같은 과목에서도 강의노트를 사용하지 않으면 다소 상이한 강의를 하게 마련이지만, 꼭 같은 내용의 강의 노트를 강단에서 읽지 않기로 했다. 다만 그 시간에 설명을 해야하는 중요 항목들을 기록하여 설명에서 빠트리지 않기로 했다.

그러나 외국 학생들이거나, 고등학교에서 바로 입학한 학생들 중에는 준비를 제대로 하지 않고 오는 학생들을 위하여, 중요한 내용 혹은 학설들을 칠판에 꼭 적어주어 혹은 비디오를 보여주어 중요한 내용을 빠트리지 않고 배우도록 해주기로 했다.

학생들이 선택한 나의 과목에서 꼭 배워야 할 내용들을 강조하고 시험을 치기 전에 중요한 문제들을 서로 토의하면서 복습을 하게 했다. 학생들끼리 팀을 구성하여 서로 도와주며 토론을 하여 배우는 것은 모두가 참여하는 좋은 방법이 되고 있다.

어떠한 내용의 학설 (Qualitative thesis)이라도 그것을 연구하여 증명해 볼 수 있는 질적 및 양적 변수 (Qualitative and Quantitative variables)들이 무엇인지, 각자가 창의적인 사고 (Critical Thinking)력을 발휘하도록 강조하였다.

예를 들면, 적대 국가간에 전쟁을 일으키지 않게 하는 유일한 정책은 서로 '힘의 균형'(The 'Balance of Power' theory)을 유지하는 것이라 가정해 보자. 그러면 소위 힘의 균형을 어떻게 측정할 수 있는가? 군사적, 경제적, 정치적, 이용 가능한 자연자원, 지도자들의 지도력, 국민들의 능력, 충성심, 기타 많은 변수들, 과연 이러한 변수들을 어떻게 종합해서 한 나라의 전반적인 힘과 적대시하는 나라의 힘을 비교분석할 수 있는가? 핵무기를 사용하는 전쟁에서, 혹은 핵무기를 사용하지 않는 전쟁에서 어떻게 힘의 균형을 측정하도록 시도할까?

설사 하나의 정답이 없더라도, 어떤 상이한 방법들이 있나 제시하고 학생들 나름대로 연구하여 논문을 발표하게 하여 학생들 사이에 토론을 하고, 서로 배우도록 했다. 아무리 주관적인 판단이 나오기 마련이라 해도, 전쟁을 시작하기 전 힘의 균형이 어느 국가로 치우치는지 지도자들은 반드시 확인하고 전쟁을 할 것이 아닌가!

그러나 꼭 나의 전공분야 과목만 가르치는 것이 아니고, 형편에 따라서 전공과 거리가 먼 과목들도 가르쳐야 할 경우가 있다. 예를 들면 미국 대통령, 미국 헌법 등은 생소하다. 그러나 두려울 것 없다. 미국 대통령 과목을 가르치기 위하여 나는 많은 대통령들의 자서전을 읽었다. 와싱턴(George Washington), 제펄슨(Thomas Jefferson), 앤드루 잭슨(Andrew Jackson), 링컨(Abraham Lincoln)으로부터 최근의 루즈벨트(Theodore Roosevelt and Franklin D. Roosevelt), 추루먼(Harry S. Truman), 아이젠하우어(Dwight D. Eisenhower), 닉슨(Richard M. Nixon), 그분들이 당면했던 도전들은 무엇이었고, 의사 결정방법은 어떠했으며, 어떤 중요정책들을 입안하여 성취시켰는지, 당시 역사들을 자세히 읽어 알도록 했다.

부유한 가정에서 태어나 명문대학을 졸업한 대통령이 있는가 하면, 초등학교도 나오지 못하거나, 대학을 나오지 못한 대통령도 있고, 가난한 가정에서 많은 고생을 하면서 최선을 다한 분도 있다. 이와 같이 상이한 배경에서 살아 왔으나 하나의 공통점이 있다면 이분들 모두가 성공해 보고자 최선을 다 한 것을 볼 수 있다. 매년 55명의 역사 교수들이 지나간 모든 대통령들 중에 누가 가장 위대한 대통령이었는가, 역대 대통령들을 평가하는 작업을 해마다 실시하고 있다. 물론 그 들의 주관적인 판단이지만, 거의 빠짐없이 꼭 같은 대통령들이 "위대한 대통령"으로 해마다 선택되는 것을 볼 수 있다. 국가가 어떠한 경제적, 정치적, 사회적 위험에 처해 있는가? 이런 도전들을 해결하기 위하여 어떠한 비젼(Vision)을 가지고 있는가? 이와 같은 위기에 처해 어려움을 해결하기 위하여 어떠한 정책을 입안하여 결단성 있고 과감한 지도력(Charismatic leadership)을 가지고 수행하고 있었는가를 찾아볼 수 있다. 이와 같은 지도력은 비단 하나의 국가에서뿐만 아니라, 기업에서도, 하나의 가정에서도 마찬가지이리라.

미국의 헌법 또한 쉬운 것이 아니다. 불과 2백 년의 역사를 가지고 있는 미국이지만, 수없이 많은 법정 케이스들을 적어도 백 가지 이상은 암기해야 했다. 미국의 경제, 미국의 정치, 미국의 인종 차별문제, 여성 차별문제, 언론의 자유, 종교의 자유, 노사문제, 이민문제, 기회균등의 문제, 사회 복지문제 등 여러 가지 도전들이 어떻게 일어나서 어떻게 해결되어 가고 있었는지 또 해결되지 않고 계속 논쟁과 투쟁의 문제로 남아있는지 더 자세하게 파악하는데 큰 도움을 주고 있다.

대법원의 판결에도 문제가 있다. 아홉 명의 대법원 판사 중에 과반수가 합의하면, 언제나 판결을 내릴 수 있고 지난 대법원 판결을 무효화시킬 수 있기 때문이다. 어제까지 지난 대법원 판결이 절대권을 보유한 원칙인 것처럼 하다가, 하루 만에 그것을 전복시키고, 일관성이 없어지게 해왔다. 시대가 변하고, 과학, 기술이 발전되면서, 새로운 원칙들이 나와야 하지만 너무 자주 원칙들을 바꾸는 것 또한 문제가 될 수 있다. 물론 종신 임명제이기 때문에 그들이 소신을 가지고 판결을 한다고 보지만, 새로운 판사가 임명이 될 때, 그들의 정치적, 경제적 철학에 기초를 두고 어느 정당이 국회를 장악하고 있는지에 따라 누가 대법관으로 임명될 것인지 다분히 정치적이기 마련이다. 그러나 인간이 완전무결하지 않는 것처럼 그 이상의 이상적인 방법이 없고 보면, 최선의 방법을 따를 수밖에.

가르치는 일에도 역시 문제가 많이 있다.

첫째, 표준 분포상태 (Standard or Normal Curve Distribution)에서 학생들에게 점수를 줄 수 없기 때문이다.

즉 어느 한 과목에서

1. 통계상의 +2와 그 이상의 표준 편차 (+2 Standard Deviation)에 속하는 소위 최상위 2.2 퍼센트 학생에 한하여 주는 학점 : A

2. +1 과 +2 표준 편차 사이에 속하는 13.6 퍼센트 학생 학점 : B

3. −1 과 +1 표준 편차 사이에 속하는 68.2 퍼센트 학생 학점 : C

4. −1 와 −2 표준 편차 사이에 속하는 13.6 퍼센트 학생 학점 : D

5. −2 와 그 이하에 속하는 2.2 퍼센트 학생 학점 : F

이상과 같은 방법으로 점수를 주었다가는 교수 직책에서 즉시 파면될 가능성이 많다. 아무리 공부를 하지 않고, 준비를 하지 않아도 학생 모두가 A학점을 받으려 하고, A학점을 받질 못하면 불평하기 마련이고, 학장 혹은 총장을 찾아가서 불평하는 경우도 있다. 대학의 행정을 맡고 있는 분들은 학생들에게 학점을 까다롭게 주면 우리 대학이 학생들에게 점수를 까다롭게 준다는 소문이 나서 학생들이 오질 않을까 염려하기 때문이다.

언제부터인가 학생들을 '거래처 고객(손님)'(Customers) 이라고 주저 없이 부르고 있다. 상점에서 돈을 지불하기만 하면 원하는 상품을 어느 누구에게나 파는 것처럼, 등록금만 지불하면, 학점을 쉽게 주고 또 학위를 쉽게 주어(팔아)야 하는 것처럼.

역사를 두고 경제적 통화팽창과 물가폭등 (Economic Inflation)이 가장 중요한 문제라고 간주한다면, 저자는 오히려 한 과목당 학생 70내지 80퍼센트에게 'A' 학점을 주는 학생 '성적 폭등'(Grade Inflation)이 장래에 더 큰 문제를 일으킬 수 있다고 믿는다. 수고하지 않고 좋은 성적을 받겠다고. 이는 마치 현 사회에서 풍미한 수고하지 않고 벼락부자가 되고 싶다는 것과 별로 차이가 없고 보면. 나는 학생들이 성적을 잘 받으려고 아우성을 치면, "미국 역대 대통령들을 검토해 보라,"고 강조한다.

얼마나 많은 미국 대통령들이 대학에 다니면서 줄곧 'A' 학점을 받은 분들이 얼마나 있느냐고. 'A' 학점을 반드시 받아야만 성공하는 것이 아니라고. 최선을 다하고 받는 성적에 만족하도록.

유에스 누즈 와 월드 리포트(US News & World Report) 주간 잡지에서는 매년 미국 어느 대학(교)이 최고인지 등수를 정하여 잡지에 실어준다. 그것을 토대로 대학 지망학생들에게 참고가 되도록. 그런데 등수를 정하는 기준치의 하나가 "얼마나 많은 학생들이 입학하여 낙오없이 제때에 졸업을 하는가" 즉 졸업률(Graduation Rate)을 적용하고 있다. 그리하여 학생들에게 성적을 까다롭게 주고, 자격이 부족하거나 혹은 공부를 열심히 하지 않아 낙제률이 높은 대학에서는 오히려 등수를 매기는데 손해를 보게 만들어져 있다. 지금까지는 그래도 세계에서 미국대학들이 최고라고 인정을 받아왔는데, 성적폭등이 만연해질 경우, 얼마나 오래 동안 최고의 자리를 유지할 수 있을지?

또 하나의 문제가 있다. 그것은 한 과목이 끝나면 학생들이 교수를 평가하는 일이다. 행정을 다루는 분들은 "학생들이 받는 성적과 학생들이 하는 교수평가는 전혀 상관관계가 없다,"고 주장하는 경우가 많이 있다. 과연 그런 가정이 사실인가? 학생들에게 좋은 평가를 받지 못하면, 교수평가가 나빠지게 되고, 진급이나, 월급에 영향을 주는데, 교수들이 좋은 평가를 받기 위하여, 자연적으로 성적을 후하게 주지 않겠는가? "학생들로부터 항상 높은 평가를 받아온 저자도 후한 성적을 줄 수밖에 없는 문제와 완전히 자유스러웠는가?"하고 자신에게 물어 보는 경우가 있다.

가르치는 것 이외에 학생들을 위한 또 한 가지 중요한 일이 있다. 그것은 학생들이 추천서를 부탁하는 경우이다. 많은 교수들이 있는데도 불구하고 나의 사무실에 찾아와서 추천서를 부탁하는 학생들이 있다. 나는 만사를 제쳐두고 부탁을 받으면 48시간 이내에 추천서를 준비하여 우송한다. 그리고 추천서 내용 사본을 학생에게 참고로 준다. 내용을 숨기는 일은 없고. 그러나 결석을 하거나 논문을 제시간에 제출하지 않은 학생, 혹은 추천서를 만들어 주기에 주저되는 경우에는 친절하게 '추천서를 더 잘 써줄 수 있는 분'을 찾아가 보도록 권한다. 그리하여 35년 동안 가르쳐 준 학생들 중에는 변호사가 된 학생들도 많이 있고, 대학원에 가서 박사학위를 받은 분, 연방정부에 취직한 분, 기업회사에 중역이 된 분들도 많이 있다.

사회학부 부장 (1981~1994)

1975년 교수로 부임하여 6년이 지난 1981년 어느 날 총장의 호출 명령을 받고 그분의 사무실에 도착했다. 역시 동양식으로 서로 허리를 굽혀 인사를 하면서. 그 분은 서론을 생략한다면서 "오늘부터 사회학부 부장으로 임명한다"고 했다. 나는 "학생들을 잘 가르치는 것과 연구에 몰두하고 싶으니까 사양 할 수 있으면 좋겠다,"고. 그러나 나의 의사를 끝내기도 전에, "나는 지금 다른 약속이 있어 즉시 출발해야 하니까, 오늘 인수 인계하도록 하라,"는 내용을 전하고 자리에서 일어나고 있었다.

학부 부장직책을 교수들끼리 투표를 하여 선정한다면, 나는 당연히 피선될 수 없다. 임명을 받았기 때문에 누구도 불평을 할 수 없게 되었다. 그리하여 연세대학원 경영학석사 한 학기에 인사행정, 재무행정, 회계학, 또 캔사스대학 박사과정에서 행정학에 관한 여러 과목에서 배운 학술들을 실천에 옮겨보는 기회가 되기도 했다.

그날부터, 교육학, 사회학, 심리학, 정치학, 지리학, 경제학, 도시학, 체육학과를 관장하는 사회학부 부장이 되었다.

예산편성, 교수 채용, 평가, 진급, 해임에 대한 책임, 학생들로부터 오는 진정서, 불평, 요구 사항에 대한 해결책, 정기적인 학부 교수회의 주도, 그리하여 더 바쁜 시간을 가지게 되었다.

나는 모든 교수들에게 공정하고 인격적인 대우를 하는데 노력했다. 어느날 체육부에 있는 교수 한 명을 해임하는데 동의하라는 압력이 내려왔다. 이유인즉, 사무실에 제 시간에 나타나질 않아 학생들을 오래 동안 기다리게 하는 경우가 비일비재하고, 교실에서 강의가 끝나면 칠판을 닦지 않고 그냥 나가버리기 때문에 다음 교수가 들어오면 칠판부터 닦아야 하는 부담을 계속 주게 되고. 실내 체육 시설을 사용한 후에도 정리정돈을 하지 않아 경고를 주어도 소용없다는 것.

나는 반대했다. 이유인 즉, 그 교수는 대학 간 야구시합에서 전국적인 챔피언쉽(Championship)을 우리 대학에 가져온 분이니까. 수차례에 걸쳐 실수하는 것을 교정하는 기회를 더 주어야 한다고. 쉽게 해임을 해서 그의 가족들에게 경제적인 어려움, 또 해당 교수의 장래를 고려해서라도. 그러나 나의 의사를 무시하고, 그 교수는 곧 해임이 되었다. 대단히 실망했다. 해당 학부 부장의 의견을 이렇게 무시하다니!

그러나 이변이 일어났다. 해임 발표가 난지 24시간 이내에 그 교수가 다시 복귀했다는 소문이 났다. 그러나 나는 공식적으로 아무런 내용을 받은 바 없었다. 그 다음날 의기양양한 교수는 내가 그를 지지하고 있음을 알았는지 나의 사무실에 찾아왔다. 내용인즉, 해임을 당하고 즉각 그가 알고지내는 대학 재단이사 한 명에게 찾아가서 울면서 하소연을 했다고. 그분은 그 자리에서 총장에게 전화를 하여,

자기가 재단이사로 근무하는 동안 해당 체육교수를 해임해서는 안 된다고. 총장은 그자리에서 전화로 사과하고 즉시 재임용 했다고 한다. 우리 대학 재단에는 하버드대학 출신의 은행장이 있는가 하면, 고등학교도 나오지 못한 분들, 그러나 휴양 자동차(Recreation Vehicles = RVs) 사업을 크게 하는 분, 자동차 딜러사업(Car Dealership)을 크게 하는 분, 부동산 사업을 크게 하는 분들이 있다. 사업에서 크게 성공했으나, 대학을 나오지 못한 것을 항상 후회하면서, 자기들처럼 대학을 다닐 수 없는 분들에게 대학에 가서 공부하도록 장학금도 많이 기증하고, 재단이사가 되어 봉사하는 분들이다. 즉 대학에 돈을 많이 기여하는 재단 이사 앞에, 돈의 힘에 무릎을 꿇은 셈이다.

이런 일이 일어난 후부터 나의 학부 교수들과 나는 더욱 가깝게 지내게 되었다. 그분들이 어려울 때 내가 적극적으로 지지해 주리라 확신하기 때문인가 보다. 또 매년 교수평가를 하는데 자기 자신들이 우선 자신을 평가한 서류를 학과장에게 제출하면, 학과장의 평가를 받아, 학부 부장인 나에게 평가서류가 올라온다. 어떤 교수는 아주 훌륭한 교수이지만, 겸손하여 자신의 평가서를 잘 만들지 않고 있다. 그런 경우 나는 그 교수를 불러 자신의 평가가 너무 겸손하고 부족하니, 여기 좋은 자신의 평가를 해온 다른 교수의 평가서류를(이름을 삭제하고) 참고하여 더 좋은 자신의 평가서류를 만들어 오도록 부탁했다. 다시 만들어 오도록 부탁하면 처음에는 다소 언짢은 것 같으나 수정된 자신의 평가서를 가지고 올 때면 다시 기회를 준 것에 감사하게 생각한다. 그리하여 어려운 임무를 부탁해도 불평이 없고, 맡은 바 자기책임들을 완수하고.

한 가지 더 있다. 전직 학부 부장 하에서는 학생들이 성적을 잘 주지 않는다고 불평을 해오면, 무조건 학생 편에 서서 해당 교수에게 질책하는 경향이 있었다. 그러나 나는 반드시 교수의 의견을 들어본 후에, 오히려 해당 교수의 편에 선다.

불평하는 학생에게, "해당 교수는 이곳 대학에서 오래 동안 가르치면서 잘 가르치고, 점수를 공정하게 주는 것으로 명망이 나 있다. 절대로 불공정하게 점수를 준 경우가 없었다."고 강조한다. 그러면 그 학생도 의기소침해 진다. 그래도 한두 경우 계속 우기면, "학생이 치른 시험 답안지와 논문들을 다른 교수에게 심사를 하여 채점에 공정성을 줄 수 있는 기회를 주겠다."고 해당 학생과 교수의 양해를 구한다. 이렇게 하면 교수와 학생간 불화를 쉽게 해결할 수 있다.

온라인Online Delivery of Courses and Degree Program
방법 도입

컴퓨터와 인터넷(Internet)의 발전으로 대학 강의와 학위를 주는 방법에서도 획기적인 변화가 일어났다. 또 고등학교 졸업과 동시에 대학에 진학하지 못하고 직장에 다니는 사람들 중에는 대학에 진학하여 학위를 받기 원하지만 여건상 저녁시간에도 출석할 수 없는 사람이 있다. 그리고 자기가 원하는 교육 프로그램이 자기가 사는 주에는 없고 다른 주에 있는 경우, 출석하여 학위를 받기가 거의 불가능하다. 이를 해결하기 위하여 컴퓨터와 인터넷을 사용하여 자기집에서 등록하고, 온라인으로 강의를 진행하고, 또 온라인으로 과제가 주어지면 역시 온라인으로 보고서를 제출한다. 제출된 보고서는 담당 교수가 평가하여 역시 온라인으로 점수와 평가서를 보낸다. 이것은 교수와 학생간 직접 대면하지 않고 필요한 과목을 선택하고 학위를 받을 수 있는 제도이다.

우리 대학에서도 온라인 방법 도입에 대한 격렬한 논쟁이 있었다. 교수들 사이에도 지지하는 측과 반대하는 측으로 나누어졌다. 반대의 입장에 앞장선 분은 부총장(Vice President for Academic Affairs)

이다. 어느날 나는 이혼을 하고 혼자 살아온 부총장에게 점심 대접을 하려고 중국식당에 초청했다. 식사가 끝난 후 행운의 과자(For-tune Cookey)를 열어본 부총장은,

"아 이것참 이상한 일이구나,"하면서 그의 행운의 과자 안에 들어 있는 행운의 종이조각을 나에게 보여준다.

내용인즉, "귀하는 오늘 직장에서 쫓겨난다"고.

"반가운 혹은 좋은 내용이면 그런 일이 일어날 것이라고 믿고, 나쁜 내용이면 이거 미신 아닙니까? 염려할 것 없습니다. 잊어버립시다."하고 대학 캠퍼스로 돌아왔다.

그런데 그의 비서가 밖에 나와서 기다리고 있었나보다. 부총장을 보자마자, 총장님이 부르시니까 즉시 가보시라고 전했다.

약 십 분 후 그는 눈물을 흘리며 나와 나의 손을 잡고,

"배 교수, 정말 '행운의 과자' 내의 '행운의 종이조각' 에서 예고한 것처럼 나 지금 해고되었습니다. 그동안 돈을 모아둔 것도 없고, 나의 집 월부 융자금(Mortgage)도 지불해야 되고, 식생활도 해야 되는데 걱정입니다."

나는 말문이 막혔다. 어떻게 위로해야 할지 망설이고 있었다. 문득 이곳 벨뷰에 와서 집을 살려고 했던 기억이 되살아났다. 부동산 중개사가 나의 월급이 얼마냐고 묻고선 월급이 너무 적어서 그 집을 살 수 없으니 포기하라는 것이다. 그 다음부터는 그 집을 보여달라고 하면 거절했다. 그때부터 나는 교수 월급으로 여유있게 살아갈 수 없음을 절감하면서 그러나 반드시 재정적으로 풍요로운 삶을 영위할 수 있는 방법을 모색해야 된다고 결심했다.

온라인 문제로 다시 돌아가 보자. 우리대학에서 온라인 방법으로 교육시키고 학위를 주는 것을 환영하지 않는 이유는 무엇인가?

첫째, 등록한 학생들이 주어진 과제를 공부하지 않고 다른 사람이 대신하여 논문을 준비하고, 해답을 제출하여도 확인할 방법이 없기 때문이다.

둘째, 모든 학생들이 그들의 과제를 준비하여 보고서나 해답을 블랙보드 (Blackboard Online Program) 안에 있는 토론창구(Discussion Board)에 올리게 한다. 그러면 같은 과목에 등록한 친구들은 누구나 그들 급우의 보고서 혹은 해답이 토론창구에 실려 있으니까 다 열어 볼 수 있게 된다. 그러니까 많은 학생들은 몇몇 친구들이 자기들 과제에 대한 논문이나 해답을 올릴 때까지 기다리고 있다. 우선 친구들이 어떻게 답안을 작성했는지 보고자 한다. 답을 다 본 후에 읽어야 할 책이나 논문들을 읽지도 않고 이미 토론 창구에 나와 있는 해답에서 조금만 고쳐서 자기 것처럼 올리게 되는 가능성이 너무나 크다. 또 그렇게 하는 학생들이 있다.

셋째, 매주 주어지는 과제에 대한 보고서나 해답을 제출해야 할 마감시간이 지정되어있다. 그러나 이 마감시간이 잘 지켜지지 않는다. 자기들 직장에서 급한 일이 있어 직장 일을 해결하는 것이 우선이라면서. 그런 경우에 학생에게 마감시간이 지난 후 과제의 논문이나 해답을 제출했다고 벌칙을 주기에는 부담스럽기 때문이다.

넷째, 온라인 학생들은 각각 자기 전공분야 과목을 택하는 것 이외에, 우리대학에서 학사학위를 받기를 원하면, 소위 벨뷰대학의 유일한 특정과목 (Kirkpatrick 재단에서 후원금을 받고 교과목을 만들었다는 Kirkpatrick Signature Series) 9학점을 이수하게 했다.

이 과목이 논쟁의 불씨가 되는 이유는, 경제학, 교육학, 정치학, 사회학, 철학 등 여러 학문 분야를 섞어 한권의 책을 편집하고있어 어느 한 분야도 깊이 다루지 않고 있다. 예를 들면, 프래이토(Plato)의 공화국(Republic)이란 책의 일부분을 발췌하여 이 편집한 책에 포함하여있다. 그러나 발췌한 몇 페이지만 읽고 프래이토의 공화국를 이해하기 어렵기 때문에, 특히 옛날 고대영어로 기록된 부분을 제대로 이해하질 못하기 때문에 학생들이 강력히 항의하고 있다. 그래서 주어진 과제를 이해하지 못하고 엉뚱하게 보내온 학생의 리포트를 채점하기가 대단히 어렵고, 학생 리포트보다 더 많은 분량의 설명을 기록하여 각각의 학생에게 보내야 하니까 강의하는 시간보다 몇십배 더 시간이 소요된다. 또 각 학생마다 상이한 보고서가 오면 개별적으로 따로 카먼트하여야 하고, 철자가 맞는지, 설명 문장이 확실한지 학생에게 점수와 평가를 보내기 전에 하나씩 점검하는데 너무나 시간이 많이 걸린다.

이 과목을 가르치는 교수들 중 일부도 프래이토의 공화국 책을 제대로 읽지 않은 분들이 있다. 자신들이 읽지 않은 내용을 어떻게 채점할 수 있는지! 그리하여 교과서 이외에 별도로 참고서를 준비하여 학생들에게 제공하고 있다. 그러나 참고서에서도 착오가 있다. 예를 들면, '프래이토의 이상적인 사회 (His Ideal Society)에서는 모든 아이들을 그들 부모들로부터 분리시켜 국가에서 키우게 한다. 왜냐하면 국가의 전문가들이 아이들의 부모보다 더 잘 키울 수 있기' 때문이라고 했다. (Plato argues that children should be taken from their parents and raised by the state because government experts would do a better job than a child's parents...:" Edward A. Rauchut, Ph.D., American Vision and Values: A Companion to the Kirkpatrick Signature Series, 2008: 81)

그러나 프래이토가 모든 부모의 자녀들을 부모들로부터 분리시켜 국가에서 키우도록 언급한 바 없다. 프래이토의 이상 국가에서는 4가지 사회계급이 있어야 한다고 주장하고 있다. 그중 가장 상위계급인 지도자(Guardians or Philosopher-kings) 계급에서는 정치를 하고 국가를 다스리는 업무에 매진하기 위하여, 결혼도, 부인도, 자식들도 가질 수 없게 했다. 만약, 부인과 자식을 가지게 되면, 가족을 우선하게 되어 부정을 하고, 사리사욕에 빠질 수 있으니까. 그러나 인간의 본능인 성욕을 막을 길이 없어, 지도자들에게 성생활을 허가해야 되니까, 특정의 여자 구룹을 형성하여 성생활을 허락한다. 일단 임신을 하게 되면 아이가 날 때까지 임신부는 별거 생활을 하고. 아이가 나면 국가에서 키우게 한다. 그러나 두 번째 사회 계급인 두뇌를 사용하는 사무자 계급(Auxiliaries), 세 번째 계급인 노동자와 농민(Workers and Farmers), 네 번째 계급인 노예(Slaves)의 자녀들을 국가에서 빼앗아 국가에서 키우도록 제안하지 않았다. 이와 같은 잘못된 것들이 있어도 나는 동료 편집 교수들에게 하나하나 지적해 주기 주저된다. 그들 자존심을 건드리게 되니까 또 나의 설명을 받아들이지 않을 것이니까.

이와 유사한 문제들이 많이 있다. 예를 들면, 자본주의의 창안자로 불리는 아담 스밀(Adam Smith)의 경제원칙도, 백 퍼센트 자유경쟁을 외친 바 없다. 어느 사회를 막론하고, 적자생존에서 실패한 자들에게, 굶어 죽도록 그냥 내버려 둘 수 없다. 부모가 등록금을 지불할 수 없는 경우 자녀들에게 전혀 교육의 기회가 주어지지 않도록 하기보다는 최소한도의 교육을 국가에서 제공해 주도록 하는 것, 이리하여 제한된 사회복지 정책을 국가가 제공하도록 지지하고 있다. 즉 자유시장의 경쟁원칙 이외에 국가가 별도로 수행해야 할 과제가 있음을 주지해야 한다. 그러나 일부 교수들은 아담 스밑이 철저한 적자생존의 자유기업 경제주의 학자로 오해하고 가르치고 있다.

문제는 상이한 전공을 불문하고 모든 교수에게 이 9학점 과목을 가르치게 하고 있다. 그래서 매주 학생들에게 꼭 같은 과제를 주기 때문이다. 설사 꼭 같은 교과서를 사용한다 해도 상이한 전공을 한 교수들이 상이한 질문과 상이한 과제를 학생들에게 주고 가르치게 허락하질 않고 있다.

그러나 이 9학점의 과목은 서구문화의 발상지인 그리스에서부터 서구유럽 문명을 망라하여 미국의 정치, 경제, 사회 문제에 이르기까지 광범위하게 검토하여 이 과목을 성공적으로 끝마친 학생들로부터 찬사를 받기도 한다.

대학 및 지역사회 봉사

언제가 대학 학생회로부터 지도교수가 되어달라는 부탁을 받았다. 1주일에 한번씩 모여 학생활동관련 사업계획을 하고, 자치적으로 학생신문을 발간하고, 추수감사절 행사, 크리스마스 행사를 계획하고, 외국에서 온 국제학생들을 초대하여 미국 문화를 경험시키고, 지역에서 잘 알려진 곳 들을 구경시키는 행사들을 실시했다. 또 외국에서 온 국제학생들을 도와주는 지도교수가 되어 국제학생회를 조직하고, 여러모로 도움을 받는 국제학생들이 보답하는 행사로서 1년에 한번씩 "국제학생 축제일"을 정하여 아프리카, 남미, 아세아, 유럽나라의 상이한 의상을 전시하고, 무용, 음악 발표를 하며, 상이한 음식들을 만들어 벨뷰 지역에 있는 분들 누구나 참석 할 수 있게 하여 즐거운 하루를 보낸다.

나를 채용한 윈첼총장은 20년 이상 근무하고 1986년에 퇴직하기로 하여 다음 총장을 물색하게 되었다. 총장 선임 위원회(Presidential Search Committee)가 구성되었고, 대부분의 위원들은 대학 재단 이사들이고, 대학교수들을 대표하여 한 명의 교수가 참여하게 된다면서 그자리에 나를 임명했다. 1주일에 한번씩 호킨즈 건축회사의 사장인 프레드 호킨즈(Fred Hawkins)씨 사무실에서 모여 총장 지망자들을 모집한다고 광고하고 추후 후보자들을 접견하여 인터뷰하고, 심사를 하게 되었다. 그때 나는 오마하에 있는 대기업의 사장들과 회장들인 그분들을 만나는 특별한 기회를 가지게 되었다. 어느 크리스마스 행사에 참석했는데, 나의 아내와 호킨즈 재단 이사장은 서로 보자마자 가까이 가서 반가이 서로 껴안고 인사를 하고 있었다. 도저히 이해할 수 없었다. 어떻게 나보다 먼저 알게 되었는지? 호킨즈 이사장도 나와 수(아내의 미국이름 Sue)가 부부라는 것을 처음으로 알고 더욱 반가워 했다. 새로 취임한 총장을 교수들 중에서 제일 먼저 만나게 되었고, 추후 학생회 대의원으로 자주 만나 같이 봉사한 이혼한 중년의 여학생은 새로 부임해 온 총장과 결혼하여 부부가 되고, 그리하여 좋은 인맥이 자연스럽게 이루게 되었다.

국립과학재단(National Science Foundation)으로부터 고등학교 학생들을 위해 사회과학 분야에서도 자연과학 분야와 마찬가지로, 과학적으로 문제를 검토하고, 수학, 통계, 그리고 컴퓨터를 사용하여 과학적인 연구 기초를 마련하는 계획을 준비하여 제출하면 연구비와 가르치는 기회를 제공한다는 공문을 받았다. 그래서 나는 사화학과 올벌 랜함(Orville Lanham) 교수와 같이 지원 서류를 제출하였다. 경쟁이 심할 것으로 생각되어 구비서류를 갖추어 제출한 후 잊어버리고 있었는데 총장실에서 전화가 왔다. 급히 출두하라고. 국립과학재단에서 25,000불씩 2년 동안 연구비를 제공한다는 소식이다. 2년 동안 학생들을 데리고 가르치면서 또한 나의 '민주주의의 학설' 책 원고를 준비하는데 필요한 자료를 구하는데 많은 도움이 되었다.

1982년 7월 어느 날 초등학교, 중학교, 고등학교를 관장하는 오마하 공립학교(Omaha Public Schools)의 총 책임자인 교육장 (Superintendent)으로부터 고문(1982-1985)이 되어 달라는 부탁을 받았다. 오마하 공립학교는 학생 수가 4만 6천명이며, 이들 중 46%가 백인학생, 31%가 흑인학생, 20%가 히스패닉학생, 나머지 3%는 동양인과 미국 토착 인디언으로 구성되어있다.

그 당시 학생과 부모들은 자기 학교지역을 벗어나서 자기가 소속된 큰 학군 내에 어느 고등학교든지 선택하여 다닐 수 있도록 요구하고 있었다. 예를 들어 당시 부시(George H. W. Bush) 씨는 부통령이었고 (1981-1989) 1989년 대통령(1989-1993)이 되었다. 그 분은 선거 유세기간에 '교육 대통령'이 되겠다고 약속했다. 그러면 소위 "교육 대통령"이란 무슨 뜻인가?" 그것은 조지 매이선 대학 (George Mason University)의 교수인 재임즈 뷰캐난(James Buchanan) 박사가 1986년 경제학으로 노벨상을 받은 '국민 선택 학설' (Public Choice Theory)에 입각한 '학교 자유선택 학설'(School Choice Theory)을 실시하겠다는 내용이다. 이 학설 이 무엇인지 검토해보자.(자세한 설명은 배성문, 〈민주주의 학설 : 한국에서의 실험, 극동문제 연구소, 1988〉 139-146쪽 참조)

오마하 공립학교(Omaha Public Schools)를 예로 들어보자. 오마하 공립학교는 12개 고등학교가 있다. 이들은 구획을 만들어 각 지역별로 하나씩 만들어져 있다. 오마하 북쪽지역 고등학교(North Omaha High School), 오마하 남쪽지역 고등학교(South Omaha High School) 등으로. 그러나 이들 학교들이 같은 교안 (Curriculum)을 사용하여 같은 내용을 가르친다고 하여도, 졸업반 학생들이 "대학입학 학력고사(Scholastic Aptitude Test = SAT)"를 쳐보면 학교 별로 상당한 차이가 난다. 어느 고등학교는 월등히 높은 성적이 나오고 또 미국 전국의 일류대학에 입학하는 학생이 있는가 하면 다른 고등학교는 입학하는 학생들이 없다. 그러나 학생들은 자기 지역학교에만 입학해야 되고, 오마하 학군 내에 어느 더 명망이 좋은 고등학교를 선택할 수 없게 해 두었다. 이사를 가지 않는 한.

부시 대통령은 이와 같은 금지사항을 없애고, 학생들이 원하고 학부모들이 원하는 고등학교를 선택할 수 있는 선택권은 주자는 것이다. 명망이 낮은 학교에서는 학생들이 오질 않아 문을 닫지 않을까 걱정하고, 명망이 좋은 학교는 너무 많은 학생들이 들어와서 감당할 수 없게 될 까 걱정하며 반대하는 경우가 있어, '학교 자유 선택 학설'은 논쟁의 불씨가 되고 있는 시기였다. 나는 학교 선택의 자유가 학생과 부모들이 원하는 대로 이루어지기를 지지하고 있었다. 그렇게 하면, 마치 자유 시장에서 기업들이 더 좋은 상품을 만들어 서로 경쟁하는 것처럼, 학교들도 경쟁을 하면 학생들이 더 많이 배우고, 기회를 더 줄 수 있기 때문이다. '선택의 자유' 이것은 민주주의에서 또 자유경쟁 자본주의 사회에서 구속할 수 없는 원칙이 아닌가! 많은 토론과 모임이 있은 후 오마하 고등학교에서 이 제도를 도입하게 되었다.

연구 분야

　학생들에게 잘 가르치는 것 이외에 교수들은 자기 분야에서 더 많은 연구를 하여, 학설과 모델(Model)을 제시하고 어떻게 하면 우리 사회에 더 큰 기여를 할 수 있나 연구하는 것을 강조하고 있다. 나는 정치 학도로서 민주주의는 무엇인가? 왜 민주주의를 지향해야 하는가? 한국에서는 왜 민주주의를 성공적으로 도입하지 못하고 있었는가? 이런 과제를 검토해 보기로 했다.

　그리하여 〈Testing Democratic Theories in Korea (민주주의 학설: 한국에서 실험)〉이란 제목으로 7년 동안 밤잠을 자지 않고, 주말에도 쉬지 않고, 1948년 대한민국이 창설된 해부터 1981년까지 누욕 타임즈 (New York Times)를 비롯하여, 미국 내에서 자료를 수집하고, 서울의 한국정신문화연구원에서 한 학기 동안 머물면서 한국 정부기관으로부터, 여러 책자, 신문, 잡지에 이르기까지 자료를 수집하여 계량적 및 질적(Quantitative and Qualitative Analysis) 분석을 하여 민주주의를 성공시키는 데 필요한 5가지 학설, 즉 민주적 정치 풍토 학설, 경제발전 학설, 정통성 학설, 여러 조직체의 제도화 학설, 헌법 및 법률 조정학설을 한국에 적용하여 이들 학설들이 왜 민주주의를 성취시키는데 필요한 지 검토했다.

원고를 마감하여 원고를 출판사로 보내면, 저자 이름을 지우고, 그 분야에 권위 있는 학자에게 원고를 검토하여 출판할 가치가 있는지 평가를 받고, 출판을 권장하는 평가를 받아야만 출판을 하도록 한다. 저자는 평가자가 누구인지 모르고, 또 평가자는 저자가 누구인지 서로 모르면서, 원고의 내용이 과연 가치가 있고 새로운 자료들로 학문에 기여할 수 있는가 평가하는 제도이다. 원고를 제출한 지 거의 3개월이 지난 1986년 5월 어느 날 The University Press of America (미국대학출판사) 출판평가 위원회(Editorial Review Board)에서 반가운 소식이 왔다. 출판을 하도록 결정했다면서 익명의 평가자의 평가서를 첨부했다. 이 책의 출판은 박사학위를 받고 감격에 찬 순간 다음으로 두 번째 나를 즐겁게 했다.

마지막 부분에는 저자에게 특별한 권고까지 포함하여. 내용인즉, "한국 정부에서 저자의 인권 유린 사례와 한국 정부에서 민주주의의 법칙들을 위반하고 있는 내용을 읽어보면, 저자에게 괘씸죄를 적용하여 해칠 수 있을 가능성이 있으니까 한국을 방문하는 것을 당분간 삼가 하도록 간곡히 부탁한다."고.

그후 오랜 기간이 지난 어느 날, 한국에서 방문한 분으로부터 "한국의 민주화 투쟁에 참여하지 못하여 미안하다."고 했더니,

"천만의 말씀입니다. 일선에서 투쟁하는 분들도 있어야 하지만, 학문적으로, 철학적으로 민주주의가 무엇이며, 왜 민주주의를 지향해야 하는가를 연구하여 책으로 출판하여 그분들이 배우게 하는 것 또한 중요하다."면서 자부심을 가지도록 오히려 격려해 주었다.

한국 전쟁에 참여한 우리 대학의 윈첼 총장은 '배성문 교수 책 머리에서(218; 272쪽)' 에 이 책을 아래와 같이 요약하고 있다:

1. 민주주의의 성공은 국민들의 마음과 정신에 '민주적인 정치풍토' 를 터득하는 데서 가능하다.

2. 경제 발전의 원시적 단계 혹은 도약적 단계 (The Pre Take-Off Stage)의 국민들은 주로 의식주와 안전의 욕구에 관심을 가지고 있다. 그리하여 그들은 주로 '경제적인 인간' 이 된다. 그러나 그들의 경제가 상당히 발전하여 도약단계 (The Stage of Take-Off), 즉 근대화에 진입하면, 그들은 이제 의식주의 문제는 걱정하지 않게 되고 오히려 독창력과 창의력을 발휘하고 행복과 자아실현을 도모하기 위해 필요한 기본적인 자유, 인권, 그리고 기회균등의 보장에 주로 관심을 가지게 된다. 그리하여 경제성장은 '경제적인 인간' 들로부터 '정치적인 인간' 들로 변화하여, 민주주의 발전에 기여하게 된다.

3. 민주주의의 성공은 경제적, 사회적 또한 시민적, 정치적 인권을 함양하여 '정권의 정통성' 을 유지하는 것이 필요하다.

4. 행정부, 군부, 사법부, 지방정부, 정당과 같은 공공단체, 그리고 이익 집단과 같은 사조직 등 여러 '단체들의 제도화' (Institutional-ization : 제도화의 자세한 설명은 지방자치제도의 제도화는 제 5장 참조, 정당의 제도화는 제 6장 참조 바람)가 이루어져야 한다.

5. 민주주의의 성공은 또한 '헌법과 관계 법률들을 효과적으로 제정하고 조정' 하는 것이 중요하다.

6. 그러나 이들 각각의 학설들은 마치 장님이 코끼리 (민주주의의 성공)의 한 부분만 만져보고 그것을 정확하지 않게 설명한 옛날 인

도 우화에 나오는 장님들 각각의 견해에 비유될 수 있다. 그러므로 제 8장에서는 '체계적인 견지'(A Systems Perspective)에 입각하여 다섯 학설들을 통틀어 '통합모델'(The Integrated Model)을 제시하고 있다. 다시 말하면 민주주의가 성공하기 위해서는 이들 다섯 학설 간에 상호 및 순환적 보완이 필요함을 설명해 준다.

영문으로 출판한 이 책을 나는 아내에게 문의하지도 않고, 혼자 결정하여 이 책을 나의 사랑하는 아버지와 어머님에게 바치기로 했다. 책으로 출판이 되어 하드 바운더 (Hard Bound) 책과 페이퍼 바운더 (Paper Bound) 책 각각 한 권씩 출판사로부터 우송 받고 더 이상 숨길 수 없어 나의 아내에게,

"여보 미안해요. 의논없이 내 마음대로 결정을 했소."

"갑자기 그게 무슨 말씀인데요."

"오늘 출판한 책이 도착했는데"

"그래서요. 본론이 무엇인데요?"

"당신 용서해야 되요. 이 책 서두에 당신과 의논없이 그만 혼자 결정했소. 다음 책을 출판 할 때에는 '부인과 아이들을 위하여,' 라고 하겠어요.

이 책의 서두에, 'In Memory of My Parents Dr. John W. and Pearl J. Pae' (배정우 의학박사와 김옥조 나의 부모님을 추도하면서)라고 기록했소."

나는 곧 이 책을 한국어로 번역하여 출판하기로 결정했다. 그러나 한국에서 정치학을 전공하지 않아 한국어로 번역하는 것이 쉽지 않았다. 전문 학술어를 전혀 모르고, 미국에 와서 영어로 공부하고 학

위를 받았기 때문에 한글사전을 계속 찾아야 하고, 많은 분들에게 문의하여 2년이 걸려서 수정 보완이 끝나고, 한국에 있는 전 부총리 겸 통일원 장관을 지낸 강인덕 박사의 극동문제 연구소에서 출판을 허락했다. 그 책의 마지막 페이지 마지막 절 (Paragraph)을 여기에 인용해 보기로 한다.

그리스 도시국가에서부터 오늘에 이르는 인류역사를 귀족사회, 독재 사회, 전제사회 등으로부터 민주주의를 성취하기 위한 인류의 투쟁이 었다고 본다면, 해방 후 한국은 깊은 잠에서 깨어나 이제 민주주의를 향한 대망의 목표를 향해 한 발자국씩 밀림을 헤치고 과감하고 결단성 있게 몇 차례에 걸쳐 넘어져도 다시 일어나 서로 손을 잡고 피를 흘리 며 감옥에 들어가고 최루탄을 맞으면서 일보일보 전진을 계속하고 있 다. 경제 발전의 기적으로 세계 발전도상국들에게 선망의 대상이 되고 있는 한국은 머지않아 민주발전의 기적을 이루어 다시 한 번 선망과 존 경을 받게 되리라 확신하면서 삼가 민주발전을 위한 정책에 조금이나 마 기여되길 바라며 이 책을 마치고자 한다.

(민주주의 학설: 한국에서의 실험. 극동문화 1988, 251 참조)

'꼭 성공하려고'의 원고를 정리하고 있던 2011년 2월 2일 일간 신 문들과 인터넷에는 이집트(Egypt)에서 민주화 투쟁이 벌어지고 있다 는 누스가 나오고 있다. 이란의 샤(The Shah of Iran)정권처럼, 한국 의 지난정권처럼, 이집트의 호스니 무바락(Hosni Mubarak)도 꼭 같 은 방법으로 30년간 정권을 유지해왔다. 도전자들을 제거하고, 잔혹

한 고문과 감금, 경찰 혹은 비밀 보안부를 악용하여.

　미국은 매년 이집트에 13억불 ($1.3 billion) '직접지원' 20억불 ($2 billion) '간접지원'을 해주고 있다. 무바락이 정권을 획득한 이후, 미국은 무려 1천억($100 billion)을 제공해 주었다. 그러나 국민들의 40퍼센트는 빈곤층으로 수준 이하의 삶을 살고 있다. 모하멛알리 (Mohammed Ali: 35세)의 예를 들어보면, 먹고 살기 위하여 필사적인 노력을 하지만 길거리에서 과일을 팔 수 있는 허락을 받질 못하여 노점에서 그의 과일들을 압수당했다. (Omaha World Herald, 2/2/2011: 2A) 국민들에게는 공포정치, 무바락 자신과 측근들에겐 자기들 주머니를 채우는데 급급했을 뿐이다.

　그러나 일단 공포감을 이기고 국민들이 단합하게 되면 최루탄, 물대포(Water Cannons), 탱크도 그들을 제지하지 못한다. 그래서 영국의 왕도 실권을 포기하고, 국민들에게 권리장전(Magna Carta)에 사인해 주었다. 미국의 독립혁명은 국민들에게 기본적 인권선언(Bill of Rights), 독일에선 벌린 장벽(Berlin Wall)을 무너지게 했다. 무바락도 손을 들었다. 그러나 몇 억 불을 외국은행에 옮겨놓은 후.

　그러나 혁명이나 데모가 아직까지 민주화를 성취시키지 못한 경우도 많이 있다. 러시아 혁명(The Russian Revolution)은 공산주의를 태동시켰고, 북청혁명(The Boxer Revolution)을 통하여 모택동은 중국을 공산주의 국가로 만들었다. 이란의 샤 정권이 혁명으로 넘어졌으나 호메이니(Khomeni)에 의한 독재 신정정권으로 변모했다. 세 번에 걸쳐 투니지아(Tunisia)에 혁명이 일어났으나 민주화는 아직 요원하다. 그러나 오늘의 소련도, 중국공산주의 국가도 민주화의 운동에서 완전히 자유로울 수 없다. 만약 이집트가 민주화로 전진하면 중동의 왕정국가들도 피할 수 없는 민주화 투쟁의 도전을 받으리라.

세 번째 저서의 제목은 〈Korea Leading Developing Nations: Economy, Democracy, & Welfare (한국 발전도상국 리더: 경제, 민주주의 및 복지)〉이다. 첫 번째 책을 출판한 1986년부터 1992년까지 6년이 걸렸다. 낮이고 밤이고, 주말도 없이 연구에 매진한 결과 무려 512쪽 분량의 책이 되었다. 한국의 경제, 민주주의, 그리고 복지 문제는 간단하지 않고, 많은 자료들을 구해야 했고, 각각의 분야에서 나름대로 모델을 제시 하느라고 많은 노력과 분석이 필요했다. 멀고도 먼 지루하면서도 또한 흥미로운 여정을 감격에 찬 순간들로 채워나갔다.

첫 번째 책 원고를 제출했을 때에는 심사평가 위원들이 까다로운 절차를 밟았다. 그리하여 출판 결정이 나기까지 오랜 시간을 기다려야 했다. 시간이 많이 지나 출판 결정을 내렸다. 그러나 두 번째 영문책 원고는 제출하자마자 즉시 출판해 준다는 결정을 1달 이내에 알려주었다. 이미 첫 번째 책이 절판이 될 만큼 많이 팔렸기 때문인가 보다. 512 쪽의 방대한 이 책을 아주 간단히 소개하기로 한다.

한국의 경제 발전모델

한국의 경제 발전에는 다음과 같은 경제 발전단계들을 거쳐 간 것을 볼 수 있다.

1) 수입의존 단계 경제(Import-Oriented Economy)에서, 2) 필수품 수입 국내 대체 산업(Import Substitution Industries), 3) 노동집

약 경공업 산업(Labor Intensive Light Industries), 4) 자본 집중 중공업 산업(Capital Intensive Heavy Industries), 그리고 5) 과학과 기술집중 고도의 부가가치 생산 산업(Science and Technology Intensive Intermediate Industries) 단계들이다.

지나간 인류 역사를 회고해 보면, 영국, 독일, 미국, 일본이 각각 이상의 한 단계의 산업에서 그 다음 단계 산업으로 순서적으로 밟아가면서 경제성장을 이룬 예를 볼 수 있다. 그러나 한국은 이상의 경제성장 단계를 성공적으로 하나 하나씩 이들 선진국들보다 훨씬 더 빠르게 성취하기 위하여 최선책을 도모한 것을 볼 수 있다. 무엇을, 어떻게, 그리고 언제 한국인들이, 한국기업인들이, 한국 정부에서 조정해야 하는가를 현명하게 판단하고 실행에 옮겼기 때문이다. (자세한 설명은 제 4장 : 67-128 참조)

한국의 민주발전 모델

1973년부터 1986년까지 세계의 129국가들을 분석해 볼 때, 말타, 엘살바도, 레바논, 말레이지아, 니가라구아 이들 5개의 국가들은 민주주의가 퇴보했고 (책 214 쪽 Figure 6-3 참조), 그 반대로 스페인, 필리핀, 우루과이, 그리스, 포르투칼, 에쿠아돌 등 11개 국가에서는 민주주의로 발전해 왔다 (책 216쪽 Figure 6-4 참조). 그러나 그 가운데 한국의 민주주의 발전은 가장 괄목할만하다. 이유는 무엇인가?

경제가 발전하고, 교육수준이 높아지면서, 또 도시화가 되면서, 민주주의 지지연합(A Pro-Democracy Coalition이 형성되면서, 반 민주주의 연합(Anti-Democracy Coalition) 을 상대로 데모를 하고 항의를 하는 2개의 연합 형성에서 1987년부터 3개의 연합 형성을 이루어가고 있다. 즉 소수의 우익연합 (A Small Right-Wing Coalition), 소수의 좌익연합 (A Small Left-Wing Coalition), 그리고 다수의 민주주의 지지연합 (The Broad Pro-Democracy Coalition)으로 형성되어 갔다.

더 많은 한국인들이, 지도자들이, 언론인들이, 기업들이, 노동자들이 좌익과 보수에서 벗어나 '민주주의 지지연합'으로 참여하여 더 커져나가게 되고, 일인 독재정권을 금지하는 헌법으로 개정하고, 군대가 무력으로 민주주의를 우롱하는 것을 철저히 배격했다. 그리하여, 노태우 대통령 임기를 끝으로, 그 다음부터 단임 임기의 대통령제가 도입되었고, 1인 장기집권을 할 수 없게 했다. 언론의 자유 또한 높이 평가할 수 있다. 군은 정치에서 벗어나 국토방위라는 본연의 사명으로 돌아가고 있다. (제 8장 : 271-345 과 아래에 있는 Figure 8-9 : 324 쪽 참조)

그러나 아직도 가야할 길은 멀다. 3권 분립을 주장하면서도, 사법부의 대법관들은 완전히 자유롭지 못하다. 이유는 제한된 임기 동안 근무하기 때문이다. 신분보장이 제대로 되어있질 않고, 5년 임기를 마친 후를 걱정할 수밖에 없다. 미국처럼 법관의 종신 임명제도를 도입하는 것을 고려해 보아야 한다.

아직도 국회의원들은 제 1공화국 시기에 똥 오물을 가져와서 국회의사당내에 퍼부운 것처럼, 오늘도 국회 의사당 내에서 멱살을 잡고, 피투성이가 되는 난투극을 세계만방에 보여주고 있다.

아직도 정당 당수가 있나 보다. 당수에게 잘 보여야 지명이 되고 선거 자금도 후하게 받고. 당선된 후 국회의원들은 그들 당수의 시녀 노릇을 할 수밖에.

200년 이상의 역사를 가진 미국에는 어느 누가 한 때 당수가 되었던지 상관하지 않고 2개의 정당이 계속 유지되고 있다. 한국은 지도자가 바뀌면 그들 정당들이 하루 아침에 없어지고 또 새로운 정당들이 출몰한다. 이젠 어떤 정당들이 있는지 기억하고 있어야 되는지 의문이다. 왜? 내일이면 그들이 없어지고 또 다른 정당들이 출몰할 것이니까! 훌륭한 정치가는 새로 정당을 만드는 분이 되어서는 안 된다는 교훈을 언제 알고 실천을 할까!

부정부패 또한 만연하고 있지 않는지 의문이다. 가장 큰 해결책은 역시 실명제 도입이다. 대통령, 청와대, 국회위원, 대법원 법관, 기독교의 목사 장로, 불교의 스님, 어느 누구를 막론하고 실명제를 언급하는 분들을 찾아 볼 수 없다. 실명제를 도입해야만 부정부패를 쉽게 근절 할 수 있다. 그 때가 반드시 오기를 바라면서. (제 7 장 : 221~269 참조)

한국의 복지 발전 모델

1947년 국가를 형성한 후 지금까지 아주 짧은 기간에 경제 성장을 업고, 연금제도와 건강보험이란 복지문제를 제도화시켰다. 훌륭한 업적이다.

118국가의 자료를 중심으로 국가에서 경제성장을 위한 투자, 국민복지에 투자한 예산, 상관되는 '신체적 삶의 질' (Physical Quality of life)을 3차원에서 비교 분석해 보았다. 1973년 기준 경제가 발전한

13개의 서구 유럽국가들은 국가의 많은 예산을 복지정책에 투입하고 있어 '복지 우선 국가'라고 칭했다. 이들 13개 국가에선 1973년 통계자료에 의하면, 국가평균 복지 예산 42%와 경제성장 촉진 예산 24%, 결과적으로 신체적 삶의 질이 100(만)점에서 평균 93점을 가지고 있다. 그 반면 49개의 발전도상 국가들은 복지 보다 경제 우선을 주장하는 소위 '경제 우선 국가'로 분리되며 국가 평균 복지 예산 9.6%, 평균 경제 성장 촉진 예산 43%, 결과적으로 그들의 신체적 삶의 질은 평균 51.8점에 머물고 있다.

그 가운데 한국은 계속하여 경제 우선 정책을 중심으로 복지 예산 6%, 경제 발전에 국가 예산 41.5%를 사용하면서도 신체적 삶의 질은 80점으로 49개 발전도상국의 신체적 삶의 질 51.89% 보다 월등히 높다.

12년이 지난 1985년 자료에 의하면, 26개 '복지 우선 국가'들은 1973년 보다 약 2% 감소한 평균 22%를 경제성장에, 1973년 보다 1% 감소한 평균 예산의 42%를 복지예산에 투입하여 1973년과 꼭 같은 신체적 삶의 질 93점을 유지하고 있다. 그 반면에 60개 발전 도상 국가들은 평균 복지 예산을 전혀 증가시키지 못하고 오히려 0.2% 감소한 9.4%를 할당하고, 경제 성장 촉진에는 43%에서 31%로 감소하여, 신체적 삶의 질 값이 오히려 100점 만점에서 1973년 51.8점에서 47점으로 감소하고 있다. 그러나 한국은 1973년 복지 예산에 6%에서 9%로 증가하였고, 신체적 삶의 질 값이 80점에서 86점으로 증가하였다. 훌륭한 성과이다.(제 9 장 과 10장 : 369~397 참조)

더욱 중요한 발견은 경제성장을 둔화시키면서, 지나치게 복지에 많은 국가예산을 소비하면, 경제성장에 지장을 초래하고, 결과적으로 국가재정이 허락하지 않아 복지 정책예산을 감소시키는 위험을 가져다준다는 결론이다. 1972/73 국가예산 자료와 1985 국가예산 자료를 분석 해 볼 때, 미국, 오스트리아, 이태리, 노르웨이, 코스타리카, 서독, 스위치랜드, 아르헨티나, 터키, 덴마크 나라들은 복지 예산을 줄여가고 있었음을 볼 수 있다. (제 9장: 380~383 쪽 Figure 9 - 6 참조)

경제 발전을 향상시키면서, 복지 정책을 실행하는 조화를 모색해야 한다는 교훈이다. 이 교훈은 2010~2011년 오늘날 당면한 최대의 국가 과제이다. 복지과다 정책을 시행하여 재정위기에 처한 '복지우선 국가' 들을 보자. 그리스 (Greece), 아이랜드(Ireland), 포르투갈, 이태리(Italy), 스페인(Spain), 불란서, 영국(Great Britain), 미국(The United States of America)!

약속한대로 이 책 서두에는 아래와 같은 내용을 포함하고 있다.

'사랑하는 아내이며 생의 동반자, 아들과 두 딸에게 바친다' 고

('Dedicated to My Wife and Companion, Sue and My Children, William, Suzan, and Jeanne')

1993년 막내 딸 지니가 하버드 대학에 입학한 후 학부모들을 초대하는 행사가 있었다. 우리 부부가 대학 캠퍼스를 둘러보면서 첫 번째 들린 건물이 이 대학에서 가장 웅장한 건물로 와이더너(Widener) 대학 본관 도서관이다.

이 건물을 짓게 된 유래를 알게 되면 가슴 아프게 마련이다. 타이타닉(Titanic) 호가 얼음 바위에 부딪치면서 사랑하는 남편과 아들이

사업차 유럽에서 일을 끝내고 귀국하는 도중 침몰하게 되어 남편과 아들을 동시에 잃어버린 부인이며 어머니인 에레널 엘킨즈 와이더널 (Eleaner Elkins Widener)이 하버드 대학의 1907년 학년생인 사랑하는 아들 해리 에킨즈 와이더너(Harry Elkins Widener)를 추모하여 1914년에 세운 도서관이다. 거리로 50마일이 넘는 책꽂이에 5백만 권의 장서를 보유하고 있다. 합계 1천1백 만 권 이상의 장서를 구비하여 세계의 모든 대학 도서관들 중에서 가장 큰 도서를 구비하고 있으며, 미국 국회도서관 다음으로 세계에서 가장 많은 도서를 구비하고 있다.

이 건물 2층에 들어서면 해리 자신이 보유하고 있던 책들을 진열해 둔 와이더너 기념실(The Widener Memorial Rooms)이 있다. 이 도서관 건물이 세워진 이후 지금까지 하루도 빠짐없이 매일 아침 신선한 꽃을 준비하여 해리에게 선사한다. 아마 매일 해리의 방문을 열고 그 의 어머니가 사랑하는 아들에게 아침 인사로 꽃을 선사하는 것처럼.

나는 나 자신에게 질문을 던지고 또 답을 찾고 있다.

"왜 에레널 와이더널 부인은 자기 남편을 그만두고 자기 아들을 위하여 그를 추모하며 이렇게 웅장한 도서관을 세웠을까? 자기 남편을 적게 사랑하고, 자기 아들을 더 많이 사랑했었는가? 아닐거야. 남편을 사랑하는 마음 역시 더 많았겠지. 그러나 꽃다운 젊음을 펼치기도 전에, 하버드 대학을 졸업하기도 전에 숨을 거둔 그의 아들을 더 안타까워했겠지. 9개월 동안 자기 몸에서 키웠으니까. 그리하여 모정이 부부애 보다 더 강한가 봐! 이와 같은 사랑 하나님이 주신 것이겠지,"

하고 혼자 사념의 세계를 걷고 있는데,

"아빠, 여기 컴퓨터로 아빠 이름을 넣었더니 하버드 대학 도서관에 아빠의 저서 3권의 책명이 스크린에 나왔잖아요. 이것 보세요. 아빠, 자랑스럽게 생각해요."

"지니, 너는 아빠 보다 더 글을 잘 쓰지, 창작의 챔피언십(Creative Writing Championship) 상을 받은 적 있으니까. 그 때 우리가 만나본 적도 없는 많은 분들로부터 축하와 격려 편지가 쇄도했지! 모두가, "무슨 전문직을 추구하든지 간에 글(Creative writing) 쓰는 것을 중단하지 말라고." 언제인가 너도 책을 출판하리라 믿는다. 또 이 도서관에서도 너희 책이 꽂혀있게 되겠지!"

이렇게 열심히 살아가는데 어느날 나의 아내는 오마하에 위치한 네브라스카 주립대학교 (The University of Nebraska at Omaha)에 있는 사회사업 석사 학위 (Master in Social Works)를 받으려 추천서를 부탁하고 지망서류를 제출했다. 석사 학위 이지만 무려 60 학점을 이수해야 하는 엄청나게 많은 학과목과 논문들을 준비하느라 낮에는 직장에서, 오후에는 아이들을 돌보며, 밤에는 잠을 자지 않고 3년 동안 열심히 공부를 했다. 어느 날 논문을 준비하느라 밤을 새울때 어린 아들 윌리엄이 힘들어 하는 그의 엄마 옆에 앉아 그도 잠을 자지 않고 논문을 끝마칠때까지 같이 밤을 새우는 것을 지금도 기억하고 있다. 학위를 받을 때, 아내 만큼이나 아들 윌리엄도 기뻐했다.

Ⅳ. 낙원의 울타리

건강하지 못하고 병약하여
자신이 독립적으로 살아갈 수 없는 어느 한 분,
그냥 두면 노숙자(A homeless person)가 될 수 밖에 없는
한 분에게 집을 마련하여 세를 받질 않고,
사용하는 전기, 물, 가스 값을 지불하고
매달 얼마의 용돈을 제공하고 있다.
이 액수는 우리 회사 1년 순 수입의 16%에 해당 된다.
그분은 다소 건강 상태가 좋아지면
가끔 우리 아파트 잔디를 깎아주고
눈을 치우는 일을 도와주고 있다.

배(裵) 투자 회사 : 부동산

부와 가난의 차이

거슬러 지나간 세월을 되돌아 보며, 대학 교수로서 35년의 세월이 흘러갔음을 알게 된다. 아이들 3명, 잔즈 합킨즈와 하버드 대학교에 보내면서 나의 집값 3배에 해당하는 돈이 소요되었다. 장학금과 학생융자는 전체 학비의 3분의 1이고, 나머지 3분의 2는 학부모로서 우리 부부의 몫이다. 등록금을 지불하고 돌아서면 다음 학기 등록금 고지서가 날아온다. 졸업을 한 후에도 오랫동안 우리 부부는 그들을 위한 등록금 융자돈을 지불하였다.

그러나 퇴직하고 나면, 아이들에게 도움 없이 재정적으로 풍요롭게 살고 싶다. 어떻게 해야 하는가? 이제 삶의 마지막인 '퇴직의 삶'이란 인생의 길(Life Cycle)에서 재정적인 여유를 가질 수 있는 경제적 성공을 모색해 보기로 했다. 박사학위를 받은 대학교수라고 해도, 나는 나의 친지들이나 지역사회에 내가 원하는 만큼 재정적으로 기여하지 못하고, 부끄러워한 적이 많았다. 나는 어떻게 하면, 퇴직을 한 후 경제적으로 여유있게 어려운 사람들을 더 도와 줄 수 있는 생활을 할 수 있나 연구하기 시작했다.

나의 대학에서 마련한 퇴직금(IRA 403b)엔 교수가 월급의 1%를 기여하면, 대학에서 1%기여, 최대한 8%까지. 우리 부부는 의논하여 최대치인 8%를 기여하고, 대학에서 8%를 기여하기로 했다. 그러나, 35세에 교수직책을 시작했으니, 아무리 계산을 해 보아도, 퇴직 때까지 모이는 액수가 부족할 것 같아, 별도로, 월급의 10%를 '추가기여'(Supplemental Contribution) 하기로 했다. 나의 아내도 병원에서 주는 퇴직금(RA 401k)에 역시 같은 방법으로 기여했다.

이와 같은 제도는 퇴직을 하고 나면, 직장에 다닐 때의 약 75%-80%에 해당되는 돈을 받게 되는 가정에 기초를 두고 있다. 퇴직할 때는 자기 집 월부는 끝나기 마련이니까, 75-80%의 수입으로도 생활을 꾸려 갈 수 있다는 논리이다. 그러나 내가 퇴직을 할 무렵 주식에 투자한 돈이 주식시장에서 주식 값이 증가하지 않고 오히려 내려가서 투자한 원금에서 손실을 가져오게 하는 위험이 있다. 일정 한도의 이자를 받는 곳으로 투자해도, 은행 이자율이 계속 내려가서 1~2 퍼센트에 머물고 있으니, 이자로 생활을 꾸려가지 못하고, 오히려 원금을 생활비로 사용하면서 살아야 한다. 이와 같은 퇴직금을 퇴직하기 전에 많은 액수를 잃어버리는 분들도 많이 있다.

가난한 사람들은 어떤 어려움에 있는가? 한국에서는 또 미국에서는? 동아일보에 의하면 2011년 1월 3일 신묘년 새벽 4시 반경 서울 양천구 신정 3동 신정네거리역 앞에는 40여 명의 일용직 근로자들이 누가 데려가서 하루 일을 시키려나 하고 추위를 무릅쓰고 나와 있다. 그중에는 퇴직을 했어야 하는 분들도 많이 있다. 오전 6시 15분까지 일자리를 구한 분들은 겨우 10여명, 나머지 30여 명은 서로서로 위로하기 위하여 위로주 한잔하러 삼삼오오 해장국 집을 찾아

떠났다고. 서울 종로구 창신동 인력시장도 사정은 비슷하다. 지난해 봄까지만 해도 일용직 근로자 400여명이 북적거렸는데 일거리가 많이 줄어들었는지 요즈음에는 약 100명 정도. "가장 밑바닥에서 땀 흘려 일하고, 일한 만큼 댓가를 받는 사람들이 일용직 근로자들 아니냐. 풀이 죽으면 일용직 생활도 못한다"고 서로를 위로하면서... 나는 불려가지 않은 이 분들에게 해장국 한 그릇을 한번이라도 푸짐하게 제공해 줄 수 있는 여유가 있을 때가 오기를 기다리며 산다

세계에서 가장 부유한 나라라고 칭하는 미국에서도 경제적으로 어려움을 당하는 사람들이 많아지고 있다. 미국 퇴직자 연맹(The American Association of Retired People)의 이사였던 시릴 브랙필드(Cyril Blackfield) 씨에 의하면, 개인연금들이 혼돈의 상태에 빠지고 있다. 노동력의 약 50퍼센트에 달하는 자들은 퇴직금이 없는 상태이다. "퇴직금이 있는 나머지 50퍼센트의 노동력 가운데 75~80퍼센트는 명목상의 퇴직금으로 한 달에 겨우 55불, 150불 혹은 300불을 받고 있다. 1년에 십만 불($100,000) 이상 수입인 미국인들은 전체 3억이 넘는 인구에서 5퍼센트를 초과하지 못한다"고. (Rich Dad and Poor Dad, 1998: 133, 137 참조) 과연 그것으로 퇴직 생활을 할 수 있겠는가? 5퍼센트를 제외한 나머지 인구들은 어떻게 꾸려갈 수 있는가? 세계에서 가장 큰 자동차 회사인 지엠(GM: General Motors)이 파산한 후 구사일생으로 정부에서 주도하는 새로운 자동차 회사로 태어났다. 파산의 가장 큰 이유는 퇴직자들에게 퇴직금을 지불할 수 없었기 때문이라고 한다.

사회주의적으로 도입된 국민의료보험은 어떠한 종류의 병은 치료

해 주고, 어떠한 병은 치료에서 제외된다. 그러면 돈이 없는 사람은 자기 돈을 별도로 지불할 수 없으니 치료를 받지 못하고 죽게 된다. 고귀한 생명이 하나님이 아니고, 누가 돈이 있느냐 혹은 없느냐에 따라 생사를 결정하게 마련이다.

성경 : 부자가 되는 길

성경에는 "돈을 사랑함은 일만 악의 뿌리가 되나니 이것을 탐내는 자들은 미혹을 받아 믿음에서 떠나 많은 근심으로써 자기를 찔렀도다."(디모데 전서 6: 10) "우리가 세상에 아무것도 가지고 온 것이 없으매 또한 아무것도 가지고 가지 못하리니."(디모데 전서 6: 7)

이와 같은 내용을 잘못 이해하여 돈을 버는 것이 나쁜 것처럼 생각하는데 성경에는 1) '정직' 하게, 2) '열심히' 노력하여, 3) 채무가 아닌 '자산' 에 투자하여, 4) 하나님이 주신 자기 몫이 얼마인지 '찾도록' 노력하면, 그리고 5) 하나님이 주신 몫에서 하나님의 양들을 위한 보살핌에, 즉 '선한 사업' 에 수입의 일부를 기여하면 돈은 하나님이 주시는 선물(A gift of God)이라고 한다.

정직하게

"정직하지 않게(망령되이) 얻은 돈(재물)은 줄어가고." (잠언 13: 11) 그리하여 정직하게 모은 부를 권장하고.

열심히 노력

"하나님께서 우리 각각에게 주신 생명이 다할 때까지 먹고 마시며 또 태양 아래에서 '열심히 노력,'(노동)하며 사는 가운데 만족을 찾는 것이 선하고 아름다움인 것,"을 (전도서 5: 18-19) 또 솔로몬의 잠언에 의하면, "손을 게으르게 놀리는 자는 가난하게 되고 손이 '부지런한' 자는 부하게 되느니라." 즉 열심히 노력하는 자에게만 부를 하나님이 선물로 주신다는 교훈이다.

채무가 아닌 자산에 투자

"부정하게 얻은 재물은 줄어가고 손으로 조금씩 조금씩 모은 것은 늘어 가느니라."(잠언 13: 11) 이 성경 구절을 현대 회계학 술어로 저자 나름대로 다시 번역한다면, "채무(Liabilities)에 투자하면 재물은 줄어가고, 자산(Assets)에 조금씩 조금씩 돈을 투자하는 자는 부를 증식시키느니라."

미국의 유명한 시인 라벌트 프로스트(Robert Frost)는 1916년 그의 창작시 '택하지 않은 길'(The Road Not Taken)에서,

(단풍이 든) 노란 숲 속에 두 개의 길이 갈리고 있구나.

안타깝게도 두 길을 공히 가볼 수는 없네.

…

…

여기 이 숲 속에 두 개의 길이 갈리고 있구나. 나는

나는 (사람들이) 자주 다니지 않은 길을 택했노라.

그리고 그것으로 아주 달라져 버렸구나. (저자 나름대로 번역)

　많은 사람들이 자주 다니는 길은 '채무'에 투자하는 길을 택한 것이요, 가난을 택한 길이라. 허세를 부리고 일확천금을 하루아침에 얻어 빨리 부자가 되어 보려는 기만의 길이다. 그러나 오히려 더 적은 수의 사람들이 더 적게 다니는 길은 "자산"에 투자하는 길을 택한 것이니, 이는 부를 증식시키는 길이라. 부자가 되는 길이라. 그러면 채무는 무엇이고, 자산은 무엇인가? 왜 자산에 투자하면 하나님께서 부유하게 만들어 주신다고 하셨는가?

　라벌트 키요사키(Robert Kiyosaki)는 그의 저서 〈부자 아버지 가난한 아버지(Rich Dad Poor Dad: What the Rich Teach Their Kids about Money--that the Poor and Middle Class Do Not: Warner Business Book, 1998)〉 204 쪽을 통틀어 수십 차례에 걸쳐서 강조하고 또 강조하는 내용, 그리하여 책의 가장 중요한 주제는 바로 채무가 아닌 이익을 증식시키는 자산에 투자하도록 당부하고있다.

　(제 3장, 4장, 5장, 6장, 및 7장 참조)

　"자산은 자기 주머니에 돈이 들어오는 것들을 의미한다."

　("An Asset is something that puts money in my pocket.")

　"채무는 자기 주머니에서부터 돈이 빠져 나가는 것들을 의미한다."

("A liability is something that takes money out of my pocket."p. 61 참조)

　그리하여, "부자는 자산에 투자한다." ("The rich buy assets.")

　"가난한 사람들은 지출만 하고 있다."("The poor only have expenses.")

"중류계급 사람들은 채무를 자산으로 간주하고 채무에 투자한다!"
("The middle class buys liabilities they think are assets."p. 81)

채무는 자기가 가지고 있는 돈으로 허세 부리기, 사치스러운 생활을 강조하여, 고급 주택, 고급 자동차, 고급 자가용 비행기, 별장, 향락적인 생활, 음주, 도박, 요행을 걸고 투기적인 사업 혹은 투자에 급급 한다. 고급 주택의 예를 들어보자. 그와 같은 큰 집에는 여름에 집을 시원하게 하기 위하여 에어컨(Air Conditioner)을 틀어 평균 크기의 집에 비하여 몇 배나 많은 돈을 낭비해야 하고, 겨울이면 히터(Heater)를 많이 사용하여 많은 돈을 지불하고, 큰 집에 맞게 비싼 가구들을 신용카드로 구매하여, 아주 큰 부자가 아니면 월급에서 차지하는 비용 부담이 많아져서, 더 많은 돈이 주머니에 들어가지 않고 오히려 주머니에서 빠져나가게 된다. 또 많은 주택 월부 돈을 지불하기 위하여, 부부가 밤낮으로 일을 해야 하는 부담을 가져온다. 돈을 지불하기 위해 돈의 노예가 된다. 꼭 같은 크기의 집이라도 수입의 크기에 따라 활용하는 목적에 따라 채무가 되기도 하고, 자산이 되기도 한다.

하나님이 주신 몫이 얼마인지 찾도록 노력

"어떤 사람에게든지 하나님이 재물과 풍요를 그에게 주사 능히 누리게 하시며 제 몫을 받아 열심히 노력함으로 즐거워하게 하신 것 즉 하나님의 선물이라,"고 성경에 소개하고 있다. (전도서 5: 18-19) 그러나 자기 몫이 얼마나 되는지 어떻게 알 수 있는가? 하나님께 문의하면 직접 알려 주는 건가? 솔직히 정답을 알려줄 수 없어 안타깝기만 하다. 그러나 자기 몫이 얼마인지 찾도록 노력은 해야 한다. 나이에 상관없이.

켄터키 치컨의 할란 샌들즈(Harland Sanders)씨를 예로 들어보자. 1956년 연방정부는 새로운 고가 도로가 켄터키주, 콜빈(Corbin, KY) 지역을 우회한다는 청천벽력과도 같은 발표를 내렸다. 콜빈에 있는 할란 샌덜즈의 카페는 반가운 소식이 있기를 학수고대하고 있었는데, 그때부터 상점의 값은 수직으로 떨어졌다. 부채를 갚기 위하여 카페 상점을 경매로 팔아치우고. 그때 나이 66세. 알몸으로 거지 신세가 되어 사회보장금 105불로 연명해야 했다. 그러나 그는 양념을 가미하고 압력솥(Pressure Cook)을 사용하여 9분 만에 통닭구이를 하는 요리안내서를 만드는데 심혈을 기울였다. "통닭구이 안내서(Recipe)를 팔아야지, 닭 한 마리 구어 파는데 1센트씩 받기로 해야지,"하면서.

식당을 찾아 그의 통닭구이 안내서를 팔려고 시도했으나 모두 한 눈에 거절당하는 수모를 1009번이나 당하면서, 포기하지 않고 1946년도 고물 포드 자동차를 타고, 하나님이 주신 그의 재물과 풍요의 몫이 얼마인지 계속 찾아나섰다. 1010번째 찾아간 식당에서 드디어 그의 요리 안내서가 팔려나갔다. 통닭구이 한 마리 팔면 1센트 받기로. 그것도 구두 계약으로. 1960년에는 400개의 프랜차이즈를 만들었고, 1963년에는 30만불($300,000)의 수익을 창출했다. 1980년 12월 16일 나이 90세에 수 백만 달러 부자(Multimillionaire)가 되었다. 그의 시신은 켄터키주 국회의사당에 안장되는 영광을 얻었다. 이것이 켄터키 프라이 치킨(Kentucky Fry Chicken = KFC)의 이야기이다. (Margaret Sanders, 〈Eleven Herbs and a Spicy Daughter: Col. Sanders' Secret of Success〉, Starr Publishing Co., 1994 참조)

선한 사업에 기여

"선을 행하고 선한 사업을 많이 하고 나누어 주기를 좋아하며 너그러운 자가 되게 하라."(디모데 전서 6: 18)

선을 행하고 선한 사업을 많이 하는 것, 자원 봉사 활동을 하는 것 또한 그 사회의 문화 풍토로 형성되어 배워 실천에 옮기기 마련이다. 고도로 발전된 자본주의 사회에서 물질 만능주의가 팽배하여 혹자는 마약밀매, 사기, 부정, 도박 등 어떤 수단과 방법을 가리지 않고 돈을 버는 것이 최고라고 생각하는데, 또한 명문대학 경영학 석사학위를 받고, 자신들이 '최고이며 가장 현명하다'(The best and the brightest)고 자처하는 경영귀재들, 세계에서 가장 큰 은행들의 핵심참모들이 되다. 그러나 돈을 벌기 위하여 '파생상품'(Derivatives)에 천문학적 액수의 돈을 투기하여 급기야 금융위기를 불러와 2009년부터 경기 불황을 초래했으나, 그들 중 단 한 명도 처벌을 받지 않고, 오히려 정부에서 지원하는 국민들 세금으로 몇백만 불의 보너스를 챙기고 있다. 양심의 가책을 전혀 받지 않고.

그들과 정반대로 기원전 384~~322에 살아온 그리스 철학자 아리스토틀(Aristotle)을 검토해 보자. 그의 철학에 의하면 인간이 행복하게 살기 위하여 어떤 '행복의 추구'를 모색해야 하는가? 그는 다음과 같은 3가지 원칙들을 고수(固守)하여야 된다고. 정의 (Justice), 덕망 (Virtue), 그리고 탁월 (Goodness).

행복의 추구 첫 번째 요소는 '정의'로서 교육, 남녀, 빈부, 언어, 종교, 인종간에 차별 대우를 하지 않아야 하고, 누구에게나 공정하게 대우하고 동등한 기회를 제공하여야 한다. 또한 합법적인 절차를 존중하여야 한다. 세 번째 요소는 '탁월'함을 추구하여야 한다. 무슨 일을 하던지, 최선을 다하고, 올바르게 이행해야 된다. 나는 여기서 두 번째 요소 '덕망'을 강조하고자 한다. 덕망은 고의적인 실수가 아닌 경우 너그러이 용서해 주는 아량이 있어야 하고, 자기보다 약한 자들에게 선을 행하고 도와주어야 한다. 이 세 가지를 갖출 때 우리는 진정으로 삶의 행복을 느낄 수 있다고. (Aristotle, 〈Nichomachean Ethics〉) 우리 모두는 아리스토틀의 덕망, 그에 따른 도움과 자선이 이웃들에게 베풀어지도록.

부동산 투자의 장점

　자산은 수입을 증식시키는 것들, 주식, 은행이자, 채권(Bond), 특허(Patent), 지적 재산, 부동산 등에 투자하여 손실을 보게 하는 것이 아니고, 수익 혹은 이익을 증식시켜 주머니에 돈이 들어오도록 한다. (제10장에서는 부동산 투자에 한하여 검토하기로 한다) 예를 들어 주택부동산 거품이 일어난 2006년부터 2011년까지를 검토해 본다면, 주택부동산 시장에서 주택 값이 최고로 올랐을 때, 주택부동산 값이 계속 오를 것으로 간주하고 투자한 분들은 엄청난 손실을 보고 있다. 경제가 악화되면서, 파생상품에 투자한 은행들이 손실액을 갚을 수 없어서 도산되는 수가 증가하고, 경기 침체로 인하여 실제 실업률이 20퍼센트까지 치솟자 많은 주택 소유자들이 주택융자금을 갚을 수 없어 자기 집들이 은행으로부터 차압 되는 경우를 많이 보게 된다. 그러나 부동산 거품이 없을 때에는 여러 가지 장점들이 있어 부동산은 이익을 남기는 자산이 될 수 있다.

　첫째, 시간이 지나면서, 부동산 값이 오르는 경향이 대부분이었다. (Appreciation)

　둘째, 자기 자본 20퍼센트 다운 페이먼트(Down Payment)하면, 나머지 집값의 80퍼센트를 은행에서 융자하여 준다. 즉 남의 돈(은행 돈: OPM = Other Persons' Money)을 활용하여 자산에 투자할 수 있다. 이것을 지렛대(Leverage)의 이용이라고 한다.

셋째, 융자한 돈에 대한 이자는 세금에서 혜택(Tax Benefit)을 받게 된다.

넷째, 개인 주택이나 아파트에 투자하면 투자한 전체 액수에서 27년 6개월, 즉 27.5년으로 나누어 매년 전체 투자 액수의 27.5분의 1에 해당하는 돈을 감가상각(Depreciation)으로 세금에서 되돌려 받는 셈이 된다. 즉 27.5년이 지나면 투자한 돈 전부를 되돌려 받게된다.

과연 27.5년이 지나면 그 집이 완전히 망가지게 되는가? 아니다. 잘 가꾸면 오히려 집값이 오르게 되어있다. 그러면 왜 이와 같은 혜택을 법으로 만들었는가? 이 법을 누가 만들었으며 누가 많이 이용하는가? 미국의 국회의원들이 이 법을 통과시켰고, 또 국회의원들 자신들이 또 그들 부인들이, 가족들이, 친척들이, 부동산 사업가들이 부동산에 투자하기 때문이다. 즉, 주택부동산의 거품이 최고의 절정에 이르는 몇몇 기간을 제외하고 보면, 부동산 자산에 투자하면, 투자한 돈이 돈을 벌게 되는 경우가 많이 있었다.

다섯째, 만약 투자한 부동산에 이익을 남기고 팔 경우, 세금으로 바로 지불하지 않는다. 판매한 집에서 이득을 본 돈으로 구매한 더 큰 부동산을 팔 때까지. 그러나 역시 더 큰 부동산을 구입하면 이득에 대한 세금을 계속 연장할 수 있다. (Section 1031 of the Internal Revenue Code 참조)

여섯 번째, 부동산 대부인 다널드 츠럼프(Donald Trump)는 부동산 투자에서 현찰의 수입(Cash Flow)을 중요시한다. (Gary Eldred, 〈Trump University Real Estate 101〉: 2006, p. 70 참조) 매달 초에는 집세(임대료)가 들어온다. 현찰의 수입이 크면 클수록 더 효과적인 투자가 된다.

일곱 번째, 부동산 보험에 들어 화재 혹은 인명 피해에 대하여 보험으로 보호한다.

여덟 번째, 유한 채무회사(Limited Liabilities Corporation = LLC) 혹은 다른 회사를 설립할 경우 소송에서부터 보호할 수 있다. 또한 개인이 부동산에 투자하지 않고, 회사를 설립하여 투자하면, 임대료 수입에서 세금, 보험, 수리비, 관리비 등 모든 비용을 우선 지불하고, 남는 돈에서 해당되는 퍼센트의 세금을 지불한다. 즉 회사의 수입은 개인의 수입에서 지불하는 것 보다 훨씬 적은 액수의 세금을 지불하는 혜택을 받을 수 있다.

아홉 번째, 경쟁하는 다른 부동산 업체와 비교하여 집을 더 좋게 수리하고, 더 좋은 시설을 하고, 새로운 칼펱을 깔아 주거나, 집세를 올리거나 내려서 경쟁력을 확보할 수 있다.

열 번째, 구매한 후 부동산 값이 증가했을 경우 증가한 값에 준하여 새로운 융자를 신청할 수 있다. 그리하여 더 크게 사업을 할 수 있고, 이자율이 낮을 때에 재 융자하여 혜택을 받을 수도 있다. (Re-financing)

열한 번째, 인플레이션이 되어 돈의 값이 하락할 경우 부동산의 값이 상대적으로 증가하기 때문에 부동산 투자는 인플레이션으로부터 보호받을 수 있다. (Hedge against Inflation)

열두 번째, 하루 오전 8시에서부터 오후 5시까지 직장에서 육체적으로 머물면서 노동을 하지 않아도, 투자한 부동산으로부터 수입이 들어온다. 적극적인 노력을 하지 않고도 수입이 들어오기 때문에 부동산 투자는 피동적인 수입이라고 한다.(Passive Income) 골프를 치고 있어도, 해외여행을 하고 있어도, 수입은 계속 들어오게 된다. (부동산 자산 투자의 장점들을 설명한 책자들이 많이 있다. 그 중 한두 권을 추천한다면 켄 멕엘로이 저서 〈부동산 투자 고급 안내서(Ken McElroy, 〈The Advanced Guide to Real Estate Investing〉, Business Plus: 2008 제 1 장)〉와 개리 엘드레드의 다널드 츠럼프 〈대학 부동산 101(Gary Eldred, Trump University Real Estate 101)〉 책 참조.

열세 번째, 투자한 돈이 돈을 벌어다 준다. (Money works for you. Money makes money for you.) 돈을 벌기 위하여 일을 하기 보다 오히려 투자한 돈이 돈을 더 벌도록 투자하는 것이 좋다.

부동산 거품의 시기 : 최대의 이익효과

　이상의 장점들을 고려하면 누구든지 부동산 '자산'에 투자할 수 있고 투자할 만하다. 이상의 장점 이외에 더 중요한 것은 부동산 거품이 시작하는 2006년부터 거품이 절정에 달하는 2011~2014년까지 투자하는 것은 절호의 기회이다. 좀 더 자세히 분석해 보자.

　크레딧 서위스(Credit Suisse, 'US Mortgage Strategy')의 발표에 의하면, 2007년부터 2009년 3월까지 여러 융자제도 중에서 '섭프라임'융자(Subprime Lending) 합계 13조 달러($1.3 trillion)가 부동산 거품의 중요 원인이었다면 그것이 점점 줄어들고, 2009년 9월부터 2012년 9월까지는 압션 애이알엠(Option ARM = Adjustable Rate Mortgage) 융자가 부동산 거품의 중요 원인이 되어 계속 거품을 일으키고 있다. 압션 애이알엠이란 융자를 받은 처음 몇 년 동안 정규적으로 보다 훨씬 적은 액수를 지불하게 하고, 그 후 이자율을 재조정하여 그동안 지불하지 아니한 돈까지 포함하여 훨씬 더 많은 액수를 매달 지불하게 한다. 더욱이 처음 몇 년 동안에는 원금의 일부도 전혀 지불하지 않게 한다. 그러니까 융자한 원금에 돈이 더 증가하여 부채가 오히려 커지고 있다. 이것을 '역비례 아몰터제이션(Negative Amortization)' 이라 칭한다.

주택 부동산 융자제도와 해당 액수

2004년부터 2007년까지 압션 애이알엠으로 7천5백억 불($750 Bil-lion)을 융자해 주었는데 처음 몇 년이 지나 곧 훨씬 더 높은 액수의 월부가 되도록 재조정을 하는 기회가 바로 오기 때문이다. (Ian Cooper, "CNBC's Corporate Puppeteering: Time to Cash In." July, 14th, 2009: 1-5 참조) 그러면 더 많은 집들이 차압을 당하게 되고, 집값들이 더 내려갈 수 있고, 더 싸게 부동산을 구입할 수 있고, 투자가들은 더 많은 돈을 벌어 더 부자가 될 수 있다는 내용이다.

거기에다 올털너티브 애이알엠 (Alternative ARM)은 합계 22조 달러($2.2 Trillion)를 융자해 주었다. 상가 건물 융자(Commercial Mortgage)는 35조 달러 ($3.5 trillion)에 달한다.

혹자는 이제 부동산 거품이 끝나가고, 또 경제적으로 다원화 되어 있는 도시들은 별로 나쁜 영향을 받지 않았다고 한다. 그러나 2010 년도에 와싱턴주 시애틀(Seattle, Washington)시의 집값은 라스 베가스(Las Vegas) 지역 보다 더 크게 떨어졌고, 미니아포리스 (Min-neapolis)는 마이애미 (Miami, Florida)시 보다, 애트랜타 (Atlanta)시는 피닉스 (Phoenix) 보다 더 떨어졌다. 그래서, 시애틀 지역은 2007 년 집값이 절정일 때와 비교하면 무려 31퍼센트 떨어졌고, 앞으로도 10퍼센트 더 떨어지리라 예언하고 있다. 즉 거의 미국 전역에 걸쳐 부동산 시장에 또 하나의 고통이 오리라 믿고 있다. (New York Times, "Housing Crash is Hitting Cities Once Thought to Be Stable," Monday, February 14, 2011)

그래서 적어도 2012~2014년까지는 부동산값이, 특히 개인주택 부동산값이 계속 하향의 길을 걷고 있으리라 믿으며, '최악의 융자손실 사태가 오게 되고'("The worst Mortgage meltdown is yet to come.") '장기 투자가들에게는 기상천외의 좋은 뉴스'("This (housing and credit crisis) is a fantastic news for long-term investors.")가 된다. (Dan Ferris, "What I Learn at the Best Investment Conference of My Life," Extreme Value, May 16, 2009) 요약하면 그 기간 동안엔 투자 할만하다.

투자 안내자들, 회계사들, 주식 브로커들은 흔히 '균형 잡힌 투자'(A Balanced portfolio)를 하도록 권하고 있다. 균형 잡힌 투자는 돈을 잃어버리지 않기 위한 좋은 방법은 될 수는 있으나, 그것은 방어를 위주로 하는 것에 불과하다. 돈을 많이 벌기 위해 적극적이며 공격적으로 "한 우물을 깊이 파는 투자"는 아니다. 부를 크게 일으킨 많은 분들을 보면, 균형 잡힌 투자가 아니고, 오히려 어떤 하나의 분야에 집중적인 투자로 최선의 노력을 기울인 사실을 쉽게 찾아 볼 수 있다. 부동산투자에 집중 할 수 있는 절호의 기회이다.

누가 부자가 될 수 있는가? 최근 까지 세계에서 가장 골프를 잘 치는 타이거 우즈(Tiger Woods)가 골프에서 1등을 유지하기 위하여 매일 200개의 골프 공을 가지고 연습을 한다고 가정하면, 세계에서 주식투자로 일등 부자인 워런 버펫(Warren Buffett)씨는 매일 1,000개의 골프 공을 연습하는 것처럼 매일 경제에 관한 책들을 읽고, 신문을 읽고, 자기가 투자 하고자 하는 회사의 운영 자료를 열심히 또

한 섬세 하게 분석 검토한다. 운이 좋아서 돈을 벌었다는 것이 아니고 누구보다도 더 열심히 노력하고 세계의 경제, 미국의 경제, 미국의 부동산이 어떻게 움직이고 있는지 연구하고 지식을 쌓아 가는 것이다. 혹자는 '지식이 힘이다' ("Knowledge is power.")라고 한다면 나는 '지식은 곧 돈이다' (Knowledge is money.")라고 주장하고 싶다. 부동산의 장점과 단점, 2006~2009년에 부동산 붕괴의 원인과 결과를 치밀하게 분석하기를 권한다.

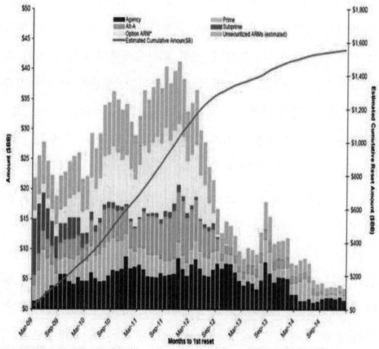

*Option ARMs show estimated recast schedule based on current negam rate; Source: Credit Suisse (US Mortgage Strategy), LoanPerformance, FH/FN/GN

배裵 투자 회사 Pae Investments, Limited Liabilities Corporation 설립

회사를 설립하면 개인의 재산을 회사에 넘겨줄 수 있다. 그러나 그 개인은 자기가 설립한 회사를 완전히 통제를 할 수 있다. 투자하는 건물을 사고 팔 수 있으며, 또한 회사에서부터 되돌려 자기 개인 돈으로 혹은 부동산으로 변경시킬 수도 있다. 설립한 회사가 지불하는 세금은 개인 투자에서 지불하는 세금보다 더 혜택을 받고, 또 예를 들면 1주일간 여행을 가서도 단 하루 혹은 몇 시간 부동산 투자에 관한 회의 혹은 모임에 참석하면 사업차 여행이 되어 여행 경비를 회사 돈으로 충당이 된다. 사무실 컴퓨터에서부터 전화기, 자동차 구입, 수리, 보험에 이르기까지.

변호사를 사용하여 회사를 설립할 경우, 많은 경비가 소요될 수 있다. 아들 윌리엄이 변호사 대신 컴퓨터로 알아보겠다고 하여 맡겼다. 눈깜작할 사이에 그는 인터넷으로 회사설립 용지를 불과 백팔십 불을 주고 구하여 'Pae Investments, LLC' 라는 회사 명칭으로 서류를 작성하고 네브라스카주 사무국(Nebraska Department of State)에 서류를 보냈더니 불과 1주일 내에 정식 회사 설립을 인정해 주는 서류를 받았다. 일련번호를 첨부하여 연방정부 국세청(Internal Revenue Service)에서부터 세금 번호도 받았다. 알고 보면 이렇게 쉬운 것을. 시도도 해보지 않고, 공상만 하고, 피동적인 마음 자세만 가지는 것보다 적극적으로 행동을 취하는 것이 얼마나 유익한 일인지.

회사를 설립하자마자, 어떻게 알았는지, 은행들이 서로 자기 은행에 사업구좌를 열어주기 바란다면서 편지들이 쇄도하고, 세금 보고 서류를 작성해 주는 회사들은 자기회사에 의뢰하여 세금보고를 준비하라고 편지가 오고, 부동산 투자회사들의 모임에 회원이 되도록 부탁하는 편지들이 오고, 부동산 보험을 자기보험회사에 가입하도록 부탁하고...

회사의 목표와 사명 Mission Statement

우리회사의 투자 목표는 무엇이고, 사명은 무엇인가?

1. 부동산 투자 원칙

 1) 오래되지 않은 건물

 2) 근본적으로 가치가 있는 부동산 (Intrinsic value)

 3) 안전의 한계 원칙(Margin of safety)

 4) 타 주(Other states)와 타 지역(Other regions)에 투자 고려

2. 부채의 한도(Ceiling of debt)

3. 가장 가치있는 집(MVP = Most Valued Property)으로 향상시켜 세입자 만족도 와 렌트 백 퍼센트(Tenants satisfaction and full occupancy) 목표달성 시도

4. 환경의 미화(Promotion of environmental aesthetics)

5. 지역사회 기여(Contribution to the community)

이상의 목표들을 좀 더 자세히 살펴보자.

1. 부동산 투자 원칙

 1) 오래되지 않은 건물

투자하는 부동산은 가능하면 1950년 이후에 지은 오래되지 않은 집. 오래된 집일 경우 반드시 개조하여 현대식 시설을 갖춘 집 혹은 현대식 시설을 갖추도록 수리할 계획을 하고 구매하도록 한다.

2) 근본적으로 가치가 있는 부동산 (Intrinsic value) : 전체 투자액 회수 기간

마치 주식시장에서 투자할 때 어떤 회사의 주식이 가치가 있는지를 확인하는 것처럼, 전체 투자금액(P= Price)이 순 임대료 수입(E= Earnings)에 비해 아주 싼 값으로 구매하여 가장 가까운 기간 내에 투자금액을 회수하도록, 그래서 몇 년간 임대료를 받아야 투자금액을 완전히 회수할 수 있는가? P/E(Price/Earnings)의 값, 즉 회수 연한이 적을수록 더 좋은 투자가 된다.

그러면 얼마나 싼 값으로 구매해야 하는가? 스티브 슈거루드 박사는 1년 순임대료 수입(보험금, 부동산 세금, 수리비, 기타 운영비를 모두 제외한 순임대료 수입)이 연방정부 30년 채권(Treasury Bond)의 이자율에 1%를 가산한 순수익이 있어야 한다고 강조하고 있다. 예를 들어 2008년 8월 기준 연방정부 채권이 연 5.15% 이자를 지불하면 거기에 1%를 추가한 6.15%의 순수익이 매년 있어야 한다. 예를 들면, 십만 불로 주택 부동산을 구매했다고 가정하자. 그러면 1년에 6.15% 순수입은, $100,000 x 6.15%= $6,150이 된다. 그러면 매년 $6,150 순수입으로 몇 년만에 십만 불이 되어 투자액 전체를 회수할 수 있는가? $100,000/$6,150= P/E 는 16.26년이 걸린다.

요약하면 전국적인 평균 P/E 값은 16 이다. 즉 16년간 집세를 받으면 투자한 금액을 모두 되돌려 받게 되고 그 후에는 집이 떨어지

고, 그 후부터 받는 집세도 공짜인 셈이다. 이와 같은 원칙하에서 부동산 값을 지불하고 구매하도록 권하고 있다. 그러나 지역에 따라 P/E 값은 다를 수밖에. 그의 분석에 의하면, 오랫 동안 집값이 아주 비싼 보스턴(Boston)은 P/E가 38, 샌 프란시스코 (San Francisco)는 30, 뉴욕시(New York City)은 20, 시카고(Chicago)는 17이다. (Dr. Steve Sjuggerud, "How to Value Any Piece of Real Estate, 'Real' Real Estate Investment Advice for Today's Investor," http://www.investmentu.com.realinvestmentadvice.html, August 4, 2008 참조)

또 다른 한 분의 지혜를 살펴보자. 알만도 몬테롱고(Armando Motelongo Worldwide 회사) 사장은 요구하는 집값이 "집을 수리 한 후의 집 가치"(After Repair Value = ARV)에서 최소한 85%까지 내려가서 부르는 집을 구매해야 된다. 예를 들면, 수리한 후 집 가치가 2십만 5천 불($205,000)이 된다고 가정하면 그 값의 85%인 19만 불($190,000) 혹은 그 이하로 부르는 집의 구매를 고려해 볼 수 있다. 그러나 이 금액은 협상의 시작일 뿐이다. 그는 오히려 70% 원칙(The 70% Rule) 혹은 65% 원칙(The 65% Rule)을 고수하고 있다. 더 자세한 설명을 보자.

요구하는 집값인 $205,000에 65% 원칙을 적용하면: $205,000 X 65%= $133,250.00이 된다. 이 값에서 수리비 $25,000을 제외하면: $133,250.00-$25,000.00= $108,250.00 이 된다.

즉 부르는 값 $205,000 이 아니라 $108,250.00 로 구매할 것을 권한다. 그러면 $108,250.00을 주고 구입할 경우, 매달 순 수익인 렌트비 $800.00불을 받을 수 있다고 가정하면 1년에 $9,600이 된다. 이 액수를 구매한 가격으로 나누면 P/E=$108,250.00/$9,600= 13.88 이다. 요약하면 13.88년, 즉 14년 동안 집세를 받으면 투자한 금액을 회수할 수 있는 셈이다.

(Armando Montelongo, "Never Do This in Foreclosures!!!," http://www.armandomontelongo.com,2 April 2009 참조)

슈거루드씨의 16년과 몬테롱고씨의 14년은 2년 차이가 있지만 아주 비슷한 결론이 나온 셈이다.

윌리엄 니컬슨(William Nickerson)씨는 렌트를 위주로 구매하는 부동산 값은 그 부동산의 순수익에서 최대한 10배로 계산한 값("The Price of rental property should equal 10 times that property's net operating income."(NOI))만 지불하도록 권하고 있다. (William Nickerson, How I Turned $1,000 into a Million in My Spare Time 책 참조). P/E=10, 즉 10년 만에 투자한 돈을 모두 회수 하도록 강조하고 있다.

그러나 Pae Investments, LLC는 부동산 거품이 팽배한 시기에 니컬슨씨의 최대한 10년 기간보다 더 빠른 기간 내에 받는 임대료만으로 전체 투자 금액을 회수하는 원칙, 그래서 투자액수 대 순수익(P/E)이 10 보다 더 적은 수가 될 수 있는 값으로 부동산에 투자하는 계획을 실천에 옮기고 있다. 자세한 실적 기록을 곧 보여주겠지만 이 원칙은 2005년 회사가 설립된 후부터 지금까지 계속 성공적으로 이행되고 있다.

3) '안전의 한계'(Wide "Margin of Safety")

주식투자의 대부인 벤자민 그래햄(Benjamin Graham)과 그의 수제자이며 주식투자로서 세계 최고 부자인 워런 버펫(Warren Buffett)씨가 강조하는 '안전의 한계'("Margin of safety") 원칙을 고려해 보자.

버펫씨가 부자가 된 이유는 아주 좋은 회사가 어떤 이유로 인하여 잠정적으로 주식 값이 급히 하락할 때에, 그러나 좋은 회사로서 곧 재기할 수 있는 사업을 하고 있다는 확신이 설 때, 주식 값에서 20%, 30%, 40%, 50% 혹은 그 이하로 더 싸게 소위 헐값(Bargin Price)으로 주식을 대량으로 구입하여, 설사 그 회사의 주식 값이 당분간 하락하여 10%, 20%, 30% 더 내려가는 경우가 있어도 손해를 보지 않도록 안전의 한계(Margin of safety)를 철저히 챙기고, 결과적으로 주식 값이 오를 때에 많은 이익을 올리기 때문이다.

정확하게 얼마만큼의 '안전의 한계'를 유지해야 하는가? 정답은 없지만 여러 전문가들 나름대로 제시한 예를 들어보자.

버펫씨와 그래햄씨는 주식을 구매할 때 '고유값'(Intrinsic Value= Net Asset Value= Book Value)에서부터 적어도 3분의 2미만이 되는 상당히 헐값으로 주식을 사 들이는 '안전의 한계'를 고수하고 있다. (더 자세한 설명은 Benjamin Graham, The Intelligent Investor 와 Robert G. Hagstrom, The Warren Buffett Way 책들 참조)

그러나 부동산 거품이 팽배한 기간엔 우리 투자회사는 은행 혹은 정부 융자조직 부서(HUD= Department of Housing and Urgan Development 과 Fannie Mae, Freddie Mac)에서 차압한 부동산을 팔 때 부르는 값(Listing Price) 혹은 해당 군청 부동산 평가 값(County Assessment Value) 중 어느 하나에서 최소한 50%를 낮추어 구매하도록 안전의 한계를 유지하도록 한다.

4) 타 주(Other states) 와 타 지역(Other regions) 투자 고려

우리 회사가 위치한 오마하(Omaha)지역에 위치한 두 개의 아파트를 구매하고자 사업 실적 자료를 요구하여 분석해 보았다. 하나는 십오만 불을 요구하는 8가구(8 Units)가 사는 아파트, 다른 하나는 백팔십 만불 하는 44 가구가 사는(44 Units) 아파트를 분석해 보았다. 이들 두 아파트 꼭같이 은행에서부터 차압을 당하거나 당할 위기에 있다. 공통된 사항은 투자한 주인 혹은 회사가 오마하에 있질 않고 타 주에서 있다는 것이다. 그래서 직접 운영하지 못하고, 관리회사(Management Company)를 통하여 운영하고 있는데, 수리비, 인건비, 가구(Appliance) 비용들이 우리 회사와 비교하여 상상할 수 없을 정도로 엄청나게 부과하여 "바가지"를 씌우고 있다. 요약하면 타주 혹은 타 지역에 투자하는 것은 좋은 관리인 혹은 관리회사를 구할 수 없을 경우 위험할 수 있다. 그러나 회사가 커지면 타 주 혹은 타 지역에 투자하는 것은 당연하지만, 좋은 관리인 혹은 관리회사를 구해야 한다. 우리 회사도 더 커지면 당연히 고려해야 한다.

2. 부채의 한도

어느 회사든지 많은 돈을 빌려서 부채가 높으면 위험하다. 그래서 버펠씨는 회사 자산의 50% 혹은 그 이상 부채를 가지고 있는 회사는 위험하다고 판단하여 그런 회사에는 주식투자를 하지 않는다. 지금같이 경기가 침체되어 있는 시기에 많은 부채를 가지고 있는 경우 부동산에 세입자들이 줄어들거나 혹은 세입자가 없어 은행 융자금을 제 때에 지불하지 못하면 차압을 당할 위험이 있으며, 또 차압 당

한 수가 엄청나게 많이 있으니까. 우리 회사는 우리부부가 그 동안 저축해 둔 것과 "퇴직금 추가기여"돈을 활용하여 현금 위주로 투자를 강조하고 있다. 또 투자한 부동산에서 들어오는 수익으로 부동산을 구매하고 있다. 그래서 우리 회사는 2005년부터 지금까지 투자한 자산에서 융자 비율이 0.068%로서 거의 빚이 없어 안전한 사업을 하고 있음을 보여주고 있다.

투자할 수 있는 현금이 있다는 것은 은행에서 융자하여 투자하고자 하는 투자가들과는 비교가 되질 않는다. 융자하여 투자하고자 하는 분들이 현금을 가지고 투자하고자 하는 분들에 비하여 몇 만 불을 더 주겠다고 입찰(Bidding)을 해도, 은행은 오히려 몇 만 불 덜주고 그러나 현금으로 입찰하는 분에게 부동산을 팔게 마련이다. 그리하여 혹자는 "현금이 왕"(Cash is king)이라고 한다. 왜? 현금으로 부동산을 구입한 경우, 일정기간이 지난 후 집값이 떨어져도 그 집을 보유할 수 있지만, 은행에서 많은 돈을 빌려서 구매한 투자가들은 집 값이 투자한 값 보다 훨씬 더 내려가면(소위 영어로 Under-water가 되면) 더 큰 손해를 보지 않기 위해 주저없이, 집 열쇠를 은행에 우송하고 그 집을 포기한다. 그러면 돈을 융자해 준 은행이 크게 손해를 보기 때문이다. 이와 같은 사례는 엄청나게 많이 있다. 현금 구매는 P/E 율을 10이하로 낮추어 10년이 되기 훨씬 전에 투자한 돈을 모두 회수할 수 있는 첩경이 되고, 부르는 값에서 50% 혹은 그 이하로 구매하여 안전의 한계 (Margin of safety)를 더 크게 확장 할 수 있는 첩경이 된다.

그러나 상업용 건물(Commercial real estate), 예를 들면, 아파트,

상가 건물, 백화점들은 은행을 통하여 융자하기 마련이다. 구매자가 25%~30%를 지불하고 나머지는 융자를 할수있다. 상가 건물들은 구매자의 경제적 능력보다는, 구매하고자 하는 부동산을 통하여 생기는 수익이 융자금을 충분히 지불할 수 있는지 여부를 더 강조한다. 따라서 수익을 올릴 수 있는 부동산인지 또 투자 후 얼마나 빠른 기간 내에 투자금을 회수할 수 있나 분석해 보아야 한다.

3. 가장 가치 있는 집 (MVP=Most Valued Property) 으로 향상시켜 세입자 만족도 와 렌트 백퍼센트(Tenants satisfaction and full occupancy) 목표

투자한 부동산 집들은 위치, 크기, 질 좋은 시설, 집세 등을 통하여 경쟁할 수 있기 때문에 100%의 렌트 목표를 달성할 수 있다. 또 세입자들이 전기, 수도 등과 같은 시설에 문제가 있다고 통보하면 즉시 해결해 주는 질 좋은 서비스를 통해서도 달성할 수 있다.

다닐드 츠럼프와 개리 엘드레드는 하나의 변함없는 원칙으로 엠비피(MVP=Most valued property)를 강조하고 있다. '가장 가치가 있는 부동산'으로 향상시키는 원칙을 통하여 두 가지 목표를 동시에 달성할 수 있다. 하나는 세입자들에게 다른 세를 놓는 부동산과 비교, 대조, 및 고려를 하여 어느 부동산이 가장 가치가 있는 집 혹은 아파트인가 결정하고 선택 할 수 있게 해준다. 둘째, 투자가에게는 부동산이 상대적으로 가장 값이 나가게 하여 렌트가 되게하여 순수익을 극대화 할 수 있다. (Real Estate 101: 64-65 쪽 참조)

그래서 우리 투자 회사는 구매한 부동산 건물을 잘 관리, 보존하여 부동산 가격을 유지 및 향상하도록 노력하고, 2005년부터 지금까지 거의 백 퍼센트 렌트의 목표를 달성하고 있다.

4. 환경의 미화와 지역사회 기여

부동산 투자는 건물뿐만 아니라 건물 주위 환경의 미화도 중요하다. 우리 건물 주위를 깨끗하게 청소하고, 흩어진 휴지를 치우고, 잔디를 손질하여 미화시키면 곧 이웃이 깨끗하게 된다.

5. 회사 수익의 일부를 지역사회로 환원

회사가 설립한 지 얼마 되지 않아 소규모지만 지역사회에 기여를 염두에 두고 있다. 그래서 몇 백 불이라 해도 매년 장학금을 주고 어려운 분을 도와주는 목표를 실천하고 있다.

건강하지 못하고 병약하여 자신이 독립적으로 살아갈 수 없는 어느 한 분, 그냥 두면 노숙자(A homeless person)가 될 수 밖에 없는 한 분에게 집을 마련하여 세를 받질 않고, 사용하는 전기, 물, 가스 값을 지불하고 매달 얼마의 용돈을 제공하고 있다. 이 액수는 우리 회사 1년 순 수입의 16%에 해당 된다. 그분은 다소 건강 상태가 좋아지면 가끔 우리 아파트 잔디를 깎아주고 눈을 치우는 일을 도와주고 있다.

배 투자(유한 채무) 회사 실적 : 2005~2011

아래 표에서 볼 수 있는 바와 같이 우리 투자회사는 회사가 설립된 2005년부터 2009년까지 제 1차 부동산 투자계획을 세우고 실시했다. 3334호 집은 전주인이 은행에서 돈을 빌려 투자했는데, 렌트가 잘 되지 않아 은행에 융자 돈을 제 때에 지불하지 못하고, 제대로 집을 수리할 돈이 없어 포기하고 있는 상태였다. 오래 동안 비워있었고 방치한 상태라서 많이 상해있었다.

2005년 3334호 집 가격은 $36,000 이었으나 현찰로 지불한다고 강조하고 또 수리비가 많이 들 것을 강조하여 결국 26,000불로 구입했다. 거의 집을 새집처럼 고쳤다. 지붕을 고치고, 슁글(Shingle)을 새로 넣었다. 부엌 캐비닛을 교체하고, 화장실도 완전히 고치고, 목욕탕도 완전히 바꾸었다. 창문을 고치고, 유리를 교체하고, 차고도 고치고, 차고 문을 여는 자동조절기(Automatic Garage Door Opener)도 설치하고, 새로운 칼펠도 깔고. 완전히 새로운 집으로 만들었다. 내부와 외부 페인트 칠을 하고. 수리비가 22,000불 소요되어 합계 48,000불을 투자했다. 방이 3개, 차고, 중앙 에어컨디셔너(Central Air Conditioner)도 구비되어 있고. 수리가 마무리 될 무렵에 렌트 광고를 했더니, 즉시 한 달에 $650 불로 렌트 계약을 했다. 수리 후 값은 80,000불로 예측된다. 투자한 돈을 순 임대료 수익으로 나누어 보면 약 7.5년이면 모두 회수가 될 수 있다. 벌써 5년째 접어들었으니, 앞으로 2년 반만 더 지나면 투자한 돈이 완전히 회수된다.

이 집의 수리가 마무리 될 무렵 바로 길 건너편에 있는 3333호 집을 판매한다는 광고가 붙어 있었다. 알아보니 나의 옛 제자가 부동산 소개업자였다. 집을 보러 나의 아내와 같이 갔었는데, 지하실이 다소 가파르니까 부인이 내려가기 힘들다면서 지하실을 보지 않아도 된다고 했다. 우리가 나의 옛 제자를 믿고 내려가보지 않은 것은 엄청난 실수였다. 11,000불을 주고 집을 구매하고 난 후에 지하실에 내려가 보았더니, 지하실이 대단히 나쁜 상태에 있었다. 만약 구입하기전에 내려가 보았으면 절대로 구매하지 않았을 텐데. 이미 때는 늦었다. 지하실에 물이 스며들고, 습기가 차고, 벽이 많이 망가져 있었다. 실수는 또한 중요한 교훈을 배우게 한다. 나의 제자였다 해도 그 누구도 믿어서는 안되는 것을. 구매하기 전에 지하실까지 철저히 확인해 보았어야 된다는 원칙.

물이 스며들지 않도록 외부에서 시멘트로 집 주위에 경사지게 길을 만들고, 돈을 많이 들여 중앙 냉난방기 (Central Air Conditioner)를 설치하여 지하실에도 습기가 차지 않게 하고, 부엌에도 씽크대 (Kitchen Countertop)을 새 것으로 교체하고, 캐비넷도 새 것으로 교체하고, 집을 수리하는 동안 나는 지하실 청소를 하고 흙을 밖으로 옮겨 나르는 일을 지하실 사다리를 타고 오르내리면서 여러 차례 할 수 밖에 없었다. 일꾼들이 내 마음에 들만큼 깨끗하게 청소를 하지 않기 때문에. 돈을 다 지불 한 후에 보면 또 해야 할 일이 있어 청소를 하느라 허리가 아프고, 먼지도 많이 먹고.

무려 26,500불을 투자하여 완전히 새로운 집이 되게 하였다. 수리가 끝나기도 전에 렌트 계약을 받았다. 구매한 값과 수리비 합계 38,000불은 7년이면 모두 회수할 수 있다. 특히 이 집은 오래된 집이라 세금이 거의 없는 상태이기 때문에. 벌써 5년째 접어들었으니 2년이 지나지 않아 완전히 투자한 돈이 회수된다.

2006년에는 5가구가 사는 벽돌건물 아파트 2동(2 five-plex brick apartment buildings)을 구매했다. 그 당시 크기가 비슷한 아파트가 무려 10개 이상 판매한다는 광고가 나와 있었다. 그들을 비교 분석하는데 많은 시간과 노력이 소요되었다. 거의 모두는 30만 불 혹은 그 이상을 요구하는데 애이콘 아파트(Acorn Apartments)만 275,000불이라 했다. 전번 주인이 자기가 20% 지불하고 나머지 돈은 은행에서 융자하였는데 렌트가 되지 않아 융자금을 제때에 지불하지 못하고, 돈이 부족하여 집을 제대로 수리하지 못하니까 렌트가 되지 않고, 상황이 급하게 되어 집을 내 놓았다. 방 10개중 무려 4개가 비어있는 상태였다. 현찰을 준다고 강조하고 흥정하여 254,000불에 구입했다.

많은 시간과 노력을 들여서 하나씩 수리해 나갔다. 인건비가 비싼 것뿐만 아니라 우리 마음에 들게 하지 않기 때문에 우리 부부와 윌리엄은 청소를 하고, 오븐(Oven)을 청소하고, 페인트 칠을 하며. 많은 고생을 했다. 그러나 깨끗하게 수리만 하면 즉시 렌트가 되었다. 처음 구매했을 때에는 한 달 렌트비가 360불이었는데, 380불로, 다시 400불로 올렸다. 6가구는 백인이고, 3가구는 흑인이고, 1가구는 히스패닉 이다. 현제 10개(10 Units)중 6개는 425불을 받고, 나머지 4개도 렌트가 끝나면 깨끗한 양탄자를 깔아 425불을 받을 계획이다. 감가상각비로 매년 9,700불의 혜택을 받고 있다. 벌써 5년째 접어들었으니, 앞으로 4년이 지나면 투자한 돈을 모두 회수하게 된다.

우리 부부는 가끔 집을 판다는 광고가 있나 하고 돌아 다녀본다. 그런데 집 외부 페인트 칠이 벗겨져 있고, 물 내려가는 처마 거터 (Gutter)가 일부는 상해있고 일부는 손실되어 있다. 이 집은 은행에서 차압을 한 후 거의 2년이 지나도록 팔지 못해 방치해 놓은 상태라 고쳐야 할 것이 많이 있었다. 이 집은 2545호로 전에도 몇 차례 본적이 있는 집이다.

우리 부로커(Real Estate Broker)에게 판매가격을 알아 보았더니, 그 동안 안 팔려 가격이 계속 내려가 $23,000 이라고 한다. 그를 불러 집안을 살펴보았다. 외부에서 보기 보다는 집안이 아주 새 집처럼 깨끗하다. 빨간 색의 양탄자가 깔려 있었다. 옛날에 쌓아올린 벽 내부에 새로운 벽을 깨끗하게 새로 쌓아올렸고, 바닥은 새로 콘크리트를 했다. 그러나 이 집에는 퍼러머(Plumbing)에 안전수칙을 위반하고 있어, 까다로운 절차를 밟아 시청 안전 수칙 규정에 맞게 고쳐 반드시 패스(Pass)를 해야 했다. 이것이 집을 팔 수 없었던 이유인가 보다.

우리 부부는 시청을 찾아가서 어떤 안전 수칙을 위반했는지, 어떻게 고쳐야 하는지 문의하고 서류를 받아왔다. 부로커에게 판매가를 물었더니, 18,500불로 제의해 보자고 했다. 나의 아내는 23,000불도 거의 공짜나 다름없으니 23,000불을 주고 바로 구매하자고 했으나 우리 브로커는 흥정을 더 해 보자고 했다. 그 다음날 브로커는 18,500불로 입찰을 했고 은행에서 받아들여 그 집을 구매했다. 안전 수칙대로 고쳐야 할 경우 라이선스 (License)가 있는 퍼러머 (Plumber)는 아예 바가지를 씌운다는 것을 알면서도, 규정위반을 해서는 안 되니까 요구하는 대로 지불하고 고쳤다. 전체 투자한 돈은 25,000불로 수리한 후 80,000불 이상 가치가 있는 집으로 탈바꿈 하자마자 한 달에 675불로 곧 렌트를 하게 되었다. 2008년에 구매하여 3.5년이 지나는 2012년 6월에는 투자한 돈을 모두 회수하게 된다. 이와 같이 낮은 P/E로 구매하는 예는 지금까지 처음이다.

또 재미있는 예가 있다. 우리는 항상 추운 겨울에는 또 크리스마스와 신년 휴일을 가까이 두고 있는 기간 (Christmas and New Year Holidays)에는 부동산 매매가 저조하다는 사실을 잘 알고 있다. 은행들은 집 하나라도 더 팔기를 고대하고 있는데. 2009년 연말 휴가를 이용하여 우리 부부는 막내 딸 지니 집에 가 있었다. 떠나기 전부터, 또 몇 달 전부터 점을 찍어 둔 집이 있어서 연말까지 기다리기로 우리 부부가 합의를 보고. 물론 다른 사람이 구매하면 할 수 없지만. 그래서 크리스마스 전날 나는 우리 부로커를 전화로 불렀다. "6110호 집을 30,000불에 입찰하라,"고. 우리 부로커는 기가 찬 모양이다. "그렇게 낮게 부를 수가 있느냐,"고. "거절당해도 좋으니까 상관하지 말고, 무조건 30,000불에 입찰하라,"고.

2일 후 부로커는 "입찰한 집을 단돈 1불도 더 요구하지 않고, 30,000에 구매하도록 은행이 수락했다,"고. "단 현찰로 구매해야 된다는 조건을 걸고." 30년 동안 근무해온 베테랑 브로커인데 이렇게 값을 내려 입찰을 해 보기는 처음이라며. 수리하는데 6,000불이 소요 되었고. 전체 투자액은 36,000불 이고 수리 후 집값은 최소한 70,000불이 예상된다. 곧 695불에 렌트를 주고. 4.5년이 되는 2014년 6월이면 전체 투자 돈을 회수할 수 있게 된다.

2005년부터 2009년까지 제 1차 부동산 투자계획을 검토해 보면, 1년 총 렌트비 106,320불에서 순수익(NOI)이 66,450불이 되니 총 렌트비의 63%에 해당된다.

1. P/E 비율을 계산해 보면 (총 투자액 $554,000/순 수익 $66,450=8.33) 8.33이다. 즉 8.33년 만에 총 투자액 554,000불을 모두 회수하게 된다.

2. 캡래이트(CAPRate)는 (순수입66,450/총투자액 554,000=11.99%) 11.99 % 즉 12%이다. 6%이하로 내려가는 부동산도 많고, 8%를 받아도 좋은 부동산이 된다. 거기에 비하면 우리 부동산 투자는 12로서 대단히 높은 비율을 보이고 있다.

요약하면 제1차 투자계획(2005-2009)은 대성공이라 할 수 있다. 매년 우리 회사의 연방정부 수입보고서(Federal Income Tax Report)를 작성하는 회계사는 '지금까지 대성공' 이라며 찬사를 보낸다.

제2차 투자계획은(2010-2014) 2010년부터 시작했다. 역시 2010년이 저물어가는 10월에, 2009년에 117,750불로 사고 팔고 한 2505호 집을 찾아가 보았다. 지붕이 헐었는지 비가 새어 벽과 천정의 즈라이월(Drywall)이 많이 상하여 새로 바꾸어야 했다. 지하실에는 물이 스며들어 흠이 많이 보이고 창문은 부서져 있었다. 많이 수리해야 될 상태에 있다. 수리비를 고려했기 때문인지 50,000불을 요구했고. 그렇게 요구한 것은 역시 오랫동안 안 팔리고 있었고 수리비 또한 많이 들어가기 때문인가 보다.

현찰로 지불한다는 조건으로 흥정하여 28,350불에 낙찰을 했다. 벽과 천정의 즈라이월을 많이 바꾸고, 부엌의 캐비넷도 교체하고, 응접실 캐비넷을 완전히 바꾸고. 불행하게도 냉난방기(Furnace) 또한 완전히 바꾸어야 했고, 와러히터(Water heater)도 새로운 것으로 교체했다. 집 외벽에 있는 더러운 페인트를 긁어내고, 틈이나 구멍이 있는 곳을 코킹(Caulking)을 하고, 새로 페인트 칠을 해야 했다. 그것만으로도 무려 2주일이 걸려서. 이것은 윌리엄과 나의 몫이었다. 아주 많은 수리비를 다소라도 절약할 수 있는 방법이니까. 사다리를 타고 올라가기도 하면서. 또 윌리엄과 그의 엄마는 실내의 벽에 페인트 칠을 하고. 그렇게 절약해도 수리비가 13,650불이 되었다. 총 투자액수는 42,000불로서 보험회사에서는 수리 후 집값은 최소한 82,600불이 될 것이라고 알려주었다. 이 집은 2011년부터 당분간 회사 사무실로 사용할 계획이다.

약 2개월이 걸려서 수리가 거의 끝났다. 11월 21일에는 추수감사절을 기하여 딸 수잔 집을 방문하기로 하고 2005년부터 지금까지 목수일을 해온 일꾼에게 그때까지의 임금을 모두 지불하고. 우리들이 추수감사절을 마치고 귀가하여 최종점검을 해보고 또 다른 수리를 해야할 일이 더 있으면 알리겠다고 했다. 돌아올 때까지 더 이상 일을 하지 않도록 당부하고.

귀가 후에 생각지도 않게 11월 22일 오전 7:30분부터 오후 5시까지 일을 했고, 24일에도 역시 오전 7:30분부터 오후 5시까지, 우리들이 귀가한 26일에도 우리 모르게 몰래 가서 26일에는 오전 4시간, 27일에는 2시간 일을 했다면서 470불을 달라는 청구서가 왔다. 새벽 7:30분은 아직도 깜깜한데 정말 이렇게 빨리 와서 무슨 일을 했을까? 그렇게 빨리 왔을 리가 없으며, 일을 하지 않고 돈을 받겠다는 건가? 귀가 후 점검을 해 보았더니, 별로 다른 일은 한 것이 없고, 꼭 했어야 하는 난방기 방의 천정 주위와 바닥 주위에는 추림(Trim) 나무들을 전혀 부착시키지 않아 아직도 그대로 있었다. 꼭 해야 할 일은 하지 않고 두었다가 우리가 귀가한 후에 별도의 돈을 요구하여 일을 할 셈인가 보다. 그동안 일을 해 오면서 언제인가 냉장고가 고장이 나서 음식물이 상해서 악취가 난다며 그 청소를 거부했다. 내가 할 수 없이 직접 청소를 한 적이 있다. 아파트 밖 안전 전기가 밤에 켜 있도록 해 두었는데 낮이고 밤이고 주야로 켜있어 고쳐달라고 여러 번 부탁 했으나 그대로 두어 4년이 다 되어 간다. 또 언제인가 마침 우리 부부가 지하실 정리를 하고 있는데 물이 터져 아래층으로 흘러 내려오고 있었다. 급히 그를 불러 확인했더니 파이프를 바꾼 후에 단단히 조이질 않아 생긴 문제였다. 아파트 정문 밑에는 틈이 있어 겨울이 되면 찬바람이 들어오니 보호막을 달아 달라고 여러 번 부탁했다. 그러나 역시 지금까지 해 주질 않았다.

이번에는 참을 수가 없었다. 분명히 귀가할 때까지 일을 하지 않도록 당부했는데. 나는 그가 일을 할 때에는 반드시 점심을 사 주었다. 아무리 바쁜 일을 하다가도 점심때가 오면 만사를 제쳐두고 그의 점심을 식당에서 주문하여 챙겨 먹이는 일을 꼭 해 왔다. 미국에서는 있을 수 없는 일이다. 그만큼 나는 일꾼들을 존경하고 대우해 주었다. 이번에는 적은 돈 이지만 나는 470불은 지불할 수 없다고 했다. 그도 시인하면서 받질 않겠다고 했다. 그러나 나는 무려 한 달이 지나도록 그를 한 번도 불러 일을 시키지 않았다. 이미 그를 계속 고용하지 않으리라 결심했기 때문이다. 그는 내가 맡긴 우리 부동산의 모든 열쇠꾸러미를 되돌려 주면서. 그의 아내가 더 이상 같이 일을 하지 말라고 하여 오늘부터 그만두겠다고 했다. 나는 다른 일꾼을 구할 것이라고 하면서 그 이상 만류하질 않았다.

역시 한 해가 저물어 가고 2011년 1월 3일 차압한지 얼마 되지 않은 1330호 집을 접하게 되었다. 패니 매(Fannie Mae) 은행에선 50,000불을 요구했다. 나는 처음 33,000불을 주겠다고. 은행에선 50,000불에서 9,500불을 깎아 40,500불로 카운터 아퍼(Counter Offer)가 오고, 나는 33,000불에서 35,500불로 올려 역시 카운터 아퍼를 주고, 은행에선 40,000불로 500불만 내려 또 흥정을 하자고 한다. 나도 500불을 보태어 최종 통고를 했다. 36,000불에 팔면 사고, 그 이상 흥정은 없을 거라고. "받아 주지 않으면 부지기수로 나와 있는 다른 집들을 보겠다,"고. 은행이 손을 들었고, 현찰로 지불할 것을 조건으로 36,000불로 구매하게 되었다. 2011년 1월 30일 구매 종결(Closing)을 하고, 현재 수리 중에 있다. 10,000불이면 수리가 끝나게 되고 3개의 침실, 2개의 화장실을 갖추고 있어 수리 후 집값은 80,000불이 되리라 확신한다.

브로커의 설명이 부족해 일어난 재미있는 일이 있다. 지금까지 구매한 부동산 경우에 우리가 구매하기 전 해의 집 세금은 한 번도 내어 본적이 없다. 왜냐하면 구매하기 전 해에는 우리가 소유하지 않았기 때문이다. 그런데 1330호 집 구매를 종결하려고 보니, 지난해의 부동산 재산 세금을 구매자에게 부담하여 지불하라는 것이다. 나는 "지난해에는 은행이 소유하고 있었으니까 은행이 지난해 세금을 내어야 당연하다,"고 주장했다. 그러나 상대편에서는 구매자가 지불해야 한다고. 나는 나의 변호사에게 문의했더니, 계약서를 보자고 한다. 읽어 본 후 그는 내가 지난해 세금을 내겠다고 사인을 했으니 할 수 없다고 한다. 계약서를 보니까 어느 한 모퉁이에 그런 내용이 있었다. 15쪽의 계약서를 일일이 다 읽을 수 없다 보니, 이와 같은 중요한 내용은 이번에 새로 사용한 브로커가 반드시 설명하고 나에게 사인할 것을 요구했어야 했는데. 그래서 그 여자 브로커를 더 이상 고용하지 않기로 했다. 만약 이 내용을 그녀의 부동산 회사 사장이나 주 정부 부동산 관리국에 통고하면 그녀는 아마 질책을 당하거나 부동산 브로커의 라이선스를 잃어버릴 수 도 있으니까! 그러나 이와 같은 일은 하지 않기로 했다. 선하게 대해 주기로 결심했다.

앞으로 2014년까지 부동산을 더 구매할 계획이다. 그러나 몇몇 부동산 분석가들 중에는 2012-2014년 기간에 현제까지 30% 하락한 부동산 값에서 30% 더 내려가리라는 예측이 있고 보면 그때 까지 기다리는것이 좋을지 연구중이다.

부동산은 꼭 미국시민들에 국한되어 있지 않고 세계 어느 나라 사람들도 돈을 주고 미국 내 부동산을 구매할 수 있다. 그러면 언제라도 미국을 방문할 수 있다.

부동산에 투자하면서 나는 한번씩 이와 같은 꿈을 그려본다. 한국인들이 부동산에 더 많이 투자 할 수 있는 분들이 있었으면. 그래서 250만 한국인들이 미국에 살고 있다고 해보자. 각각 많은 분들이 상이한 분야에서 크게 성공하고 있다. 모두들 열심히 '미국의 꿈'("American Dream")을 성취하려고. 진정으로 그분들에게 찬사를 보낸다. 그러나 그 중 아무도 누욕시, 보스턴, 시카고의 마천루 건물들을 소유한 자는 없는가 보다. 250만 재미 한국인들이 또 한국에 있는 한국인들이 단합하여 투자하면 가능성이 있다. 유대인들처럼. 힘을 합치면 한국인들의 힘을 과시할 수 있다. 누군가 시작할 것이라고 믿는다. 조그마한 부동산 사업을 하면서 나는 이런 꿈을 한국인들이 언제인가 이룰 수 있다고 생각한다.

"성공은 치밀하게 계획을 세우고 최선의 노력으로 추진하는 자들을 선호한다."

"부(富)는 자산 중심으로 치밀하게 계획을 세우고 추진하는 투자가들을 선호한다."

도표 1. 제 1 차 투자계획: 2005-2009

연도	주소 (건축 연도)	구매가격	수리비포함 (가격할인%)	수리후 가격	임대료	P/E 회수연도 기간
2005	3334 (1970)	$26,000	$48,000 (-40%)	$80,000	$600*12 =$7,800	7.5
	3333 (1890)	$11,000	$38,000 (-41%)	$65,000	$495*12 =$6,940	7.0
2006	4527 (1950)	$127,000	$127,000 (-24%)	$165,000	$400*12 =$24,000	9.0
	4535 (1950)	$127,000	$127,000 (-24%)	$165,000	$400*12 =$24,000	9.0

매년 감가 상각 $9,700 의 혜택을 받고있다.

연도	주소 (건축 연도)	구매가격	수리비포함 (가격할인%)	수리후 가격	임대료	P/E 회수연도 기간
2007	2415 (1915)	$35,000	$42,000 (-47.5%)	$80,000	$670*12 =$8,040	5.0

$35,000 15 년간 융자: 월부 $287.35

연도	주소 (건축 연도)	구매가격	수리비포함 (가격할인%)	수리후 가격	임대료	P/E 회수연도 기간
2008	3110 & 3112 (1949)	$75,000	$80,000 (-33%)	$120,000	$1,100*12 =$13,200	6.5
	3206 (1942)	$28,000	$31,000 (-44%)	$55,000	$600*12 =$7,200	4.5
	2545 (1923)	$18,500	$25,000 (-68%)	$80,000	$675*12 =$8,100	3.5
2009	6110 (1942)	$30,000	$36,000 (-46%)	$70,000	$695*12 $8,340	4.5
	합계		$554,000	$880,395	$106,320	8.3

총투자액: $554,000
임대료 수입: $106,320
순 수입: $66,450
P/E: 8.33

도표 2. 제 2 차 투자계획: 2010-2014

연도	주소 (건축 연도)	구매가격	수리비포함 (가격할인%)	수리후 가격	임대료	P/E 회수연도 기간
2010	2505 (1949) $40,000	$28,350	$42,000 (-52%) 12 년간 융자: 월부 $376.85	$82,600	$670x12 $8,040	7.0
2011	1330 (1952)	$36,000	$46,400 (-42%)	$80,000	$675x12 $8,100	7.5
2012	6115	$43,023	$43,838 (-45%)	$80,000	$670x12 $8,040	7.5
	3638	$46,943	$57,360 (-52%)	$120,000	$795x12 $9,540	7.5
	2205/2207	$254,316	$257,127	$800,000	$2,000x12 $24,000	10.7*

*$2,000 for 3,000 out of 9,000 SF currently rented
$200,000 10 년간 융자: 월부 $2,150

| 합계 | | | $446,725 | $1,162,600 | $50,484 | 8.8 |

| 2005-2012 총합계: | | $1,000,725 (-51%) | $2,042,995 | $156,804 순수입= $103,490 (임대료 x 66%) | 7.43 |

Assets: $2,042,995
Book Value: ($2,042,995 - $275,000 loan=) $1,767,995
Number of Shares: 50,000   Book Value per Share: $35.36

Market Cap.: $1,000,725 Earnings/Sh: $103,490/50k= $2.69
Stock Price: ($1,000,725/50,000sh= $20.00/Sh.   P/E: 7.43

Price/Book Value: 0.56   (P/B of my major stocks: BRK.A: 1.37;
    MKL: 1.25; LUK: 0.98; AIG: 0.59 as of 3/15/2013)

배(裵) 투자 회사 : 주식 투자

주식투자로 세계에서 1등, 2등 혹은 3등을 오가며 갑부의 명성을 떨치고 있는

워런 버펠(Warren Buffett) 씨가 설립한

벌크샤이어 해떠웨이(Berkshire Hathaway= BRK) 주식,

꼭 구매 해야 하는가?

지금이 주식에 투자하기에 가장 절호의 기회인가?

왜 많은 주식 가운데 BRK가 "가장 안전하고, 가장 주식 값이

싸고, 가장 이익을 증식시킬수 있는 주식"이라고 칭하는가?

한국에도 나와 있는 코스트코 도매상점 회사(Costco Wholesale Corporation: COST as its ticker)의 창시자이며, 오랫동안 재단이사장, 및 시이오 (CEO)를 역임해 온 분이 짐 시네갈(Jim Sinegal)씨이다. 이 분은 코스트코를 창시하여 현재 3백90억 불($39 billion)에 달하는 체인 상점을 가지고 있다.

마트리 푸울(Motley Fool) 회사의 창시자이며 시이오(CEO)인 탐 갈드널 (Tom Gardner)씨는 시네갈씨와 직접 인터뷰를 하기 위하여 비행기를 타고 몸소 프로리다 주에 위치한 어느 코스트코 도매상점으로 그분을 찾아왔다. 면접 내용은 아래와 같다.

탐 갈드널 : 귀하가 주식에 투자를 하고 있는지 모르지만, 만약 코스트코 이외에 다른 주식에 투자하고 있다면 어떤 주식들인지 알려주시고, 또 투자를 하기 위하여 어떤 내용들을 파악하려고 하는지 말씀해 주십시요.

시네갈 : 나는 코스트코 이외에 (미국 주식시장에는 1만개도 넘는 주식이 있음: 참고로 저자가 삽입) 유일하게 주식 하나를 더 가지고 있습니다. 그것은 벌

크샤이어 해떠웨이 (BRK) 입니다. 이들 두 가지 주식만을 가지고 있다는 것은 그 무엇을 말하고 있으리라 믿습니다.

시네갈 : 만약 내가 어떤 주식을 찾고 있다면 그것은 무엇보다도 그 회사의 업적, 경영진의 능력 과 자질, 고결성 입니다. 귀하도 이와같은 요소들을 검토해 보리라 생각합니다. … (기타 생략)

영어 원본은 아래와 같다.

Sinegal : But if I were to look at it, I mean I made the obvious choice of Berkshire Hathaway because of performance and because of the caliber and the quality of the management, and the integrity that the management rep-resents, so I think you would look for exactly those types of things. You want to know that you're getting involved with a company that is leveling with you and telling you the full story and that their performance is just not some fly-by-night type of aberration, but that they really are a solid organization. (Costco's Jim Sinegal, "Trader Joe's and the Only 2 Stocks He Owns" by Motley Fool Staff July 10, 2012)

상반된 주식 투자 학설들
Competing Stock Investment Theories

주식 투자를 어떻게 해야 하는가? 여기에는 3가지 상이한 학설들
이 있다. 첫째는 시장 효율성 학설(The efficient market theory)이고,
둘째는 운이 좋은 원숭이 학설 (The lucky monkey theory)이며, 셋
째는 합리적인 사고 학설 (The rational thinking theory)이다. (Alice
Schroeder, The Snowball : Warren Buffett and the Business of
Life, Bantham Books, 2008 : 527~529)

시장 효율성 학설(The Efficient Market Theory)

시장 효율성 학설은 아래와 같은 명문대학의 일류 교수분들이 주
장하고 있다. 예를 들면, MIT대학의 경제학 교수인 폴 새무엘선
(Paul Samuelson) 교수, 시카고 대학 (The University of Chicago)의
유진 파마 (Eugene Fama) 교수, 라체스틸 대학 (The University of
Rochester)의 마이컬 젠슨 (Michael Jensen) 교수, 스탠폴드 대학
(Stanford University)의 윌리엄 샬프 (William Sharpe) 교수, 프린스
톤 대학 (Princeton University)의 벌턴 말키엘 (Burton Markiel) 교수

이다.

애리스 슈로덜 (Alice Schroeder) 저자가 소개하는 이분들의 주장에 의하면, 수백 만의 주식들을 각자 판단에 의하여 사고 파는 주식시장은 아주 효율적이기 때문에 어떤 시기에 보여주는 주식의 값은 그 주식에 대한 대중들의 모든 정보를 반영한 것이다. 그러므로, 주식을 구매 하려는 회사의 대차대조표를 분석하는것, 소문을 귀담아 들을 필요, 도서관에서 자료를 뒤적거리기, 신문을 읽을 필요, 회사의 경쟁성 여부를 분석하는것 등은 모두 아무 소용없는 일일뿐이다.

영어원본은 아래와 같다.

The market is so efficient that the price of a stock at any time must reflect every piece of public information about a stock ... Therefore, studying of balance sheets, listening to scuttlebutt, digging in libraries, reading newspapers, and studying a company's competition are all futile.

그러므로 주식 시장에서 주식 값이 오르면 구매하고, 주식 값이 내리면 팔 것을 고려해야 한다.

운 좋은 원숭이 학설(The Lucky Monkey Theory)

'주식시장에서 일관성있게 계속 앞장서서 돈을 많이 버는 분'은 나무 가지에서부터 떨어지지 않고 계속 활개를 치며 뛰어다니는 '운 좋은 하나의 원숭이"와 다를 바 없다고 주장하고 있다. 누구든지 주식시장에서는 돈을 벌기도 하며 또 돈을 잃어 버리기도 하지, 계속하여 일관성있게 돈을 벌지는 못한다고 주장하고 있다. 요약하면, 워런 버펠씨는 지금까지 계속 주식 시장에서 돈을 벌게된 것은 다만 나무 가지에서 떨어지지 않은 하나의 운이 좋은 원숭이와 다를 바가 없다고 주장한다.

영어 원본은 아래와 같다.

Anyone, who outperforms the stock market consistently, is no different from a lucky monkey.

합리적인 사고 학설(The Rational Thinking Theory)

세계적으로 유명한 미국의 명문대학 박사들의 도전을 무릅쓰고, 소위 하나님이 보낸 '오마하의 사자' (The Oracle of Omaha)라고 부르는 워런 버펠씨는 시장 효율성 학설 과 운 좋은 원숭이 학설을 공히 거절하고 나름대로 합리적인 사고 학설을 주장하고 있다. (아래 설명에 대한 참고 문헌: Warren Buffett, "Appendix 1. The Superinvestors of Graham- and- Doddsville" in Benjamin Graham, The Intelligent Investor, Revised edition, Collins Business Essentials, 2006: 537-560.)

어느날 워런 버펠씨는 코럼비아 대학교 (Columbia University) 경영학 석사과정을 같이 다녔던 동창생들이 어디에서 어떻게 지내고 있는지 문의하기 위하여 전화기를 들었다. 그때까지 아직도 9명이 살아 장수를 하고 있어 전화로 문의했다. 그들은 모두 꼭 같이 세계적으로 유명한 코럼비아 대학의 교수들인 그래햄 (Graham)과 다드 (Dodd)씨의 과목을 듣고 배운 문하생들이다. 어디에서 무엇을 하고 있는지? 경제 형편은 어떠한지?

졸업을 한 후 그들 모두는 20년 이상 동안 주식투자를 해 왔는데 이들 9명 모두 동전을 던질 때 마다 일관성있게 계속 동전의 머리가 나왔다. 그리하여 모두 억만 혹은 백만 장자가 되었다. 버펠 자신 뿐만 아니라 동창생 9명 모두. 과연 이렇게 많은 9명이 단순히 운이 좋은 원숭이 들인가? 우연의 일치인가?

성공은 우연이 아니고 운이 좋아서가 아니라는것을 알게 되었다. 이들 모두는 한결같이 그래햄과 다드 교수들이 가르쳐 준 원칙에 입각하여 주식 투자를 해왔다는 내용을 전화 소통으로 알게 되었다. 소위 그들은 '그래햄과 다드 동네'에서 같이 사는 동네 이웃들이다. 설사 육체적으로 또 지리적으로 같이 사는 동네는 아니지만 "합리적인 사고 학설에 입각하여 꼭 같은 원칙을 준수하며 살아온 정신적으로 같은 동네 친구들이다. (버펠씨의 설명을 영어로 직접 인용하면: "All coin-flippers, who have consistently kept flipping straight heads for more than twenty years, come from a tiny village of Graham- and-Doddsville nine money managers. Their success could not have come by random luck.")

이분들은 과연 '합리적인 사고' 학설을 중심으로 어떤 원칙에 입각하여 투자해 왔는가?

1. 주식 투자에서 평균보다도 더 적은 위험성을 선택
2. 주식에 투자하지 않고 기업회사의 사업 건전성을 보고 투자

3. 기업의 시장 주식 가격과 기업의 본질적인 자산값 사이의 차이를 활용
4. 주식 가격과 기업 자산값의 차이를 활용

버펱씨의 영어 설명 직접 인용:
Far less risk than average in investment
Buying business, not buying the stock
Exploitation of difference between the market price of a business and its intrinsic value
Exploitation of gaps between stock price and (book) value.

주식 투자의 초보자들에게는 아직도 위의 설명이 확실하지 않으리라 믿고있다. 버펱씨가 아이다호(Idaho)주 선 밸리(Sun Valley) 에서 개최된 선밸리 회의(Sun Valley conference)에서 회의를 마감하며 마지막으로 연설을 하는 영광을 얻은 그분의 연설 내용을 소개한다. (참고 문헌: Warren Buffett, The Closing Speaker of the Sun Valley Conference at Sun Valley, Idaho in July, 1999, Alice Schroeder, The Snowball : Warren Buffett and the Business of Life, Bantam Books, 2008 : 5-23.)
인류의 역사는 끊임없이 놀라운 과학과 기술의 개발을 가지고 왔다. 철도, 무전, 전화, 자동차, 비행기, 테레비젼, 기타. 이와 같은 산업과 기술 혁명은 과연 얼마나 많은 투자가들에게 부를 창출해 주었는가? 버펱씨의 설명을 들어보자.

헨리 폴드(Henry Ford)씨가 자동차 생산을 시작한 후 자동차 생산의 혁명은 무려 2,000개에 달하는 자동차 회사를 창설하게 했다. 그러나 모두는 돈을 벌지 못하고 도산을 하고, 겨우 3개의 자동차 회사가 생존하고 있으나 투자가들에게 부를 창출해 주질 못했다.

1919년부터 1939년까지 무려 200개에 달하는 비행기 회사가 창설 되었다. 그러나 투자가들에게 별로 부를 창출해 주지 못했다.

이상의 내용은 치열하게 경쟁을 하는 기업에 투자하기 보다, 오히려 다른 경쟁 기업보다 훨씬 앞장을 서서 독점 혹은 독점에 가까운 위치를 찾이하고 있어 수익을 만들어 내는 기업, 그리하여 타 기업이 쳐들어오기 어려운 방어 능력(Moat)을 가지고 있는 회사들, 예를 들면, 햄벌그 음식점 중에는 역시 맥다널드(McDonald= MCD), 음료수를 파는 회사들 중에선 역시 코카콜라(Coca Cola=KO), 소매상에는 월말트(Wal-Mart= WMT), 담배회사들 중에는 역시 올추리아(Altria Group= MO), 맥주 회사들 중에는 앤하우절 부쉬 (Anheuser-Busch= BUD), 보험회사들 중에는 역시 버펠씨의 비알캐이(BRK), 특수 보험(Specialty Insurance)회사들 중에는 말켈 (Markel) 보험회사, 세계적으로 번져있고 세계에서 가장 큰 보험회사인 애이아이지(AIG), 컴퓨터 서비스 업계에서는 아이비앰 (IBM), 주택융자은행들 중에는 웰즈 팔고 (Wells Fargo) 은행들을 지적할 수 있다.

'기름 탐색자와 천국의 문지기 베드로와의 대화' ("A dialog between an oil prospector and St. Peter at the Gate of the Heaven")의 비유를 소개하는 내용 또한 중요하다. 내용인즉, 기름 탐색자가 이곳 지구상에서 생명을 끝내고 천국에 들어가려 하니, 천국의 문지기 베드로가 기름 탐색자들이 사는 천국의 한 동네는 이미 완전히 자리를 찾이하여 들어갈 틈이 없다고 하였으며, 설사 "당신이 지구상에서 선한 일을 많이 하여 천국에 들어갈 자격이 충분하지만. 바늘 꽂을 틈이 없어니 지옥으로 가야 됩니다." (천국의 문지기 베드로와 오일 탐광자의 대화 on "Oil Discovered in Hell," Alice Schroeder, The Snowball, 2008 : 5-23)

기름 탐색자는,

"그러면 기름 탐색자들이 사는 곳으로 문을 열어 주면 그분들에게 한마디 말씀을 전하고 나는 지옥에 가겠다."고 하였다.

"그럼 문을 열어주는 부탁이야 얼마든지 할수 있소,"

하면서 문을 열어 주자, 기름 탐색자가,

"여러분, 혹시 알고 계시는지! 저 지옥 땅 밑에 기름이 태산보다 더 많이 있다고 합니다. 그러니 내가 먼저 가겠소."

이 말을 들은 천국에 사는 기름 탐색자들 모두가,

"그러면 나도 나도 지옥에라도 가야지요. 가서 기름을 많이 파내어 돈을 많이 벌어야 지요.!"

그러면서 한명씩 한명씩 모두 천국에서 나와 지옥으로 갔답니다.

이와같은 비유는 많은 투자가들이 떼를 지어 꼭같은 주식들을 사는 "무리들과 동행하는 심리" (Herd mentality)를 경고하고 있다. 떼를 지어 같이 가는 무리들을 따라 지옥에 같이 가지 말도록 당부하고 있다.

선밸리 연설의 주제는 주식 시장의 주식 가격은 결국 기업이 창출한 가치(Value, 순자산)를 반영하게 마련이다.("The value of the stock market could only reflect the output of the economy:" P. 20) 요약하면, 수익을 창출하는 순자산이 많고 자산을 증식시키는 기업에 투자(Value investment)해야 부를 창출할 수 있다는 원칙이다. 자산투자(Value investment) 원칙을 더 자세히 검토해보자.

자산 중심 주식 투자 원칙

순자산 값

워런 버펠씨가 창설하고 운영하고 있는 벌크샤이어 해떠웨이 (Berkshire Hathaway: BRK.A 와 BRK.B) 지주회사 (A holding company)의 예를 들어 왜 자산값이 중요한지 설명하기로 한다. 자산값 (Book Value)는 부채가 있으면 완전히 갚는다는 가정하에 남아있는 순자산 (Equity or Net Worth)을 의미한다. (슈로덜의 정의는, "If you sold all the assets to pay off the debts, what would be left was the company's equity or net worth." Alice Schroeder, The Snowball: Warren Buffett and the Business of Life, 2008: 146. 혹은 다른 표현 으로는, "Book value is the stated value of a company's assets less what it owes like a house price less the mortgage or cash in the bank less a credit card balance,"The Snowball : 242)

다음 해에 사업 순이익이 증가하면, 그 회사의 순자산이 그만큼 증가하기 마련이다. 그리하여 연간 퍼센트 투자자산 순 이익의 증가율(Yearly percent net gain)을 계산하면 그 회사의 연간투자 순자산

도표 1. 벌크샤이어 회사 와 S & P 500 의 실적 비교 (Berkshire Corporate Performance vs. The S & P 500)

연간 자산 퍼센트 변동 (Annual Percentage Changes)

Year	In per share Book Value of BRK (1)	In S & P 500 with dividends included (2)	Relative Results (1) – (2)
1965	23.8	10.0	13.8
1966	20.3	(11.7)	32.0
1967	11.0	30.9	(19.9)
1968	19.0	11.0	8.0
1969	16.2	(8.4)	24.6
1970	12.0	3.9	8.1
1971	16.4	14.6	1.8
1972	21.7	18.9	2.8
1973	4.7	(14.8)	19.5
1974	5.5	(26.4)	31.9
1975	21.9	37.2	(15.3)
1976	59.3	23.6	35.7
1977	31.9	(7.4)	39.3
1978	24.0	6.4	17.6
1979	37.7	18.2	17.5
1980	19.3	32.3	(13.0)
1981	31.4	(5.0)	36.4
1982	40.0	21.4	18.6
1983	32.3	22.4	9.9
1984	13.6	6.1	7.5
1985	48.2	31.6	16.6
1986	26.1	18.6	7.5
1987	19.5	5.1	14.4
1988	20.1	16.6	3.5
1989	44.4	31.7	12.7
1990	7.4	(3.1)	10.5
1991	39.6	30.5	9.1

1992	20.3	7.6	12.7
1993	14.3	10.1	4.2
1994	13.9	1.3	12.6
1995	43.1	37.6	5.5
1996	31.8	23.0	8.8
1997	34.1	33.4	0.7
1998	48.3	28.6	19.7
1999	0.5	21.0	(20.5)
2000	6.5	(9.1)	15.6
2001	(6.2)	(11.9)	5.7
2002	10.0	(22.1)	32.1
2003	21.0	28.7	(7.7)
2004	10.5	10.9	(0.4)
2005	6.4	4.9	1.5
2006	18.4	15.8	2.6
2007	11.0	5.5	5.5
2008	(9.6)	(37.0)	27.4
2009	19.8	26.5	(6.7)
2010	13.0	15.1	(2.1)
2011	4.6	2.1	2.5
2012	14.4	16.0	(1.6)
Compounded Annual Gain: 1965-2011	19.7%	9.4%	10.3
Overall Gain	**586,817%**	**7,433%**	

1965 년 $1,000 투자 했으면
2012 년 말: **$5,868,170** **$74,330** 2013 년 보고

(도표 1 의 자료: Berkshire Hathaway, Inc., **1983 Annual Report** on the concept of book value; Berkshire Hathaway, Inc., **2012 Annual Report** on Berkshire Corporate Performance vs. the S & P 500: 2)

이 얼마나 증가했는지 측정할 수 있어 여러회사들 간에 투자 자산 값을 비교할 수 있다. 그리하여 연간 주식 하나에 해당하는 투자 자산 값의 증가율은 사업 실적을 비교 분석할 수 있는 척도가 된다.

도표 1에서 볼 수있는 바와 같이 미국에 있는 500개의 큰 회사들을 하나로 묶은 스탠달드 앤 푸얼 500(Standard&Poor 500= S&P 500)의 연 평균 자산값 (Book value= BV)을 기준치로 계산해 볼때에, BRK주식의 자산값이 얼마나 월등하게 실적을 올렸는지를 보여주고 있다. 도표 1을 요약해보면 1965부터 2012년까지 S&P 500 회사들은 매년 평균 자산값 증가율이 9.4%인데 비하여 BRK는 매년 평균 19.7% 씩 증가했음을 보여주고 있다. 매년 복리로 계산해 보면 1965년부터 2012년까지 S&P 500은 7,433% 증가한데 비하여, BRK는 586,817% 증가했다. 그리하여1965년에 1천불을 투자해 두었으면 2012년 현제 S&P 500에는 $74,330이 되는데 BRK는 $5,868,170이 된다. 지금도 BRK에 장기투자를 해두면 10년, 20년이 지나면 많은 돈을 만들어 내는것은 당연한 원칙이다.

자산값 (Book value)을 중심으로한 자산 투자가 (Value investor)인 워런 버펱 (Warren Buffett)씨는 2000년 초 소위 닷컴 (dot-com) 회사 주식값들이 엄청나게 뛰어오를 때, 그는 덩달아 같이 투자 하지 않고 있었다. 그때 많은 BRK주식 소유자들이 BRK 주식을 팔고 닷컴으로 뛰어 들어갔다. 그리하여 BRK주식 값은 절반으로 떨어졌다. Buffett씨는 너무나 심한 혹평과 비평을 받았으나 꿈쩍도 하지 않고,

Value investment를 고수했다. 결과는 다음과 같다. 닷컴에 뛰어 들어간 투자가들은 모두 돈을 다 잃었고, Buffett씨의 주식은 놀라울 정도로 값이 회복되고 또 계속 뛰어올라가서 그 분은 다시 한번 세계적인 주식투자의 영웅이 되었다.

세계적으로 알려진 부동산의 대부 다널드 츠럼프 (Donald Trump)씨는 아래와 같이 버펠씨의 자산중심 투자의 중요성을 강조하고 워런 버펠씨를 존경하고 있다.

영어 원본은 아래와 같다.

One of my favorite billionaires is Warren Buffett, who has his own vision, too. He didn't follow the stampede into the dot-com gold rush, even though he was widely criticized for remaining a traditional value investor. Now he once again looks like a genius. One of many things I admire about Warrant is that in all of his years as CEO of Berkshire Hathaway, he has never sold one share of stock. (Donald Trump, Trump: Think Like a Billionaire, 2004: XVI)

도표 1을 좀더 자세히 분석해 보자. BRK주식은 1965년부터 2012년 기간에 4차례에 걸쳐, 예를 들면 1967년에는 S&P 500 평균 Book Value에 비하여 -19.9%, 1975년에는 -15.3%, 1980년에는 -13.0%, 1999년에는 -20.5% 씩 더 낮은 실적을 보여주고 있다. 즉 BRK 투

자 자산 값 (BV)이 S&P 500 보다 훨씬 떨어져 있음을 볼 수 있다. 그러나 그때마다 그 다음 3년 기간 동안에 BRK Book Value가 49%, 111%, 102%, 48% 씩 각각 놀라운 속도로 증가하여 S&P 500 보다 훨씬 능가하고 있음을 볼 수 있다.

연대	S & P 500 보다 상대적 감소	그다음 3 년간 실적
1967	-19.9%	+49%
1975	-15.3%	+111%
1980	-13.0%	+102%
1999	-20.5%	+48%

요약하면, 1967년, 1975년, 1980년 과 1999년에 BRK의 주식 값이 내려갔을때 겁을 먹고 BRK 주식을 팔아버린 분들은 그 다음 3년 기간에 49%, 111%, 102%, 그리고 48%씩 각각 증가하여 돈을 훨씬 많이 벌 수 있는 기회를 잃어 버리고 후회를 막심하게 하고 있었다. 장기 투자의 중요성을 기억하기 바란다.

투자자산 값에 비한 주식값(Price-to-book value = P/B)

주식을 구매할 때에는 주식값이 내려가 있는지 혹은 올라가 있는지 확인할 필요가 있다. 그러면 주식값이 낮은지 혹은 높은지 무엇을 사용하여 분석을 할 수 있는가? 역시 투자 자산 값 (Book Value)이 기준치가 되고 있다.

투자 자산값에 비하여 주식 값(Price)이 더 낮을 때가 한번씩 있게 마련이다. 이와 같은 경우에는 주식을 구매하는 절호의 기회이다. 왜? 투자 자산값에 비하여 주식 값이 더 낮으면 더 낮을수록 안전의 한계 (Margin of Safety)를 더욱 확보할 수 있고, 주식 값은 결국 자산값을 반영하여 오르기 때문이다. 또한 주식 값이 내려가도 자산값이 내려가지 않으면 주식값은 결국 오르기 때문이다. 즉 주식 값의 변동 전망과 불확실성의 위험에 걱정을 적게하고 밤에 편안히 잘 수 있기 때문이다.

그러나 투자 자산값에 비하여 주식 값이 더 낮은 경우는 대단히 드물다. 그런고로 현실적으로 주식 값이 투자 자산값에 비하여 더 높을 경우에도 그 비율이 낮으면 낮을수록 더 안전한 투자가 된다.

도표 2에서 볼 수 있는 것처럼 미국에서 20개 기업을 선택하여 그들의 P/B값을 구해보았다. 2012년 5월 3일 기준으로 BRK.B의 주식 값 (Price)은 $81.26인데 비하여, 투자 자산값 (BV)은 주식 하나당 $66.57이니까 P/B= $81.26/66.57= 1.12이다.

그에 비하여 올추리아(MO) 담배 회사의 P/B는 $32.55/1.82=17.88이다. 즉 MO의 주식 값은 그 회사 자산값에 비하여 무려 17배나 많아 주식 값이 대단히 높히 올라가 있다. 그 반면에 BRK 주식 값은 투자 자산값에 비하여 1.12 로서 주식 값이 투자 자산값에 비하여 겨우 12% 올라 있음을 보여준다. 즉 20개 기업 회사 주식 중에세 BRK 주식 값은 MKL 과 NYB 와 더불어 가장 싸다는 것을 증명해 주고 있다. 즉, 지금은 BRK주식을 구매해야 하는 절호의 기회이다.

지난 10년 기간 동안을 분석해보면 BRK의 Price/Book Value는 평균 최저 1.60 이고 최고 2.50 이었다. (Its historical range=1.60 - 2.50) (참고 자료: James Mann of Motley Fool Blog Network), "3 Reasons to Buy Berkshire Hathaway Post-Buffett," July 23, 2012.) 장기간

평균 최저 P/B 값이 1.60 이니까 오늘날의 P/B 값1.12을 빼면 48% 증가해야된다. 그런고로 $84+(48%X$84/BRK.B share)=$124.32/Share, 즉 현제 값 $84이 $124.32로 정상적으로 증 할 수 있음을 예측할 수 있다. 장기간 최고 P/B값은 2.50 이니까 오늘의 값 1.12를 빼면 138% 증가 해야된다. $84+(138%X$84/share)= $199.92/share, 즉 현제값 $84 이 $199.92로 정상적으로 올라갈 것을 예측할 수 있다. 요약하면 앞으로 BRK 주식 값이 많이 오르리라 기대한다.

러셀 투자, 브랜다이스 연구소 (Russell Investments, Brandeis Institute) 와 노벨상 수상자 켄 프랜취 (Nobel Laureate Ken French)씨에 의하면,

BRK는 "세계에서 가장 안전하고 가장 값이 싼 주식"이다.

BRK는 "매년 끊임없이 자산을 창조해 내고, 수십억 불 수익을 분출해낸다." "이 세상에서 가장 강력한 재정 방어 성곽(Moat)의 대차대조표를 과시하고 있다."

BRK는 "인내심이 있고 자산중심으로 하는 투자가들에게 큰 수익을 올리는 가장 좋은 기회를 제공하고 있다."

BRK는 "빛나는 숫자를 달성 할 수 있다." "시간은 우리 편이다."

영어 원본은 아래와 같다:

1. BRK is "the safest and cheapest stock in the world."

2. BRK is "a relentless value-creator, gushing billions of dollars in earnings each year," "sporting one of the strongest financial fortress balance sheet in the world."

3. BRK has "the best opportunity for big gains for patient,

value-oriented investors."

도표 2. 주식자산값에 비한 주식값 비교 (Comparative P/Bs of Selected Stocks)(4/2/2012   기준)

Stock	P/B	Price/Book Value (Assets less liabilities)	P/Sales (Price/ Sales)	Cash	P/E (Price/ Earnings)	Dividend
BRK.B	1.12=	$81.26/$66.57	1.48	$37 b	16.91	NA
MKL	0.95	$440.76/$463.95	1.38	$1.95B	19.5	NA
NYB	1.01=	$12.93/12.71	4.26	$2.6 b	11.97	7.80%
T	1.85=	$33.11/17.86	1.53	$2.4 b	13.07F*	5.40%
KFT	1.99=	$39.59/19.92	1.29	$19.92 b	13.90F	3.00%
WFC	1.31=	$59.03/31.47	2.38	$31.47 b	9.05	2.70%
PM	1.29=	$84.30/65.30	4.52	$3.58 b	16.25	3.70%
WMT	2.81=	$59.03/20.87	10.45	$6.5 b	13.14	2.70%
COST	2.92=	$82.62/28.19	0.38	$5.7 b	19.40F	1.20%
XOM	2.46=	$83.31/33.58	0.87	$18 b	10.04	2.70%
INTC	2.92=	$27.63/9.34	2.54	$13.7b	11.69	3.00%
PG	2.74=	63.68/23.38	2.06	$4b	15.23F	3.50%
JNJ	3.12=	$65.34/20.95	2.76	$32 b	11.81	3.80%
MSFT	3.89=	$30.98/8.17	3.65	$58 b	11.41	2.60%
LLY	3.11=	$41.26/13.28	1.92	$4.9b	10.69	4.80%
KO	5.33=	$77.44/14.54	3.71	$16 b	17.25	2.70%
MCD	6.89=	$97.04/14.09	3.60	$42.35 b	14.66F	3.00%
IBM	11.23=	$201/17.95	2.17	$12 b	12.11F	1.70%
HSY	17.46=	$68.75/3.93	2.48	$567 m	19.39F	2.20%
MO	17.88=	$32.55/1.82	3.95	$4 b	13.47	5.20%

*F 는 Forward P/E 를 의미한다.

도표에 포함되지 않은 "사업의 고유 가치 (Intrinsic business values) 측도" 요소들: 1. 특허 (Patent), 2. 경영진의 자질 (Quality management), 3. 상품 명칭 (Brand name), 4. 명성 (Reputation), 5. 투자의 순 시장 가치 (Real market value of investment), 그리고 6. 투자가들에게 이익을 되돌려 주는 능력 (The ability to generate returns for shareholders).

자료 출처: Yahoo.com 의 웹 사이트을 열어 위의 각각의 주식을 집어 넣은후 왼쪽 카럼에 나와있는 항목중 "Key Statistics"를 크릭하여 P/B, P/S, Cash, P/E, Dividend 의 자료들을 구했다. 기준일자: As of 5/30/2012

4. BRK : "It can rack up gaudy numbers." … "Time is on our side." (James Mann, "3 Reasons to Buy Berkshire Hathaway Post-Buffett," July 23, 2012)

고유값(본질적 사업 가치) (Intrinsic Value = IV)

회사의 고유값이란 "장래 수확량의 현재가치" ("The Present Value of the Future Payoff")라고 정의한다.

예를 들어 두 명의 쌍둥이를 꼭 같은 대학에 꼭 같은 등록금, 꼭 같은 기숙사비와 교과서 비용을 지불했다고 가정하면, 교육에 투자한 돈 (Book value)은 동등하지만 장래에 한 명은 거지가 되고, 다른 한 명은 백만장자가 된다고 가정하자. 두 사람 간의 고유값 (Intrinsic value)에는 엄청난 차이를 보여주고 있다. 요약하면 투자 자산 값 (Book Value)만 가지고 어느 회사가 장래에 더 큰 수익을 올릴 수 있는가를 예측하기 힘들다.

그리하여 워런 버펠씨는 투자 자산값 (Book value)의 증가만 보는 것이 아니고 그 회사의 장래 수확량이 얼마나 될 것인가, 즉 그 회사의 장래 수확량에 결정적인 영향을 주는 고유 사업 가치 (Intrinsic business value)요소들 (도표2 의 하단부 고유값 측도의 요소들 참조)을 반드시 분석한 후 투자해야 한다고 강조하고 있다.

회사의 고유값과 회계학 원칙

정부에서 도입된 "전반적으로 인정된 회계학 원칙들" (GAAP=

Generally Accepted Accounting Principles)에 의하면 BRK 회사가 소유한 11개의 보험회사들의 경우에는 투자 자산값(Book Value)은 시장가격을 충분히 반영하게 해주고 있다. 그리하여 고유값 산정에 아무런 불평이 없다.

그러나 BRK가 투자하고 있는 보험회사와 관계가 없는 나머지 70개 회사의 경우에는 "총합계 시장값의 하한선의 값을 Book value에 반영하게 해서 이들 70개 회사에 투자한 고유값을 제대로 반영하지 못하고 있다. 즉 BRK회사의 진짜 투자자산 값은 훨씬 높은데, 회계학 원칙에 따라 훨씬 낮게 산정 되어있다. 그러나 해가 지나가면서 훨씬 높은 가치를 소유한 BRK가 입증될 것이며 훨씬 높은 수익을 올릴 수 있음이 자명하다.

Book value에 포함되지 않았지만 투자한 기계, 시설, 건물, 컴퓨터처럼 계량적(Quantitative)으로 계산할 수 없으면서 그러나 이들보다 더 중요한 고유값(Intrinsic value)의 질적(Qualitative) 요소들은 무엇들인가? 그들은 특허 (Patent), 브랜드 내임(Brand Name), 명성(Reputation), 매니저들의 자질(Quality of Management Team), 투자의 실질 시장 가치(Real Market Value of Investment), 경쟁 회사로부터 방어할 수 있는 방어능력 (Moat), 독점적인 기업으로 유지할 수 있는 능력 등이다.

요약하면 BRK회사가 투자한 기업들은 근본적인 고유값 (Intrinsic value)이 훨씬 높아 장래 많은 이익을 올릴 수 있다고 Buffett씨는 판단하고 있다.

BRK의 Intrinsic Value 계산 실례

브랜던 매뜌씨는 그의 연구에서 BRK주식 가격은 적어도 20% 할인되어 있는 셈이다. (참고자료: Brendan Matthews, The Motley Fool, "Berkshire Is at Least 20% Undervalued," 4/5/2012) 그 이유는 아래와 같다.

		연 평균
보험수익금	(Insurance Underwriting Profits) $1.9 billion x 10 (P/E)=	$19 Bn
정상적인 사업	(Regulated Business): MidAmerican $1.2 b+ BNSF $3 b=	$4.2 Bn
	$4.2 billion x 16 (P/E)=	$67 Bn
	Manufacturing, Services, Retails: $3 billion x16 =	$48 Bn
	Lubrizol Value:	$9.7 Bn
	Finance and financial: $309 million x 8=	$2.5 Bn
	Investing by Float:	$100 Bn
	합계:	$244 Bn

요약하면 브랜든 매뜌(Brendan Matthews)씨는 총 합계 $244 billion은 BRK 총자산 (Market Cap) $201에 비하여 20% 헐값이다. 팀 핼춰 (Tim Hatch)씨는 그의 나름대로의 연구에서 30% 헐값이다. 대이빋 윈털즈 (David Winters)씨는40%-60% 헐값이다. 대이빋 카쓰 (David Kass)씨는 40% 헐값이다. 댄 페리스(Dan Ferris)씨는 56% 헐값이다. 미쉘 카브레라와 동료들(Michelle Cabrera, Wedgewood Rolfe, and Pat Dorsey)은 30% 헐값이다. 위와 같은 많은 전문가들의 분석에 의하면 BRK는 현재 대단히 헐값에 머무르고 있다. 투자하기에 절호의 기회라는 결론을 내리고 있다.

BRK 주식 투자 분석

BRK 보험회사

BRK 회사는 여러 보험회사들을 소유하고 있으며, 특히 중간 애이전트들이 없이 직접 자동차 및 주택 보험을 구매하도록 하여 많은 수익을 올리는 가이코(혹은 게코) (GEICO) 회사, 그리고 보험회사들의 보험회사 (소위 Reinsurance)들을 소유하고 있다.

2012년도 제 1차분기 BRK회사 수익 보고서를 분석해 보면 보험 계약에서 얻은 이익금 (보험 이익금)은 5천4백만불 (Underwriting Profits: $54 million), 보험금을 투자하여 얻은 이익금은 7억 9천1백만불(Insurance Investment Profits: $791 million)로 전체 수익금의 30.7% (2012 Annual Report: 65 참조)를 차지하고 있다. 이만큼 보험회사 사업의 비중이 괄목할 만하다. 그 이유는 무었인가?

폴털 스탠스베리씨가 이 질문에 해답을 잘 해주고있다. 그는 보험이 BRK회사의 중추적인 역활을 하고있다(Insurance is the foundation of BRK.)고 주장한다. (참고문헌: Porter Stansberry, "The World's Greatest Business in Inflationary Times:" 3/30/2012)

그에 첨부하여,

1. 보험은 세계에 있는 여러 사업중에서 가장 큰 사업이다.

2. 가장 잘하는 투자가들은 보험회사 주식을 반드시 자기들 주식 꾸러미에 포함해야 한다.

3. BRK의 보험회사들은 BRK회사의 재정왕국의 본산 (The center of its financial empire)이 되기때문이다.

좀더 자세히 분석해 보자. 리취 스밑씨가 연구하여 발표한 논문에 의하면 여러 보험회사들 중에는 보험회사들이 받은 보험금 (Premiums= P)보다 보험 손실보상 요구금액(Claims= C)이 훨씬 많아, 즉 크래임이 보험금 보다 높아, 다시 말하면 C/P가 1.0을 상회하여 보험회사들이 손해을 보거나 파산을 하게 되는데 비하여, BRK 보험회사들은 C/P가 1.0보다 낮아 이익 (Underwriting Profits)을 만들어 내고 있다.

아래와 같이 4개 보험회사의 크래임 나누기 보험금 (Claims to Premiums Ratio= C/P) 비율을 보면 AIG회사는 1.09 로서 9% 손해를 보고, Markel은 1.02로서 2% 손해를 보는데 비하여, BRK회사는 96.3이 되어 3.7% (100%-96.3%= 3.7%) 이익을 올리고 있다. (참고 문헌 : Rich Smith (of Motley Fool), "This Just In: Upgrades and Downgrades," July 25, 2012)

4 개의 보험회사들의 C/P 비교 분석:
    AIG: 109   (1.09)
    MKL: 102   (1.02)
    BRK: 96.3   (0.963): 아주 훌륭한 보험회사 사업을 하고 있다.
    Y: 93.4   (0.934) (Alleghany): 아주   훌륭한   보험회사
            사업을 하고 있다.

위의 C/P를 비교 분석해 보았을 때, BRK는 아주 훌륭한 보험회사임을 아래와 같이 입증한다:

첫째, BRK회사는 보험 이익금 (Underwriting profits: Premiums minus claims)으로 지난 9년간 1백 70억불 ($17 billion)의 수익을 얻어 수익금이 연 평균19억불 ($1.9 billion)이 되고 있다.

둘째, 보험금은 지금 바로 받고, 추후 재해가 일어나서 보상요구를 하여 지불할때까지 보험금 7백억불을 부동(浮動) 자산(소위 영어로 Float 라고 칭하는)으로 무이자로 이용하여 투자할 수 있다.

셋째, 그리하여 보험 이익금은 앞으로 여러 해에 걸쳐서 보상금을 지불할 때 까지 세금을 내지 않게된다.

넷째, 부동자산은 또한 인프래이션의 시간적 지렛대로 활용하고 있다. 그 이유는 현제 매 년 마다 받는 보험금 700억불 ($70 billion a year)은 여러 해를 지나 보상금을 요구하는 시기가 오면 그때는, 예를 들어 10년이 지나면, 인프래이션으로 1천4백억불 ($1,400 billion) 가치가 될 수 있기 마련이다.

부동산 관계 회사 투자

BRK지주 회사는 부동산관계 회사들에 많이 투자하여 주식을 소유하고 있다. 예를 들면,

Shaw 회사 : 세계에서 가장 큰 칼펠 생산 회사

Acme Brick : 건물 외부 벽돌, 도보, 주위에 까는 석조물 생산회사

Johns Manville : 보온 시설물 생산 회사

Benjamin Moore Paint : 패인트 회사

MiTek : 건물 바닥과 지붕 버팀 물건 생산회사

Marmon : 150개 회사를 가져 주택에 관계되는 전기 설치, 볼트, 나사못, 물 정화, 기타

USG : 외부와 내부 벽에 부착하는 상품 생산

Clayton Homes : 조립된 주택

부동산 융자관계 회사들

BRK회사는 융자 은행들인 Wells Fargo, U.S. Bancorp, M & T Bank, Bank of NY Mellon, Bank of America 와 부동산 매매 회사인 Home Services of America에 투자하고 있어 부동산이 다시 활발해 질 때에 BRK회사는 많은 수익을 올릴 수 있다. 여러가지 좋은 환경을 검토해 보면 부동산이 다시 활발해 질 기미가 보인다. 몇가지 이유를 검토해 보면 첫째, 가족 수가 주택 수 보다 훨씬 빠르게 증가하고 있다. 둘째, 주택 융자 이자가 가장 낮다. 셋째, 주택 가격이 가장 저렴하다. 넷째, 피고용자의 수가 감소하지 않고 오히려 증가하고 있다. 다섯째, 주택 소유자에게 세금 혜택이 있기 때문이다.

집중적인 투자

BRK 지주 회사는 무려 80개가 넘는 여러 회사에 투자하여 주식을 소유하고 있다. 그러나 좀더 자세하게 분석을 해보면, 워런 버펫 씨는 약 7개의 대기업에 집중적으로 투자하고 있음을 볼 수 있다. 예를 들면, 아래의 7개 회사 주식에 투자한 액수는 80개 회사에 투자한 전체 액수의 70%를 차지하고 있다.

도표 3. BRK 회사가 집 중 적 으로 투 자 한   7 개 회 사

회사	소유 주식 수	투자 액수
코카 콜라 (KO):	200 million shares	$15.5 billion
웰즈 팔고 은행 (WFC):	394 million shares	$13 billion
아이 비 엠 (IBM):	64 million shares	$11.9 billion
어매리칸 엑스프레스 (AXP):	151 million shares	$8.8 billion
프락털 앤 갬불 (PG):	73 million shares	$4.5 billion
크라프트 (KFT):	78 million shares	$3.07 billion
월 말트 (WMT):	46.7 million shares	$3.37 billion

합계: $62.14 billion out of a total of $89.1 billion, 즉 총 투자의 70%에 해당 (2012 년 4 분기 자료기준)

BRK의 100%소유 종속 회사로 구매

BRK회사는 지난 오랜 기간 동안 연간 Book value 증가율이 높고, 순자산 값 (Intrinsic value) 이 높은 회사들의 주식을 대량으로 매입해 들어 갔는데 비하여, 최근에는 수익율이 높고, 아주 성공적이며 사업 방어 능력 (Moat)이 확실한 회사들을 통채로 구매하는 방향으로 투자 전환을 했다. (영어로 설명한다면, Investment transition from closed-end funds to giant wholly-owned subsidiaries)

아래의 회사들은 BRK회사가 통채로 구매한 예를 보여 주고 있다.

GEICO : 주택 및 자동차 보험회사

MidAmerican Energy Company

The Marmon Group

Iscar

BNSF (Burlington Northern Santa Fe 철도회사)

Benjamin Moore 패인터 회사

NetJets (전용 비행기 회사)

General Re (보험회사들의 보험회사)

Dairy Queen

RC Willey,

See's Candies,

Lubrizol,

Justin Brands,

Brooks

The Pampered Chef

요약하면, 워런 버펠씨가 건강의 이유로, 혹은 나이가 많아 퇴직을 하고 BRK에 없어도, 이상과 같은 회사들을 운영하는 CEO들은 그대로 남아 운영하며 계속하여 높은 수익을 올리고, BRK회사에 이익을 가져다 줄 것이다. 장래에 그분이 없어도 BRK회사는 투자가들이 걱정할 것이 없다는 결론이다.

국제적 투자

BRK 회사는 미국 내에서 뿐만아니라 세계적으로 투자하고 있다. 예를 들면,

영국 : Yorkshire Electricity and Northern Electric, 영국에서 3번째로 큰 전기 회사로서 3.8백만 영국인들에게 전기 공급

이스라엘과 한국: Iscar

한국 : 포항제철 (PKX),

상동 광산 (Sangdong Mine for tungsten)에 투자 (참고: Don

Miller, "Why Warren Buffett Is Loading Up on Tungsten," Money Morning: June 11, 2011)

중국 : BYD

중국, 브라질, 일본 : The Marmon Group

BRK회사가 투자한 미국의 대 기업들도 국제적 사업을 하고 있다. 예를 들면, 코카 콜라, 월 말트, 크랲트(KFT), 루브리졸 (Lubrizol), 아이스칼 (Iscar), 보험회사들. 특히 최근에 국제적으로 사업을 하고 있는 IBM에 1백억불 ($10 billion) 투자했다. IBM은 국제적 투자로 지난 10년 간 배당금 연 평균 17.5%씩 증가시킨 훌륭한 회사이며 앞으로 10년 후인 2022년에 과연 얼마나 많은 배당금을 받게될 것인가 기대해 볼 만하다.

또한 국제적인 은행인 Bank of America (BAC)에 50억불 ($5 Billion)을 투자 하여 연간 6% 이자를 받고, 앞으로 9년 기간에 어느 때에도 BAC 주식 700,000,000주를, 설사 주식 값이 $20 혹은 $30로 올라 간다 해도 $7.14로 구매 할 수 있는 권리를 보장 받았다. 1년에 배당금으로 받을 액수는 10억불 ($1 billion)이 예상된다.

달걀 모두 한 광주리에 넣어 깨어버릴가 하는 두려움 (The Fear of All Eggs in One Basket)

독자들이 자기의 투자돈을 모두 BRK회사 주식에 투자하는것은 마치 달걀 모두를 한 광주리에 넣어 하나 뿐인 광주리를 떨어 뜨리면 달걀 모두 깨어진다. (The Fallacy of eggs-in-on-one-basket of BRK for potential loss of investment money) 는 염려를 할 수도 있다. 거기에 대한 해답은 아래와 같다.

CEO 이며 회장인 Warren Buffett씨는 그의 개인 재산 98%를 BRK에 투자, 부회장인 Charlie Munger씨는 그의 재산 85% 를 BRK에 투자하고 있다. 이분들은 자기들 돈을 잃어 버릴가 밤에 잠을 자지 못하고 있는가? 아니다. 왜?

BRK는 합계 80개 이상의 회사들에 투자하여 여러 뮤추얼 펀드 (Mutual funds) 보다 더 많은 회사들의 주식들에 투자하여 많은 뮤추얼 펀드보다 더 투자 다변화 (Diversification)를 이루고 있다.

Mutual funds들은 모두 한결같이 투자 관리 요금을0.5% 에서 2.0%, 혹은 그 이상을 받는 경우도 많이 있다. 그러나 BRK는 투자 관리 요금을 부과하지 않는다.

또 Mutual funds와는 달리 언제나 사고 팔수 있다.

BRK회사의 회장과 부회장은 자기돈을 더 많이 벌기위하여도 BRK회사의 수익을 극대화하려고 자신들이 최선을 다하고 있다.

배 투자 회사 주식 투자

지금까지 BRK회사 주식을 예로 들어 왜 자산값(Book value)이 투자의 중요한 측도가 되는지, 자산값의 연간 증가율이 왜 중요한지, 자산값에 비한 주식값(Price/Value)이 낮으면 낮을수록 투자하기에 좋은 주식이라는 것을 설명했다. BRK주식을 검토하는 것과 꼭 같은 방법을 적용하여 배 투자회사(Pae Investments, LLC)는 아래와 같은 특정의 회사들을 선별하여 투자하고 있다.

도표 4. 배(裵) 투자 회사의 주식투자 (Pae Investments, LLC: Stock Investments) (4/10/2013 기준)

회사	주식 약자	% 투자	주식값 (4/10/13)	주식구매값
AIG Insurance	AIG	26.85%	$40.55	$37.90
Berkshire Hathaway	BRK.B	12.8%	$106.63	$99.99
Leucadia National Corp	LUK*	28.10%	$29.10	$24.01
Markel Corporation	MKL*	32.00%	$525.39	$431.64
	합계	100.00%		

*소 규모 BRK (A mini-BRK)라고 칭한다.

그러나 한번씩 예외가 있어 위의 주식들에 투자한 액수의 퍼센트 할당에 변경이 있을수 있다. 예를 들면, 코스트코(Costco Wholesale:

Its ticker is COST.) 회사는 2012년 12월 초에, 소위 "재정적인 절벽"("Fiscal Cliffs")이 있어 만약 연방정부 국회에서 새로운 입법을 통과시키지 않으면 2013년에 주는 배당금(Dividend)에는 45%의 세금을 지불해야 하니까, 2012년 12월 말 전에 미리 지급하여 15%만 세금을 내고 나머지 이익금을 주식 소유자가 가지도록, 즉 주식 하나에 특별 배당금(Special Dividend) $7.00을 지불 한다는 선언을 했다. 우리 투자 회사는 위의 도표에서 보는 여러 주식들을 대량 팔아서 코스트코 주 4,300개를 구매하여 약 $30,000 배당금을 받았다.

코스트코가 특별 배당금(Special Dividend)을 지불한다고 발표하자 약 200개 다른 회사들도 2012년 12월 31일 이전에 특별 배당금을 제공한다는 선언을 했다. 그 가운데 KBW 회사는 주식 값이 $15인데 비하여 주식 하나 당 $2, 즉 주식 하나에 약 13%에 해당하는 배당금을 주겠다는 결정을 선언했다. 우리 회사는 10,000주를 구매하여 $20,000 배당금을 받았다.

또 재미있는 사례가 있다. 말켈(Markel) 회사는 지난 1년 동안 꾸준히 주식값이 계속 증가하여 주식 하나에 $400에서 $500까지 육박했다. 그래서 빨리 주식을 많이 구매하지 않아 좋은 기회를 잃어 버렸다고 생각했는데 2012년 12월 18일 갑자기 15%내려가서 주식 하나에 $430로 떨어졌다. 나는 그 다음날 아침 주식시장이 개장하자 즉시 주식 하나 당 $431.64로 670주를 구매했다. 그날부터 2013년 3월 20일까지 서서히 증가하여 주식 하나당 $509.31이 되어 $77.67 증가하여 670주를 곱하여 보면 52,038.90불을 얻게되었다.

그후 도표 4에서 볼 수 있는 바와 같이 전체 액수를 도표의 할당

퍼센트별로 다시 재조정하여 회사 별로 주식 투자하고 있다.

도표 5는 선별한 주식들을 비교하여 볼수 있는 여러 자료들을 소개하고 있다.

(1) 자산값에 비한 주식값 (P/B)이 얼마인지를 보여주고 있다. P/B 값이 낮을수록 투자하기를 권한다.

(2) 회사들이 가지고 있는 총자산이 얼마인지를 보여주고 있다.

(3) 회사를 운영하여 얻은 이익이 얼마인지, 그리하여 이익이 높을수록 좋은 회사가 된다.

(4) 주식 하나당 현찰을 얼마나 가지고 있는지, 그리하여 현찰을 더 많이 가지고 있을수록 튼튼한 회사가 된다.

(5) 자산에 비해 부채를 얼마나 많이 지고있는지, 부채이율이 낮을수록 안전한 회사가 된다. 그러나 지금처럼 이자율이 낮을때 융자하여 좋은 투자를 하는것 또한 현명한 방법이 될 수 있다.

도표 5. 선별한 주식의 기본 통계 자료 (3/21/2013 기준)

Ticker	P/B	Market Cap.	Operating Margin	Total cash/sh	Debt/ equity	Institutional owner-Ship	Insider owner-ship	Divi-dend	Beta
주식	주식값/ 자산값	총자산	운영이익	주당 현금	부채/ 자산	단체소 유 율	내부 소유율	배당금	가격 변동율
	(1)	(2)	(3)	(4)	(5)	(6)	(7)	(8)	(9)
AIG	0.59	$56.5b	17.76	$37.39	48.99%	84.10%	0.03%	없음	1.90
BRK.B	1.34	251.0	15.01	19.02	32.74	67.8	0.58	없음	0.25
LUK	0.96 9.3*	6.46	11.59	37.54	26.62	66.50	18.70	0.90	1.85
MKL	1.26	5.08	13.49	202.13	37.55	79.10	16.51	없음	0.68
ALTE**	1.07	3.05	11.73	9.05	15.51	75.40	14.42	2.00	0.84

*LUK 회사는 2013년 3월 1일 부로 제프리이즈 구룹 (Jefferies Group)을 합병하여 100%소유 부속 회사로 통합했다. 그리하여 LUK 회사 총 자산은 93 억 ($9.3 billion)불이 된다.
**ALTE 회사는 2013년 2 분기 말까지 Markel 회사에 합병 부속회사가 된다.

(6) 펀드회사와 투자회사들이 위의 회사들의 주식을 얼마나 보유하고 있는지 비율을 보여주고 있다. 그리하여 더 많은 투자회사에서 위의 회사 주식을 더 많이 보유할수록 인기가 있고 좋은 회사로 인정한다.

(7) 회사 자체 내에 있는 재단 이사 혹은 경영자들이 얼마나 많은 자기회사의 주식을 보유하고 있는지, 그리하여 더 많은 주식 수를 보유하고 있을수록 자기회사가 튼튼한 것을 시사한다.

(8) 회사에서 정기적으로 배당금을 지불하는지, 얼마를 지불하는지를 보여주고 있다.

(9) 주식시장에서 가격이 얼마나 심하게 변동하는지, 그리하여 베타(Beta) 값이 클수록 더 많이 값이 오르고 내리는것 (Volatility)을 예측할 수 있다.

도표 4 와 도표 5를 중심으로 선별한 회사들을 분석해 보자.

말켈 보험 회사 (Markel Corporation)

말켈 보험회사는 '하나의 소규모의 BRK' 라고 칭한다. 그 이유는 BRK의 주 사업이 보험회사인 것처럼 말켈 회사도 보험을, 특히 특수보험 (Specialty Insurance) 사업을 하여 일반 보험 회사가 하지 않는 특별한 경우, 예를 들면 의사들이 실수 (Malpractice Insurance)를 하여 법정에 고소를 당했을때 보험을 해주는 경우, 부자들이 가지고 있는 보트들을 풍랑이나 자연재해가 와서 파괴될 경우 보호하는 보험이다. 그리하여 일반보험에서 보호해 주지 않는 경우이기 때문에 더 많은 보험비를 받게된다.

많은 다른 보험회사들은 보험금을 안전한 곳에 투자하여 크래임 (Claims)이 들어왔을 때 곧 변상을 해 주도록 국채 (Treasury Bonds), 지방정부 반드(Municipal Bonds), 혹은 기업회사 반드, 혹은 은행에 단기 적금 등 안전한 곳에 투자한다. 그러나 말켈회사는 오히려 주식에 투자하여 다소 위험성이 있지만 더 많은 이익금을 만들어 내고 있다. 그리하여 2012년 성과 업적을 검토해 보면, 2억8천2백만 불 ($282 million) 순이익을 주식 투자에서 얻었다. 이 액수는 말켈의 전체 수입에서 56%를 찾이하여, BRK처럼 주식투자에서 대성공를 가져왔고, 보험금을 부동(浮動) 자산 (Float)으로 효과적으로 주식에 투자하고 있음을 볼 수 있다. 말켈회사는 자산 중에서 24억불 ($2.4 billion)을 주식에 투자하고 있으며 어떤 주식에 투자하고 있는지 자세한 내용은 '말켈 개이널 자산 운용 2013년 주식들(Markel Gayner Asset Management 2013)'을 인터넽에 넣어 찾아볼 수 있다.

특히 BRK회사가 연평균 자산값 (Book value)을 19.8% 증가시키고 있는 것과 거의 꼭 같이 말켈회사도 연평균 19.3%씩 증가시키고 있어, 과연 말겔회사를 BRK와 닮아 '소규모 BRK'라는 별명을 받을 가치가 충분하다. 말켈회사에 장기 투자를 하면 BRK에 장기 투자한 경우와 마찬가지로 1천 불을 투자하여 20년, 30년 지나면 역시 몇 백만 불 이상으로 증가하는것은 거의 보증하는 것이나 다를 바 없다.

카일 캠벨 (Kyle Campbell)씨는 투자가들이 평생동안 2개의 주식을 소유하고 있도록 권하면서 2개의 주식이 무었인가 소개하고 있다. 하나는 BRK이며 다른 하나는 Markel 회사이다. 이들 2개 회사의 주식을 소유하는것이, 안전을 도모하기 위하여 다변화 (Diversification)하여 50개 주식에 분산시키는 것보다 더 우수하다고 강조하고 있다. 다만 투자가들이 왜 이 2개의 주식에 투자하는가 이유와 정당성을 확실하게 파악하고 있다면. (참고: Kyle Campbell of Motley Fool, "2 Stocks For A Lifetime," Jan. 28, 2013)

폴 프라이스(Paul Price)씨는 "Markel: Not As Well Known, But Better Than Berkshire?" (12/24/2012) 이라는 제목의 논문에서, 2002년부터 2011년 기간에 BRK는 자산값 (Book value)이 합계 145.08% 증가한데 비하여, 말켈회사는 198.67%로서 증가하여 BRK보다 53.59% 더 많이 증가했다. 지난 10년 동안 주식 소유자들이 얻은 이익은 BRK경우는 51.08% 인데 비하여, 말켈은56.275%로 역시 BRK를 능가하고 있다. 이 책을 읽는 독자들에게 말켈 주식 투자를 주저없이 권장한다.

말켈회사는 앞으로 20년 이내에 에너지를 외국 의존에서 벗어나 완전히 독립하고, 자립할 수 있다는 비젼을 가지고 최근에는 국내 에너지 생산 기업회사들에 투자하고 있음을 참고해야 한다.

2012년 12월 18일 말켈회사는 올테라 (Alterra Capital Holdings Limited: Its ticker is ALTE.) 회사를 사들여 합병을 하게된다고 선언했다. 그러자 헷지펀드자들은 말켈회사가 올테라회사를 합병하는것은 잘못한 결정이라고 하면서, 올테라 주식을 대량 구매하여 올테라 주식값이 15% 증가하고, 그 반면에 말켈회사 주식을 대량 팔아치워 주식값이 15% 떨어졌다. 분석을 해보니 합병을 함으로서 오히려 말켈회사가 더 큰 이익을 얻게 된다. 구체적으로 분석해 보자,

도표 5에서 볼 수 있는 바와 같이 올테라 자산값 (Book value)에 비한 주식값 (P/B)은 1.07인데 비하여, 말켈회사는 1.25로 자산값에

비한 주식값이 더 비싸다. 그리하여 합병을 하면 말켈 자산값이 오히려 더 증가하게 되고, P/B는 더욱 낮아져서 말켈회사가 오히려 더 혜택을 보게된다.

말켈회사는 특수 보험 (Specialty Insurance) 사업만 해왔는데 이제 올테라회사를 사들여 다른 특수 보험과 보험회사들의 보험 (소위 Reinsurance)도 할 수 있어 보험 다변화를 가져오게 된다.

아래 도표 6에서 볼 수 있는 바와 같이 올테라회사는 지금까지 보험금을 고정 이자를 주는 펀드(Fixed Maturity funds)에 100% 투자하여 소액의 이익을 얻어면서도 안전만을 강조하고 있었는데, 그 반면에 말켈회사는 지금까지 자기 돈을 100% 주식과 단기투자에 투자하여 성장해왔기 대문에, 합병을 하게되면 올테라회사 돈 12억불 ($1.2 billion)을 찾아내어 역시 주식투자 (Equity Investments)에 투자할 수 있어 투자할 수 있는 돈이 더 많아지게 되고 더 많은 이익금을 앞으로 얻을 수 있게 된다.

도표 6. 말켈회사 와 올테라 회사의 서로 상이한 투자 기록 대조
Sept. 30, 2012

	Markel	Alterra
Fixed maturities (Trading)	0	$376,498
Fixed Maturities (held to maturity)	0	$837,348
Equity securities	$2,341,253	0
Short-term investments	$729,042	0
Other investments		$376,870

다른 항목은 포함하지 않았다.
출처: **The Joint Proxy Statement/Prospectus**, Jan. 18, 2013: 27

도표7에서 볼수있는 바와 같이 올테라회사를 합병함으로서 말켈 회사는 지금까지 없었던 Global Insurance 와 Global Reinsurance 사업을 할 수 있는 기회를 얻게된다.

도표 7. 2012 년 Markel, Alterra, 및 Markel 총 합계 보험금

총 보험금 (Gross Premiums) ($ in millions)	Markel Pro Forma	Alterra	MKL
Excess & Surplus	$935	$230	$1,165
Specialty Admitted	$655	$155	$810
London Insurance Market	$890	$305	$1,195
Global Insurance	0	$375	$375
Global Reinsurance	0	$870	$870

참고자료: **Markel Acquisition of Alterra: A New Leader in Global Specialty Insurance and Investments**, December 19, 2012: 9

말켈회사의 사장이며 주식투자의 총책임자 (Chief Investment Officer= CIO)인 탐 개이널 (Tom Gayner)씨는 워런 버펫씨와 한결같이 자산중심으로만 투자를 해온 것을 강조하고 있으며, 대공황이 일어난 이후 무려 13번이나 '온몸의 창자와 위장을 뒤틀어지게 하는 심한 고통의 불경기' 를 겪었지만 그때마다 손실을 회복하고 더 많이 주식값이 증가한 것을 기억하고, 장기적으로 투자할 것, 또 어느 정도의 현찰을 가지고 있다가 주식 값이 많이 내려갈 때에 좋은 기회를 포착하도록 권하고 있다. 2013년 2분기 말까지 올테라회사를 합병하여 더 활기차고 상호 보완을 하며 더 큰 이익을 수확하는 Markel 회사가 되기를 지켜볼 것이다. (참고 자료: Markel and Alterra, Markel Acquisition of Alterra: A New Leader in Global Specialty Insurance and Investments: December 19, 2012)

오랜 기간 동안을 분석해 보면 말켈회사의 Price/Book Value는 평균 최저 1.42 이고 최고 2.55 가 되었다. (Paul Price: 12/24/2012) 장기간 평균 최저 P/B 값이 1.42 이니까 2012년 5월 30일 기준 P/B 값 0.95 을 빼면 47% 증가 해야 된다. 그런고로 $440.76 + (47% x $440.76/ MKL share=) $207.24 = $648.00/Share, 즉 현재값 $440.76이 $648.00로 정상적으로 증가할 수 있음을 예측할 수 있다.

장기간 최고 P/B값은 2.55 이니 오늘의 값 0.95를 빼면 160% 증가해야 된다. $440.76 + (160% x $440.76/share=) $705.216)= $1,145.976/share, 즉 현재값 $440.76이 $1,145.976으로 정상적으로 올라갈 것을 예측할 수 있다. 앞으로 말켈회사 주식 값이 많이 오르리라 기대한다.

요약하면, 도표 4에서 볼 수 있는 바와 같이 우리 투자회사는 전체 투자 자산중에 무려 32%에 해당하는 액수를 말켈회사 주식에 투자하고 있다.

루캐이디어 회사 (Leucadia National Corporation= LUK)

루캐이디어 지주회사도 '하나의 소규모 BRK' (A minor BRK) 라고 칭함을 받고 있다. 1979년 부터 2011년 까지 32년 기간 동안 주식 하나 당 자산값 (Book value)은 연 평균 18.5%씩 증가하여, BRK 회사의 19.8%, MKL회사의 19.3% 증가 율과 대단히 비슷하게 성장한 훌륭한 회사이다. (참고 자료: Table: "Leucadia National Corporation Scoreboard" in The 2012 Annual Letter to Shareholders from the Chairman and President Prepared by Ian M. Cumming, Chairman and Joseph S. Steinberg, President, 2012: 2)

그러나 우리 투자회사는 최근까지 루캐이디어 회사에 투자하지 않고 있었다. 그 이유는 지난 5년 기간 동안 주식 값이 2008년 3월 24일 기준 $46.87에서 2013년 3월 20일 기준 $26.72로 -39.92% 하락했기 때문이다. 그러나 지난 6개월 동안에는 주식 값이 14.64% 증가했다. 도표 5에서 볼 수 있는 바와 같이 루캐이디어 회사의 P/B값은 0.96으로 BRK회사의 1.34, MKL회사의 1.26보다 더 낮아 주식 값이 자산값에 비하여 훨씬 낮아 앞으로 계속 주식 값이 증가할 수 있다. 그에 첨가하여 P/E (Price to Earnings Ratio) 또한 11.76으로 BRK의 19.7, MKL의 19.52보다 훨씬 낮아 수익에 비하여 주식 값이 상대적으로 낮아 앞으로 계속 주식값이 오를 전망이다.

애나 리사 크랖트(Anna Lisa Kraft)씨는 루캐이디어(Leucadia) 회사를 "아마 한번도 들어보지 않은 가장 좋은 그러나 자그마한 복합기업" ("The Best Little Conglomerate You've Never heard of," January 28, 2013)이라고 칭찬한다. 팹 연구소도 루캐이디어 회사는 "아주 드문 값이 싼 기회"를 제공하는 좋은 회사라고 칭한다. (참조: FAF Research, "A Rare Undervalued Opportunity? Leucadia Is The Answer." (Seeking Alpha, Sept. 24, 2012)

루캐이디어 회사는 아주 좋은 여러 상이한 사업들을 하는 회사들의 주식을 소유하고 있다.

National Beef회사 : 8억6천8백만 불($867.9 million)을 지불하고 National Beef회사의 주식 79%를 소유하고 있다. 매년 3백7십만 마리 소를 잡고, 미국 소고기 생산의 14%를 점유하고 있다. 세계 인구가 70억에 달하고, 발전도상국의 국민들의 생활이 향상되면 제일 먼저 선호하는 음식이 세계 최고의 품질인 미국산 수입 소고기이다.

벌캐이디어 아파트 및 상가건물 몰기기 회사 (Berkadia Commercial Mortgage, LLC) : 워런 버펠 (Warren Buffett)씨의 BRK (Berkshire Hathaway) 회사와 합작으로 각각 2억 17만불 ($217.2 million) 씩 투자하여 설립한 상가건물 융자회사이다. 2010년 46억불 ($4.6 billion) 에서 2011년에는 아파트와 상가건물에 52억불을 융자해 주었다. 부동산 시장이 다시 활개를 치기 시작하면 벌캐이디어 회사는 더 많은 수입을 만들어낼 것이다.

인멭 광산 회사 (Inmet Mining Corporation) : 패나마에 위치한 세계에서 6대 구리 생산 광산 중의 하나인 인멭회사에 16%에 해당되는 주식을 소유하고 있다. 카나다에 있는 First Quantum Minerals 회사는 현재 인멭 회사 주식 값에서 35% 를 더 주고 합병을 하도록 제안하고 있다. 인멭 광산 회사에서 가장 많은 주식 16%를 소유하고 있는 루캐이디어는 이미 쾌히 지지한다는 선언을 했다. 합병이 되면 루캐이디어는 35% 이익을 올리게 되기 때문이다.

폴테스큐 구룹 (Fortescue Metals Group) : 루캐이디어 회사는 2006년 8월 달에 4억불 ($400 million)을 Fortescue회사에 투자했다. 그 후 2011년에는 1억 1천7백만 (117.4 million shares) 주를 팔아 7억 32 백만불($732 million)과 채굴권 (Royalty Payments)으로 1억 93백만 불($193 million), 그리고 2012년에는 1억(100 million shares) 주식을 더 팔아 5억 6백만 불($506 million)을 포함하여, 총 17억 9천 6백만 불($1.796 billion)을 수확했다.

유흥 사업 : 미시시피주, 바이락시 (Biloxi, Miss) 항구도시에 위치한 할드락 호텔과 카지노 (Hard Rock Hotel & Casino, 11층 325개의 방, 2,000명이 활용할수 있는) 시설에 12.5%에 해당되는 주식을 소유하고 있다.

오크라호마주 스틸와럴(Okalahoma주 Stillwater)에 위치한 Keen Energy Services 회사로 소규모 오일과 가스 굴착 사업, 아이다호 목제사업 (Idaho Timber), 콘웨드 프라스틱 회사 (Conwed Plastics), 샌갈트 (Sangart) 제약회사, 갈캐이디어 (Garcadia) 자동차 소매 중개업 회사, 루캐이디어 에너지 (Leucadia Energy—Gasification), 오리건 천연가스 (Oregon Liquified Natural Gas) 회사, 및 부동산 사업들에 투자하고 있다.

이와 같은 투자 중에서 가장 괄목할만 한것은 2012년에 루캐이디어 (시장자산: Market Capitalization $5.2 billion) 회사가 자기자산 크기와 거의 비슷한 제프리이즈 투자은행 (Jefferies Group Inc., JEF Market Cap.: $4.1 billion)인 큰 고래 한 마리를 잡아 합병한 실적이다. 그동안 루캐이디어 회사는 9억 8천만불 ($980.1 million)을 투자하여 제프리이즈 회사 주식 29%를 소유하고 있다가 2013년 3월 1일부로 합병하여 100% 소유하게 된 것이다.

합병을 함으로서 다음과 같은 혜택을 얻게되었다.

루캐이디어 회사의 회장과 사장은 나이가 70세이다. 그리하여 나이 상으로 후계자를 구해야 하는 큰 숙제가 남아 있어 주식 소유자들에게 다소 걱정을 주고 있었다. 이번에 합병을 함으로서 제피리이즈 투자회사의 최고 경영자인 50세 중간 나이인 리철드 핸드릴

(Richard Handler) 씨가 루캐이디어의 최고 경영자가 되어 후계자 문제가 해결되었다. 이분은 스탠폴드 대학 경영학 석사학위를 받고 최고 경영자의 능력을 발휘하여 어느 은행장 보다도 더 많은 실적 기준 월급과 상여금을 받아왔다. 제프리이즈 투자회사의 실적을 살펴보자.

도표 8. 투자 은행들 간에 그들 주식 가격 실적
(Share Price Performance): 2000-2012

투자 은행 이름	주식가격 실적
Jefferies	156%
Goldman Sachs	30%
S & P 500	-4%
XBD	-5%
JP Morgan	-20%
Barclays	-49%
Deutsche Bank	-58%
UPS	-59%
Bank of America	-63%
Credit Suisse	-74%
Morgan Stanley	-76%
Citigroup	-91%

자료: **Leucadia-Jefferies: A Unique Combination**, November 12, 2012: 18

도표 8은 여러 투자 은행들간의 2000년부터 2012년까지 각각 주식 가격의 증가율을 보여주고 있다. 이 기간에 시티은행은 그들 주식 가격이 -91%로 가장 많이 내려갔다. 꼴지에서 두번째가 몰건 스탠리로서 -76%로 주식 가격이 내려갔다. Credit Suisse, Bank of

America, UPS, Deutsche Bank, Barclays, JP Morgan, 이상 모두 하락하고 Goldman Sachs 는 겨우 30% 증가했다. 위의 여러 투자 은행들 가운데 가장 주식 가격이 증가한 회사는 제프리이즈 회사로서 일약 156% 증가했다. 앞으로 루캐이디어 회사는 제프리이즈 사장이었던 리철드 핸드럴씨의 지휘하에 크게 성장할 것임을 보여주고 있다.

합병을 함으로서 그동안 쌓아올린 지식의 나눔, 기회의 포착, 집행 능력에서 상호보완을 할 수 있다. 합병을 함으로서 자산을 합치게 되어 더 많은 대차대조표를 가질 수 있다.

세금에서도 더 큰 혜택을 받게된다. (더 자세한 합병 혜택 요소들을 파악하기 위한 참조 서적: Leucadia Corporation and Jeffries Group Inc., Joint Proxy Statement/Prospectus Proposed Merger-Your Vote is Important, January 28, 2013: 79-80)

장기간 자산 값 (Book value) 증가율을 비교해 보면, BRK회사가 연 평균 19.8%, MKL회사가 19.3%에 비하여 다소 떨어져 있지만 LUK회사는 13.1%, 그리고 JEF회사는 15.9%라는 높은 비율의 증가를 보여주고 있다. (참조 서적: Ian M. Cumming, Chairman and Joseph S. Steinberg, President, Letter from the Chairman and President 2012)

앞으로 LUK회사가 JEF회사를 합병함으로서, P/B가 BRK 와 MKL을 앞서갈 가능성도 있다. 이유는 도표5에서 보는 바와 같이, BRK 회사의 P/B비율은 1.34, MKL는 1.26 인데 비하여 LUK는 0.96으로 훨씬 낮기 때문이다. 그리하여 애나 리사 크라프트 (Anna Lisa Kraft)

씨는 루캐이디어야말로 "훨씬 적은 수의 주가 팔려있고, 평가절하를 받고 있으며, 훨씬 주식값이 내려가 있고, 훨씬 자산값이 낮아 있다. 앞으로 이 회사에 좋은 기회들이 많이 있을 것이다…" ("Under-owned, underrated, and underappreciated as well as under book value," (in "The Best Little Conglomerate You've Never Heared of," Jan. 28, 2013)

애이 아이 지 보험 회사 (American International Group= AIG)

지금까지 배 투자회사에서 투자한 회사들인 BRK.B, MKL, LUK회사들을 분석했다. 이제 남아있는 회사는 AIG 보험 회사로서 BRK와 비교 분석함으로서 제 11장을 끝낼 예정이다. 물론 BRK는 80여 개 이상의 회사들의 주식에 투자하고 있지만 BRK의 중추적인 역활을 담당하는것은 역시 보험회사들과 보험회사들의 보험회사들이기 때문에 AIG 와 BRK를 비교 분석할 가치가 있다.

AIG주식은 2000년 12월 4일 주식 하나에 $2,073.80에서 2013년 3월 25일 현재 98.2% 하락하여 $37.31로 떨어졌다. 세계에서 최고의 명망을 갖인 주식이 최하위로 전락을 했다. 이유는 무었인가? 위험성이 많은 파생 보험 (Derivatives insurance)에 뛰어들었기 때문이다. 2008년 부동산 융자 보험을 들어 주었다가 도산 위기에 처해 있을 때 정부로부터 1천8백20억불 ($182 billion)의 지원을 받고 AIG 회사 주식을 모두 정부에 넘겨주었다. 그 후 라벌트 벤모쉬 (Robert Benmosche) 씨가 최고경영자로 임명을 받으면서 새로운 AIG로 거듭나기 시작했다.

부동산 및 인명피해 보험 (Properties and Casualties Insurance= P & C Insurance) 과 생명 및 퇴직금 보험 (Life and Retirement Insurance= L & R Insurance)에 집중하고 그외의 변두리 사업들을 팔아 처분하기 시작했다. 6개의 상이한 부서들을 통합하여 하나의 회사인 '미국 전반적인 생명보험회사'(American General Life Insurance")를 만들었다. 이제는 그 이상 하나의 '은행 지주 회사'(A bank holding company")가 아니다.

그리고 '연결하는 부동산 융자 지원 회사'(Connective Mortgage Advisory Company") 라는 새로운 부서를 창설하여 패니매 (Fannie Mae) 와 프레디 맥 (Freddie Mac) 소유 부동산들을 골라 아주 할인하여 저렴한 가격으로 장기 부동산 투자를 시도하고 있다. 부동산 구매자들이 15% 증가하여 있고, 부동산 집들의 수요가 상대적으로 감소하고 있는 실정에서 부동산 활성화의 기회를 포착하고 있다.

그리하여 현제 북남미 대륙에서 가장 큰 미국 상업 보험 (Commercial insurer, $17.6 billion= 51%) 회사, 유럽, 중동, 및 아프리카에서 가장 큰 미국 P & C 보험 ($6.4 billion= 19%) 회사, 일본 과 중국을 포함한 아시아 및 태평양 지역에서 가징 큰 미국 P & C 보험회사 ($10.4 billion= 30%)로 부상했다. (이상 참고 자료: Kyle Spencer, "These Catalysts Will Drive AIG Shares Higher in 2013," May 19, 2013)

130개 국가들에 뻗어 있는 보험규모 또한 괄목할 만하다. 거기에다 최근에는 중국의 중류층을 중심으로 보험 확대, 터키와 그리스에까지 확대하고 있다.

AIG 와 BRK회사들의 안전성과 신빙성은 얼마나 많은 투자 단체 조직 회사들이 이들 두 개 회사 주식을 구매 및 보유하고 있는가를 보면 알 수 있다. 지금까지 80여 개의 헷지 펀드 (Hedge Funds) 회사들은 애플회사 (Apple)의 주식을 가장 많이 보유하고 있었는데, 최근에 애플회사 주식 값이 $700 이상에서 $450 이하로 추락할 때 대부분의 헷지 펀드 회사들이 애플 주식을 대량으로 팔아치우고 그 대신 AIG회사 주식을 구매하여 소유하고 있다. 애플회사를 밀어내고 AIG가 일약 임금의 자리 (Apple dethroned and AIG throned)를 차지한 것이다. 대표적인 실례가 바로 부루스 벨코윌즈 (Bruce Berkowitz)씨의 Fairholme Fund (FAIRX)이다. 그는 69억9천만 불 ($6.99 billion) 중에서 무려 43.2%에 해당되는 돈을 AIG 회사에 투자하고 있다. 요약하면, 80.1%의 AIG주식은 투자회사들이 구매하고 있어 개인 투자가들이 AIG주식을 구매할 수 있는 양은 19.9%밖에 남은 것이 없어 작은 수의 주식공급 중에 많은 수의 수요가 있으면 주식 값이 당연히 오르게 될 것이다. 그러나 BRK는 67.8%를 투자회사들이 소유하고 있어, 개인투자가들에게 32.2% 로 훨씬 더 많은 수의 주식이 공급되어 있다.

도표 9를 보면, 지난 12개월 동안에 AIG 와 BRK간에 주식 가격 증가율은 30%로 동점을 얻고 있다. 보험금 투자로 인한 수익율에서도 2012년에는 4.7%라는 동점이 나왔다. 보험금 증가율에서는 BRK는 8.6% 증가를 보였는데, AIG는 -1.3%로 감소했다. 그러나 상가 부동산 보험금 증가율이 +8.6%이기 때문에 전반적인 보험금 증가율의 하락을 충분이 상회할 수 있었다. 보험금의 증가 액수는 BRK

에서는 +$1.05 billion 인데 비하여 AIG는 -$3 billion 손실을 가져왔다. 미국 동북부의 허리캐인 샌디 (Hurricane Sandy)의 피해 때문이다. 계속되는 피해는 아니고 1회성이므로 다소 이해해야 한다.

도표 9. AIG 와 BRK 의   실적 비교: 2012 년 12 개월 기간

비교 요소	AIG	BRK
보험 종류	재산 및 인명피해 보험 보험 없음 (Properties & Casualties (P & C) Insurance	P & C
	생명 및 퇴직 보험 (Life & Retirement (L & R) Insurance)	L & R 만 취급
	Reinsurance 보험회사들의 보험: 없음	Reinsurance 있음
	Variable annuity 판매 실적 42% 증가	
보험 범위	Global 보험: 130 개 국가, 중국에 확대, 터키 와 그리스에 확대	Reinsurance: Global
여러 투자 단체조직의 주식 소유 율	84.10%*	67.8%
주식 가격 증가 율	30.6%	30.9%
보험금 투자로 인한 수익 율	2011: 4.5% 2012: 4.7%	5.1% 4.7%
보험금 증가 율	-1.3%**	8.6%
보험금의 증가 액수	-3 Billion***	+$1.05 Billion

*80 여 개의 헷지 펀드회사들은 애플 회사 (Apple= AAPL)의 주식값이 $700 을 상회 한데서 무려 $450 이하로 떨어질 때에 대량으로 팔아 치우고, 그 대신 AIG 회사 주식을 대량으로 구매했다.
**상가 부동산 보험금 증가율이 +8.6% 이기 때문에 전반적인 보험금 증가율의 하락을 충분이 상회 할수 있었다.
***미국 동부에서 발생한 샌디 (Hurricane Sandy) 피해에 대한 $2 billion 보상금 지불 포함.

P/B (자산값에 비한 주식 값)는 BRK 경우에는 1.358인데 비하여 AIG는 0.588이다. 그러니까 BRK P/B율 1.358만큼 올라갈려면 AIG 주식값은 $88.639 (현 주식 가격 $38.38 + ($38.38 x (1.358-0.588)= $88.639)가 되어야 한다. 요약하면, 앞으로 AIG값이 얼마나 증가할 것인가를 예측하고 있다. AIG의 자산값 (Book value) 의 증가율은 +238%인데 비하여 주식가격 증가율은 +7.4%일 뿐이다. 워런 버펠 씨는 주식 가격의 증가율은 결국 자산값의 증가율을 반영하게 마련 이라고 주장했으니 AIG P/B값 증가율에 비례하여 주식가격이 증가 할 것을 예측하고 있다.

AIG회사는 또한 2047년 만기가 될 때 까지 7.7% 이자를 지불하 는 사채 11억불 ($1.1 billion)을 앞당겨 2013년 3월 15일 날자로 갚 아 빚을 감소하는 계획도 실천에 옮기고 있다.

특히 2013년 부터 2031년까지 수십억 불의 세금을 면제하는 혜택 도 받고있다. 제시카 오링은 AIG 의 장래를 아주 밝은 장미빛을 수 놓고 있으나 여기서는 생략하기로 한다. (그녀의 더 자세한 내용 설 명 참조는: Jessica Alling, "Paying Attention to a Tender Offer May Give You Insight That Others Miss," Feb. 28, 2013)

결론

어느 회사의 순자산 값 (Book value)이 얼마인지? 또 그 회사의 주식값이 얼마인지? 그리하여 자산값에 비한 주식값 비율이 얼마인지? 이상을 중심으로하는 소위 자산값 중심 투자 (Value Investment)의 중요성을 감안하여 제 11장을 검토해 왔다.

AIG회사를 예를 들어 다시 복습해 보자. 도표 4 와 5를 보면, AIG 주식 값 (P= Price)은 $38.38이다. 그 회사의 순자산값 (B= Book value)은 $61.02이다. 그리하여 P값 $38.38/B값 $61.02= P/B 0.588이다. 이것은 무엇을 의미하는가?

만약 오늘 현 시점에서 AIG회사가 문을 닫고 파산을 한다고 가정해보자. 그러면 이 회사에서 빚을 다 갚고 남는 순자산이 주식 하나 당 $61.02이다. 그런고로 주식 하나당 $38.38씩을 지불하고 구매한 주식 소유자들에게 $38.38을 지불하고도 회사는 주식 하나당 $61.02-$38.38 = $22.64가 남게 된다. 요약하면, 주식에 투자한 주식 소유자들이 현시점에서 바로 회사문을 닫는다는 통고를 받았다고 가정해 보자. 그러나 그 회사는 주식 소유자들에게는 주식수 당 돈을 충분히 지불할 수 있고, 그러고도 회사는 주식 하나 당 $22.64

남아 돌아가니 그 회사에 투자하는 것은 대단히 안전하다. 돈을 잃어버릴 염려가 전혀 없다. 열심히 일하여 번 돈을 주식에 투자할 때 반드시 주식 하나당 주식 가격 (P), 주식 하나당 순자산 액수 (B), 그리고 P/B 율이 얼마인지 확인해야 한다.

P/B이외에도 도표 5에서 보여주는 여러가지 척도들, 2에서 9까지 요소들을 검토하는 것이 중요하다. 이와 더불어 투자할 회사들의 본질적 사업가치(Intrinsic business value)들을 검토하기를 권장한다.

이상의 설명들을 전혀 이해하지 못했다고 가정해 보자. 그러면 독자들은 무엇을 얻고 배웠는가? 한국에서도 또 미국에서도 투자할 수 있으니, BRK.A 혹은 BRK.B, MKL, LUK, AIG주식에 투자하여 20년 혹은 30년 장기간 투자해 두면 1천불이 1백만 불 이상이 될 수 있음을 보여주고 있다. 도표 5에서 볼 수 있는 것처럼 이와같이 P/B가 낮고, 기업의 고유값 (Instrinsic value)이 높은 회사 주식들에 장기 투자하기를 권한다. 이것은 백만 장자가 되는 지름길이요 또한 왕도 (A royal road)이다.

워런 버펫씨가 대기업의 최고 경영자 동료들에게 간곡히 부탁하는 내용을 참고하기 바라면서 끝을 맺는다.

아주 가까운 미래는 불확실하다. 또 1776년 미국이 독립을 한 그 해부터 지금까지 불확실의 상황을 계속 당면하며 살아왔다… 그러나 다우조운 지수는 66에서 시작하여 20세기 오늘 11,497에 도달하여 무려 17,320% 증가한 것을 볼 수 있다… 주식투자의 활동은 그렇게도 유익하기 때문에, 찰리와 저는 확신하오니 화투놀이 점을 쳐서, 소위 주식투자 '전문가'라는 분들의 예언에 속아, 또 기업의 밀물과 설물의 움직임에 따라 쉽게 주식에 들어 갔다가 나왔다가 하는 것은 큰 실수라는 것을. 주식에서 빠져나와있는 위험이 주식 내에 들어있는 위험보다 훨씬 높다.

··· immediate future is uncertain; America has faced the un-known since 1776··· Since the basic game is so favorable, Charlie and I believe it's a terrible mistake to try to dance in and out of it based upon the turn of tarot card, the predictions of "experts," or the ebb and flow of business activity. The risks of being out of the game are huge compared to the risks of being in it. (2012 Annual Report: 5~6)

한국 발전도상국 리더 :
경제, 민주주의 및 복지
The University Press of America
1992년 출판

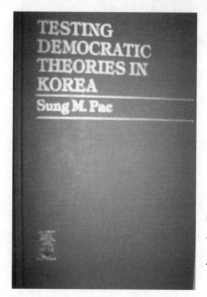

민주주의 학설: 한국에서 실험
1986년 The University Press of
America 1986 출판

서울 남산공원에서

약혼 사진 : 약혼은 한번, 결혼식은 한국에서 또 미국에서 2차례

The University of Kansas 잔디밭에서 장모님과 함께 야외 소풍

막내 딸 지니 와 사위 지미 Tulane University 의대 졸업식에서,
우리 부부, 아들 윌리엄, 큰 딸 수잔

부모 혹은 형제들이 의학박사 일 경우 그들의 자녀 혹은 형제가 졸업을 할때 의대
학장 대신에 의학박사 학위 후드(Hood Ceremony)를 입혀 줄수 있다. 윌리엄과
수잔이 동생 지니의 의학박사 후드를 졸업식 식장에서 입혀주고 있다.

35년의 교수 직책을 마치고 퇴직식에서 총장 물러(Dr. John Muller) 박사와 나란히

베풀어 준 환갑잔치에서 생일 과자에 촛불을 켜고

저자와
협의하여
인지 생략

꼭 성공하려고

지은이 | 배성문
펴낸이 | 一庚 장소님
펴낸곳 | 도서출판 답게

초판 인쇄 | 2017년 9월 20일
초판 발행 | 2017년 9월 24일

등 록 | 1990년 2월 28일, 제 21-140호
주 소 | 04994 서울시 광진구 면목로 29(2층)
전 화 | (편집) 02) 469-0464, 02) 462-0464
       (영업) 02) 463-0464, 02) 498-0464
팩 스 | 02) 498-0463

홈페이지 | www.dapgae.co.kr
e-mail | dapgae@gmail.com, dapgae@korea.com

ISBN 978-89-7574-293-4

ⓒ 2017, 배성문

나답게 · 우리답게 · 책답게